HEYNE BÜCHER

D1858693

Von Catherine Coulter
sind als Heyne-Taschenbücher erschienen:

Lord Deverills Erbe · Band 04/15
Liebe ohne Schuld · Band 04/45
Magie der Liebe · Band 04/58
Sturmwind der Liebe · Band 04/75
Die Stimme des Feuers · Band 04/84

CATHERINE COULTER

DIE STIMME DES BLUTES

Roman

Deutsche Erstausgabe

WILHELM HEYNE VERLAG
MÜNCHEN

HEYNE ROMANE FÜR ‹SIE›
Nr. 04/88

Titel der Originalausgabe
THE SECRET SONG
Aus dem Amerikanischen übersetzt
von Ekkehart Reinke

6. Auflage

Printed in Germany 1995
Umschlagillustration: Longaron/NORMA, Barcelona
Umschlaggestaltung: Atelier Ingrid Schütz, München
Satz: (1146) IBV Satz- und Datentechnik GmbH, Berlin
Druck und Bindung: Ebner Ulm

ISBN 3-453-05721-X

PROLOG

In der Nähe der Grainsworth-Abtei,
März 1275

Daria wünschte sich Schnee. Der Himmel hing schon voller dunkler Wolken. Doch im Laufe des Nachmittags wurde es nur kälter. Der Wind pfiff durch die wenigen kahlen Eichen, die die schmale Straße säumten. Aber es wollte nicht schneien.

Sie kuschelte sich tiefer in ihren mit Hermelin gefütterten Mantel. Unbeirrt stapfte ihre Stute Henrietta vorwärts. Alle paar Minuten drehte sich Drake, der Waffenmeister Lord Damons, nach ihr um. Er wollte sich vergewissern, daß sie noch gehorsam hinter ihm herritt und nicht etwa unbemerkt geflohen war. Drake war kein böser oder gemeiner Mensch. Aber als Untergebener ihres Onkels führte er die Befehle seines Herrn ohne Zögern oder Rückfragen bedingungslos aus. Es wäre ihm auch nie in den Sinn gekommen, das Recht seines Herrn anzuzweifeln, der mit seiner Nichte nach Gutdünken verfahren konnte. Sie war ja nur ein Weib und hatte daher keinen Einfluß auf die Entschlüsse, die über sie verfügt wurden.

Das alles war Daria bisher noch nicht so stark zu Bewußtsein gekommen. Als Kind war sie selten mit den Befehlen ihres Onkels konfrontiert worden. Jetzt waren es jedoch so viele geworden, daß sie oft den Wunsch verspürte, sich zu verkriechen und zu sterben. Allerdings war sie halt auch kein Kind mehr. Das war ihrem Onkel nicht entgangen, und er verhielt sich danach. Ein Mädchen wechselte aus den Händen ihres Vaters – oder in ihrem Fall ihres Onkels – in die ihres Gatten. Von dem einen zum anderen. Erst Besitz des einen, dann Besitz des anderen. Ohne eigene Wahl, ohne Einspruchsmöglichkeit. Was der Mann anordnete, hatte zu geschehen.

Vor ihrem geistigen Auge sah Daria ihren Onkel wieder in seinem Schlafzimmer. Sie hörte seine tiefe, gleichgültig klingende Stimme die Worte so deutlich sprechen, als wäre es heute und nicht vor einem Monat gewesen. In Wirklichkeit war er, dachte sie, keineswegs gleichgültig gewesen. Er hatte sich nur so gestellt. Hatte sich darauf gefreut, sie zu demütigen und ihr zu sagen, welche Pläne er für sie hegte. Nein, ihr Onkel war in seiner Grausamkeit nie gleichgültig. Er weidete sich an den Qualen seiner Opfer.

Er hatte in dem mit Fellen bedeckten Bett gesessen. Neben ihm nackt Cora, eine der Bedienerinnen auf der Burg. Als Daria hereinkam, hatte sich Cora kichernd tiefer gleiten lassen und den weißen Kaninchenpelz über die nackten Schultern gezogen. Ihn schien es nicht zu kümmern, daß er vor seiner Nichte nackt mit seiner Geliebten im Bett saß. Selbstverständlich hatte er es extra so arrangiert. Daria hatte kein Wort gesagt, sondern geduldig abgewartet, daß er ihr mitteilte, warum er sie hatte holen lassen. Auch er schwieg einige Zeit und streichelte nur gedankenverloren über Coras Schulter.

Daria war sich klar, daß er das alles eigens für sie inszeniert hatte. Er wollte ihr zeigen, daß eine Frau Wachs in den Händen des Mannes zu sein hatte.

Daria schloß die Augen. Gefühle wie Haß, Abscheu und Hilflosigkeit beherrschten sie wie schon so oft. Sie verabscheute ihren Onkel, was er wohl wußte. Vermutlich amüsierte er sich sogar über ihren schweigenden Haß. Was wollte er von ihr? Daß sie ihn anschreien sollte, um sich dann doch weinend, erniedrigt und voller Scham vor ihm zu beugen? Sie stand ganz still da. Sie hatte gelernt, in schweigender Geduld zu warten. Und ebenso unbeweglich war ihre Miene.

Plötzlich schien er des Spiels müde zu sein. Er zog die Felle höher über Cora und befahl ihr, sich umzudrehen und den Mund zu halten. Ohne den Blick von seiner Nichte zu wenden, bemerkte er zu Cora: »Ich kann dein dummes Gesicht nicht mehr sehen.«

Schließlich sagte Daria in ruhigem Ton: »Du hast mich gerufen.«

»Ja, so ist es. Daria, du bist vor zwei Monaten 17 geworden, bist also längst eine erwachsene Frau. Meine kleine Cora hier ist erst 15 und schon ein erwachsenes Weib. Eigentlich solltest du bereits einen Säugling an deinen Brüsten stillen wie die meisten Frauen deines Alters. Ja, ich habe dich viel zu lange hier behalten. Aber ich mußte abwarten, bis ich den geeigneten Bewerber gefunden habe. Spätestens im nächsten Monat wirst du einen Ehemann haben, der sich bestimmt mit Begeisterung an deinem Körper vergnügt.«

Sie erblaßte unwillkürlich und wich zurück.

Er lachte. »Möchtest du denn nicht gern einen Ehemann haben, Nichte? Oder sind dir alle Männer zuwider? Möchtest du dich denn nicht meiner Fuchtel entziehen und Herrin auf einer eigenen Burg werden?«

Sie schaute ihn nur stumm an.

»Gib Antwort, du dummes Mädchen!«

»Ja.«

»Gut. Es soll also geschehen. Wenn ich dich nachher entlasse, Daria, gehst du zu deiner Mutter und sagst ihr, daß ich sie sehen will. Cora hat mir Appetit auf mehr gemacht.«

Darias Vater war vor vier Jahren durch einen Unglücksfall bei einem Turnier in London ums Leben gekommen. Ihr Onkel hatte die Witwe seines Halbbruders, ihre sanfte, freundliche Mutter, zu sich genommen, ob sie wollte oder nicht. Lady Katherine hatte darüber zu Daria nie ein Wort verloren, sich nie beklagt und nie geweint. Manchmal kam sie mit niedergeschlagenen Augen und geschwollenen Lippen aus dem Zimmer von Lord Damon. Daria und alle Bediensteten wußten Bescheid und sprachen darüber. Jetzt fragte sie ihn: »Wer soll denn mein Ehemann sein?«

»Also interessierst du dich doch dafür, wie? Du wirst dich zweifellos über meine Wahl freuen.« Sie sah die Bosheit in seinen blaßblauen Augen und ahnte, daß sie sich nicht freuen würde. Dann sagte Damon, jedes Wort genießend: »Nun, es ist Ralph von Colchester, der älteste Sohn des Grafen von Colchester. Sie waren im November auf Reymerstone zu Besuch, erinnerst du dich? Ralph sagte mir, daß du ihm und seinem Vater sehr gut gefällst.«

»Nein, doch nicht Ralph von Colchester! Das kannst du nicht tun! Er ist abscheulich! Er hat Anna ein über das andere Mal Gewalt angetan, ihr ein Kind gemacht und...«

Damon brüllte vor Lachen. Ihre Reaktion erfüllte ihn mit tiefer Genugtuung. »Ja, das weiß ich. Ich hatte schließlich mit ihm gewettet. Sein Vater und ich wünschen, daß er in der Ehe mit dir schnell Kinder zeugt. Und um zu sehen, ob er das fertigbringen würde, stellte ich ihm Anna zur Verfügung. Er hat sie rasch geschwängert. Wir waren höchst zufrieden.«

Daria war abgestoßen, aber keineswegs überrascht. »Was hast du ihm denn für einen Wetteinsatz geboten?«

Damon lachte wieder. »Das goldene Halsband deiner Mutter, das ihr mein Halbbruder zur Hochzeit geschenkt hat.«

Sie zuckte die Achseln. »Es ist nicht viel wert.«

Daria hatte keine deutliche Erinnerung an ihren Vater. Er war so oft weggewesen, und selbst bei seinen seltenen Aufenthalten auf Fortescue Hall hatte er sie kaum beachtet. Sie war ja ein Weib, dessen einziger Wert für ihn in einer vorteilhaften Vermählung lag. Dennoch war er bestimmt nicht so gemein wie sein Halbbruder gewesen.

»Was hast du Ralph und seinem Vater geboten? Mein ganzes Erbe?«

»Nun, den größten Teil. Aber ich mag deine freche Zunge nicht. Also hüte dich! Ja, Colchester wird fast deine ganze große Mitgift erhalten. Dafür bekomme ich von ihm Ländereien, die meinen Besitz bis zur Nordsee vergrößern werden. Darauf habe ich lange genug warten müssen. Der junge Ralph war im vergangenen Jahr schwer erkrankt. Man wußte nicht, ob er durchkommen würde. Ich wartete also ab. Er wurde wieder gesund und hat seine ungebrochene Zeugungsfähigkeit unter Beweis gestellt. Ja, kleine Daria, nun bekomme ich alles, was ich mir immer gewünscht habe.«

»Aber es ist mein Geld, mein Erbe. Mein Vater hat mir alles vermacht. Du hast kein Recht darauf!«

Damon warf die Felle zurück, stand auf und schritt nackt auf Daria zu. Einen Augenblick dachte sie, er würde sie schlagen. Doch er tat es nicht. Er schlug sie nie. Das war nicht seine Art. Er sah sie nur lächelnd an und ließ sich seinen Zorn nicht anmerken.

»Geh jetzt!« sagte er. »Deine Mutter wird alle Vorbereitungen für deine Reise nach Colchester treffen. Du bekommst ganze Wagenladungen von Haushaltsgütern mit. Ich verfahre mehr als großzügig mit dir, der Erbin von Reymerstone. In drei Wochen brichst du auf. Selbstverständlich komme ich dann zur Hochzeit. Und wenn du dich fügsam zeigst, bringe ich auch deine Mutter mit. Und jetzt geh!«

Sie warf noch einen Blick auf das verhaßte blasse Gesicht, drehte sich um und ging aus dem Zimmer.

Danach weinte sie darüber, daß sie Ralph von Colchester heiraten mußte. Ihre Mutter hatte ihr tröstend versichert, jede Heirat sei besser, als hier zu bleiben. Sie solle sich wie eine Lady benehmen. Mit Würde und Gehorsam.

Aber Daria verachtete den 20jährigen Ralph mit seinem fliehenden Kinn, den krummen Beinen und dem argwöhnischen Blick. Sie hatte erlebt, was er der 14jährigen Anna angetan hatte, die trotz ihrer großen Brüste nur ein hübsches, dummes Kind war. Eine Woche lang hatte Ralph sie zweimal am Tag mißbraucht. Und die Männer hatten ihm lachend auf die Schulter geklopft und seine tüchtige Rute gerühmt.

Daria hob den Kopf. Jetzt endlich fielen Schneeflocken vom Himmel und bedeckten Drake, seine Männer und die Fuhrwagen mit reinem Weiß. Henrietta strauchelte. Begütigend tätschelte ihr Daria den Hals. Ob Ralph sie wohl auch zweimal am Tag mißbrauchen würde?

Drake drehte sich im Sattel um und rief ihr zu, sie würden bald die Zisterzienserabtei von Grainsworth erreichen, um dort zu übernachten.

Kurz darauf waren sie gezwungen, im Gänsemarsch zu reiten, denn die Straße wurde sehr eng. An beiden Seiten erhoben sich große Felsen und herabgestürzte Steinblöcke.

Der Überfall verbreitete um so mehr Schrecken, als Drake

und das Dutzend seiner Männer den Feind nicht sehen konnten. Eine Verteidigung war bei ihrer langgezogenen Formation nicht möglich. Die Pferde wieherten und keilten vor Entsetzen aus. Die Männer fielen einer nach dem anderen unter dem Pfeilhagel, der sich aus der Deckung der Felsen auf sie ergoß. Auch die Rüstungen, die einige der Männer trugen, boten keinen Schutz, denn früher oder später fand doch ein Pfeil sein Ziel am Hals oder Kopf. Sie hatten in dem dichten Schneegestöber keine Chance gegen den unsichtbaren Feind.

Nach dem ersten Schreck empfand Daria merkwürdigerweise keine Angst mehr. Im innersten Herzen wußte sie, daß der Tod sie nicht ereilen würde. Erst als nur noch Daria und ihre Zofe Ena übriggeblieben und die Schreie der Getroffenen verstummt waren, kamen die Angreifer aus ihren Verstecken. Alle waren unversehrt, und lachend feierten sie den leichten Sieg. Am lautesten lachte ihr Anführer, ein hochgewachsener Mann. Daria erkannte ihn als Anführer sofort – so, wie er seine Männer anwies, die Toten zu berauben, ihre Pferde einzusammeln und die Wagen zu plündern.

Dann nahm er den Helm ab. Er hatte so feuerrotes Haar, wie sie es noch nie gesehen hatte.

1

Burg Reymerstone, Essex, England, nahe der Nordsee
Anfang Mai 1275

Roland de Tournay fand leicht zum Sitz des Grafen von Reymerstone. Die Burg beherrschte die felsübersäte Landzunge am Thigby, der eine Meile weiter in die Nordsee mündete. Der Urgroßvater des jetzigen Grafen hatte die Burg im normannischen Stil erbaut. Noch immer war sie mehr Festung als behagliches Heim. Doch hatte der jetzige Graf vielen Kaufleuten die Taschen geleert, um die düstere graue Burg mit etwas Luxus auszustatten. Dicke Gobelins verdeckten die Steinwände. Es gab flandrische Teppiche in hellroter und königsblauer Farbe und schön gestickte Kissen für die drei Herrensessel. Aber die zwölf rohgefügten Tische mit den langen Bänken im großen Saal waren noch dieselben wie vor drei Generationen.

Der große Saal von Reymerstone machte Eindruck auf Roland de Tournay, der dort auf das Erscheinen des Grafen Damon Le Mark wartete. Er zwinkerte einigen Bedienerinnen zu und erntete Kichern und verschmitztes Lächeln. Dann eilte eine Lady auf ihn zu. Sie war in den 30ern, mit stumpfroten Haaren und von kleiner Gestalt. Sie mußte einmal sehr hübsch gewesen sein. Jetzt sah sie verblüht, müde und niedergeschlagen aus. Sie sah sich vorsichtig um und ging dann mit dem raschen, leichten Schritt eines Mädchens auf ihn zu.

»Ihr seid Roland de Tournay, Sir?« fragte sie leise mit kultivierter Aussprache.

»Ja, Mylady. Ich komme auf Einladung des Grafen von Reymerstone, Eures Gatten.«

»Er wird gleich hier sein. Im Augenblick ist er noch beschäftigt. Ich bin Lady Katherine of Fortescue, die Schwägerin des jetzigen Grafen. Sein Halbbruder war mein Mann.«

»Euer Gatte war James of Fortescue? Ich habe gehört, daß er durch einen Unglücksfall im Turnier ums Leben kam. Es tut mir sehr leid, Mylady.«

Sie nickte mit gebeugtem Kopf. Konnte sie ihm nicht ins Auge sehen? »Wißt Ihr, warum Lord Reymerstone mich gebeten hat, ihn aufzusuchen?«

Sie blickte auf. Er sah die Anspannung in ihrem Blick. Aber dahinter verbarg sich noch etwas – vielleicht Angst. Er war sofort hellwach.

»Es betrifft meine Tochter«, sagte sie schnell und packte ihn am Ärmel. »Ihr müßt mein Kind suchen und es sicher zurückbringen, ihr müßt! Ach, hier kommt er. Ich darf nicht bleiben. Ich muß gehen, Sir.« Sie war lautlos verschwunden, bevor der Graf sie entdecken konnte.

Roland musterte den Grafen von Reymerstone. Ein hochgewachsener Mann Ende 30, schlank, mit vollen, weißblonden Haaren und sehr blassen, blauen Augen. Er sah wie jemand aus, der sein Ziel zu erreichen versteht, egal mit welchen Mitteln. Roland hatte in den Jahren seines Erwachsenendaseins oft nur überlebt, weil er den Charakter eines Mannes richtig zu deuten wußte. In den letzten fünf Jahren hatte er sich selten geirrt. Sein einziger großer Irrtum war eine Frau gewesen. Eine Lady, sehr jung und sehr schön: Joan of Tenesby.

Der Graf nickte Roland kurz zu. Roland wußte, daß er ihn ebenfalls abgeschätzt hatte. »Dank den Heiligen, Ihr kommt zur rechten Zeit, de Tournay. Setzt Euch zu mir! Wir haben viel zu besprechen.«

Roland nahm einen Krug Bier entgegen und wartete darauf, daß der Graf zur Sache kam.

»Ich werde Euch gut bezahlen«, sagte Damon Le Mark.

Roland sah ihn freundlich an und fragte: »Wen soll ich umbringen?«

Der Graf lachte. »Ich will keinen Mörder mieten. Wenn ich einen Feind habe, erschlage ich ihn selber. Ich will einen Mann mieten, der für seinen Scharfsinn, seine Kenntnis fremder Sprachen und seine Fähigkeit berühmt ist, sich in vielen Masken der jeweiligen Situation anzupassen. Stimmt es, daß Ihr Euch zwei Jahre lang als Sarazene ausgegeben habt? Daß Ihr Euch als Moslem verkleidet habt, ohne daß Euch ein Anhänger des Korans durchschaut hat?«

»Ihr seid gut informiert.« Die Angaben trafen großenteils zu. Doch merkwürdig, wie Rolands besondere Gaben im Munde des Grafen eher lasterhaft klangen. Roland wartete gespannt. Der Graf mußte in großer Verlegenheit sein. Die Aufgabe schien seine eigenen Fähigkeiten zu übersteigen, was ihn schwer verdroß.

Damon Le Mark fühlte sich der Unverschämtheit des jungen Mannes vor ihm ausgeliefert, der abgesehen von seinem Ruf der Kühnheit und des Listenreichtums auch noch recht gut aussah. Das schmale Gesicht war gutgeformt, er hatte dichtes, schwarzglänzendes Haar und intelligente dunkle Augen. Doch schien er weder besonders wohlhabend noch gebildet zu sein. Er besaß keinen Titel und, was noch wichtiger war, kein Land. Er lebte von Verstellungskunst und Betrug. Dennoch mußte er, der ihm in jeder Weise überlegen war, höflich zu ihm sein und ihm viel Geld bieten. Das ging ihm an die Nieren.

»Meine Sendboten brauchten lange Zeit, um Euren Aufenthaltsort zu ermitteln«, sagte der Graf.

»Ich erhielt Eure Botschaft in Rouen, wo ich einen sehr angenehmen Winter verbrachte.«

»Das habe ich erfahren.« Sein Gewährsmann hatte ihm berichtet, daß de Tournay in Rouen mit einer sehr hübschen jungen Witwe zusammengelebt habe.

»Sie hieß Marie«, sagte Roland beiläufig und trank einen Schluck Bier. Es war warm, dunkel und sehr süffig. »Doch wollte ich sowieso in Kürze heimkehren. Sobald es hier wärmer würde.«

»Um durch List und Tücke Geld zu verdienen?«

»Wenn es nötig sein sollte, auch das – obwohl ich es nicht List und Tücke, sondern Verstand nennen würde. Oder gebt Ihr mir nicht recht?«

Der Graf sah ein, daß er seinen Gast unnötigerweise beleidigt hatte, und wollte es wiedergutmachen. »Ich habe Euch aus einem äußerst wichtigen Grunde hergebeten. Es betrifft meine geliebte Nichte Daria. Ich will mich kurz fassen. Sie sollte Ralph von Colchester heiraten, wurde aber auf der Reise nach Colchester entführt. Alle zwölf Männer ihrer Begleitung wurden in einen Hinterhalt gelockt und abgeschlachtet. Sämtliche Wagen mit Hochzeitsgut wurden gestohlen. Ich will ihre Befreiung erreichen, und dafür werde ich Euch sehr gut bezahlen.«

»Wurde schon ein Lösegeld verlangt?«

Die Augen des Grafen verengten sich. Er fletschte die Zähne. »O ja. Dieser unverschämte, verfluchte Hurensohn! Ich wünschte, daß Ihr ihn tötet. Doch die Befreiung meiner lieben Nichte hat unbedingten Vorrang.«

»Wer war der Entführer?«

»Edmond von Clare.«

»Der Markgraf? Höchst sonderbar.« Roland verfiel in Schweigen. Dieser Umstand war mehr als sonderbar. Die Markgrafen, die der große Herzog William vor fast 200 Jahren eingesetzt hatte, hatten kaum Veranlassung, sich aus ihren Burgen zu entfernen. Es sei denn nach Westen, um mehr walisisches Land zu erobern und walisische Abtrünnige zu ermorden. Sie waren eigentlich dafür verantwortlich, dank der ihnen verliehenen Macht, die Waliser im Zaum zu halten. Diese Aufgabe erfüllten sie auch mit nie nachlassender Energie und eindrucksvoller Ausdauer.

Im Grunde waren sie kleine Könige, die in ihren Feudalreichen gewaltige Macht innehatten, was für König Edward ein ständiger Ärger war. Roland wußte, daß er vorhatte, ihren großen Einfluß durch den Bau von königlichen Burgen entlang der Nordküste des Landes einzudämmen. »Ich will diese bösartigen kleinen Lords so lange zwiebeln, bis sie das Knie vor mir beugen und mich anflehen, ihnen wenigstens noch ein kleines Stück Land zu belassen!« hatte er einmal gesagt und dabei mit der Faust auf den Tisch geschlagen.

Nach einer Weile sagte Roland: »Edmond von Clares Burg liegt zwischen Chepstow und Trefynwy, und sein Land grenzt an die Südostecke von Wales. Warum sollte er durch ganz England ziehen, um Eure Nichte zu entführen?«

Der Graf bewahrte hartnäckiges Schweigen. Er fand es unverschämt, daß dieser Kerl ihm solche Fragen stellte. Doch er bezähmte seinen Zorn. Er konnte es sich nicht leisten, de Tournay zu verärgern. Er hatte ja keinerlei Befehlsgewalt über ihn. De Tournay konnte ihn jederzeit verlassen. Schließlich erklärte er: »Clare haßt den Grafen von Colchester. Er hat meine Nichte entführt, um sich an ihm zu rächen. Er verlangt fast ihre gesamte Mitgift als Lösegeld. Anderenfalls will er sie vergewaltigen und ihr ein Kind machen, bevor er sie mir zurückgibt.«

»Was hat denn Colchester angestellt, um eine so gräßliche Rache herauszufordern?«

Damon Le Mark erbleichte. Seine Hände zitterten. Er hätte am liebsten de Tournay für seine teuflische Neugier zermalmt. Er zwang sich jedoch zu einem Lächeln. Es war so eisig kalt, daß es Roland durch Mark und Bein ging. »Soviel ich weiß, hat Colchester vor fünf Jahren unabsichtlich Clares Bruder getötet. Näheres über diesen Zwischenfall ist mir nicht bekannt. Colchester wollte mir nichts darüber sagen. Nun, wie ist es? Wollt Ihr meine Nichte befreien?«

Roland zweifelte nicht daran, daß der Graf ihn belog. Wahrscheinlicher erschien es ihm, daß er Edmond von Clares Bruder selber getötet hatte. »Wann wurde sie entführt?«

»Am 3. März.«

»Dann habt Ihr Euch aber viel Zeit mit der Beantwortung von Clares Forderung gelassen.«

»Ich bin keineswegs untätig geblieben, während der Zeit, die meine Männer brauchten, um Euch im Bett dieser dummen Französin zu finden!«

»Marie ist alles andere als eine dumme Frau«, widersprach Roland in aller Ruhe. »Was habt Ihr denn unternommen?«

»Ich unternahm zwei Versuche zu ihrer Befreiung. Beide sind mißlungen. Oder vielmehr haben die Männer, die ich ausschickte, kläglich versagt. Daß auch der zweite Versuch fehlschlug, habe ich erst vor zwei Tagen erfahren. Clare ließ einen der Männer am Leben und schickte ihn mir mit einer neuen Forderung zurück. Jetzt will der Hurensohn meine Nichte selber heiraten. Selbstverständlich verlangt er weiterhin auch ihre Mitgift. Ich soll ihm bis zum 31. Mai meinen eigenen Priester mit der gesamten Mitgift zum Vollzug der Trauung schicken. Falls ich es nicht tue, will er sie vergewaltigen und sie dann seinen Kriegern zur Belustigung überlassen. Wenn sie das überlebt, will er sie dort behalten, bis sie schwanger ist, und sie dann in den Burggraben werfen.«

Roland strich sich übers Kinn. »Ich frage mich, warum er sie selber heiraten will.«

»Um mich noch mehr zu demütigen!«

»Ist Eure Nichte ebenso schön, wie sie reich ist? Könnten ihn ihr Gesicht und ihre körperlichen Reize ebenso bezaubern wie ihre Mitgift?«

Im selben Augenblick wurde Roland klar, wie der Graf zu seiner Nichte stand. Er mußte ihr das Leben auf Reymerstone zur Hölle gemacht haben. Roland hätte gern gewußt, wie sich die Mutter bei alldem verhalten hatte.

»Sie sieht recht gut aus«, sagte Damon schließlich achselzuckend. »Aber sie ist nur ein Weib, mehr nicht. Gelegentlich riskiert sie eine freche Zunge. Doch ein starker Mann wird sie immer beherrschen. Sie muß nur ständig daran erinnert werden, daß man von ihr Gehorsam und Unterwürfigkeit verlangt. Wie gesagt, sie braucht einen starken Mann.«

Und du meinst, die Rolle des starken Mannes gut gespielt zu haben. »Ich habe vorhin ihre Mutter kennengelernt. Ich kann mir vorstellen, daß sie früher eine schöne Frau gewesen ist. Hat ihre Tochter die gleiche Haarfarbe?«

»Nein«, sagte der Graf, »das Mädchen hat dunkle Haare, und ihre Augen haben eine merkwürdig grüne Färbung. Klar, aber sehr dunkel. Im Gesicht ähnelt sie ihrer Mutter, nur daß ihre Züge feiner sind.«

»Ich finde es rätselhaft, daß Clare von Euch verlangt, ihm Euren eigenen Priester zu schicken. Wißt Ihr, warum?«

»Clare ist ein religiöser Fanatiker. Der Mann wird ganz von seinem Fanatismus beherrscht. Er sieht in meinem Priester offenbar eine Gewähr dafür, daß ich ihn bei der Übergabe der Mitgift nicht betrüge und daß der Priester ihn bereitwillig mit meiner Nichte trauen wird. Er scheint nicht zu wissen, daß Priester ebenso käuflich sind wie andere Leute. Wollt Ihr nun ihre Befreiung versuchen, bevor der Hurensohn ihr Gewalt antut? Vor dem 31. Mai?«

»Und Ihr glaubt nicht, daß er das bereits getan hat?«

»Nein«, antwortete der Graf widerwillig, aber überzeugt.

»Warum denn nicht?« erkundigte sich Roland. »Schließlich steht der religiöse Glauben eines Mannes seiner Wollust nicht unbedingt im Wege.«

»Edmond von Clare ist ein Mann, der sein Wort hält. Jedenfalls steht er in diesem Ruf. Aber wenn Ihr sie nicht bis zum 31. Mai befreit habt, wird er seine Drohung ausführen. Dafür kenne ich ihn gut genug.«

Roland gab dem Grafen an diesem Abend noch keine bindende Zusage. Doch er hatte sich bereits entschlossen, nach Tyberton zu gehen, und er wußte auch schon genau, in welcher Verkleidung. Die Belohnung, die er für die Befreiung erhielt, würde ihm genügend Mittel an die Hand geben, um den kleinen Besitz von Sir Thomas, Thispen-Ladock und die umliegenden guten Weiden, zu kaufen. Und genau das hatte er sich vorgenommen. War ihm das gelungen, brauchte er nicht mehr in Diensten anderer Leute seinen Lebensunterhalt zu verdienen. Er würde auf eigenen Füßen stehen. Er wollte in England bleiben, als Burgherr mit eigenen Ländereien. Sobald er dieses Mädchen aus den Händen des Edmond von Clare befreit hatte, würde er sich diesen Wunsch erfüllen. Es machte ihm nichts aus, daß Damon Le Mark ihn nach Strich und Faden belogen hatte. Und es kümmerte ihn wenig, daß es aller Wahrscheinlichkeit nach Damon Le Mark und nicht der fette Graf von Colchester gewesen war, der Clares Bruder getötet hatte.

Für die Nacht wurde Roland eine Bedienerin zur Verfügung gestellt, um ihm das Bett zu wärmen und sein Blut in Wallung zu bringen. Sie war sauber und roch gut. Er nahm sie im Verlauf der langen Nacht dreimal, denn er vermißte schon seit Wochen Maries schwärmerische Hitze und hungerte nach einer Frau. Er stellte sie auch zufrieden, hatte aber am nächsten Morgen zu seinem Leidwesen ihren Namen schon wieder vergessen.

Als er seinen kräftigen schwarzen Araber Cantor bestieg, sagte er zu dem Grafen: »Ich werde also Eure Nichte befreien. Und zwar lange vor dem Termin, den Clare Euch gesetzt hat. Ihr müßt mir aber schwören, daß Ihr auf keine eigenen Unternehmungen mehr sinnt. Damit würdet Ihr mich und meine Pläne nur in Gefahr bringen.«

Stirnrunzelnd zog sich der Graf am Ohr, eine lebenslange Gewohnheit, durch die ein Ohrläppchen länger als das andere geworden war. Doch schließlich gab er sein Einverständnis. Roland hätte gern gewußt, ob er sich auf sein Wort verlassen konnte. Auf jeden Fall füllten schon viele Münzen seine Taschen. Er hatte die Hälfte der versprochenen Belohnung im voraus erhalten. Vielleicht würde das Le Mark veranlassen, sich herauszuhalten.

»Ihr dürft auch nicht den Priester und die Mitgift schicken. Sie werden nicht mehr gebraucht.«

Die blassen Augen des Grafen glühten. »Ihr seid sehr von Euch überzeugt, de Tournay.«

»Ich sage Euch, daß ich sie befreien werde. Zählt schon mal den Rest des Geldes, denn ich komme bestimmt, um es abzuholen!«

Roland hob gerade die Peitsche, um Cantor anzutreiben, da rief der Graf ihm nach: »De Tournay! Wenn das Mädchen keine Jungfrau mehr ist, will ich sie nicht wiedersehen. Dann könnt Ihr sie von mir aus töten. Das ist mir gleich.«

Langsam brachte Roland den Zelter zum Halten und stieg noch einmal ab. »Ich verstehe Euch nicht. Was kümmert es Euch denn, ob das Mädchen vergewaltigt wurde? Das vermindert doch ihre Mitgift nicht, oder? Die bleibt auch ohne Jungfräulichkeit in gleicher Höhe.«

»Wenn sie nicht mehr jungfräulich ist, ändert sich alles.«

»Und woher soll ich wissen, daß sie geschändet wurde? Oder wie wollt Ihr das feststellen?«

»Ich würde sie selber untersuchen. Dieser verfluchte blöde Colchester sagt, daß er sie nicht mehr für seinen Sohn haben will, wenn sie nicht unberührt ist. Seine lüsterne Mutter hat sich nämlich viele andere Männer ins Bett geholt und seinen Vater dadurch mit den Pocken angesteckt, an denen er starb. Er hat Angst, sein kostbarer Sohn könne auf ähnliche Art ums Leben kommen, wenn Daria entjungfert würde.«

Roland stellte sich vor, wie der Graf seine Finger in den Körper des Mädchens bohrte, um zu fühlen, ob ihre Jungfernschaft noch intakt sei. Eine solche erniedrigende Handlung war für ihn unverständlich, besonders da das Mädchen keine Möglichkeit hatte, dieser Beschämung zu entgehen.

»Colchester ist nicht der einzige unverheiratete Mann im Königreich«, sagte Roland freundlich. »Dann gebt sie doch einem anderen zur Frau! Sie scheint eine reiche Erbin zu sein. Die meisten Männer stellen nicht so hohe Ansprüche an ihre Frau.«

»Nein, sie soll Colchester heiraten und keinen anderen. Es ist die einzige Verbindung, die ich anerkenne.«

Da begriff Roland. Der Graf von Reymerstone hatte mit dem Grafen von Colchester ein Abkommen getroffen, das ihm bei vollzogener Ehe mehr Gewinn eintrug, als die Mitgift ausmachte.

»Wenn ich eine Jungfrau befreie, werde ich Euch auch eine Jungfrau heimbringen.«

»Ausgezeichnet. Wenn nicht, werde ich sie töten und Euch ebenfalls, de Tournay. Dann behalte ich die Mitgift selber, denn sie kann mir nichts mehr bringen.«

Roland glaubte ihm das. Der Graf würde es zumindest versuchen. Er nickte ihm kurz zu und bestieg wieder Cantor. Dann machte er sich auf den Weg nach London, um den König zu sprechen. Danach würde er nach Cornwall reiten, wo er Graelam de Moreton besuchen mußte. Schließlich wollte er noch nach Thispen-Ladock, nur um einen Blick auf die Steinmauern und die grünen Hügel zu werfen und über den Burghof zu spazieren. Er hatte Zeit genug. In den folgenden zwei Wochen würde er sich einen Plan zurechtlegen. Von

Cornwall aus würde er nordwärts zur Burg Tyberton an der Südostecke von Wales reiten, die seit Herzog Williams Eroberung Englands im Besitz der Clares war. Er wußte jetzt, wie er sich Edmond von Clare vorstellen würde. Er sah sich schon in der neuen Rolle und lächelte. Doch bevor er die Burg Tyberton erreichte, mußte er noch einiges lernen. Als er daran dachte, strahlte sein Gesicht vor Vergnügen.

Burg Tyberton am Fluß Wye,
Mai 1275

Ena ordnete die Falten von Darias Seidenkleid zu einem gefälligeren Sitz. »So, jetzt seht Ihr schön aus. Auch der Mann wird Euch schön finden. Der liebe Gott da oben weiß es. Nehmt Euch mit dem Kleid in acht, ja, kleine Herrin?«

»Ja«, sagte Daria. Enas Warnungen, Ermahnungen und Vorahnungen gehörten zu ihrem täglichen Brot, und durch die ständige Wiederholung hatten sie viel an Wirkung eingebüßt. Edmond von Clare dachte mit Sicherheit daran, sie zu vergewaltigen. Heute würde es soweit sein.

Doch er tat es nicht, und die Tage vergingen. Langsam, so entsetzlich langsam. Sie wünschte, Ena würde sie nicht mehr ›kleine Herrin‹ nennen. Er nannte sie nämlich so, und sie haßte es. Sie war jetzt seit dem 12. März hier, fast zwei Monate, und sie hätte schreien können vor Langeweile, Angst und der furchtbaren Spannung, die sie nie aus den Fängen ließ. Sie war eine Gefangene und wußte nicht, was ihr Entführer von ihr wollte. Anfangs hatte sie ihn einmal mit vor Angst rauher Stimme gefragt: »Wenn Ihr Lösegeld für mich erhaltet, laß Ihr mich dann gehen? Wollt Ihr nur meine Mitgift? Warum sagt Ihr nichts? Warum erklärt Ihr Euch nicht?«

Daraufhin hatte Edmond von Clare sie geschlagen, nicht allzu hart, aber sie fühlte doch den Schmerz im ganzen Körper und taumelte zurück. Fast wäre sie auf die Knie gefallen. Er sah mit Wohlwollen, daß es ihr weh getan hatte, und sagte dann gleichmütig: »Du wirst tun, was ich dir sage, und mir keine Fragen mehr stellen. Und jetzt, kleine Herrin, möchtest du vielleicht den köstlichen Lammschmorbraten probieren?«

Er blieb ein Rätsel für sie. Sie fürchtete sich vor ihm, aber seitdem hatte er sie nie wieder geschlagen. Natürlich hatte sie auch alles vermieden, was ihn reizen könnte. Und sie spürte seinen Hang zur Gewalttätigkeit, genauso wie sie ihn an ihrem Onkel Damon gespürt hatte. Einmal hatte ihm ein Diener dickes Soßenfleisch auf den Ärmel gekleckert. Daria sah, wie die Zornesader an seinem Hals schwoll, wie er die Fäuste ballte. Aber er beherrschte sich und sprach nur mit milder Stimme einen sanften Tadel aus. Warum aber hatte der Diener so ausgesehen, als erwarte er den sofortigen Tod von seiner Hand? Warum war er so freudig überrascht gewesen, daß ihm nichts geschehen war?

Wenn er ein Lösegeld für sie forderte, wie sie annehmen mußte, so hatte sie doch keine Ahnung, was er verlangt hatte. Sie wußte auch nicht, ob ihr Onkel ihm geantwortet hatte. Sie wußte gar nichts. Das quälte und versetzte sie in Wut. Dann dachte sie immer: Er hat mich ja nur geschlagen. Und sie beschloß, ihn noch einmal zu fragen. Nicht anmaßend, sondern sehr zurückhaltend, wie sie es sich bei ihrem Onkel angewöhnt hatte.

Ena trat zurück und legte die Arme vor der dürren Brust übereinander. »Ihr seid gewachsen, ein paar Zentimeter seid Ihr jetzt größer. Man sieht schon Eure Fußgelenke, und Euer Kleid spannt sich über Euren Brüsten. Ihr braucht neue Kleider. Und wenn nicht, dann wenigstens Stoff, so daß wir Euch was Passendes nähen können. Ihr müßt den Grafen bitten, Euch einen hübschen Wollstoff zu besorgen...«

»Genug davon, Ena! Ich werde ihn, verdammt noch mal, nicht um Stoff bitten. Es ist mir gleich, ob der Anblick meiner Fußgelenke anstößig auf dich wirkt – es ist mir egal.«

»Ach, wenn wir doch nur abreisen könnten! Dann könntet Ihr Ralph von Colchester heiraten, wie es geplant war.«

Bei diesem scheußlichen Gedanken überlief Daria ein Schauder. »Lieber werde ich Nonne.«

Diese ironisch klingenden unfrommen Worte veranlaßten Ena zu einem lauten Stöhnen. »Ralph von Colchester sollte aber Euer Gatte werden! Auch wenn er ein schwacher

Mensch ist, er wäre immer noch Euer Gatte, und darauf kommt es an. Er ist wenigstens kein wilder Räuber, der besser Priester geworden wäre, wie der Verrückte, der Euch hier gefangen hält und Euch in seiner feuchten Kapelle beten läßt, bis Ihr Wadenkrämpfe und rotgescheuerte Knie bekommt!«

»Ich möchte mal wissen«, überlegte Daria laut, ohne ihre Zofe zu beachten, »ob Ralph von Colchester mich immer noch gern heiraten würde. Ich glaube, ihm geht es nicht um meine Tugend oder die meines Entführers, sondern nur um die Größe meiner Mitgift. Und zusätzlich hängt es davon ab, wie nötig sein Vater Geld braucht. Vielleicht frage ich mal den Grafen.«

Sie drehte sich um und ging zum Fenster, das eigentlich nur ein schmaler Spalt war, vor dem ein Fell hing, das bei schlechtem Wetter heruntergelassen wurde. Doch an den letzten drei Tagen hatte warm die Sonne geschienen.

Dennoch schauderte es Daria. Sie blickte in den Innenhof von Burg Tyberton hinunter. Dies war eine große Festung, ihre Besatzung ging in die Hunderte, überall traf man Menschen, Tiere und Dreck. Ruhe herrschte nur sonntags beim Gottesdienst.

Edmond von Clare war streng religiös. Jeden Morgen kniete er von 5 bis 7 Uhr in der kalten Kapelle von Tyberton. Dann hielt der Priester für ihn eine Privatmesse. Nur für ihn allein, wofür das Burgvolk dankbar war. Doch in den letzten vier Tagen hatte der Graf vor Wut gerast, weil sein Priester während eines nächtlichen Unwetters Tyberton aus unbekannten Gründen und mit unbekanntem Ziel verlassen hatte.

Daria ahnte jedoch den Grund, wie wohl die meisten Bewohner von Tyberton. Der Priester fühlte sich den von Clare verlangten Strapazen nicht gewachsen. Er war dick und faul, und die vielen Messen hatten ihm schwer zugesetzt. Er hatte die kalte, dunkle Kapelle und die endlosen Stunden gehaßt, in denen er Clare von seinen Sünden freizusprechen hatte. Daria hatte gehört, wie er sich mit unterdrückter Stimme bitterlich darüber beklagte.

Jetzt also stand die Kapelle leer. Es gab keine Messe mehr, bei der man durch die feuchtkalte Luft bis auf die Knochen fror. Der Priester war fort. Und außer dem Grafen waren alle Leute zufrieden.

Daria hatte sich immer gewundert, daß ein so religiöser Fanatiker wie der Graf kein Wort Latein sprach. Der Priester hatte seinen Sermon dahingenuschelt, denn er konnte selber die Hälfte der lateinischen Worte nicht richtig aussprechen. Doch der Graf hatte nichts bemerkt.

Daria beherrschte wie ihre Mutter, die ihre Lehrerin gewesen war, Latein in Wort und Schrift. Sie hatte es dem Grafen aber nicht verraten.

Jetzt klopfte es an der niedrigen Zimmertür. Es war einer der Männer des Grafen, der junge Clyde mit dem schmalen Kopf, der Daria immer mit den Augen auszukleiden schien.

»Der Graf wünscht Euch zu sehen«, sagte er und verschlang sie mit den Blicken.

Sie nickte nur und wartete, bis er sich zurückzog, was er schließlich mit saurer Miene tat. Einmal war sie seiner Aufforderung sofort gefolgt, und da hatte sie beim Vorbeigehen gefühlt, wie seine Hände ihren Körper abtasteten.

»Seid vorsichtig, junge Herrin!« flüsterte ihr Ena ins Ohr. »Haltet Euch so weit von ihm entfernt wie möglich!«

Daria schob Ena weg und ging aus dem Zimmer. Sie raffte die Röcke und schritt vorsichtig die tief ausgetretenen Steinstufen der Wendeltreppe in den großen Saal von Tyberton hinunter. Im Saal befanden sich nur drei Männer. Einer davon war Clare. Er sprach leise mit seinem Waffenmeister, dem Schotten MacLeod. Der Graf war hochgewachsen, hatte das leuchtend rote Haar seiner schottischen Mutter und die dunklen Keltenaugen seines Vaters. Er war so bleich wie ein Toter. Gewöhnlich sprach er mit leiser Stimme, die er nur im Zorn erhob. Dann wurde es allen unheimlich. Er war ein wahrer Riese. Seine Brust hatte den Umfang eines Baumstamms. Ein roter Lockenbart bedeckte den unteren Teil des bleichen Gesichts. Daria hatte gehört, daß seine vor einem halben Jahr im Kindbett samt dem Neugeborenen gestorbene Frau ihn gefürchtet hatte. Sie war geneigt, es zu glauben.

Sie wartete, bis er von ihr Notiz nahm. »Komm her!« befahl er. »Ich habe einen neuen Priester eingestellt. Er heißt Pater Corinthian und wird morgen die Messe für uns lesen. Er ist Benediktiner.«

Daria trat vor. Erst jetzt bemerkte sie den Priester in seiner billigen wollenen Mönchskutte. »Pater«, sagte sie.

»Mein Kind«, sagte Pater Corinthian. Er zog die Kapuze vom Kopf und reichte ihr die Hand. Da erlitt Daria einen Schock. Sie wollte ihre Hand zurückziehen, brachte es aber nicht fertig. Sie blickte in die dunklen Augen des Priesters und wußte, daß sie ihn kannte.

Sie kannte ihn im tiefsten Inneren ihrer Seele. Das Erkennen kam unerwartet und verbreitete Schrecken. Dunkle Gefühle, die sie nicht begriff, überfielen sie mit solcher Stärke, daß sie zu taumeln begann. Diese furchtbare Wirklichkeit überwältigte sie völlig. Zum erstenmal im Leben sank Daria in Ohnmacht. Sie brach auf dem mit Binsen ausgelegten Fußboden zusammen.

2

Als Daria aufwachte, sah sie Ena über sich gebeugt.

»Alles in Ordnung«, sagte sie und wandte das Gesicht ab. Doch nichts war in Ordnung. Unbegreifliches war ihr zugestoßen. Es war erschreckend. Nein, nichts war in Ordnung.

»Aber was ist denn geschehen, kleine Herrin? Der Graf hat Euch hergebracht. Er hat nichts gesagt. Hat er Euch böse angefahren oder Euch gar vor dem Priester geschlagen? Habt Ihr ihm eine scharfe Antwort gegeben? Hat er...«

»Bitte, laß mich allein, Ena! Der Graf hat mir nichts getan. Ich möchte ruhen. Geh jetzt!«

Die alte Frau schniefte und zog sich in die äußerste Ecke des Zimmers zurück. Daria schaute auf das schmale Fenster, durch das ein Streifen Sonnenlicht fiel, in dem leuchtende Stäubchen tanzten. Was ihr im großen Saal zugestoßen war, blieb unerklärlich. Der Priester, dieser schöne, junge Benediktinermönch, ein junger Mann, der Gott geweiht war... und doch schien er ihr irgendwie bekannt. Wie konnte das geschehen? Sie begriff es nicht.

Nur einmal war ihr in ihren 17 Lebensjahren ähnliches widerfahren, diese Vorausahnung, dieses zweite Gesicht, ein Erbteil ihrer Großmutter, die, vom Alter gebückt, auf dem Totenbett ihren Sohn und ihre Töchter verflucht hatte. Eine verrückte Alte mit wilden, zähen Haaren und wahnsinnigen Augen.

Als Daria zwölf war, hatte ihre Mutter ihr eines Tages gesagt, daß ihr Vater sie vor dem Aufbruch ins Heilige Land noch einmal für kurze Zeit besuchen werde. Er befand sich gerade in London, wo er an einem Turnier teilnahm. In diesem Augenblick sah Daria ihren Vater vor sich, in der silbern glänzenden Rüstung auf seinem Kampfroß, schön anzusehen und doch furchterregend. Er hatte das Visier heruntergelassen, die Lanze eingelegt und stürmte zum Angriff vor.

Daria sah ihn genauso deutlich vor sich, wie sie ihre Mutter sah, die sie schweigend anstarrte. Sie sah, wie seine Lanze zur Seite gestoßen wurde, wie er aus dem Sattel gehoben und in den Staub geschleudert wurde. Sie sah, wie das Pferd seines Gegners scheute, sich aufbäumte und dann mit den Vorderhufen auf dem Kopf ihres Vaters landete. Sie hörte Metall knirschen und Knochen brechen, und sie schrie bei dem Anblick, bei dem Geräusch, dem dunklen Vorgefühl, dem blutigen Schrecken des Gesichts. Und sie hatte ihrer Mutter alles erzählt. »Nein«, flüsterte die, und Daria spürte, daß ihre Mutter in diesem Augenblick Angst vor ihr hatte.

Fünf Tage später erreichte sie die schlimme Nachricht. Drei Tage danach brachte man ihnen den toten Vater. Er wurde im Familiengrab beigesetzt, ohne daß seine Frau ihn noch einmal gesehen hätte. Denn sein Kopf war unter den Pferdehufen zerquetscht worden.

Und jetzt war es wieder geschehen. Nur war es diesmal nicht Tod und Schrecken und nie endender Kummer. Diesmal war es ein seltsamer Schock des Erkennens, ein *Wissen* um einen anderen Menschen, den sie noch nie gesehen hatte. Was bedeutete es? War es dem armen jungen Priester bestimmt, zu sterben? Sie glaubte es nicht. Sie wußte es einfach nicht. Aber als sie ihn erblickte, hatte sich in ihrem Inneren etwas gerührt, und dann hatte er nach Art eines Priesters ihre Hand ergriffen, und die Berührung hatte sie wie ein bohrender Stich getroffen.

Und dann war sie wie ein kleines Dummchen in Ohnmacht gefallen. Während sie im Beisein des Grafen noch immer den jungen Priester offenen Mundes anstarrte, war sie in Ohnmacht gefallen.

Es klopfte an der Zimmertür. Daria drehte sich um. Ena lief hin, zog die Tür einen Spaltweit auf und spähte hinaus. Daria hörte Edmond von Clares Stimme. Dann schob er Ena weg und kam ins Zimmer.

Der hochgewachsene Mann schaute auf sie hinab. »Du bist ja wieder wach«, sagte er. »Was war denn mit dir los? Bist du etwa krank?«

Sie schüttelte den Kopf.

»Was dann?«

Sollte sie ihm sagen, daß ihre Großmutter im Wahnsinn gestorben war und sie wie eine Hexe auf dem Totenbett verflucht hatte? Daß sie vielleicht sogar selbst eine Hexe geworden war? »Es tut mir leid, daß ich Euch Sorgen bereitet habe. Mir wurde nur einfach plötzlich übel. Der Benediktinerpriester... soll er auf Tyberton bleiben?«

»Ja. Ich wollte ihn dir vorstellen, aber da brachst du vor unseren Augen zusammen, und der junge Mann war natürlich sehr besorgt. Du hast ihm einen großen Schreck eingejagt, und nun will ich wissen, ob du es vielleicht absichtlich getan hast. Vielleicht, um seine Hilfe zu erlangen? Ihn zu bitten, daß er dir zur Flucht verhilft?«

»Nein.«

»Das konnte ich mir auch nicht vorstellen. Nein, Daria, es fehlt dir an Tücke, um deine Ziele mit Hinterlist zu verfolgen.«

Sie fragte sich, wie er zu der Ansicht gelangt war, daß er sie so durchschauen könnte. Und sie wünschte den Augenblick herbei, in dem sie ihn durch Hinterlist hereinlegen würde.

»Er scheint ein frommer und gelehrter junger Mann zu sein«, fuhr Edmond von Clare nach einer Weile fort. »Nach allem, was ich höre, bringen die Benediktiner immer wieder hingebungsvolle Priester hervor. Er wird hier in meinem Dienst bleiben.«

»Wie heißt er?«

»Er sagt, in der Benediktinerabtei habe man ihm den Namen Corinthian gegeben. Morgen früh hält er eine Messe für uns ab. Nur du und ich nehmen teil, sonst keiner. Meine Seele verlangt nach Reinigung. Deine beschützte Jugend hält dich der Sünde fern, doch wird Gottes Wort auch deinen Ohren guttun.«

Daria wollte den jungen Priester nicht wiedersehen, und doch verlangte es sie zur selben Zeit, ihn wenigstens noch einmal zu sehen, um festzustellen, ob sie vielleicht nicht nur aus Angst und Verzweiflung über ihre Gefangenschaft in Ohnmacht gefallen war.

Er war ja ein Priester, ein Mann Gottes. »Ich werde zur Kapelle kommen«, sagte sie.

Edmond von Clare sah sie schweigend lange Zeit an. Dann sagte er: »Wie sanft du bist«, und ging.

Sie blieb wie erstarrt zurück. In seinem Blick und seiner leichten Berührung war nichts Gemeines gewesen, eher eine gewisse Zärtlichkeit. Das erschreckte sie. Es war keine Wollust, und doch war Wollust dabei. Und etwas, das noch viel schlimmer war.

Zum Abendessen schritt sie langsam in den großen Saal. Edmond saß bereits auf seinem Herrensessel, der neue Priester ihm zur Linken. Der Sessel zu seiner Rechten – ihr Sessel – war leer. Sie ging noch langsamer. Sie konnte den Blick nicht von dem Priester wenden.

Im vollen Licht der Wandfackeln glänzte sein dunkles Haar rein und seidig. Er trug einfache Kleidung, die jedoch im Gegensatz zu anderen Priestern, die sie gesehen hatte, sauber war. Selbst in dem weiten Rock war zu sehen, daß er schlank und gutgebaut war. Es schien nicht der Körper eines Mannes zu sein, der nur geistlichen Dienst verrichtet. Er sah kräftig und unternehmungslustig aus, wie jemand, der ebensogut auch seinen Platz als Ritter oder Krieger einnehmen könnte. Er hatte gutgeformte Gesichtszüge, von den geschwungenen schwarzen Augenbrauen bis zu dem Grübchen im Kinn. Sein Teint war fast so dunkel wie der eines Arabers, die Augen fast so schwarz wie das Haar. Beim Sprechen machte er ausdrucksvolle Handbewegungen, um seine Worte zu unterstreichen. Er wirkte intelligent. Nun, er war ein Priester, aber er war auch ein gutaussehender Mann. Plötzlich blickte er auf, sah sie, und sein Gesicht erstarrte.

Zu ihrer großen Bestürzung empfand sie den gleichen Schock des Erkennens wie beim erstenmal. Sie fühlte sich nackt und ausgesetzt. Er schaute sie an und legte den Kopf in stummer Frage leicht zur Seite. Er hatte also bei ihrem Anblick nichts gefühlt, er mußte sie für verrückt halten.

Rasch schlug sie die Augen nieder und begab sich stumm zu ihrem Sessel.

Edmond von Clare nickte ihr zu, sorgte dafür, daß ihr Teller gefüllt wurde, und wandte sich dann wieder dem jungen Priester zu. Er schien nichts Ungewöhnliches bemerkt zu haben.

Roland brauchte einige Zeit, um sich zu sammeln. Er sah, wie Daria zur Rechten Clares Platz nahm und auf ihren Teller blickte.

Dann stellte Clare ihm eine Frage, und er antwortete. Am Nachmittag hatte er sich, nachdem das Mädchen vor ihm in Ohnmacht gefallen war, so bald wie möglich von Clare getrennt. Er hatte das große Erstaunen in ihren Augen gesehen, als sie ihn erblickte. Offenbar hatte sein Anblick, sein Händedruck einen Schock bei ihr bewirkt. Es war, als würde sie ihn wiedererkennen. Aber das war doch nicht möglich. Er hatte sie noch nie im Leben gesehen. Wäre es anders, hätte er sich ihrer erinnert.

Sie sah nett und angenehm aus, nicht mehr und nicht weniger. Sie hatte klare, feingemeißelte Züge, die nach dem Geschmack der meisten Männer sein mußten. Ihr Gesicht sprach von innerer Stärke, von einer natürlichen Lebenskraft, die allerdings durch ihre Gefangenschaft gelitten hatte. Ihr dunkles Haar entsprach der Beschreibung ihres Onkels – es hatte die Farbe des reifen Herbstes – aber selbst das Haar schien stumpfer geworden. Sie hatte tiefgrüne Augen – heute nachmittag waren sie so dunkel gewesen wie die aufgewühlte Irische See bei Tagesanbruch. Sie war gertenschlank, von zierlicher Gestalt, und sie trug den Kopf hoch. Sie hatte die Würde einer Lady. Doch er erkannte auch, daß sich dahinter Kraft und Mut verbargen.

Nun erschien es ihm auch verständlich, warum Edmond von Clare sie zur Frau nehmen wollte. Vielleicht spürte der Mann ein Versprechen in ihr, ihre innere Stärke. Nein, wahrscheinlich sah der Graf in ihr nur ein kerngesundes Mädchen, das ihm eine lange Reihe von Söhnen schenken würde. Wenn er Glück hatte, würde sie nicht im Kindbett sterben wie seine ersten beiden Ehefrauen. Und dann kam Roland wieder der unvernünftige Schock in den Sinn, den sie bei seinem Anblick erlitten hatte. Vielleicht war es kein Anzeichen von Geistesschwäche gewesen, sondern ihr war schlicht die Galle hochgestiegen. Er hoffte, daß es sich so verhalten hatte. Er fragte sich sogar, ob er seine Rolle schlecht spielte. Hatte sie ihn etwa durchschaut? Ihn als Lügner und Betrüger erkannt? Ihm keine Sekunde den Priester geglaubt?

Wiederum stellte ihm Edmond von Clare Fragen, die er leicht und geläufig beantwortete, denn er hatte seine Rolle in den vergangenen beiden Wochen gut einstudiert. Fehler konnte er sich nicht erlauben. Sein Leben stand auf dem Spiel, ebenso wie ihr's. Der Name Pater Corinthian behagte ihm. Aber dieses elende Mädchen... was war mit ihr an diesem Nachmittag losgewesen? Er mußte sie bald hier herausholen und sie dann auf schnellstem Wege heimbringen.

Ein Schauder durchlief ihn. Er biß ein Stück von dem zu stark gesalzenen Rinderschmorbraten ab. Er mußte herausfinden, ob sie noch Jungfrau war. Er glaubte es. Soweit er Edmond von Clare bisher kennengelernt hatte, schien er ein Mann zu sein, der auf seine Ehre hielt. Das Mädchen sah keinesfalls so aus, als wäre sie mißbraucht worden.

Nur zutiefst verwirrt sah sie aus. Roland beschloß, so rasch wie möglich zu erforschen, warum sie so bestürzt war. Den ganzen Abend über richtete Edmond von Clare theologische Fragen an ihn. Den Grafen schien besonders die Frage am Herzen zu liegen, inwieweit die Treue eines Mannes zu anderen Menschen seine Treue zu Gott beeinflussen durfte. Roland konnte rasch feststellen, daß der Graf nicht auf den Kopf gefallen war. Offenbar verbrachte er den größten Teil seiner Zeit damit, daß er sich in religiöse Dinge versenkte. Er war in dieser Hinsicht so beschlagen, daß Roland ohne seine Beredtsamkeit bestimmt mehrmals in ernste Schwierigkeiten geraten wäre.

Schließlich sagte Clare zu ihm: »Ihr habt jetzt die junge Lady Daria kennengelernt. Ich beabsichtige, sie am 31. Mai zu heiraten.«

»Aha«, sagte Roland. »Das bringt uns auf eine interessante Frage, nicht wahr? Die Treue eines Mannes zu seiner Ehefrau.«

»Das ist absurd«, sagte Edmond von Clare. »Eine Frau ist von geringem Wert. Sie erfüllt ihren Zweck als Gefäß für den Samen ihres Mannes. Meine beiden ersten Frauen haben sogar darin versagt. Wenn sie schon im Kindbett starben, hätten sie mir doch ihre Kinder lebend hinterlassen können. Aber nein, dafür waren sie zu selbstsüchtig. Doch das Mädchen Daria scheint sich bester Gesundheit zu erfreuen. Sie wird mir Söhne schenken.«

Roland war verblüfft über die Worte des Grafen. Er hatte schon Männer gehört, die vor ihresgleichen schworen, daß Frauen ein Besitz wie jeder andere seien. Aber noch nie hatte jemand eine Frau als selbstsüchtig bezeichnet, weil sie ein totgeborenes Kind zur Welt gebracht hatte. Das überstieg jedes Maß. »Wer ist sie?« fragte er. »Sie ist offenbar eine Lady und beträgt sich schon wie die Burgherrin.«

Ohne Zögern antwortete der Graf bereitwillig: »Sie ist die Nichte eines Mannes, den ich seit fünf Jahren töten wollte. Fluch seiner verrotteten Seele! Aber wenn sie meine Frau wird, ist er vor mir sicher. Zu diesem Kompromiß bin ich bereit. Außerdem bringt sie mir eine reiche Mitgift in die Ehe. Ich muß also auf meine Rache an ihrem Onkel verzichten, wenn ich die Nichte zur Frau nehme. Ausgenommen natürlich, ich könnte ihn umbringen, ohne daß es jemand erfährt.« Plötzlich fragte er: »Was glaubt Ihr, Pater, wenn ein Mann aufrichtig die Absicht hat, eine Frau zu heiraten, ist es dann Sünde, wenn er sie zu sich ins Bett nimmt, bevor er vor Gott zu ihrem Mann geworden ist?«

Die Frage amüsierte Roland. Edmond von Clare war ungern bereit, der Wollust nachzugeben. Doch wenn er es tat, verlangte er, daß Gott ihm vergäbe. Falls er aber Daria in sein Bett nahm, bevor Roland sie aus Tyberton wegschaffen konnte... Roland kannte Damon Le Mark gut genug. Wenn der Mann mit Sicherheit wußte, daß sie keine Jungfrau mehr war, würde er seine Absicht wahrmachen und sie töten. Er wollte sie nur für Colchester zurückhaben, weil ihm die Vermählung die begehrten Ländereien einbringen würden, die seinen Besitz abrundeten. Doch da Colchester seinen Sohn von der Ehe zurückhalten würde, wenn ihre Jungfernschaft beschädigt war, mußte sich Damon Le Mark in diesem Fall mit dem Geld aus ihrem Erbe begnügen. Und um an das heranzukommen, blieb ihm nichts anderes übrig, als sich seiner Nichte zu entledigen.

Roland sagte mit jener Festigkeit, die ein Priester aufbringen muß: »Die Wollust eines Mannes darf sich nicht auf seine Ehefrau oder auf die Lady richten, die bald seine Frau sein wird. Wenn er sein Verlangen unbedingt befriedigen will, sollte er es bei einer anderen Frau von geringerer Herkunft tun.«

Edmond von Clare erhob keinen Widerspruch. Schließlich fand der nicht enden wollende Abend doch einen Abschluß, als Clare vor den versammelten Männer und Frauen von Tyberton Gebete sprach. Clare wollte auf den Benediktinermönch Eindruck machen. Er glaubte auch zu bemerken, daß die meisten Anwesenden seine Bemühung um die Rettung ihrer Seelen anerkannten. Nur einige üble Kerle wurden unruhig. Er würde dafür sorgen, daß sie bestraft wurden.

Roland sagte dem Mädchen Daria gute Nacht und sah ihr nach, wie sie den Saal verließ. Er konnte nur hoffen, daß er mit seinem priesterlichen Spruch dem Mädchen für diese Nacht die Jungfernschaft erhalten hatte. Er legte sich in einer engen Zelle zwischen den Wohnräumen zum Schlaf nieder, wo er es einigermaßen warm hatte. Doch er hätte gewettet, daß man im Winter auf den feuchtkalten Steinen bis auf die Knochen durchgefroren würde.

Dann war es 6 Uhr morgens. Roland hatte sich gewaschen und angekleidet und war hellwach. Lateinische Worte lagen ihm auf der Zunge. Schon als kleiner Junge war Roland ein Frühaufsteher gewesen. Nie war sein Geist schärfer, sein Witz treffender, sein Körper tüchtiger als am frühen Morgen. Rasch machte er sich auf den Weg in die bedrückende, feuchte Kapelle.

Lang und schmal war die Kapelle auf Tyberton. Mehrere holzgeschnitzte Heilige in verschiedenen Stadien ihres grausigen Märtyrertods schmückten das Schiff. Im Inneren war es kalt und feucht. Roland spürte, wie der Morgennebel vom Fluß Wye durch die dicken grauen Steinwände drang. Er dachte an das, was er sich zum Ziel gesetzt hatte: Burg und Land in Cornwall wollte er kaufen. Die Burg war nur klein, aber gutgebaut, sicher, warm und gemütlich. Sobald er das Mädchen zu ihrem Onkel zurückgebracht und die zweite Hälfte der vereinbarten Belohnung kassiert hatte, würde die Burg ihm gehören. Bei allen Heiligen, wenn er es doch schon hinter sich hätte und dort wäre, um seine eigenen Felder zu bestellen, seine eigenen Mauern auszubessern und seine eigenen Scheuern zu füllen!

Ungeduldig wartete er auf den Grafen und Daria. Den Messetext kannte er jetzt zum großen Teil auswendig, obwohl das keine große Rolle spielte. Edmond von Clare konnte ja kein Latein. Er sprach die Antwortformeln nur wie ein Papagei nach. Roland hatte das von dem früheren Priester erfahren, einem fetten Kerl, der froh war, einen Beutel Geld von ihm zu erhalten, damit er Tyberton und seinem fanatischen Besitzer entrinnen konnte. Die übrigen Bewohner der Burg konnten kaum richtig englisch sprechen.

Das Mädchen Daria traf als erste in der Kapelle ein. Sie war warm angezogen und trug einen dicken Wollmantel über dem Kleid. Den Kopf hatte sie mit einem weichen, weißen Schleier verhüllt. Er sah sie scharf an, bis sie endlich den Blick zu ihm hob. In ihren Zügen prägte sich deutlich ihre Unsicherheit aus. Blankes Erstaunen war in ihren Augen. Und wieder sah sie ihn mit diesem seltsamen Blick an. Er wollte gerade etwas zu ihr sagen, als Edmond von Clare hereinkam. Der Graf bot Daria den Arm und führte sie zur vordersten Bank, dem Altar und dem Priester gegenüber.

»Pater«, sagte er mit leiser, wohltönender und außerordentlich respektvoller Stimme. Roland nickte mit gütiger Miene. »Setzt euch, meine Kinder, und laßt uns des Herrn Güte preisen und seine Wohltaten in andächtiger Frömmigkeit loben.«

Er schlug das Kreuz und betrachtete seine beiden Gläubigen mit freundlicher Milde. Sobald sie Platz genommen hatten, begann er mit leiser Stimme in fließendem Latein:

»Nos autem gloriari oported in cruce Domini nostri Jesu Christi: in quo est salus, vita, et resurrectio nostra: per quem salvati, et liberati sumus.«

Daria spürte, wie die reinen, süßen lateinischen Töne in sie eindrangen. Es klang trostreich, wie er sie mit schönem Gefühl und mit Betonung sprach. Demnach war er gebildet, denn er verstand den Sinn der Worte. Im Geist übersetzte sie den Spruch.

»Doch es obliegt uns, das Kreuz unseres Herrn Jesus Christus anzubeten, denn es verheißt uns Heil, Leben und Auferstehung, es ist unsere Rettung und Befreiung...«

»Alleluia, alleluia. Deus misereatur nostri, et benedicat nobis: illuminet vultum suum super nos, et misereatur nostri. Gloria Patri.«

Sie klangen schön, die Worte und seine Stimme. Sie konnte den Blick nicht von seinem Gesicht wenden, diesem schönen Gesicht, das in diesem Augenblick nicht das Gesicht eines Menschen war, sondern das Angesicht Gottes, das Gottes Worte sprach. Seine Handbewegungen fesselten sie nahezu wie in Trance. »Halleluja, Halleluja. Möge der Herr uns gnädig sein und uns seinen Segen geben, möge er sein Angesicht leuchten lassen über uns und uns seiner Gnade teilhaftig sein lassen. Ehre sei Gott in der Höhe.«

»Hoc enim sentite in vobis, quod erat in Jesu Christo: Qui cum in forma Dei esset, non rapinam arbitratus est esse se aequalem Deo: sed semetipsum...«

»Laß diesen Geist in Deinem, der auch in Jesus Christus war, der als Gottes Sohn es nicht für Anmaßung hielt, gottgleich zu sein, sondern sich ausleerte ...«

Pater Corinthian machte eine merkwürdige Pause und fuhr dann leiser und schneller fort:

»Neque auribus neque oculie satis consto ...«

Daria riß den Kopf hoch und schaute ihn an. Dennoch wiederholte er:

»Neque auribus neque oculie satis consto ...«

Nein, das war doch nicht möglich! Und doch hatte sie die Worte genau verstanden. Zum zweitenmal hatte er auf lateinisch gesagt: »Ich verliere mein Augenlicht und werde taub.«

»Hostis in cervicibus alicuinus est ...«

Sie sagte es flüsternd auf englisch: »Der Feind ist uns auf den Fersen.«

»Nihil tibi a me postulanti recusabo ... Optate mihi contingunt ... Quid di me fiet? ... Naves ex porta solvunt ... Nostri circiter centum ceciderunt ... Dulce lignanum, dulces clavos, dulcia ferens pondera: quae sola fuisti digna sustinere regem caelorum, et Domininum. Alleluia.

»Ich verweigere dir nichts ... Meine Wünsche werden erfüllt ... Was soll aus mir werden? ... Die Schiffe segeln aus dem Hafen ... Etwa 100 unserer Leute fielen ... Süßes Holz, süße Nägel, ihr tragt ein süßes Gewicht, ihr allein seid wert, den König des Himmels und den Herrn zu tragen. Halleluja.«

Daria bot ein Bild des Erstaunens und der grenzenlosen Verwunderung. Durch einen Seitenblick vergewisserte sie sich, daß der Graf nicht mitgekriegt hatte, wie sein neuer Priester, der gebildete und gelehrte Benediktiner, sich einen Spaß daraus gemacht hatte, die Messe mit Küchenlatein zu garnieren. Allerdings nicht in der Art des letzten Priesters. Nein, dieser Mann *war* gebildet, er hatte die Fähigkeit, mit Worten zu jonglieren und zu manipulieren...

Der Rest der Messe ging schnell vorbei, und der Priester erwähnte keine Feinde und abgeschlagenen Köpfe mehr.

Er erteilte dem Grafen und Daria den Segen, sagte mit erhobenen Armen »Dominus vobiscum«, und der Graf erwiderte auf die Beschwörung des Herrn, mit ihnen zu sein: »Et cum spiritu tuo.«

Pater Corinthian blickte erwartungsvoll auf Daria, und sie sagte leise: »Capilli horrent.«

Roland war aufs äußerste verblüfft. Ausdruckslos wiederholte sie nicht das erwartete »Et cum spiritu tuo«, sondern erneut »Capilli horrent.«

Die Haare stehen ihm zu Berge.

Die kleine Göre sprach Latein! Bei allen Heiligen, sie machte sich über ihn lustig! Wie leicht konnte sie ihn verraten! Er faßte sich schnell und hörte sie sagen: »Bene id tibi vertat.«

Er senkte den Kopf. Die lateinischen Worte der Messe summten ihm im Kopf herum. »Ich wünsche Euch Erfolg in der Angelegenheit.«

Roland trat zurück und breitete die Arme aus. »Deo gratias.« Er lächelte den Grafen an, der ein Gesicht machte, als hätte der liebe Gott persönlich ihm seine Anerkennung ausgesprochen.

»Ich danke Euch, Pater, vielen Dank. Meine Seele jubelt über Euer Hiersein. Ja, als wir keinen Priester mehr in der Burg hatten, fürchtete ich um mein und das Seelenheil meiner Leute.«

Dann wandte er sich an Daria und sagte mißbilligend: »Du hast etwas gesagt, was ich nicht als liturgische Antwort erkannte. Was war es?«

»Es war reiner Unsinn«, erwiderte sie. »Mir fiel die vorgeschriebene Antwort nicht ein, und da habe ich irgend etwas gesagt, was ähnlich klang. Verzeiht mir, Pater, es war unehrerbietig von mir.«

Die Miene des Grafen verhärtete sich. »So etwas ist Gotteslästerung. Der gute Pater Corinthian wird dich die vorgeschriebenen Antworten lehren, damit du sie endlich behältst. Es ist eine Schande, sie nicht zu kennen, Daria.«

»Ja, Mylord.«

Der Graf empfahl sich. Sie waren allein in der dunklen Kapelle.

»Wer seid Ihr?«

»Das nenne ich schnell zur Sache kommen«, bemerkte Roland, den Blick auf die geschlossene Kapellentür gerichtet. »Laßt mich erst nachschauen, ob keiner draußen ist!«

»Und selbst wenn ein Dutzend Leute an der Tür horchten, wäre es unerheblich. Die Tür ist beinahe so dick wie die Steinwände.«

Dennoch begab sich Roland zur Tür, machte sie auf und schloß sie dann wieder leise. Dann drehte er sich zu ihr um.

»Wer seid Ihr?« fragte sie nochmals.

»Ihr sprecht Latein.«

»Ja, ich spreche Latein. Das habt Ihr wohl nicht erwartet.«

»Allerdings nicht. Doch Ihr habt mich dem Grafen nicht verraten. Darf ich annehmen, daß Ihr immer noch zu fliehen wünscht?«

Sie nickte und fragte erneut: »Wer seid Ihr?«

»Euer Onkel hat mich zu Eurer Befreiung hergesandt. Wie Ihr bereits wißt, bin ich kein Benediktinermönch.«

Sie lächelte ihn strahlend und sehr boshaft an. »Aber Ihr seid im Gegensatz zu dem vorigen Priester, der kaum ein paar zusammenhängende, entfernt nach Latein klingende Worte sprechen konnte, ein gebildeter Mensch. Der Graf wußte das natürlich nicht. Seid Ihr den Priester endgültig losgeworden?«

»Ja. Es war ganz einfach. Er fühlte sich elend auf Tyberton und war nur zu gern bereit, für ein paar Münzen zu verschwinden. Ihr habt mich also erkannt, als Ihr gestern in

Ohnmacht fielt? Ihr wußtet auf den ersten Blick, daß ich kein Priester bin? Seid Ihr deshalb auf einmal blaß geworden und zusammengebrochen?«

Sie schüttelte den Kopf und schien peinlich berührt. »Ich weiß nicht, wie es dazu kam... ich meine, ich habe Euch nicht erkannt und weiß immer noch nicht, wer Ihr seid. Und doch glaubte ich Euch zu kennen, vielleicht besser als mich selbst.« Das hört sich völlig unsinnig an, dachte sie. Und wieder packte sie der Schock des Wissens, daß er da war, tief in ihr, ein Teil von ihr. Sie trat einen Schritt zurück. Er mußte sie für eine Verrückte halten.

»Was ist es dann? Erschrecke ich Euch?«

»Ja«, sagte sie, »aber ich begreife es nicht.«

Roland verstand kein Wort von dem, was sie sagte. Aber er hatte jetzt auch nicht die Zeit, es sich näher erläutern zu lassen. »Wie gesagt, ich kam her, um Euch zu befreien.«

»Ich möchte aber Ralph von Colchester nicht heiraten. Er ist ein liederlicher, schwacher und charakterloser Lump.«

Roland sah sie finster an. »Das geht mich nichts an. Euer Onkel bezahlt mich dafür, daß ich Euch zu ihm zurückbringe, und das werde ich tun. Was dann mit Euch geschieht, ist Sache Eures Onkels. Er ist Euer Vormund. Die Entscheidung liegt bei ihm. Eine Frau darf nicht selber bestimmen, wer Ihr Gatte sein soll. Das würde die Welt ins Chaos stürzen.«

»Diese Welt, die Ihr Männer von Anbeginn der Zeiten regiert, steuert unentwegt ins Chaos. Was könnten da Frauen noch für Unheil anrichten?«

»Aus Euch spricht Unwissenheit. Vielleicht fehlt es Eurem Onkel an Klugheit und Mitgefühl, aber es gehört sich, daß Ihr Euch ihm unterwerft.«

Daria seufzte. Er war wie alle Männer, die bisher ihren Weg gekreuzt hatten. Der Mann befahl, und die Frau hatte zu gehorchen. Schade! Diesem Mann, den sie zu kennen glaubte, der sie aber nicht kannte, war es also gleichgültig, was aus ihr wurde. Was ging es ihn auch an? Dieses unverständliche Wiedererkennen ging ja nur von ihrer Seite aus, dieses wundersame Gefühl hatte nichts mit ihm zu tun. Plötzlich fiel ihr etwas ein: Wenn er sie aus den Händen Edmond von Clares befreit hatte, konnte sie immer noch ihm entfliehen. Ihm war es ja gleichgültig, was aus ihr wurde.

»Ihr habt mir immer noch nicht Euren Namen gesagt.«

»Ihr könnt mich Roland nennen.«

»Ach, wie der schrecklich tapfere Roland unter Karl dem Großen? Wann verlassen wir diesen Ort, Sir?«

3

Darias Frage brachte Roland aus dem Gleichgewicht. »Einfach so? Ihr glaubt mir also? Ihr wollt mit mir gehen? Ihr verlangt keine weiteren Beweise?«

»Selbstverständlich glaube ich Euch. Ich bin überzeugt, daß Ihr kein Priester seid.«

»Warum?«

Am liebsten hätte sie ihm gesagt, wie froh sie darüber war, daß er kein Mann Gottes, sondern ein Mann dieser Welt, einfach ein Mann war. Statt dessen fragte sie: »Habt Ihr meine Mutter gesehen? Geht es ihr gut? Ihr wart doch auf Burg Reymerstone?«

»Ja. Eurer Mutter schien es gut zu gehen. Ihr seht ihr recht ähnlich, jedenfalls im Gesichtsausdruck. Wenn ich mich recht erinnere, war Euer Vater so dunkel wie ein Neapolitaner.«

»Ihr habt meinen Vater gekannt?«

»Ja, als junger Mann im Gefolge König Edwards. Sir James war ein tapferer und zuverlässiger Mann. Ein Jammer, daß er unter so tragischen Umständen ums Leben kam. Er hat Edward im Heiligen Lande sehr gefehlt.«

Plötzlich ging die Tür der Kapelle auf, und der Graf erschien wieder. »Nun, Mädchen? Sag mir die korrekte liturgische Antwort!«

Daria erwiderte rasch mit unbewegter Miene: »Et cum spiritu tuo.«

Der Graf nickte. »Gut. Ich bin mit dir zufrieden. Ich war immer der Ansicht, daß auch Frauen etwas lernen können, und du hast es mir eben bewiesen. Was meint Ihr dazu, Pater?«

Roland sah Daria so anerkennend an wie einen Hund, der soeben ein kleines Kunststück vollbracht hat. Im Priesterton sagte er: »Frauen können lernen, Worte nachzusprechen – in jeder Sprache –, wenn man ihnen genügend Zeit für häufige

Wiederholungsübungen läßt. Es ist allerdings zu bezweifeln, daß sie die Bedeutung voll erfassen, aber Gott hat Nachsicht und Verständnis für das schwächste seiner Geschöpfe.«

Der Graf nickte. Daria knirschte mit den Zähnen.

»Du kommst jetzt mit mir, Daria«, fuhr der Graf fort. »Ein Händler ist eingetroffen, und du sollst dir ein Stück von seinem mitgebrachten Putz aussuchen. Am 31. Mai wirst du meine Gattin. Deshalb will ich dir meine Gunst beweisen.«

Gehorsam folgte sie dem Grafen aus der Kapelle. Erst als sie draußen allein waren, fragte sie: »Habt Ihr mich deshalb entführt, Mylord? Um mich zu heiraten?«

Für den Grafen grenzte ihre Frage an Unverschämtheit. Doch diesmal wollte er Gnade vor Recht ergehen lassen. »Nein, meine Kleine, ich habe dich entführt, weil ich mich an deinem Onkel rächen wollte. Ich hasse ihn wie keinen anderen Mann auf der Welt. Zuerst verlangte ich deine Mitgift als Lösegeld. Doch dann merkte ich, wie mein Herz in deiner anmutigen Gesellschaft höher schlug, und deshalb änderte ich meine Forderung. Bis Ende Mai wird er mir seinen eigenen Priester mitsamt deiner Mitgift schicken, und dann feiern wir Hochzeit. Danach kann er sich vor meiner Rache sicher fühlen. Das heißt, vielleicht. Kann auch sein, daß ich wieder anderen Sinnes werde, denn Damon Le Mark ist eine Giftschlange, die man zertreten muß.«

»Womit habt Ihr ihm für den Fall gedroht, daß er Eure Forderung zurückweisen würde? Daß Ihr mich umbringen würdet?«

Dies ging weit über das hinaus, was der Graf einer Frau gestattete. Er handelte blitzschnell. Er gab ihr einen heftigen Backenstreich, der sie zurücktaumeln ließ. Mit der Schulter prallte sie schmerzhaft gegen den Türpfosten.

»Halt deinen frechen Mund, Daria! Solche unverschämten Äußerungen mißfallen mir sehr – und dem lieben Gott auch.«

Wut packte sie. Doch es war eine andere Wut als die auf ihren Onkel, der mit kaltem Bedacht Grausamkeiten verübte und sich daran weidete. Daher war ihre Wut auf Edmond von Clare schnell verraucht. Der Graf hielt es einfach für seine Pflicht, sie – eine Frau – ständig zu ermahnen und zu strafen. Er glaubte, er täte es zu ihrem Besten und nicht, weil es ihm ein perverses Vergnügen bereitete. Er wollte sie ein seiner Meinung nach anständiges Benehmen lehren.

Roland hielt sich im Dunkel zurück. Er mußte sich allerdings sehr beherrschen. Er hatte ihre Frage an Clare gehört und dann gesehen, wie er sie schlug.

Er stellte fest, daß er sie in diesem Augenblick bewunderte. Sie hatte Mumm im Leib, der mit den Jahren noch stärker werden würde, wenn man ihr die geringste Gelegenheit und Ermunterung verschaffte. Sie weinte nicht, und sie gab keinen Laut von sich. Sie strich nur glättend über ihren Mantel und stand schweigend stolz und trotzig da, in Erwartung dessen, was der Graf von ihr verlangen würde. Roland fragte sich, wie oft er sie wohl während ihrer Gefangenschaft geschlagen haben mochte, um sie auf ihren Platz als Frau zurückzuweisen. Er mußte sie bald von hier wegbringen.

Im Verlauf dieses Tages erkundete Roland die ganze Burg und fand einen Fluchtweg, den er benutzen würde. Er erfuhr, daß Daria ihre Zofe bei sich hatte, und beschloß, diese ältere Frau nicht mitzunehmen. Sie würde bei der Flucht nur zum Hemmschuh werden. Die Zofe mußte hierbleiben.

Am Abend nahm der Graf ihn wieder voll in Beschlag, so daß er keine Gelegenheit bekam, insgeheim mit Daria zu sprechen. Sie sah ihn jetzt nicht mehr so an, als wäre er ein Schreckgespenst oder als wäre sie ihm schon früher einmal an einem anderen Ort, zu einer anderen Zeit begegnet. Dennoch vermied sie seinen Blick, was ihm unverständlich war und seinen Ärger erregte.

Beim Schachspiel sagte der Graf, eine Figur ziehend, zu ihm: »Mich interessiert eine bestimmte Streitfrage.«

Roland setzte seinerseits den Königsbauern vor und wartete ab. Er hatte den Wert der Geduld schätzen gelernt.

»Haben Frauen eine Seele? Was glauben die Benediktiner?«

»Wie Ihr schon sagtet, ist es eine strittige Frage. Selbst im Benediktinerorden gibt es hier entgegengesetzte Meinungen.« Auf einen Bauernzug des Grafen antwortete Roland, indem er den Königsspringer weiterzog.

»Ja, gut, aber als Benediktiner seid Ihr doch sicherlich der Ansicht, daß man eine Frau für Ungehorsam, schlechte Laune, Faulheit oder Unfrömmigkeit züchtigen muß, nicht wahr?«

»Allerdings. Doch ist es allein Sache ihres Gatten, das geeignete Züchtigungsmittel anzuwenden.«

Der Graf zog die dichten, roten Brauen zusammen. »Sie ist ja schon beinahe meine Frau. Sie ist jung und daher noch zu formen. Aber sie hat auch die ganze Perversität ihre Geschlechts in sich, und in ihren Adern rollt das Blut eines Mannes, der in Sünde verkommt. Von Tag zu Tag wird sie frecher. Daher braucht sie die harte Hand eines Mannes.«

»Doch noch ist sie nicht Eure Frau.«

»Wenn sie keine Seele hat, kommt es auch nicht darauf an, was sie ist – Ehefrau, Hure oder Jungfrau.«

Roland umklammerte den Damenläufer und schob ihn dann weiter. »Ich glaube, daß Frauen ebenso Gottes Geschöpfe sind wie Männer. Sie sind genauso geschaffen wie wir – sie haben Arme, Beine, ein Herz und eine Leber. Sie sind nur schwächer, körperlich und vielleicht auch geistig. Dafür haben sie andere Werte. Sie gebären Kinder und sind bereit, sie mit ihrem Leben zu schützen. Daher haben sie genausoviel Anspruch auf Gottes Gnade wie der Mann. Schließlich, Mylord, können wir uns allein nicht fortpflanzen, und wir können unseren Kindern nicht die Brust geben. Der liebe Gott hat ihnen diese Eigenschaften geschenkt, die die Fortdauer des Menschen und damit seine Unsterblichkeit sichern.«

»Ihr kommt mir mit Sophisterei, Pater, statt meine Frage zu beantworten. Selbstverständlich haben sie Brüste, die Milch spenden, und einen Schoß, in dem sie Kinder austragen. Aber das ist auch alles. Daß sie Kinder zur Welt bringen, darin sehe ich kein Geschenk Gottes, sonst würden sie nicht so häufig im Kindbett sterben. Damit vergeuden sie die kostbare Zeit des Mannes. Meine beiden ersten Frauen waren schwach an Körper und Geist.«

Roland erinnerte sich an Joan of Tenesby. Deutlich sah er sie in diesem Augenblick vor sich und hätte schwören können, daß sie einen schärferen Geist besaß als jeder Mann, den er kannte. Mit einem Hochmut und einer Rücksichtslosigkeit, die ihn noch jetzt, sechs Jahre später, sprachlos machte, hatte sie die Menschen ihrer Umgebung vernichtet.

»Aber Ihr seid lüstern nach der jungen Daria, nicht wahr? Ihr habt ihr Putz vom Händler gekauft, um ihr zu gefallen und ihrer Eitelkeit zu schmeicheln. Doch in Wirklichkeit habt Ihr damit nur Eure eigene Eitelkeit befriedigt.«

»Ihr dreht mir die Worte im Mund herum, Pater. Wenn uns nicht das Verlangen nach dem Weibe triebe, könnten wir uns nicht fortpflanzen. Daher ist unsere Wollust das wahre Geschenk Gottes. Gott schenkte uns die Frauen, und wir haben das Recht, sie zu benutzen, sobald sie dafür reif sind.«

Roland zog seinen Königsläufer und sagte lächelnd: »Nein, Mylord, Ihr seid es, der mit Worten trefflich zu streiten vermag. Ihr würdet einen guten Bischof abgeben.« Plötzlich bemerkte Roland, daß sein Läuferzug die Stellung des Grafen stark gefährden würde, und nahm die Figur zurück.

»Laßt den Läufer stehen!« verlangte der Graf, der die Gefahr nicht erkannt hatte. Roland gehorchte und lehnte sich dann zurück.

Der Graf war weniger am Schachspiel als an der Darstellung seiner Ansichten interessiert. »Da ist noch etwas, Pater. Etwas, das meinen Geist seit vielen Wochen quält. Wie gesagt, ist Daria noch jung, doch finde ich, daß sie sich gelegentlich leichtfertig benimmt, Frömmigkeit vermissen läßt und weiblicher Eitelkeit frönt. Daher zweifle ich jetzt an ihrer Tugend. Immer wieder frage ich mich: ist sie überhaupt noch Jungfrau? Oder hat ihr Onkel sie Ralph von Colchester während seines Besuchs auf Reymerstone überlassen?«

»Nein«, sagte Roland schnell. »Ihr Onkel hat sie Colchester nicht überlassen, sondern sie vor ihm geschützt. Daran ist kein Zweifel erlaubt.«

»Ich setze wenig Vertrauen in Frauen. Sie verführen die Männer durch ihre Schönheit und ihr bescheidenes Auftreten, das nur ein schlaues Manöver ist. Vielleicht hat Daria so auch Colchesters Gunst gewonnen. Ich muß es wissen, bevor ich sie heirate. Ich muß es wissen, und ich werde es erfahren.«

»Ihr müßt mir glauben, Mylord. Das Mädchen ist noch Jungfrau. Ihr Onkel hätte es nie zugelassen, daß Colchester sie nimmt. Damit hätte sie ihren Wert und ihren guten Namen eingebüßt. Und was noch mehr zählt, auch den guten Namen der Familie ruiniert.«

Der Graf von Clare wollte nicht zugeben, daß Roland die Wahrheit sprach. Mit finsterer Miene fuhr Roland fort: »Ihr wollt also nichts anderes, Mylord, als daß die Kirche ihren Segen dazu gibt, wenn Ihr das Mädchen vor der Hochzeit mit Gewalt nehmt. Zu diesem finsteren Plan wollt Ihr den Segen der Kirche haben! Nein, Mylord, dafür könnte ich Euch keine Absolution erteilen. Es gibt aber eine andere Lösung, mit der Eure Frage beantwortet werden kann. Erlaubt mir, sie selbst zu befragen. Ich besitze die Gabe, eine Lüge zu durchschauen. Ich werde sofort merken, ob sie lügt oder nicht. Und ich werde Euch die Wahrheit sagen.«

»Und Ihr werdet ihren Worten trauen, Pater? Oder wollt Ihr sie daraufhin untersuchen, ob sie die Wahrheit gesagt hat?«

Vor Überraschung und Ekel wäre Roland beinahe vom Stuhl gefallen. Erwartete der Graf wirklich, daß ein Mann Gottes eine Frau untersuchte, um festzustellen, daß sie noch ihre Jungfernschaft besaß?

Doch es gelang ihm, ruhig zu antworten: »Wenn sie es mir sagt, werde ich wissen, ob sie die Wahrheit spricht oder nicht.«

Roland umklammerte seine schwarze Dame so fest, daß die Knöchel seiner Hand weiß hervortraten.

Schließlich nickte der Graf. »Gut, dann sprecht mit ihr! Tut es gleich, Pater! Ich muß es wissen.«

Doch vorher wollte der Graf noch die Partie zu Ende spielen. Roland hätte ihn gern mattgesetzt, doch er fürchtete, daß ihm das den Unwillen Clares zuziehen würde. Daher machte er absichtlich einen schweren Fehler, indem er seine Dame so stellte, daß der weiße Springer sie im nächsten Zug schlagen konnte. Nun war die Partie rasch beendet.

»Ihr spielt gut, Pater, aber nicht so gut wie ich. Ich werde Euch weiterhin Unterricht erteilen.«

Roland nickte ernst. »Es wird mir eine Ehre sein.«

Zehn Minuten später klopfte er leise an Darias Schlafzimmertür.

Die Zofe Ena machte ihm auf.

»Ist Eure Herrin da?«

Die Alte nickte. »Hat er Euch zu ihr geschickt, Pater?«

»Ja. Ich muß sie sprechen. Allein.«

Die Zofe verließ das Zimmer. Daria sprang auf und eilte auf ihn zu. »Was ist geschehen? Gehen wir jetzt? Was...«

»Pst«, sagte er, nahm ihre Hände und drückte sie. »Der Graf hat mich hergeschickt, um mit Euch zu reden. Er will sichergehen, daß Ihr Jungfrau seid.«

Sie schlug die Augen nieder.

Diese Antwort genügte ihm. Lächelnd fuhr er fort: »Ich wußte es. Denkt nicht mehr daran! Die Sache ist aber leider so, daß der Graf merkwürdige Ansichten über Gottes Anteilnahme an seiner – des Grafen – Begierde hat. Kommt, wir müssen uns besprechen, und zwar schnell, denn er wird bestimmt bald hier sein, um zu hören, was Ihr mir geantwortet habt!«

Er hielt noch immer ihre Hände. Sie spürte, wie seine Lebenskraft in sie überfloß. Es ließ sie zittern. Da löste er sich von ihr und trat einen Schritt zurück. »Ich traue dem Grafen nicht über den Weg. Er begehrt Euch stark. Ja, er hat schon vor mir davon gesprochen, Euch noch vor der Hochzeit in Besitz zu nehmen. Ich habe versucht, ihn davon abzubringen, aber er betrachtet seine Wünsche als gottgefällig. Wir müssen Tyberton heute nacht verlassen. Hört mir gut zu, denn wir haben wenig Zeit!«

Roland sprach leise und schnell, aber doch nicht schnell

genug. Denn gleich darauf wurde die Tür aufgerissen, und der Graf kam ins Schlafzimmer. Er blickte erst den Priester, dann Daria an. Die beiden standen weit genug voneinander entfernt. Dennoch fragte er mit unverhohlenem Argwohn: »Nun, Pater? Ist sie noch Jungfrau?«

»Ja, sie ist Jungfrau«, sagte Roland.

»Das hat sie Euch gesagt.«

»Mich hat noch kein Mann berührt!«

»Du bist eine Frau und damit eine geborene Lügnerin. Ich wünschte, ich könnte Euch glauben, Pater, aber ich werde meine Zweifel nicht los. Als Ihr weg wart, hörte ich, wie einer meiner Männer zu einem anderen sagte, daß alle Dirnen hier auf der Burg den Wunsch haben, mit Euch ins Bett zu gehen. Ich muß zugeben, daß ich bis dahin in Euch nur den Priester und nicht den Mann gesehen hatte. Jetzt aber sehe ich in Euch einen Mann, der mit ihr allein im Schlafzimmer war.«

Roland nahm sofort seine frömmste Pose an. »Ihr müßt mir glauben, daß ich in Eurer Verlobten nicht die Frau sehe. Ich sehe sie als ein Geschöpf Gottes und nichts anderes.«

Rolands Stimme klang ruhig, doch das Herz schlug ihm schneller in der Brust. Er hatte den Eindruck gewonnen, daß der Graf nicht ganz normal war.

Edmond von Clare holte tief Atem, um seiner Erregung Herr zu werden. Er war sich seines schlechten Benehmens vollauf bewußt. Ja, er würde den Mann, der so unehrerbietig über den Priester gesprochen hatte, auspeitschen lassen. Seine Wangen waren totenblaß, seine Augen weit aufgerissen. Für ihn war es ohne Belang, was Daria dem Priester gesagt hatte und was der glaubte. Er hatte einen Entschluß gefaßt und war überzeugt, daß der liebe Gott seine Handlungen billigte.

»Ich werde sie jetzt untersuchen«, sagte Edmond und ging auf sie zu. »Ihr bleibt hier, Pater. Ihr seid mein Zeuge, daß ich sie nicht vergewaltigt habe. Und falls sie keine Jungfrau mehr ist, werdet Ihr auch das bezeugen, so daß ich mit ihr nach Belieben verfahren kann, denn auf die Wünsche einer Hure brauche ich keine Rücksicht zu nehmen.«

Roland räusperte sich. Seine Stimme klang streng. »Ich verbiete es, mein Sohn.«

Der Graf starrte ihn an, als hätte Roland den Verstand verloren. »Ich bin der Herr hier, Pater Corinthian, und niemand, nicht einmal ein Mann Gottes, hat das Recht, mir zu widersprechen, denn mein Wort ist Gesetz. Habt Ihr mich verstanden? Und nun kommt her! Ihr seid mein Zeuge.«

Daria versuchte zu flüchten. Aber der Graf bekam sie zu packen, hob sie hoch, trug sie zu dem schmalen Bett und warf sie rücklings darauf.

»Verdammt noch mal, Mädchen, halt still!« Er holte aus, um sie zu schlagen, bis sie sich ihm unterwarf. Da sah er den Priester steif und voller Mißbilligung neben sich stehen. Langsam ließ er die Hand sinken. So leise, daß nur sie ihn hören konnte, drohte er: »Tu, was ich dir sage, oder ich schlage dich grün und blau, sobald der Priester weg ist!«

»Bitte nicht, Mylord«, sagte sie. »Bitte, erlaßt mir die Schande! Ich bin Jungfrau. Was habe ich getan, um Euer Mißtrauen zu verdienen? Bitte, tut mir diese Schande nicht an!«

Der Graf kümmerte sich nicht um ihre Bitten. Er war ebenso entschlossen wie erregt. Die Lenden schmerzten ihn schon vor Verlangen. Er wollte sie betasten und den Finger in ihren weichen Frauenschoß stecken. Daria spürte eine seiner breiten Hände auf ihrem Unterleib. Er hatte die Finger gespreizt und hielt sie fest. Mit der anderen Hand zog er an ihrem Wollrock, zerrte daran und zerriß ihn vor lauter Gier. Sie fühlte die kalte Luft an ihren Oberschenkeln. Sie schrie, sträubte sich und versuchte von ihm loszukommen.

»Du sollst dich nicht wehren! Lieg gefälligst still, dann hast du es gleich hinter dir!«

Aber sie konnte doch nicht wie ein hilfloses Wesen still daliegen, ohne sich zu rühren, ihm zu Gefallen, damit er sie demütigen, sie ansehen und betasten konnte! Nicht wenn Roland dabei war, der wie ein Wilder aussah und vor Wut fast zu platzen schien. Dann fiel ihr ein, daß Roland, wenn sie sich weiter wehrte, sich wahrscheinlich auf den Grafen stürzen würde. Und dann wäre alles verloren. Und Roland wäre dem Tod geweiht.

So zwang sie sich, still dazuliegen. Sie schloß die Augen und bemühte sich, nicht daran zu denken, was er mit ihr vorhatte. Es fiel ihr schwer, aber sie machte keine Bewegung und erduldete still, was sie zu erdulden hatte. Der Graf war äußerst zufrieden, als er sah, daß sie sich in ihr Schicksal ergab.

Und Roland verstand sie. Es war ihm schrecklich, mit ansehen zu müssen, wie der Graf sie abtastete. Clare zog ihr die Beine breit auseinander, und Roland sah, wie sein Finger zwischen ihren Oberschenkeln verschwand, und wußte, was er jetzt tat. Er wollte den Mann umbringen, er zitterte vor Wut, aber er wußte genau wie Daria, daß sie kaum noch eine Möglichkeit zur Flucht haben würden, wenn er seiner Wut nachgab und den Grafen auf der Stelle tötete. Er zwang sich, still dazustehen und stumm zuzusehen. Nie war ihm in seinem Leben etwas schwerer gefallen. Der Graf war rot im Gesicht vor Begierde.

Als der dicke Finger des Grafen sich in Darias Schoß bohrte, begann sie zu wimmern. Grob fuhr er tiefer hinein, und sie schrie vor Schmerz. Er sah sie böse an und drang noch tiefer ein. Er weitete den Eingang für sein Geschlecht, denn jetzt war er entschlossen, sie bald zu vergewaltigen, komme was da wolle.

Schließlich zog er den Finger heraus, und seine Hand kam unter ihren Röcken wieder zum Vorschein. Er zog ihr das Kleid über die Beine. »Sie ist noch Jungfrau«, sagte er und sah ihr dabei ins Gesicht. »Mach die Augen auf! Ich nehme dich zur Frau, und du wirst mir gehorsam und treu sein, denn ich bin dann dein Ehemann und Herr. Hast du mich verstanden, Daria?«

Der Graf erhob sich. »Steh jetzt auf und bring deine Kleider in Ordnung! Pater, Ihr seid mein Zeuge, daß sie noch Jungfrau ist. Der Beweis ist erbracht, und wir werden sie nun allein lassen.«

Roland sah die Ausbuchtung im Waffenrock des Grafen,

wo sich sein steifes Glied gegen den Stoff drängte, und fast hätte er sich jetzt noch auf ihn gestürzt.

Er vermied es, Daria anzusehen. Er hätte den Ausdruck des Schmerzes in ihrem blassen Gesicht nicht ertragen. Er zwang sich zu einem Nicken und bedeutete dem Grafen, vor ihm das Schlafzimmer zu verlassen. Tief im Inneren wußte er, daß der Mann zurückkommen würde, um ihr Gewalt anzutun. Wenn Pater Corinthian, der Benediktinerpriester, nicht dabei gewesen wäre, hätte der Graf sie jetzt schon vergewaltigt. Aber er würde zurückkommen. Noch heute nacht. Roland wußte es. Er mußte sie vorher aus Tyberton wegschaffen, oder er hatte in seiner Mission versagt.

Als die Männer weg waren, stand Daria mühsam auf und rannte dann zur Tür. Behutsam öffnete sie sie einen Spaltbreit und spähte hinaus. Niemand mehr zu sehen. Sie zog sich zurück und schloß die Tür. Sie hatte keinen Schlüssel, um abzuschließen. Und sie hatte keine Ahnung von Rolands Fluchtplan. Sie wußte nur, daß er sie holen würde. Erregt ging sie hin und her. Sie fühlte sich tief beschämt und entehrt und merkte gar nicht, daß ihr die Tränen über das Gesicht strömten, bis Ena ins Zimmer schlüpfte und sie offenen Mundes anstarrte.

»Er hat dich vergewaltigt! Und dieser elende Priester war dabei! Ich wußte von vornherein, daß er kein Priester ist. Er sieht viel zu gut aus und ist zu schlank für einen Priester! Ja, diese beiden...«

Außer sich vor Zorn fuhr Daria herum und schrie Ena an: »Halt dein dummes Maul, du elendes altes Weib! Ich will nichts mehr hören von deinem dreckigen Gerede!«

Ena war so erschrocken, daß sie keinen Ton herausbrachte.

»Verschwinde jetzt! Ich will dein blödes Hexengesicht bis morgen früh nicht mehr sehen. Geh!«

Die Alte schlurfte hinaus. Daria war wieder allein. Sie starrte die geschlossene Tür an. Sie fühlte kaum ein Bedauern über ihren Ausbruch, denn in den Monaten ihrer Gefangenschaft war Ena immer unzuverlässiger geworden. Der

Alten würde schon nichts geschehen, wenn ihr, Daria, die Flucht gelang. Der Graf hatte anderes zu tun, als sie zu töten.

Sie setzte sich aufs Bett. Was war zu tun? Warten, bis Roland kam? Sie wußte es einfach nicht. Wahrscheinlich blieb ihr gar nichts anderes übrig, als hierzubleiben, bis er wieder auftauchte. Plötzlich sprang sie auf. Vielleicht könnte sie die Flucht auch auf eigene Faust versuchen. Die Tür war ja nicht abgeschlossen. Vielleicht konnte sie an den Wachtposten vorbeischlüpfen. Vielleicht konnte sie über den Innenhof rennen, ohne daß jemand sie aufhielt. Vielleicht... nein, das war ja lächerlich.

Wie wollte Roland eigentlich hinausgelangen? Er hatte gesagt: heute nacht. Aber wie? Sie sah keinen Weg, nicht den Hauch einer Chance.

Sie spürte wieder den Hornhautfinger des Grafen in ihrem Schoß und begann zu weinen. Der Schmerz, die Demütigung, die Entehrung – es war zu viel. Sie weinte hemmungslos. Und Roland hatte zugesehen...

Etwas in ihr zerbrach. Ihr war zumute, als stände sie plötzlich neben sich. Sie fühlte sich so ausgestoßen und grau wie die einbrechende Nacht. Besessen von einem dumpfen Trieb, ging sie langsam zu dem schmalen Fenster hinüber, maß es mit den Händen ab, kletterte dann auf einen Schemel und versuchte den Kopf hinauszustecken. Aber das Fenster war selbst für ihren Kopf zu schmal. Als sie es mit Gewalt versuchte, zerschrammte sie sich die Schläfen. Die Hände an die Schläfen gepreßt, stieg sie taumelnd vom Schemel. Entsetzt wurde ihr klar, daß sie vorgehabt hatte, sich aus dem Fenster in den sicheren Tod zu stürzen. Sie zwang sich zu ruhigem Atmen. Sie durfte jetzt nicht den Verstand verlieren. Langsam legte sie sich auf das schmale Bett und schloß die Augen. Sie mußte die Ruhe bewahren. Sie würde warten. Eine andere Möglichkeit gab es nicht.

Sie wußte nicht, wieviele Stunden vergangen waren. Waren es überhaupt Stunden? Oder nur Minuten, die sich zäh voranschleppten?

Nur ein Viertelmond stand am Nachthimmel, dessen

schwaches Licht keinen Schatten ins Zimmer warf. Es war dunkel und totenstill. Dann hörte sie, wie leise die Tür aufging. Sie vernahm Schritte und das ruhige Atmen eines Mannes.

»Ich kann nicht mehr länger auf dich warten«, sagte er und blieb an ihrem Bett stehen. »Ich bin gekommen, um dich zu meiner Frau zu machen. Ich habe lange in der Kapelle gebetet. Gott ist mit meinem Vorhaben einverstanden. Du wirst mir gehorchen und dich mir hingeben.«

4

Sie hatte geahnt, daß er kommen würde. Erstaunlich, daß sie durchaus nicht von Furcht gelähmt war. Sie dachte nur: Immer bildet er sich ein, Gott auf seiner Seite zu haben, ob es um Frömmigkeit oder Wollust geht! Sie lauschte. Nein, er schloß nicht ab. Er mußte aber einen Schlüssel haben, denn in den ersten Wochen hatte er sie immer eingeschlossen.

Diesmal hielt er es wohl nicht für nötig. Sie hörte ihn schwer atmen. Dann stolperte er über den Schemel, fluchte und rief: »Hast du denn keine Kerze? Ich will dich sehen. Wo ist die Kerze?«

Ganz langsam und mit Bedacht rollte sich Daria über die hintere Bettkante und landete auf allen vieren auf dem kalten Steinfußboden. Konnte er sie irgendwie erkennen?

»Daria?« Jetzt tastete er das Bett nach ihr ab. Lautlos kroch sie auf die Tür zu.

Inzwischen hatte er gemerkt, daß sie nicht im Bett lag und brav auf ihn wartete. Laut schrie er ihren Namen, fuhr herum und stolperte wieder über den Schemel. Danach riß er ärgerlich die Tür weit auf. Im trüben Schein der einzigen Wandfakkel auf dem Flur sah er sie vor sich schweigend knien.

Der Graf überlegte, ob er sie schlagen sollte, weil sie versucht hatte, vor ihm auszurücken. Lieber nicht, sagte er sich. Sie sollte ihm ja bei dem Geschlechtsakt volle Aufmerksamkeit widmen. Er wollte, daß sie ihn ansah, wenn er in sie eindrang und ihr Jungfernhäutchen durchstieß.

»Steh auf!« sagte er. Er versperrte ihr den Weg zur Tür. Es blieb ihr nichts anderes übrig, als ihm zu gehorchen.

Sie rührte sich nicht.

»Steh jetzt auf, oder du bekommst meine harte Hand zu spüren!«

Daria zweifelte nicht daran. Langsam erhob sie sich. Lächelnd streckte er ihr die Hand hin. »Komm, Daria! Brauchst keine Angst vor mir zu haben, Süße! Du wirst ja meine Frau. Freiwillig biete ich dir diese hohe Ehre an, von ganzem Herzen und mit dem Segen des Herrn. Auch wenn ich dir heute ein wenig Schmerz bereiten muß, wirst du dich mir dann gern hingeben und meinen Samen empfangen. Vielleicht spürst du dabei sogar etwas wie Vergnügen, aber hoffentlich nicht im Übermaß. Du sollst dich nicht vor Lust vergessen, wie es manche Weiber tun. Das sind unwürdige Frauen. Meine erste Frau war eine Hure, stieß Lustschreie aus und konnte gar nicht genug kriegen, aber du... du wirst genauso sein, wie ich dich haben will.«

Blitzschnell packte er sie fest am Arm. Da endlich schrie sie: »Nein! Laßt mich los! Ich will das nicht haben!«

Zu ihrer Überraschung lockerte er den Griff. »Keine Angst, Daria! Du bist gesegnet unter den Weibern. Gott und Mensch wollen es so. Mir ist die Pflicht auferlegt, dich so oft zu nehmen, wie ich vermag. Und du wirst zu mir kommen und mich darum bitten, daß ich dich nehme. Die Frau soll sich ihrem Gatten beugen. Das liegt in ihrer Natur.«

Seine Miene zeugte von solcher Selbstsicherheit, daß sie einen Augenblick lang überlegte, ob es nicht vielleicht wirklich ihr Fehler war, wenn sie die große Ehre nicht zu schätzen wußte. Dann mußte sie lachen, und nun war ihr alles gleich. Sie spuckte ihm mitten ins Gesicht.

Da riß er sie zum Bett und schleuderte sie mit dem Gesicht nach unten darauf. Mit einer Hand hielt er sie am Kreuz fest. Daß die Zimmertür offen war, machte ihm nichts aus. Er wollte sie ja sehen. Er verlor keine Zeit mehr. Sie gehörte ihm, und er würde mit ihr anstellen, was ihm gefiel. Er hatte schon viel zu lange gewartet. Mit einem Ruck zog er ihr das Kleid bis zur Taille hoch. Dann betrachtete er ihre ausgestreckten Beine, das runde Gesäß und die schlanke Taille. Sein Atem ging rasend schnell. Er wischte sich ihren Speichel aus dem Gesicht, legte ihr die Hände flach aufs Gesäß, massierte und streichelte es. Wie weich und weiß ihre Haut war!

Ihrer Kehle entrang sich ein gurgelnder Protestlaut, und sie wollte sich ihm entziehen. Da packte er sie um die Taille, drehte sie herum, so daß sie auf dem Rücken lag, zog ihr das Kleid hoch und betrachtete in aller Ruhe das wunderbare Geschenk, das er sich selbst zu geben gedachte. Er schaute gierig auf den Venushügel mit seinen dunklen Haaren, die ihre Scham verbargen. Dann berührte er sie, doch sie zuckte vor seiner Hand weg. Er hob die Hand und sagte: »Nun, Daria, mach die Beine breit! Ich möchte alles von dir sehen.«

Statt dessen zog sie die Beine an und stieß ihm die Füße vor die Brust. Überrascht stöhnte er auf und prallte zurück. Aber es war ihm ein Leichtes, sie wieder zu packen. Und sie wußte, daß ihre Kräfte bald nachlassen würden, und dann war das Ende unvermeidlich.

Sie schrie aus Leibeskräften und strampelte mit den Beinen frei in der Luft, denn er hatte sich nun neben das Bett gestellt und amüsierte sich, leise und zufrieden lachend, über ihre sinnlosen Anstrengungen. Dann zog er sich die Hose aus. Er sah, daß sie sein Geschlecht anschaute. Das gefiel ihm. Es stand ja auch aufrecht und ragte steif aus seinen Lenden empor. Viele Frauen hatten ihm versichert, daß es von stattlicher Größe sei, und er wünschte sich, daß es ihr, wenigstens beim erstenmal, einen gesunden Respekt einflößte.

Jetzt legte er sich auf sie. Sie spürte sein Glied zwischen ihren Beinen. Es schob sich herauf, und sie schloß die Augen in Erwartung des Schmerzes, der unweigerlich auftreten würde, wenn er es in ihren Schoß stieß. Mit den Fäusten trommelte sie auf seinen Schultern herum, zerkratzte ihm die Arme und schlug auf seine Muskeln ein. Es nützte ihr alles nichts. Wieder holte sie mit dem Arm aus. Diesmal wollte sie ihm auf den Kopf schlagen. Da stieß sie mit der Hand gegen den Kerzenhalter aus Messing, der auf dem Tischchen neben ihrem Bett stand. Sie umfaßte den rauhen Sockel, hob ihn so hoch wie möglich und ließ ihn dann auf seinen Schädel niedersausen.

Der Graf hatte sich gerade etwas aufgerichtet und sein Glied in die Hand genommen, um es bei ihr einzuführen. Der Schlag traf ihn mit durchdringendem, betäubendem Schmerz seitlich am Kopf. Er fiel zur Seite, aber nun lag er wieder auf ihr. Sie hörte ihn stöhnen. Danach verstummte er. Sie schlug noch einmal zu und spürte, wie ein leichtes Zittern durch seinen Körper ging. Sie ließ den Kerzenhalter fallen und versuchte, ihn von sich zu schieben. Sie mühte sich redlich ab, schaffte es aber nicht. Er lag mit seinem vollen Gewicht auf ihr.

Es war zum Verzweifeln. Da war sie nun dicht daran gewesen, sich von ihm zu befreien, und nun hatte er sie festgeklemmt. Das war ungerecht, es war...

»Was, in Gottes Namen, habt Ihr getan?«

Rolands Stimme! Sie fühlte tiefe Erleichterung. »Bitte, beeilt Euch, schiebt ihn weg!«

Rasch wälzte Roland den leblosen Körper des Grafen auf den Fußboden. Erst jetzt sah er, daß ihr Kleid bis zur Taille hochgeschoben und ihre nackten Beine gespreizt waren. Er mußte wissen, was geschehen war, so ungern er sie auch danach fragte. »Seid Ihr unversehrt? Oder hat er... hat er Euch etwas angetan?« Seine Stimme klang hohl. Er war ihr spät zu Hilfe gekommen, vielleicht zu spät. Mit unermeßlicher Freude sah er, daß sie heftig verneinend den Kopf schüttelte.

Sie war sehr blaß und bebte am ganzen Leibe. Er überlegte, ob er dem Grafen den Dolch ins Herz stoßen sollte. Er hätte es zu gern getan. Als er die enge steinerne Wendeltreppe hinaufgestürmt war, hatte er gebetet, daß er nicht zu spät käme. Er hatte inbrünstiger gebetet, als es ein echter Benediktinerpriester je gekonnt hätte.

Kopfschüttelnd dachte er: Ich, ihr Befreier, habe keinen Handschlag getan. Sie hatte sich selber gerettet.

»Schnell, Daria, Ihr müßt ein paar Stoffstreifen von Eurem Kleid abreißen, damit wir ihn fesseln und knebeln können. Schnell, wir haben wenig Zeit.«

Sie zögerte keinen Augenblick. Sie riß breite Stücke von dem teuren dunkelblauen Wollstoff ab und sah dann aus dem Augenwinkel, wie Roland den Grafen kräftig fesselte.

Als auch der Knebel im Mund steckte, rollte Roland den Gefesselten höchst unfeierlich unter das Bett.

»So«, sagte er und stand auf. »Wir haben es beinahe geschafft. Jetzt müßt Ihr Euch in aller Eile umziehen.«

Er warf ihr die Kleidung eines Knaben zu. Sie sah die Sachen an und mußte lächeln.

»Beeilt Euch, wir haben nicht viel Zeit! Unterhalten können wir uns später.«

Er wandte ihr den Rücken zu und stellte sich an die offene Zimmertür. Sie brauchte etwas Licht vom Flur, um die ungewohnten Kleidungsstücke anzulegen. Hinter sich hörte er ihr ungeschicktes Hantieren. Er hielt den Blick auf die steile Wendeltreppe gerichtet. Vor dem Abendessen hatte er einen Schlaftrunk in die Bierfässer gemischt. Aber natürlich wußte er nicht, ob alle Männer des Grafen so viel davon getrunken hatten, daß sie jetzt bewußtlos waren. Zu seinem größten Kummer hatte der Graf keinen Tropfen angerührt, weil er mit seinen Gedanken schon bei Daria gewesen war.

Roland lauschte angestrengt. Draußen war es still wie im Grab. Es war eine unheilverkündende Stille.

»Seid Ihr mit dem Anziehen fertig?«

»Ja«, sagte sie und war plötzlich an seiner Seite. Die Jungenkleidung verbarg die weiblichen Rundungen, aber sie sah doch noch immer sehr fraulich aus. Schnell ließ er sie auf dem Bett Platz nehmen und flocht ihr die Haare zu einem Zopf. Den band er ihr mit einem Stück Stoff des zerrissenen Kleides zusammen und stülpte ihr dann die Knabenmütze über den Kopf. Als nächstes entnahm er seinem Waffenrock ein zusammengefaltetes Tuch. Daria sah, daß es Schlamm enthielt.

Er schmierte ihr den Schlamm über die Augenbrauen und verteilte ihn auf dem ganzen Gesicht. Grinsend sagte er: »Wunderbar dreckig seid Ihr jetzt, mein Junge.«

Dann zog er sie an den Händen hoch. »Hört mir gut zu, Daria! Ihr werdet von jetzt an den Mund halten, den Kopf hängen lassen und immer dicht hinter mir bleiben. Wenn ich Euch irgend etwas sage, müßt Ihr es schnell tun, aber immer stumm bleiben.«

Jetzt erst sah sie, daß er immer noch das Priestergewand trug.

»Ich bin bereit. Ich werde tun, was Ihr sagt.«

Er nickte und tätschelte ihr die schmutzige Wange. Er hatte noch nie im Leben eine Frau befreit und wußte nicht, wie sie sich verhalten würde. Könnte sein, daß sie im kritischen Moment anfing zu schreien oder daß sie in Ohnmacht fiel. Doch zunächst schien Daria sehr gefaßt zu sein. Er bedeutete ihr, ihm zu folgen.

Als sie am Fuß der Treppe ankamen, schaute sie sich im großen Saal um. Viele Leute lagen schnarchend am Boden. Andere saßen noch an den Tischen, waren aber zusammengesackt, die Köpfe zwischen den Tellern auf den Tischplatten.

»Habt Ihr sie vergiftet? Müssen sie alle sterben?«

»Ich habe dem Bier nur ein Schlafpulver beigegeben. Nun schlafen sie wie unschuldige Säuglinge. Morgen werden sie mit Kopfschmerzen aufwachen, das ist alles.«

Einige waren noch wach. Aber sie warfen nur aus trüben Augen oberflächlich einen Blick auf den Priester und den schmutzigen Knaben, den er bei sich hatte. Ein Mann sprach ihn sogar an. »Pater«, sagte er mit schleppender Zunge, »segnet mich, denn ich habe zu viel getrunken und sehe lauter Schlangen. Die wollen mir Böses, Pater.«

»Gottes Segen mit dir, mein Sohn! Aber du hast es verdient, wenn die Schlangen dich beißen. Wenigstens bist du noch wach, während deine Freunde alle eingeschlafen sind.«

Stumm sackte der Kopf des Mannes auf den Tisch, und damit war der letzte im Raum eingeschlafen.

Doch draußen hielten sich noch viele auf, die hellwach waren. Roland ging langsamer, nickte den Männern, die ihm begegneten, zu und sprach einige Worte mit ihnen. Er ließ sich Zeit und schien die Ruhe selber. Mehrere Frauen sahen ihn mit unverhohlen einladenden Blicken an.

»Wohin geht Ihr, Pater?« fragte ihn der erste Stallknecht. Dabei schaute er neugierig auf den schmutzigen Knaben, der dem Priester folgte.

»Siehst du diesen kleinen Schwachkopf hier?« sagte Roland gelassen. »Es ist ein ganz böser Junge, den ich jetzt zu seinem Vater zurückbringen muß. Stell dir vor, er wollte ein Ritter werden! Es ist ein halber Waliser, und wenn er etwas sagt, kann ihn selbst der liebe Gott nicht verstehen. Kannst du dir vorstellen, daß der Graf diesen blöden Jungen als Knappen annimmt? Nein, jetzt geht er zu seinem Vater zurück und wird eine anständige Tracht Prügel erhalten.«

Der Stallknecht lachte. »Geschieht ihm ganz recht, diesem Wilden«, sagte er und trat in den Stall zurück. Roland machte Daria ein Zeichen stehenzubleiben und ging dann schnell ebenfalls in den Stall. Gleich darauf hörte sie ein leises Geräusch von dort: als sei jemand umgefallen. Dann erschien Roland wieder und sagte lächelnd: »Noch einer, der friedlich eingeschlummert ist. Bleibt hier und paßt gut auf!«

Er ging noch einmal hinein und kehrte diesmal mit einem Pferd am Zügel zurück. Es war kein besonders gutes Pferd, keinesfalls eins der stämmigen Kampfrosse. Mühelos schwang sich Roland auf den nackten Rücken des Pferdes und reichte ihr die Hand. »Kommt, wir müssen uns beeilen!«

Sie saß hinten auf und fragte sich staunend: Will er so einfach durch die großen Tore der Burg Tyberton hinausreiten? Genau das tat er, obwohl sechs Posten dort Wache hielten.

Ungerührt wandte Roland sich an den Torhüter. »Einen gesegneten Abend, mein guter Arthur. Der Graf hat mich beauftragt, diesen abgerissenen Dorflümmel zu seinem Vater in Chepstow zurückzubringen. Würdest du mir bitte das Tor öffnen?«

»Ach, Pater, wenn ich mir das Bürschlein ansehe, möchte ich meinen, daß er eine ordentliche Tracht Prügel kaum überleben wird. So ein schwächlicher Schmutzfink! Was hat er angestellt? Dem Grafen in den Wein gepinkelt?« Er lachte herzlich über seinen eigenen Witz.

»Er wollte die Gefangene des Grafen, das Mädchen Daria, befreien, weil er sich einbildete, sie würde sich dann aus Mitleid von ihm verführen lassen. Der Graf war gerade dabei, das Mädchen selber ins Bett zu nehmen. Ich hatte schon Angst, er würde den verkommenen Lümmel wegen seiner sündigen Gedanken umbringen.«

Arthur lachte. »Nun, dann macht Euch mal davon, Pater! Ich warte auf Eure Rückkehr. Vergeßt aber nicht, laut zu rufen, wenn Ihr Euch der Burg nähert! Sonst schießt Euch noch ein Krieger des Grafen einen Pfeil durchs Herz.«

»Danke, mein Freund. Ich werde mich beeilen. Seht zu, daß niemand heute nacht den Herrn stört!«

Arthur öffnete das Tor, wobei er erneut vor sich hinlachte. »Sie ist ein hübsches kleines Ding«, sagte er. »Ja, hübsch und zart wie ein junges Hühnchen. Der Graf wird sie mit größtem Vergnügen einreiten!« Das letzte, was Daria aus der Burg Tyberton hörte, war das anhaltende Lachen des Torhüters Arthur. Sie ritten unter dem Fallgitter hinweg und dann durch die mächtigen Eichentore. Mehrere Männer nickten ihnen zu, aber keiner sagte etwas oder versuchte sie anzuhalten. Es ging ganz leicht. Daria drückte die Wange an Rolands Rükken. »Ich glaube beinahe, Ihr seid ein Zauberer, Roland. Alles verlief so einfach. Und da habe ich zwei Monate lang über eine Flucht nachgedacht und meinte schon, sie würde mir nie gelingen.«

»In solchen Dingen bin ich sehr gut«, sagte Roland. »Ich habe vor langer Zeit gelernt, daß man am leichtesten mit einer Lüge durchkommt, wenn man sich möglichst nahe an der Wahrheit hält. Ich muß aber auch sagen, daß wir großes Glück gehabt haben. Doch wenn der Graf sich befreit und seine Männer nüchtern gerüttelt hat, wird er hinter uns herjagen. Deshalb dürfen wir nicht bummeln.«

»Ich will auch nicht bummeln«, sagte sie und legte ihre Arme um seinen Leib. »Aber das Tier, auf dem wir reiten, Roland, ist kaum schneller als eine Schnecke.«

»Nur Geduld. Ganz in der Nähe wartet auf uns mein Kampfroß.«

»Wollt Ihr mich zu meinem Onkel zurückbringen?«

»Nicht gleich. Das wäre verkehrt. Zunächst müssen wir den Grafen in die Irre führen.«

Sie ritten ungefähr eine Stunde in nordwestlicher Richtung, nach Wales hinein. Schließlich bog Roland von der schmalen, mit dichten Hecken und Eibenbüschen gesäumten staubigen Straße und hielt vor einer kleinen, aus Flechtwerk und Schlamm errichteten Hütte mit mehreren sehr alten und halb verfallenen Nebenbauten. Sofort kam ein Mann heraus und lief rasch auf sie zu. Lächelnd sagte Roland zu Daria: »Jetzt wechseln wir auf mein Pferd über.« Er half ihr beim Absteigen und hieß sie warten.

Er verschwand mit dem Mann hinter der Hütte und kam mit einem prächtigen Pferd zurück. Das Tier war schlank und kräftig, schwarz wie die Nacht und wirkte so stolz wie ein König.

Daria sah, wie er dem Mann Geld gab. Der Mann grinste und sagte: »Ja, ja, *lle pum buwch, lle pum buwch.*«

Roland half Daria auf sein Roß, stieg dann selber auf und sagte zu dem Mann: »Vergiß nicht, du mußt nach Südwesten reiten! Du ziehst meine Mönchskutte an und reitest mit jenem Pferd etwa zwei Stunden lang. Dann läßt du das Pferd laufen und legst die Kutte irgendwohin, wo unser guter Graf sie finden kann.«

Der Mann nickte und winkte Roland einen kurzen Abschiedsgruß zu.

Staunend betrachtete Daria den Mann, der zu ihrer Befreiung nach Tyberton gekommen war. Wie hatte sie ihn je für einen Priester halten können? Die anderen Frauen in der Burg hatten gleich gemerkt, daß er ein Mann dieser Welt, ein Mann der Tat war. Nur sie nicht. Jetzt hatte er einen Waffenrock aus grobem rostfarbenem Wollstoff angelegt, und an dem breiten Ledergürtel hingen Schwert und Dolch. Er wirkte gefährlich und unerhört kraftvoll. Wieder legte sie die Wange an seinen Rücken und genoß die Verwandlung.

Beim Anreiten fragte sie: »Was hat er gesagt, als Ihr ihm das Geld gabt?«

»Ihr habt ein gutes Ohr. Er sagte, er könne sich jetzt vier Kühe leisten – nämlich von dem Geld, das ich ihm für seine Hilfe schenkte.«

Zu Rolands Überraschung wiederholte sie klar und deutlich: *»Lle pum buwch.«*

»Ihr habt wohl in den zwei Monaten auf Tyberton ein wenig walisisch gelernt?«

»Nein. Denn der Chef haßt die Waliser so, daß er ihre Sprache auf Tyberton verboten hat. Wenn er irgend jemand fremdländisch sprechen hörte, ließ er ihn auspeitschen. Außerdem hat er mich von allen Leuten ferngehalten.«

Der leichte Nieselregen hatte aufgehört. Aber der Himmel hing voll dunkler Wolken, die noch mehr Regen vor Mitternacht verhießen. Immer regnete es in Wales, immer. Roland zog die Lederriemen der beiden Taschen an, die er dem Pferd übergelegt hatte.

Ein paar Minuten später merkte er, daß Daria eingeschlafen war. Sie lehnte schlaff an seinem Rücken und war in Gefahr, seitlich abzurutschen. Rasch packte er ihre abgleitenden Hände, führte sie zusammen und hielt sie mit einer Hand an seiner Taille fest. Die Luft roch stark nach Meer und feuchtem Moos. Er seufzte. Hoffentlich blieb es noch einigermaßen trocken, bis sie Trefynwy erreichten. Dann würden sie nach Osten abbiegen und durch die Schwarzen Berge mit ihren abweisenden, feindlichen Gipfeln und nackten Felsenbändern reiten, wo sie niemand mehr finden würde. Mit Darias bisherigem Verhalten war er mehr als zufrieden. Sie schenkte ihm so großes Vertrauen, daß sie es tatsächlich fertigbrachte, auf der Flucht zu schlafen. Bemerkenswert!

Sein Pferd Cantor schnaufte, und Roland ließ es langsamer gehen. Sie hatten noch eine größere Strecke zurückzulegen, bevor Roland beruhigt anhalten und eine Weile rasten konnte. Es war zu bezweifeln, daß der Graf ihre Spur schnell sichtete – falls er sie überhaupt fand. Roland hatte den Weg nordwärts durch Wales mit Absicht gewählt, weil ihn der Graf wohl kaum ernsthaft in dem Lande suchen würde, das ihm so verhaßt war. Als Engländer würde er meinen, daß nur ein Verrückter freiwillig nach Wales flüchten würde.

Zufrieden mit seinem listigen Plan, lachte Roland leise, denn es gab noch etwas äußerst Wichtiges, von dem der Graf nichts ahnte und das er auch nie erfahren würde.

Es begann zu donnern. Er hatte am nächsten Morgen

Abergavenny erreichen wollen. Jetzt wußte er, daß sie es nicht schaffen würden. Der erste Regentropfen platschte auf seine Stirn, und er fluchte leise. Nun mußte er eine Unterkunft finden, in der sie den Regen abwarten konnten.

Das Gelände, das sie gerade durchquerten, war günstig für sie. Es gab dichte Wälder, die ihnen nicht nur Deckung vor Verfolgern, sondern auch Unterschlupf vor dem immer stärker werdenden Regen boten. Wenn er sich nicht irrte, befand sich in der Nähe von Usk eine ziemlich geräumige Höhle, ein Stück nach Westen von der Straße entfernt. An seinem Rükken spürte er, daß Daria vor Kälte zitterte. Sie war also wieder wach. Er steckte seine Hand in eine der Taschen und holte ein Lederwams hervor. »Hier, das halten wir uns über den Kopf, um etwas Schutz zu haben.«

»Ich habe gehört, daß es hier mehr regnet als irgendwo anders auf der Welt«, sagte sie.

»Das kann durchaus sein«, sagte er. »Jedenfalls mehr als im Heiligen Land.« Mit dem Lederwams über ihren Köpfen ritten sie weiter. »Solange wir uns in Wales aufhalten, spielt Ihr meinen taubstummen kleinen Bruder.«

»Sprecht Ihr walisisch, Roland?«

»Ja. Das gehört zu meinen Talenten. Ich lerne fremde Sprachen leicht und schnell.«

»Dann bringt es mir bei! Ich habe keine Lust, die ganze Zeit über zu schweigen.«

Er war versucht zu lachen, denn Walisisch war die schwerste Sprache, die er gelernt hatte. Es war sogar noch schwieriger als arabisch. »Wißt Ihr noch, was dieser Bauer gesagt hat?«

»*Lle pum buwch.* Jetzt kann ich mir vier Kühe leisten.«

Roland war nie einem Menschen begegnet, der so sprachbegabt war wie er. Ganz traute er Darias Fähigkeit noch immer nicht, obwohl er wußte, daß sie fließend Latein beherrschte.

»Ihr braucht mir nur so viel beizubringen, daß ich keinen Taubstummen zu spielen brauche.«

Nun, warum nicht? dachte er. In der nächsten Stunde

lehrte er sie einfache Sätze und mußte zugeben, daß er sie unterschätzt hatte. Sie war vielleicht noch begabter als er, das Wesen einer Sprache aufzufassen. Als sie schließlich eine brauchbare Höhle fanden, in der sich keine Berglöwen und Bären aufhielten, waren sie beide vom Regen total durchnäßt, und Daria beherrschte bereits mit guter Aussprache einen kleinen Schatz an walisischen Worten und Sätzen.

»Hier werden wir abwarten, bis der Regen aufhört – falls er je aufhört.«

»Ja, Roland«, sagte sie und sog tief die Luft ein. »Wie das riecht! Nach Meersalz, dem Moos an den Felsen, nach Heide und Farnkraut. Es ist ein sehr *lebendiger* Geruch.«

Sie troff vor Nässe und zitterte in der Kälte. Er zog das letzte trockene Lederwams aus der Tasche. »Zieht Euch das an!«

Zum Umkleiden ging sie von ihm weg in den dunklen Teil der Höhle. Sofort rief er ihr mahnend zu: »Nein, bleibt in der Nähe, Daria! Es lauern bestimmt noch wilde Tiere hier, und ich will nicht, daß Ihr gefressen werdet oder Euch im Inneren des Berges verirrt.« Sie kam sofort zurück, und er schlug vor: »Setzen wir uns, und essen wir das Brot, mit dem der Bauer uns versorgt hat!«

Während des Essens lehrte er sie die walisischen Bezeichnungen für Lebensmittel und verschiedene Tiere. Als letztes wiederholte sie müde das Wort *dafad*, was Schaf bedeutet, dann schlief sie ein.

Er lehnte sich an die Felswand der Höhle und zog sie an sich. Sein Pferd wieherte leise. In die Stille drang das laute Krächzen der Saatkrähen. Er hörte sogar den Wasserfall, der durch einen nahegelegenen Buchenwald tosend herunterschoß. Was sie über den Geruch der Luft gesagt hatte, traf zu. Selbst in der dunklen Höhle stieg ihm der Geruch nach Gras, Farnkraut, Wasser und Wind in die Nase.

Lächelnd fiel auch er in Schlaf, ohne das Mädchen loszulassen, das so gut walisisch wie ein Einheimischer sprechen würde, wenn sie genügend Zeit zum Lernen hätte.

Bei Tagesanbruch hörte es auf zu regnen, und in diesen

kurzen zauberhaften Minuten schimmerte der Himmel in einem sanften, weichen Rosa. Er wollte gerade Daria wecken, als sie auf englisch zu ihm sagte: »Ich kenne Euch, kenne Euch in tiefster Seele. Es ist seltsam und flößt mir Angst ein, und dennoch ist es ein wundervolles Gefühl.«

Sie hatte im Traum gesprochen, aber er verstand nicht, was gemeint war, und instinktiv scheute er davor zurück, danach zu fragen.

Sie aßen Brot und Käse und tranken den Rest des Warmbiers. Bald danach verließen sie, nun wieder warm und trokken, die Höhle.

Sie ritten durch Dickicht und Lichtungen, vorbei an verkrümmten, mit Flechten bewachsenen Eichen, an moosbewachsenen Felsblöcken und an nacktem Gestein.

Roland lehrte sie weiterhin Walisisch. Einen Augenblick war er neidisch auf ihr Talent. Doch dann mußte er über seine Eitelkeit lächeln. Es war gut, daß sie dieses Talent besaß. Denn nun konnte sie wenigstens etwas sagen, wenn sie Walisern begegneten, was irgendwann einmal geschehen würde.

Es kam aber so, daß sie den Walisern eher begegneten, als Roland es gewünscht hätte.

5

Roland zeigte auf einen Wasserlauf. »*Apon* – Fluß.« Danach: »*Aber* – Flußmündung.«

Eifrig wiederholte Daria die Worte. Dann klopfte sie Roland auf die Schulter und deutete mit dem Kopf nach links. »*Allt*«, sagte sie. »Bewaldeter Hügel.«

Er drehte sich im Sattel um und griente sie an. »Ihr seid sehr gut.«

»Muß ich immer noch den Taubstummen spielen?«

»Vorläufig halte ich es für das klügste. Ihr müßt Geduld haben, Daria.« Er wünschte, er wüßte aus persönlicher Kenntnis, daß Ralph von Colchester ein Ehrenmann war. Doch in seinem Herzen war Roland klar, daß ihr Onkel sie nur mit ihm verheiraten wollte, um seinen Besitz zu vergrößern. Damon Le Mark wäre es egal, wenn Colchester schon zwölfmal verheiratet gewesen wäre und alle seine Frauen ermordet hätte.

Am Flußufer zügelte er Cantor und ließ das Tier von dem klaren Wasser trinken. »Würdet Ihr Euch gern ein wenig die Füße vertreten?«

Mit dankbarem Lächeln glitt sie von Cantors Rücken. »Seht nur, welche Farben das Sonnenlicht den Ahornblättern verleiht! Es ist wunderschön.«

Sie kreuzte die Arme vor der Brust und lief auf der kleinen Wiese umher. »*Glyn*«, rief sie und zeigte auf süß duftendes Geißblatt, »*fflur!* Dies ist das Symbol der Treue, wißt Ihr, und der Efeu dort das Sinnbild der Dauer. Ach, könnten wir doch für immer hierbleiben!«

»Wartet es nur ab! Spätestens in eine Stunde regnet es wieder. Sobald Ihr naß und elend kalt seid, werdet Ihr rasch andere Wünsche haben.«

Sie winkte ab. »Der Stechginster drüben behütet uns vor Dämonen und vielleicht auch vor Dauerregen. Wir müssen es uns nur stark genug wünschen.«

Doch Roland hatte im Augenblick nur einen einzigen Wunsch. Er wollte den Rest seiner Belohnung haben. Dann würde sein Traum vom eigenen Land und der eigenen Burg in den schönen, grünen Hügeln von Cornwall in Erfüllung gehen. Er sah, wie sie von einem einzelnen Eibenbusch zu einer einsamen Birke lief und dabei ihre walisischen Namen wiederholte. Na schön, das Lernen fiel ihr leicht. Ihm war das ziemlich gleichgültig. Ja, sie war intelligent und lachte gern. Das war ihm genauso gleichgültig. Sein Blick fiel auf ihren Mund und wanderte weiter zu den Brüsten und Hüften. All das ließ ihn kalt. Sein Zelter stupste mit dem Maul an seine Hand. Roland wischte sich die Hand an der Hose ab und sagte leise zu seinem Pferd: »Du bist mir treu, du hast immer geahnt, was ich wollte, was ich brauchte. Dir würde ich mein Leben anvertrauen, aber keinem anderen, schon gar nicht einer Frau. Nicht einmal, wenn sie hübsch, intelligent und liebevoll ist.«

»Ihr sprecht mit Eurem Pferd, Sir?« fragte Daria lachend.

Der Schlamm, mit dem er ihr das Gesicht beschmiert hatte, war längst vom Regen abgewaschen worden. Doch der Reisestaub hatte es erneut schwarzgefärbt – mit echt walisischem Dreck. Sogar ihre glatten weißen Hände waren verschmutzt. Aber wie ein Junge sah sie für ihn immer noch nicht aus.

»Ja, Cantor ist ziemlich intelligent. Er hat mir gerade gesagt, daß es Zeit zum Mittagessen ist. Doch leider sind unsere Vorräte erschöpft. Ich müßte erst auf die Jagd gehen.«

Sie schaute in die Richtung, aus der sie gekommen waren, und schüttelte voll Bedauern den Kopf. »Nein, so hungrig bin ich nicht, Roland, wirklich nicht. Können wir nicht noch den ganzen Nachmittag weiterreiten? Könnt Ihr nicht dann auf die Jagd gehen? Es tut mir leid, daß wir durch meine Schuld hier Zeit vertrödelt haben.«

»Er ist uns noch nicht auf den Fersen, Daria. Niemand kann uns verraten haben. Selbst wenn der Bauer dem Grafen von uns erzählt hat, würde er immer noch nicht wissen, wohin wir geritten sind.«

»Doch, er weiß es, er findet es irgendwie heraus. Ich habe es im Gefühl. Er ist sehr schlau.«

»Demnach habt Ihr ihn bewundert. Wolltet Ihr ihn vielleicht gar nicht verlassen? Wolltet Ihr ihn denn heiraten?«

Sie warf den Kopf hoch. »Das ist dummes Zeug, was Ihr da redet, Roland!« Und dann brach sie zu seiner Bestürzung in Tränen aus.

Roland starrte sie an. Bisher hatte sie ungewöhnlichen Mut und große Seelenstärke bewiesen. Daß sie jetzt, da die Gefahr vorüber war, Freudentränen weinte, sah ihr überhaupt nicht ähnlich.

»Wieso bin ich dumm?«

Sie schüttelte den Kopf, fuhr sich mit dem Handrücken über die Augen und wandte sich ab. »Nein, Ihr seid ja nicht dumm, aber Ihr redet dummes Zeug. Verzeiht mir. Hat Cantor genug getrunken?«

Er sah sie lange an. Dann sagte er: »Ja«, reichte ihr die Hand und zog sie hinter sich aufs Pferd.

Sie ritten jetzt in der Nähe des Flusses Usk weiter. Zu beiden Seiten stiegen dicht mit Buchen und Schwammeichen bewaldete Hügel empor. Darüber erhoben sich schlanke, hohe Föhren. Dazwischen wanden sich schmale Bäche, meist flach und im hellen Sonnenlicht hellbraun glänzend, durch das Land. Aber auch im Sonnenschein fühlte, roch und hörte man Wasser in der Luft – in der Ferne tosten Wasserfälle über nasse Felsen, und tief unter der Erde gurgelten unsichtbare Wasserläufe.

»Seid froh, daß es nicht regnet!« sagte er. »Wieso bin ich dumm, Daria – nein, wieso rede ich dummes Zeug? Wieso?«

»Der Graf ist ein furchteinflößender Mann. Ich glaube nicht, daß er wahnsinnig ist, bisher jedenfalls nicht. Aber er ist ein sonderbarer Fanatiker, und seine Launen wechseln gefährlich sprunghaft. Ich hätte eher Ralph von Colchesters Vater oder Großvater geheiratet als ihn.«

»Aha.«

Ihre Arme schlangen sich fester um seinen Leib. »Roland, bringt mich bitte nicht zu meinem Onkel zurück! Er glaubt nicht an Gott. Er glaubt nur an sich selbst und hält sich für allmächtig. Und er verbreitet mehr Furcht um sich als jeder andere Mensch, weil er absichtlich grausam ist. Er hat einen kalten Charakter, und er gefällt sich in seiner Grausamkeit.«

»Nun, dann müßtet Ihr doch froh sein, daß Ihr heiratet. Dann könnt Ihr Reymerstone den Rücken kehren und seid dem bösen Einfluß Eures Onkels entzogen.«

Es gefiel ihm selber nicht, daß er so harte Worte zu ihr sagte. Aber er wurde von dem Onkel dafür bezahlt, daß er ihm die Nichte zurückbrachte, und von dem Geld, das er bekam, würde er sich die Burg in Cornwall kaufen und sich nie wieder den Wünschen eines anderen Menschen beugen müssen – es sei denn, er wollte es so.

Daria war verstummt. Erst im Laufe des Nachmittags brach sie ihr Schweigen. »Bitte, Ihr müßt hier kurz Halt machen.«

Er nickte, ließ Cantor halten, sprang ab und hielt die Arme für sie auf. Sie achtete nicht darauf und glitt an der linken Seite des Pferdes herunter.

»Um Gottes willen, schnell weg da!«

Ihre unvermutete Handlung hatte Cantor erschreckt. Er fuhr herum, bäumte sich auf und keilte mit den Vorderbeinen aus.

»Weg, Daria!«

Sie fiel über einen vorragenden Felsstein rücklings zu Boden.

Roland besänftigte das Pferd und band die Zügel am stumpfen Ast einer Eibe fest.

Dann ging er zu ihr und reichte ihr eine Hand. »Macht nie wieder einen solchen Unsinn, Daria!«

Sie verschmähte seine Hand, nickte aber und kam langsam auf die Beine.

»Und nur weil Ihr ärgerlich auf mich gewesen seid. Bitte, denkt daran, daß ich Euch lebend und gesund in Reymerstone abliefern muß!«

»Ja, das stimmt! Wenn ich tot bin, bekommt Ihr ja kein Geld von meinem Onkel, nicht wahr?«

»Genau. Also seht Euch in Zukunft vor!«

»Ich gehe mal in das Gehölz«, sagte sie. Sie war seinetwegen und wegen ihrer Lage so zornig und enttäuscht, daß sie am liebsten ausgespuckt hätte. Leicht humpelnd ging sie auf die dichtbelaubten, nassen Bäume zu. Er sah ihr nach, bis sie verschwunden war, und merkte sich die Stelle. In der Ferne ragten bräunliche, felsige Hügel über dem Wald auf. An einem Hang tummelten sich Wildponys. Mit ihren langen, verfilzten Mähnen hoben sie sich vor den dicht stehenden Fichten ab. Sie witterten ihn, blieben stehen und beäugten ihn. Langsam ging er auf eine niedrige Eiche zu und lehnte sich dagegen. Dann pfiff er ein Lied, das Dienwald de Fortenberrys Narr Crooky einmal gesungen hatte. Lächelnd rief er sich die belanglosen Worte ins Gedächtnis.

Gebt nach, mein edler Lord,
Scheucht die Bedenken fort!
Küßt ihren süßen Mund
Und laßt sie seufzen und
Schenkt Wonne ihr und Lust!

Gebt nach, mein edler Lord!
Es tut Euch gut, mein Wort.
Küßt ihren Hals, seid nett,
Macht glücklich sie im Bett!

Es war sicherlich ein einfältiges Lied, aber er sang es noch einmal. Crooky hatte noch viele Strophen vorgetragen, in denen dem ›edlen Lord‹ die verschiedensten Körperteile als küssenswert gepriesen wurden. Er hatte dabei mit den Augen gerollt und lüsterne Gesichter geschnitten, bis Dienwald ihm einen kräftigen Fußtritt versetzte.

Auf einmal hörte Roland einen gellenden Schrei und verstummte.

Burg Tyberton

Graf Edmond von Clare lehnte sich an die kalte Steinwand. Man hatte den Bauern – möge seine treulose Seele in der Hölle brennen – halbtot geschlagen. Zuerst hatte Clare seinem Mann befohlen, die Peitsche nicht so hart zu gebrauchen. Doch dann hatte ihn Blutverlust erfaßt, und jetzt hing der walisische Schweinehund schlaff in den eisernen Handschellen, und sein Blick war trübe und leer.

»Nun, was ist? Sollen wir dich weiter foltern, oder willst du lieber einen schnellen Tod? Sag mir die Wahrheit! Sag mir, von wem du das Pferd hast, und ich erlöse dich von deinen Leiden!«

Der Bauer hob den Blick zu dem unerbittlichen Gesicht des Grafen und dachte: *Ich wollte doch nur das Geld für vier Kühe.* Doch es sollte nicht sein. Man hatte ihm so viele Knochen zerschlagen, daß sie nie mehr heilen würden, auch wenn die Folter aufhörte. In gebrochenem, stockenden Englisch sagte er mühsam: »Der Mann und der Knabe sind nach Wales hineingeritten. Mehr weiß ich nicht. Er ritt einen kräftigen Rappen, ein Ritterpferd. Seinen Namen kenne ich nicht. Er gab mir Geld. Dafür sollte ich das andere Pferd in die entgegengesetzte Richtung reiten und es dann laufen lassen, damit ihr es findet. Aber ich war so dumm und wollte das Pferd behalten, und jetzt muß ich meine Dummheit mit dem Tode bezahlen.«

»Komm, Mann, überleg noch mal! Er hat dir bestimmt seinen Namen genannt. Los, sprich, dann darfst du einen schnellen Tod sterben!«

Noch ein Schlag mit der Peitsche! Dann sagte der Bauer: »Roland. Er hieß Roland!«

Edmond von Clare nickte seinem Henker zu. Der zog den Dolch aus dem Gürtel und stach ihn dem Bauern ins Herz. Der Mann sackte zusammen. Der Kopf fiel ihm auf die Brust.

Edmond schritt in den großen Saal auf Tyberton zurück und dachte: Wer ist Roland? Zweifellos ein Mann, den Damon gekauft hatte, um ihm das Mädchen zurückzubringen. Nun, es würde ihm nicht gelingen, dem verdammten falschen Priester, dem er sein Vertrauen geschenkt hatte. Doch nein, insgeheim hatte er geahnt, daß der Mann ein Betrüger war. Er sah zu gut aus, und sein Körper war zu wohlgebildet für einen Geistlichen. Er hätte es gleich wissen müssen, als die Burgweiber ihn so deutlich angehimmelt hatten.

Edmond rief nach MacLeod, seinem Waffenmeister. »Stell einen Trupp von zwölf Männern zusammen! Wir reiten nach Wales, um die kleine Herrin und den falschen Priester zu suchen. Wir werden ihm das Mädchen wieder abjagen. Wir müssen Vorräte für mehrere Wochen mitnehmen. Und wir reiten hart.«

MacLeod erwiderte nichts. Es stand ihm nicht zu, die Befehle seines Herrn zu kritisieren. Sie würden das Mädchen aufspüren, den falschen Priester töten und die kleine Herrin zurückbringen, in das Bett des Grafen.

Eine Stunde später ritten sie los, der Graf an der Spitze.

In Wales

Roland zog Dolch und Schwert und rannte Hals über Kopf auf den Fichtenwald zu. Unterwegs hörte er einen leisen gurgelnden Laut und fühlte, wie ihm das Blut stockte. Hatte man sie getötet?

Dann vernahm er zwei Männerstimmen und verlangsamte den Schritt. Die Männer unterhielten sich leise im weich klingenden Walisisch. Dennoch konnte er ihre Worte verstehen. Sie hatten Daria gefangen.

»...nach Llanwrst, schnell!«

»Aber der Mann! Was machen wir mit dem Mann?«

»Wenn er sie vermißt, sind wir schon weg. Laß ihn, laß ihn in Ruhe! Geh leise! Leise!«

Roland tauchte in den Fichtenwald und kam an eine Lichtung. Hier rieselte ein Bächlein durch das feuchte Gras. Ein großer Mann, ein Berg von einem Mann, hatte sich Daria über die Schulter geworfen. Der andere, ein zottiger Kleiner, ging dicht hinter ihm her und warf alle paar Schritte einen vorsichtigen Blick über die Schulter zurück.

Plötzlich begann es wieder zu regnen. Einer der Männer fluchte leise.

Roland folgte ihnen so leise wie möglich, aber im nassen Gras quietschten seine Schuhe bei jedem Schritt. Der Regen wurde stärker, wurde zum Wolkenbruch, der die Bäume und Hügel verschwinden ließ. Dieses verdammte Land – eben schien die Sonne noch, und im nächsten Augenblick wurde es am hellen Nachmittag fast stockdunkel.

Die Männer legten langsam, aber sicher ihren Weg zurück. Ihr Ziel war eine Höhle, ein Einschnitt in den Felsen des Hügels. Roland hielt sich zurück und sah, wie sie hineingingen. Drinnen wurde eine Laterne angezündet, und gedämpftes Licht fiel nach draußen. Er schlich sich so nahe heran, daß er sie belauschen konnte.

»... verdammter Regen... *glaw, glaw*... ewig Regen.«

»Willst du sie dir gleich vornehmen, Myrddin?«

»Nein, das Mädchen ist pitschnaß und halbtot. Laß sie da in der Ecke und leg ihr was über!«

Also hatten sie schon entdeckt, daß sie kein Knabe war. Hatten sie hart zugeschlagen? Roland gestand es sich ungern ein, aber sein erster Gedanke galt ihrem Befinden und nicht dem Geld, das er einbüßen würde, wenn er sie nicht lebend und unberührt zu ihrem Onkel zurückbrachte.

Nein, sagte er sich, so geht das nicht. Sie war nichts als eine Ware, die er in gutem Zustand abzuliefern hatte.

Es war noch ziemlich früh. Wenn die Männer auf die Jagd gingen, würden sie sich trennen. Der Hüne – er hieß Myrddin – sah nicht so aus, als würde er aufs Abendessen verzichten. Geduldig wartete Roland unter einem überhängenden glatten Felsen, der ihm Schutz vor dem nichtendenwollenden grauen Regen bot.

Es dauerte nicht lange, und Myrddin kam aus der Höhle, fluchte über den Regen und setzte sich dann in Trab. Pfeil und Bogen hatte er unter den rechten Arm geklemmt. Langsam schlich Roland weiter, bis er vor dem Eingang der Höhle stand. Er beugte sich vor und erblickte den anderen Mann, den Kleinen mit den krummen Beinen. Er kniete neben Daria und schaute sie an. Dann hob er, ohne den Blick von ihr zu wenden, die schmutzige Decke hoch.

Plötzlich trat Roland das Bild des Grafen Clare vor Augen, wie er mit der Hand unter Darias Hemd griff. Und nun betrachtete wieder ein Mann sie mit ebenso gierigen Blicken. Das war mehr, als Roland ertragen konnte. Er duckte sich ganz tief und lief in dieser Haltung in die Höhle hinein, so leise wie eine nächtlich fliegende Fledermaus. Der Mann hörte ihn nicht. Das Feuer, das die beiden angefacht hatten, war niedergebrannt. Der Rauch drang Roland in die Kehle. Er mußte husten.

Als der Mann herumwirbelte, sprang Roland ihn an. Zum Glück war er größer und stärker. Seine Finger schlossen sich in tödlichem Griff um die Kehle des Mannes. Der stieß gurgelnde Laute aus, sein Gesicht wurde dunkel, und die Augen traten ihm aus den Höhlen. Immer noch drückte ihm Roland die Kehle zu. Die Wut hatte ihn übermannt. Dann hörte er Daria flüstern: »Nein, Roland, Ihr dürft ihn nicht töten. Nein!«

Schweratmend ließ er den Mann los. »Seid Ihr heil geblieben?«

»Ja. Sie haben mich überrumpelt, als ich gerade zurückkommen wollte Der Große hat mir die Faust an den Kopf geschlagen. Ja, ich hab's überlebt. Aber jetzt müssen wir weg, bevor er zurückkommt.«

Doch Roland schüttelte den Kopf. Er wollte den Mann töten.

Daria spürte, was er vorhatte, und sagte rasch: »Ich habe Angst.«

»Ich bin ja da, es kann Euch nichts passieren. Dieser Kerl wollte Euch vergewaltigen und Euch dann seinem riesigen Freund überlassen, damit der sich an Euch vergnügen kann. Er ist ein Vogelfreier, ein Räuber. Wir dürfen nicht das Risiko eingehen, daß er uns verfolgt und Euch wieder einzufangen versucht. Ihr geht jetzt in die Nähe des Höhleneingangs und haltet dort für mich Wache. Aber dreht Euch nicht um, verstanden?«

Sie gehorchte. Es dauerte nicht lange, und Roland kam zu ihr, aber nur, um hinauszugehen. Vorher wiederholte er seine Mahnung: »Dreht Euch nicht um! Er gehörte zum Abschaum der Menschheit.«

Draußen wartete er geduckt unter dem Überhang, bis er einen Wadenkrampf bekam. Er schüttelte die Beine aus, verfluchte den unaufhörlichen kalten Regen und wartete weiter.

Bald hörte er leichte Schritte. Myrddin kam zurück. Er murmelte unzufrieden vor sich hin: »Kein Wild. Nichts als Regen, dauernd Regen, dauernd Regen.«

Roland wartete mit stoßbereitem Dolch.

Myrddin blieb stehen, witterte und stieß dann einen schreckenerregenden Wutschrei aus, der Roland auffahren ließ.

»Schweinehund! Hurensohn!« Myrddin stürzte sich auf ihn und schwang den schweren Bogen in Richtung auf Rolands Kopf. Der Mann war ein gewaltiger Hüne und stärker als Roland, wenn auch weniger geschickt im Umgang mit Waffen. In diesem Augenblick glitt Roland aus, fiel schwer zu Boden und rollte sich schnell zur Seite. Mit dumpfem Aufschlag prallte der Bogen auf einen Felsstein in seiner nächsten Nähe. Auch Myrddin rutschte aus, fiel aber nicht hin. Er stützte sich seitlich an einer Eiche ab und schob sich daran in die Höhe. Diesmal hielt er ein Messer in der rechten Hand.

Ich hätte mit Daria das Weite suchen sollen, nachdem ich dem Kleinen die Kehle durchgeschnitten hatte, dachte Roland verzweifelt. Er war sich seiner zu sicher gewesen.

Der Mann drängte ihn gegen die vor Nässe glänzenden Felsblöcke. Dabei wechselte er grinsend das Messer von der rechten in die linke Hand und wieder zurück.

Roland achtete nur auf seine Augen. In dem Moment, da er sah, daß der Hüne das Messer auf ihn schleudern wollte, warf er sich zur Seite. Er hörte ein Zischen und dann den dumpfen Aufschlag. Das Messer war durch den Regen geflogen, hatte ihn verfehlt und einen Felsen getroffen, von dem es klirrend abprallte. Mit einem Wutschrei sprang Myrddin ihn an.

Schon legte er die Hände um Rolands Hals und drückte zu. Panik erfaßte den Ritter. Doch dann zwang er sich zur Ruhe.

Schon spürte er die Blutleere im Gehirn. Langsam brachte er den Dolch hoch. Doch es war zu spät... er wußte es... zu spät... O Gott, er wollte noch nicht sterben...

Plötzlich sah er durch den Regenschleier, wie Daria hinter Myrddin auftauchte. Er glaubte seinen Augen nicht zu trauen. Sie schlug dem Hünen einen schweren Stein über den Schädel. Myrddin torkelte zurück, sah sich nach ihr um, stieß einen Seufzer aus und fiel zur Seite in eine Wasserlache.

Daria kniete neben Roland nieder. »Seid Ihr verletzt, Roland? Oh, Euer Hals! Könnt Ihr sprechen?«

»Mir ist nichts passiert«, sagte er mit rauh krächzender Stimme. »Ich bin unverletzt.« Vorsichtig rieb er sich die Kehle. Das war knapp, dachte er, viel zu knapp. Eine Frau hatte ihm das Leben gerettet. Eine Frau, die er wie ein Pferd oder einen Haushaltsgegenstand abzuliefern gedachte. »Ich danke Euch«, sagte er. »Und jetzt wollen wir diesen Ort verlassen.«

Im Herzen der Schwarzen Berge ritten sie in das Tal von Afon Honddu ein.

»Wie einsam es hier ist!« sagte Daria.

Roland war so erschöpft, daß er kaum denken konnte. »Wartet erstmal ab, bis ihr die Llanthony-Abtei seht! Vor über 150 Jahren hat sie der Lord von Hereford gegründet. Aber selbst die Mönche hielten es in dieser völligen Einsamkeit nicht lange aus. Sie wanderten weiter nach Gloucester. Nur einige besonders starke Naturen harrten hier aus und trotzen bis heute der düsteren Wildnis. Sie werden uns aufnehmen. Bei ihnen finden wir ein warmes, trockenes Nachtquartier.«

Das klang in Darias Ohren wie Musik.

Der Prior empfing sie vor der kleinen Kirche. Als er hörte, daß der Ritter und sein jüngerer Bruder Unterkunft suchten, bot er ihnen eine winzige Zelle an. Das Abteigebäude war kalt und ohne jeden Schmuck. Daria schauderte, als sie dem Prior und Roland in den kleinen Gemeinschaftsraum folgte, wo normalerweise die 22 Mönche ihre Mahlzeiten einnahmen. Jetzt war niemand drin, denn es war schon spät, und die Mönche hatten sich zum Gebet zurückgezogen. Roland war das sehr recht. Denn leicht hätte einer erkennen können, daß Daria ein Weib war, und das hätte unerwünschte Fragen zur Folge gehabt.

Ein kleinwüchsiger Mönch mit Kapuze brachte ihnen eine dünne Suppe mit etwas Schwarzbrot und ließ sie dann wieder allein. Das sei Bruder Marcus, sagte der Prior und verabschiedete sich ebenfalls. Das einfache Essen schmeckte Daria wie Götterspeise. Sie aß alles auf, was da war. Dann schaute sie zu Roland auf. Er wollte gerade die Hand zum Munde führen. Mitten in der Bewegung hielt er inne.

»Was ist?« fragte sie leise auf englisch. »Habe ich Euch irgendwie beleidigt?«

Roland schüttelte den Kopf und aß weiter.

»Ein Bett«, sagte sie, »ein richtiges Bett!«

Wirklich bekamen sie ein schmales Bett mit zwei Decken. Bruder Marcus hatte ihnen eine Kerze mitgegeben. Roland schloß erleichtert die Tür der kleinen Zelle hinter ihm. Dann prüfte er das Bett mit der Faust. »Ein Strohlager. Sieht ziemlich unbequem aus. Aber wenigstens haben wir Decken und brauchen nicht zu frieren.«

»Wir?«

»Ja«, sagte er zerstreut und zog sich die Stiefel aus. »Ach so, stört es Euch, daß Ihr mit mir in einem Bett schlafen müßt? Das begreife ich nicht. Ihr habt doch in den letzten beiden Nächten auch neben mir geschlafen.«

Sie gab nicht gleich eine Antwort. In Wirklichkeit fand sie es wunderbar, neben ihm in einem Bett zu schlafen. Das war viel besser als das Nächtigen im Wald oder in der Höhle. »Mir macht es nichts aus, Roland. Wirklich nicht.«

»Ist auch nicht nötig, Daria. Ich bin so müde, daß es auch nichts ändern würde, wenn Ihr die schönste Frau von ganz Wales wärt und ich der geilste aller Männer. Los, kommt unter die Decken! Wir reiten morgen in aller Frühe weiter.«

Nur im Hemd, das glücklicherweise trocken geblieben war, schlüpfte sie unter die Decken. Er legte sich neben sie und pustete die Kerze aus. Sie lag regungslos auf der äußersten Kante.

Das Stroh piekte sie an vielen Stellen, und sie versuchte, es sich bequemer zu machen. Nach einigen Minuten sagte Roland: »Legt Euch ganz nahe an mich, Daria! Mir ist sehr kalt. Ihr könnt mich wärmen.«

Sie legte den Kopf an seine Schulter und die Hand auf seine Brust.

Daran könnte ich mich sofort gewöhnen, dachte sie, und kuschelte sich noch enger an ihn.

Mit gerunzelter Stirn schaute Roland in die Dunkelheit. Ihr Vertrauen ehrte sie, aber sie brauchte es nicht so offen zu zeigen. »So, das reicht nun aber«, sagte er. »Ihr seid nicht mein kleiner Bruder.«

»Das stimmt«, sagte sie und schmiegte sich noch mehr an ihn.

»Verdammt noch mal, hört damit auf! Ich bin schließlich nicht aus Stein.«

»Aber mir ist so kalt, Roland.«

Er schlief vor ihr ein, wachte aber bald wieder auf, als sie im Schlaf um sich schlug. Zuerst strich er ihr sanft über den Rükken.

Als das nicht half, gab er ihr zwei leichte Backenstreiche. »Wacht auf! Ihr habt einen Alptraum!«

Mit einem Ruck wurde sie wach und setzte sich auf. »Oh!«

»Es ist alles in Ordnung. Seid jetzt ruhig!«

»Ich hatte einen schrecklichen Traum. Von diesen beiden Männern. Vor allem der Große, Myrddin. Er faßte mich an und...« Sie konnte nicht weitersprechen.

»Hier seid Ihr in Sicherheit. Niemand kann Euch etwas tun.« Mit der Rechten strich er ihr gleichmäßig über den Rükken. »Ich beschütze Euch.«

Im Dunkel der Nacht machte sie ihrem bitteren Zorn Luft. »Ihr sprecht mit mir wie mit einem Kind, Roland. Aber ich bin nicht Euer Kind. Es ist klar, daß Ihr mich beschützt. Ihr müßt mich ja lebend abliefern, nicht wahr? Weil mein Onkel Euch sonst kein Geld gäbe.«

»So ist es.«

»Ich bin eine reiche Erbin. Ich werde Euch dafür bezahlen, wenn Ihr mich nicht abliefert.«

»Das ist doch Unsinn, Daria. Ihr kommt ja nicht an Eure Erbschaft heran. Da hält Euer Onkel den Daumen drauf. Ihr müßt Euch mit den Gegebenheiten abfinden. So soll es nun mal sein. Ihr müßt Euch so verhalten, wie es einer Frau zukommt – Euch nach den Wünschen Eures Vormunds richten. Ich bringe Euch lebend und als unberührte Jungfrau zurück.« Kaum war es heraus, hätte er sich am liebsten auf die Zunge gebissen.

Sie reagierte so blitzschnell wie eine zustoßende Schlange. »Was wollt ihr damit sagen – als Jungfrau? Was hat das mit alldem zu tun?«

»Nichts. Ich habe mich versprochen. Schlaft jetzt!«

»Was habt ihr damit gemeint, Roland? Daß mein Onkel Wert auf meine Unberührtheit legt? So wie der Graf von Clare?«

»Ihr sollt jetzt schlafen!«

Ihre Faust landete auf seinem Bauch. Er stöhnte. Ihr Gesicht konnte er im Dunkeln nicht sehen, aber er spürte ihren warmen Atem an der Wange. »Ich habe gesagt, Ihr sollt schlafen, Daria. Ich will nicht, daß Ihr mir noch weitere Fragen stellt.«

»Aber Ihr müßt mir sagen...«

»Ihr gehorcht wohl nicht gern, wie?«

Ihre Nase stieß an seine. »Sagt es mir jetzt!« forderte sie ihn auf. Er schwieg.

Mit Bedacht fuhr sie fort: »Wollt Ihr damit sagen, mein Onkel hat es zur Bedingung gemacht, daß ich ihm als Jungfrau zurückgegeben werde und daß er mich sonst nicht mehr haben will?«

»Ja, ja, es stimmt. Er will Euch als Jungfrau zurückhaben. Seid Ihr jetzt zufrieden? Daria, Ihr könnt Euch darauf verlassen, daß ich Euch bei ihm so abliefern werde, wie Ihr aus dem Mutterleib gekrochen seid.«

Sie gab keine Antwort. Sie ließ die Worte in sich einsickern.

Er wälzte sich wieder auf den Rücken, so daß sie an seiner Seite lag. »Jetzt wird geschlafen, Daria.«

»Schon gut, Roland«, sagte sie, während ihr vielerlei Gedanken durch den Kopf gingen. Was würde ihr Onkel Damon wohl tun, wenn sie nicht als unberührte Jungfrau zurückkam?

6

Beim Abschied am nächsten Morgen drückte Roland dem Prior ein Goldstück in die Hand. Der alte Mann beeilte sich, ihnen umfassende Segenswünsche mit auf den Weg zu geben.

Es regnete wieder. Daria atmete tief ein. »Es riecht so anregend nach Grün«, sagte sie.

»Bore da«, sagte Roland.

Sie stieß mit dem Kinn an seine Schulter. »Was heißt das?«

»Guten Morgen. Wiederholt es!« Sie tat es, und danach setzte er den Unterricht fort, bis er Cantor an einem schäumenden Bach halten ließ. Sie waren hoch im Wye-Tal, die Luft war kühl und der Himmel zartblau.

»Bald sind wir in Rhayader, wo Markt gehalten wird, wie ich hörte. Da werden wir uns Lebensmittel kaufen.«

»Bin ich immer noch Euer Bruder?«

Roland nickte. »Verhaltet Euch möglichst unauffällig! Ich bin nicht in der Stimmung, mit noch mehr Männern zu kämpfen, die Euch als Frau erkennen und Gelüste kriegen.«

Rhayader war eine verschlafene Kleinstadt, in der es mehr Schafe als Menschen gab. Auf dem Markt war nur wenig Betrieb, denn die meisten Waren hatte man schon verkauft. Roland kaufte Brot, Käse und Äpfel. Man nahm kaum von ihnen Notiz. »Das liegt nicht daran«, erklärte ihr Roland, »daß wir keine Waliser sind. Wir sind einfach Fremde, die keinen interessieren.« Sie hörte ihm zu, wenn er walisisch sprach, und achtete darauf, wie er die schwierigen Laute herausbrachte.

Zu Mittag aßen sie am Rhaidr Gyw, dem Wye-Wasserfall, zwischen wildem Gras und Heidekraut. Es war eine schöne Gegend, es roch gut, und das Tosen des stürmischen Wasserfalls erfüllte die Luft. »Dieses Land ist so einzigartig wie ein seltener Edelstein«, sagte Roland, an einem Apfel kauend.

»Solange es nicht regnet, kann man sich an seinen Farben nicht sattsehen.«

»Wo geht es jetzt hin, Roland?«

»Zuerst reiten wir nach Wrexham. Dann zu Richard de Avenells Burg Croyland. Richard de Avenell ist ein Markgraf, und Croyland liegt gleich hinter der Grenze an der Straße nach Chester.«

Sie nickte. »Wie lange bleiben wir dort?«

»Nicht lange.« Ihre nächste Frage erriet er im voraus und beantwortete sie gleich: *»Menyw.«*

Es war das Wort für ›Frau‹. Sie wiederholte es und fragte dann: »Und wie heißt ›Ehefrau‹?«

»Gwrang.«

Das wiederholte sie mehrere Male. Man wußte ja nie. Außerdem amüsierte es sie, daß es ihn offenbar nervös machte.

Danach verfiel Roland in Schweigen. Den ganzen Rest des Tages über schien er geistesabwesend. Die Nacht verbrachten sie unter dem überhängenden Vordach einer niedrigen Höhle.

Am nächsten Morgen fragte sie ihn: »Was fehlt Euch, Roland?«

»Nichts«, beschied er sie knapp. »Morgen nachmittag werden wir in Wrexham sein.«

Sie ritten über einen Berg, dessen Spitze ein uraltes Fort einnahm. Weiter ging es durch bewaldete Täler und an drei Wasserfällen vorbei. Es war eine herrliche Landschaft, und Daria begeisterte sich an ihr. Sie genoß die nie gekannte Freiheit.

Doch war deutlich zu sehen, daß Roland ihre Freude nicht teilte.

»Erzählt mir von Eurer Familie, Roland!«

»Ich habe einen Bruder. Es ist der Graf von Blackheath. Er kann mich allerdings nicht leiden. Das ist jedoch nicht von Belang. Ihr braucht ihn schließlich nicht kennenzulernen. Im übrigen habe ich so viele Onkel, Tanten und Vettern, daß ich mich gar nicht an alle erinnern kann. Wir sind aus kernigem Holz und vermehren uns reichlich.«

»Warum könnt Ihr mich nicht leiden?«

Er drehte sich im Sattel um. »Warum ich Euch nicht leiden kann?«

»Ihr unterhaltet Euch nicht gern mit mir. Und wenn Ihr Euch einmal dazu herablaßt, tut Ihr es mit scharfen Worten.«

»Ich muß die Dinge abwägen«, sagte er, und damit hatte sie sich zufrieden zu geben.

An diesem Abend machte Roland noch vor Einbruch der Dunkelheit halt. Als Erklärung sagte er nur: »Cantor ist müde. Wir müssen ihm Ruhe gönnen.«

Doch als erster war Roland eingeschlafen. Der Mond ging gerade am klaren walisischen Himmel auf. Daria lag, auf einen Ellbogen gestützt, neben ihm und betrachtete sein Gesicht. Er schlief, ohne zu schnarchen. Der Schlaf glättete seine Sorgenfalten. Wie jung er aussieht, dachte sie. Zögernd fuhr sie ihm mit dem Finger von der Wange den Kieferbogen entlang zum kantigen Kinn. Er hatte schwarze Bartstoppeln, und lächelnd fragte sie sich, ob seine Körperhaare wohl ebenso dunkel waren wie die Haare auf seinem Kopf. Seine Augenbrauen waren gewölbt und schwarz wie die Sünde. Ihr gefielen sogar seine Ohren.

Schließlich fiel sie, an Rolands Rücken gekuschelt, ebenfalls in Schlaf.

Jäh erwachte sie und fuhr hoch. Sie hatte einen ungewöhnlichen Traum gehabt, der ihr noch lebhaft im Gedächtnis geblieben war. Er brachte ihr in Erinnerung, daß sie bei der ersten Begegnung mit Roland das Gefühl gehabt hatte, ihn von früher her sehr gut zu kennen. Jetzt hatte sie im Traum gesehen, was er geträumt hatte. Wie war das nur möglich? Es war ihr unbegreiflich. Sie selber war in seinem Traum nicht aufgetreten. Nein, sie hatte die Rolle einer Beobachterin gespielt und doch immer gewußt, was er gerade dachte. Wie kam es, daß ihr Roland so vertraut erschien? Jetzt glaubte sie plötzlich die Antwort auf diese Frage zu kennen. Aber sie würde ihm nichts davon sagen. Er würde doch nur annehmen, sie wäre verrückt oder einfach dumm oder beides.

Am nächsten Morgen war der Himmel bedeckt, und beide wußten, daß es bald wieder regnen würde.

In der Hoffnung, ihn damit zu überrumpeln, sagte sie auf einmal unvermutet: »Von meinem Vater hörte ich einige Geschichten aus dem Heiligen Lande. Er sagte, er habe gehört, dort herrsche nur Hitze, es gebe nur weißen Sand, elende Fliegen, Armut und Kinder, deren Bäuche vor Hunger aufgetrieben seien. Er sagte, die Männer seien dunkelhäutig und bärtig und trügen weiße Gewänder und einen Turban auf dem Kopf. Er sagte, die Frauen würden von den Männern abgesondert und dürften das Haus nicht verlassen, in dem sie mit anderen Frauen zusammen lebten. Wißt Ihr etwas darüber, Roland?«

Rolands Hände krampften sich um die Zügel. Er hatte in der letzten Nacht vom Heiligen Lande geträumt. Er hatte von einem Treffen mit den Barbaren und ihren Häuptlingen im Zelt des Königs geträumt, an dem er teilgenommen hatte. Aber das konnte Daria ja nicht wissen. Es war also reiner Zufall, daß sie darauf zu sprechen kam.

So sagte er nur: »Was Euer Vater Euch erzählt hat, trifft zu. Und jetzt seid still, ich muß nachdenken!«

Daria übte ihr Walisisch. Sie bildete Sätze und wiederholte Redensarten, die er sie in den vergangenen Tagen gelehrt hatte. »*Rydw i wedi blino*«, sagte sie dreimal hintereinander.

Er drehte sich nach ihr um. »Sagt Ihr das nur zur Übung, oder seid ihr wirklich müde?«

»*Nag ydw*«, sagte sie lachend und schüttelte zur Bekräftigung den Kopf.

Am späten Nachmittag gelangten sie nach Wrexham. Vor dem starken Regen suchten sie in der Kathedrale Schutz. Unter den niedrigen normannischen Arkaden des Kirchenschiffs schritten sie zum Kreuzgang. Nur wenige Menschen waren in dem Gotteshaus. »Hier ist es so dunkel wie in einem Brunnenschacht«, sagte Daria laut.

Roland sagte nichts. Er litt unter entsetzlichen Kopfschmerzen. In seinem Hals kratzte es, und jeder Muskel im Körper war verkrampft und tat ihm weh. Die Krankheit hatte ihn vor zwei Tagen überfallen, aber er hatte sie nicht weiter beachtet. Er durfte nicht krank werden. Er war ja für Daria verantwortlich. Aber es war schlimmer geworden. Er mußte sich sehr zusammennehmen, sonst hätte sie gemerkt, daß er Schüttelfrost hatte.

Schließlich konnte er keinen Fuß mehr vor den anderen setzen. »Halt!« sagte er, lehnte sich an einen Steinbogen und schloß die Augen.

Ihm blieb keine Zeit mehr, Daria zu sagen, was mit ihm los war. Um ihn herum wurde alles schwarz. Vergeblich kämpfte er dagegen an. Er merkte nur noch, wie er langsam an dem Bogen herunterglitt.

Der Graf von Clare betrachtete die beiden toten Männer. Einer lag verwesend mit dem Kopf im stehenden grünen Wasser, der andere lag zusammengekrümmt in einer nahegelegenen Höhle.

»Ja«, sagte er, »die hat unser hübscher Priester umgebracht. Aber warum? Ob sie ihn überfallen haben?« Er hielt inne und wurde blaß. Hatten die Männer Daria vergewaltigt? Hatte Roland sie deswegen getötet? Nein, eher war anzunehmen, daß er sie erledigt hatte, bevor sie ihr etwas antun konnten. Danach hatte er sie einfach liegen lassen. Laut sagte er zu MacLeod: »Wohin hat unser Priester Daria gebracht, nachdem er die beiden Kerle getötet hatte? Hat er hier irgendwo Freunde?«

MacLeod wußte auf die Fragen des Grafen keine Antwort. Überdies wurde ihm allmählich diese ganze Verfolgungsjagd leid. Er war genauso wie alle Männer durchnäßt und kalt und fühlte sich elend. Er wollte nichts, als nach Tyberton zurückkehren, in dem stickig heißen großen Saal an den Feuerstellen sitzen, gewürztes Warmbier trinken und die Hände an weiches Weiberfleisch legen.

Jemand fragte, ob sie die Leichen begraben sollten.

»Nein«, sagte MacLeod. »Laßt diese Wilden in Frieden verrotten!«

Schon seit anderthalb Tagen hatte Daria geahnt, daß Roland krank war. Aber sie hatte sich selber etwas vorgemacht und nach allen möglichen anderen Erklärungen für sein dauerndes Stillschweigen gesucht. Als sie ihn morgens gefragt hatte, ob ihm etwas fehle, hatte er unwillig verneint.

Jetzt ließ sie sich neben ihm auf die Knie fallen. Seine Stirn fühlte sich heiß an, er hatte Fieber. Noch nie im Leben hatte sie so große Angst gehabt. Sie blickte sich nach Hilfe um.

»Roland«, sagte sie klagend, der Verzweiflung nahe. »Bitte, Roland, könnt Ihr mich hören?«

Er sagte kein Wort.

Nicht um sich hatte sie Angst, sondern um ihn. Er brauchte sie dringend.

Ein Augustinerpriester in schwarzer Kutte sah die beiden und kam eilig näher.

»Pater«, sagte sie flüsternd halb auf englisch, halb auf walisisch, »Ihr müßt mir helfen.«

Er warf ihr einen erstaunten Blick zu, und sie fuhr rasch fort: »Er ist ein Waliser, und ich bin seine Ehefrau, aber nur zur Hälfte Waliserin. Sprecht Ihr englisch?«

»Ja. Ich habe viele Jahre in Hereford gelebt. Was tut ihr hier?«

»Mein Gatte wollte mich zu seiner Familie nach Chester bringen. Plötzlich ist er krank geworden. Wahrscheinlich kommt das von dem vielen Regen. Wir sind auch sehr scharf geritten. Was soll ich nur tun?«

Dann erst fiel ihr ein, daß der Priester sie für einen Knaben gehalten hatte. Sie hatte sich als Rolands Ehefrau ausgegeben, weil sie dadurch mehr Verständnis von dem Geistlichen erhoffte. Schnell fuhr sie fort: »Meine Kleidung sollte meinem Schutz gelten. Wir wurden unterwegs von Verbrechern überfallen und konnten ihnen nur mit Mühe und Not entkommen. Da hat mir mein Mann diese Kleidungsstücke beschafft.«

»Das war sehr vernünftig von ihm. Ich bin Pater Murdough. Und wer bist du und dein Mann?«

»Er heißt Alan und ist ein Freisasse, Pater. Unser Bauernhof liegt in der Nähe von Leominster. Bitte, helft uns!«

Was blieb ihm anderes übrig? Er konnte den Mann nicht in

seiner Kirche elend verrecken lassen. »Bleib hier! Ich hole meinen Küster.«

Es schien Ewigkeiten zu dauern, bis der Küster ihren ›Ehemann‹ auf kräftigen Schultern drei Treppen hinaufgetragen und auf ein schmales Bett gelegt hatte. Es war eine Dachkammer in dem bescheidenen Hause Pater Murdoughs neben der Kirche.

»Hast du Geld, mein Kind?«

»Ja«, sagte Daria. »Mein Mann hat es im Mantel. Kann sich der Küster um sein Pferd kümmern?«

Der Priester nickte. Seine Gedanken waren bei dem Pferd. Er hatte es gesehen, es war ein kräftiges Kampfroß. Höchst ungewöhnlich, daß der Besitzer ein einfacher Freisasse sein sollte. Er hätte gern gewußt, wer der Mann wirklich war. Was die Frau anging, so bezweifelte er, daß sie auch nur einen Tropfen walisischen Bluts in den Adern hatte.

Aber das war unwichtig. Jetzt galt es, etwas für den jungen Mann zu tun. Pater Murdough wurde energisch. »Ich lasse einen Arzt holen, der ihm Blutegel setzt, um das Fieber zu senken. Nur so kann sein Leben gerettet werden. Meine Bedienerin Romila wird euch Decken und Wasser bringen.«

Daria war vor Angst um Roland außer sich. Sie brachte es gerade noch fertig zu nicken. Als sie mit Roland allein war, fiel ihr Blick auf seine durchnäßte Kleidung. Er brauchte dringend trockene Wärme. Sie mußte ihn also ausziehen. Sie war eben dabei, ihm die Hosenbänder aufzuschnüren, als eine hochgewachsene, magere, weißhaarige alte Frau von stolzer Haltung ins Zimmer kam. Sie brachte Decken und einen Wasserkrug. Ihr Lächeln, bei dem sie ein gesundes Gebiß zeigte, war freundlich. Leise sagte sie in undeutlichem Walisisch: »Da bin ich. Warte, ich helfe dir!«

Gemeinsam befreiten die beiden Frauen Roland von den nassen Sachen. Als er nackt auf dem Bett lag, nahm die Alte ihn genau in Augenschein. »Ah, das ist ein kräftiger

Mann, wirklich, so schlank und diese starken Knochen und Muskeln! Ein feiner Bursche, keine Unze Fett am Körper. Ja, und nun sieh sich mal einer seine Rute an! Die muß dir ja schon viel Vergnügen bereitet haben.«

»Du sprichst ja englisch«, erwiderte Daria, ohne sich etwas anmerken zu lassen.

»Ja, das hat mir der Pater aufgetragen. Ich komme aus Chester. Nur mein Mann ist einer von diesen Wilden. Aber er wärmt mich gut in den langen Winternächten.«

Während sie redete, blickte Daria auf Roland hinunter, auf seine Rute, die sie angeblich glücklich gemacht haben sollte. Sie lag schlaff auf dem dichten schwarzen Schamhaar. Ja, er war ein prächtiger Mann, und sie wünschte sich von ganzem Herzen, daß er sie ihr ganzes Leben lang in langen Winternächten wärmen würde.

Dann deckte sie ihn unverzüglich zu. »Er ist ganz heiß«, sagte Daria. »Er wird doch wieder gesund werden, oder?«

»Ja«, erwiderte Romila, ohne einen Augenblick zu zögern, »klar wird er gesund. Und wie die meisten Männer wird er sich dann laut beschweren und rumbrüllen.«

»Hoffentlich«, sagte Daria und setzte sich aufs Bett, um ihm über die Arme, das Gesicht und die Haare zu streichen.

Dann kam der Arzt, ein ausgemergelter alter Mann mit klugen Augen und sauberen Händen. Bei seinem Anblick schöpfte Daria wieder Hoffnung.

In einer der beiden Satteltaschen Rolands fand sie, in einen Waffenrock gewickelt, eine große Menge Geld. Sie bezahlte den Arzt, der sie aufmerksam ansah. »Wer bist du?« fragte er in schleppendem Walisisch.

»Ich bin seine Frau Gwen, Sir.«

Der alte Arzt räusperte sich vernehmlich.

»Bitte, Sir, wird mein Mann durchkommen?«

»Das fragst du mich? Ich kann dir jetzt nur raten, bete für deinen Mann! Die endgültige Antwort gebe ich dir morgen.«

Erst als er weg war, fiel es Daria auf, daß er anfangs walisisch mit ihr gesprochen hatte und später auf englisch umgeschaltet hatte. Wenn selbst ein alter Arzt sie so leicht durchschauen konnte, schien sie wirklich keine große Schauspielerin zu sein.

Sie begab sich wieder an Rolands Krankenbett. Sie wußte jetzt, daß es irgendein geheimes Band zwischen ihnen gab. Doch nur sie spürte es, er nicht. Sie dachte wieder an die Männer in den weißen Gewändern, die sie in seinem Traum gesehen hatte. Obwohl sie nur eine Beobachterin gewesen war, war sie doch bei ihm gewesen, hatte gefühlt, was er fühlte, und hatte sogar die fremde Sprache, die er verwandte, verstanden. Sie erinnerte sich, daß einer der dunkelhäutigen Männer ihn zur Seite gezogen und ihm zugeraunt hatte: »Ich weiß, wer du bist, und sobald es mir gefällt, mache ich dich fertig, du ungläubiger Hund!«

In diesem Augenblick hatte Roland gedacht: Na schön, dann muß ich ihm wohl oder übel die Kehle durchschneiden, verdammt noch mal. Sie wußte es so genau, wie sie ihn kannte.

Sie legte die Wange an sein Herz und schlief ein wenig. Er rührte sich nicht, bis sie ihn weckte, um ihm etwas von der kräftigen Brühe zu geben, die Romila früher am Abend gebracht hatte. Sie mußte sie ihm mit Gewalt einflößen. Danach wusch sie ihm Gesicht und Oberkörper mit einem kühlen, nassen Tuch.

Sein Fieber stieg ständig und mit ihm ihre Angst. Kurz vor Mitternacht bat sie den lieben Gott, sie an seiner Statt zu sich zu nehmen. Aber der liebe Gott würde sich wohl kaum um den Wunsch einer Frau kümmern.

Sie machte weitere Tücher naß und wusch ihn wieder und wieder. Seine Körperhitze war erschreckend hoch, und ihre Gebete wurden immer inbrünstiger. Genau um Mitternacht schlug er die Augen auf und starrte sie an.

»Roland? Gott sei Dank, du bist aufgewacht!«

Er sagte nichts. Plötzlich verzerrte Wut sein Gesicht, und er brüllte: »Joan, du verdammtes Biest! Verschwinde aus meinen Augen, oder ich erwürge dich!« Dann packte er sie am Handgelenk und drehte ihr den Arm um. Sie schrie auf und wollte ihn wegschieben.

Aber er war stark. Während er ihr den Arm weiter verdrehte, stieß er keuchend im Flüsterton hervor: »Ja, ich habe dich geliebt, ich habe dir mein ganzes Herz geschenkt. Aber du hast mich betrogen. Und jetzt kommst du wieder, um mich zu quälen. Du Biest, du verfluchtes, treuloses Biest!«

Plötzlich ließ er ihr Handgelenk los und schlug ihr hart ins Gesicht. Sie flog zurück und fiel auf den Fußboden. Schnell richtete sie sich auf die Knie auf und sagte atemlos: »Roland, nein! Du darfst dich nicht bewegen! Nein!«

Er warf die Decken zurück, erhob sich und stand schließlich drohend vor ihr, nachdem er kurz hin und her geschwankt war. Sie starrte ihn mit einem Ausdruck an, in dem sich Entsetzen, Erstaunen und Freude mischten.

Genauso plötzlich, wie er aufgesprungen war, verließen ihn die Kräfte. Er fiel rücklings aufs Bett und rührte sich nicht mehr. Nach einer langen Stunde schlug er die Augen wieder auf, nahm ihre Hand und ergriff eine ihrer dichten Haarsträhnen. »Du bist Joan. Mein Herz bekommst du nie mehr.«

»Nein, Roland, nein, ich bin's!«

Danach murmelte er Worte in jener fremden gutturalen Sprache der Araber, die er im Traum gesprochen hatte. Doch jetzt verstand sie das nicht mehr. Gleich darauf sagte er sanft auf englisch: »Verzeih mir, Leila, du bist es! Du würdest nie so sein wie Joan. Komm jetzt zu mir! Ich will deine Brüste in die Hand nehmen. Ja, Leila, ich sehne mich nach deinem weichen Körper.«

Daria holte tief Luft und rührte sich nicht. Jetzt streichelte Roland ihre Brüste. »Was ist denn das? Du bist immer noch bekleidet? Verlangt es dich denn nicht nach mir?«

Mit den Daumen strich er ihr leicht über die Brustspitzen. Sie sah, wie seine Augen vor Wonne glänzten.

»Zieh deine seidene Jacke aus! Ich will deinen Körper fühlen.«

Er hielt sie für die Frau, die er im Heiligen Lande gekannt hatte, Leila! Daria streichelte seine Hände wie er ihre Brüste, und sie spürte sein heftiges Verlangen.

In diesem Augenblick wurde ihr klar, daß es für sie nie etwas Wichtigeres geben würde als diesen Mann. Er würde zum Mittelpunkt ihres Lebens werden. Sie würde bis zum Tode bei ihm ausharren. Ruhig schnürte Daria ihren Waffenrock auf. Roland wollte ja ihre nackten Brüste fühlen. Sie zog den Waffenrock über den Kopf und warf ihn auf den Boden. Glücklicherweise war es durch das Kaminfeuer noch warm im Zimmer. Er schaute auf ihre Brüste und lächelte beglückt.

»Komm näher! Ah ja, so ist es schön. Deine Haut ist wie Samt und... Was ist das, Leila? Deine Brustspitzen sind aufgerichtet. So schnell! Du begehrst mich also auch?«

Sie beugte sich über ihn, ihre Brüste lagen in seinen Händen, und sie flüsterte: »Ja, Roland, alles für dich. Ich bin alles, was du wünschst. Sag mir, was ich tun soll!«

Sie begann leise zu stöhnen. Noch nie hatte ein Mann sie auf diese Art berührt. Sie ahnte, daß sie auf der Schwelle zu einem wunderbaren Erlebnis stand. Daria war nicht unwissend. Ihr war bekannt, was Männer und Frauen miteinander trieben. Dafür hatte schon ihr Onkel gesorgt. Doch wenn er sich nackt, mit steifer Rute, vor ihr gezeigt hatte, dann hatte sie es immer abstoßend gefunden. Ganz anders war es bei Roland.

»Leila, beug dich tiefer! Ich möchte an deinen Brüsten saugen.«

Das war neu für sie. Er wollte daran saugen? Wie ein Baby? Aber gleichviel, sie legte sich über ihn, und nach seinen Finger spürte sie jetzt seinen warmen Mund an ihren Nippeln, und wunderbare Gefühle durchströmten sie. Sie schloß die Augen, fühlte seine feuchte Zunge, und überließ sich ganz dem verheißungsvollen Reiz, den sie auf einmal in ihrem Schoß empfand.

»Roland«, flüsterte sie.

»Wie süß du bist!« Er schlang die Arme um ihren Leib, strich mit den Händen daran entlang, abwärts, aufwärts. Er griff in ihr Haar und löste ihr die Zöpfe. »Leg dich nackt auf mich!«

Sie schnürte die Hosenbänder auf und zog sich das Knabenbeinkleid aus. Ruhig sagte sie: »Ich bin aber nicht Leila.«

Nackt glitt sie dann unter die Decken und legte sich auf seinen harten, straffen, dunklen Männerkörper, von dem eine Kraft in sie überzuströmen schien, die sie einen Augenblick lang geradezu beängstigte. Doch dann hatte sie sich damit abgefunden. Seine Hände tasteten über ihren Rücken und umklammerten schließlich ihr Gesäß.

Plötzlich begann er schneller zu atmen. »Führe ihn bei dir ein, Leila!«

Er wollte, daß sie seine Rute in ihren Schoß einführte? Sie richtete sich auf und sah, daß sein Glied steif emporragte. Sie berührte es leicht mit einem Finger, und er stöhnte laut.

Instinktiv packte sie sein Glied mit der ganzen Hand. »Jetzt, Leila! Bei Allah, ich halte es nicht mehr aus. Mach es jetzt!«

Doch Daria wußte nicht recht, was sie machen sollte. Es war so groß – bestimmt zu groß, um reinzupassen. Sie beugte sich vor und küßte seinen Unterleib. Er stöhnte wieder. Als sie sein Glied mit dem Mund berührte, bäumte er sich wild auf. Im selben Moment sah sie eine herrliche nackte Frau mit Haaren, so schwarz wie Ebenholz, die sich auf sein Glied setzte, es mit beiden Händen umfaßte und in ihren Schoß einführte.

So lebendig war das Bild vor Darias Augen, daß sie einen unterdrückten Schrei ausstieß. Ihr wurde schwindlig. Sie fürchtete sich vor dem, was sie tun wollte. Es war ein unwiderruflicher Schritt. Auf den Knien über ihm, faßte sie in ihren Schoß, fühlte, wie feucht es darin war, und ahnte nun, daß sein Glied leicht hineingleiten würde. Sie nahm es, zu allem bereit, in beide Hände. Doch er kam ihr zuvor. Er streichelte ihren Leib, ihr Schamhaar, und dann fanden seine Finger den Weg in ihren glatten, feuchten Schoß. Sie schrie auf.

»Ah«, sagte er, »du bist jederzeit für mich bereit, nicht wahr? Das gefällt mir. Soll ich dich noch mehr reizen, bevor ich eindringe? Bevor du wild auf mir reiten wirst?«

»Nein, komm jetzt zu mir!« Sie hatte Angst vor den Reizen, von denen er so zuversichtlich sprach. Sie hielt jedoch still, als seine Finger rhythmisch in ihrem Schoß spielten.

»Ja, du bist bereit für mich, ich nehme dich jetzt.« Das Bild Leilas, der Frau, für die er sie hielt, war ihr entschwunden. Leila gehörte nicht mehr zu seinem Leben, sie war Vergangenheit, sie spielte keine Rolle mehr.

Nur das Jetzt zählte.

Sie schloß die Augen, und er sprach wieder in dieser fremden Sprache zu ihr. Das Erstaunliche war, daß sie jetzt genau verstand, was er wollte.

7

Wenn ich seinem Wunsch nachgebe, dachte Daria, bin ich keine Jungfrau mehr. Doch an die Folgen wollte sie nicht denken. Sie nahm sein Glied in die Hand und führte es ganz langsam bei sich ein. Es ging leicht, weil sie so feucht war.

Er hob das Becken, und sie spürte, wie sein Verlangen immer stärker wurde. Und genauso starke, mächtige Gefühle wogten in ihr. Wenn er jetzt zustieß, würde es allerdings sehr weh tun.

Da packte er sie schon an den Hüften, riß sie an sich und kam ihr gleichzeitig entgegen. Es war ein scharfer, brennender Schmerz, der sie aufschreien ließ. Danach kam nichts mehr. Jetzt war er ganz tief in ihr, so tief es ging. Welch ein Gefühl! Es übertraf jede Vorstellung. Auf einmal schien seine Gier nachzulassen. Langsam bewegte er sich auf und nieder. Manchmal zog er ihn fast heraus, um gleich darauf wieder tief in sie zu gleiten. Schweiß trat auf seine Stirn. Mehrmals flüsterte er: »Nein, beweg dich nicht, Leila! Ich habe so lange darauf warten müssen... nicht bewegen!«

Sie hielt ganz still. Was immer daraus wurde, sie hatte es gewollt. Sie war allein verantwortlich. Doch eins hatte sie nicht vorausgesehen. Das waren diese beseligenden Empfindungen, seinen Körper mit ihrem vereint zu fühlen, sich ihm so völlig hinzugeben. Die unwiderstehliche Erregung von vorhin war allerdings nach dem Schmerz des zerrissenen Jungfernhäutchens abgeflaut und kam auch nicht wieder. Aber das war auch nicht wichtig. Was zählte, war nur er. Aus seiner Kehle kam jetzt ein rauhes Stöhnen. Er hob sie an, hielt sie hoch, sein Glied war kaum noch in ihr, und er sah sie an und lächelte. Dann riß er sie wieder hart und schnell an sich, und ein Schauder überlief sie, als sie ihn wieder ganz in Besitz nahm. Er klammerte sich an sie und stieß weiter ruckartig zu.

»Roland«, sagte sie.

Auf einmal klärte sich sein Blick. Aus dunklen Augen sah er sie staunend an. »Du bist so ganz anders. Du bist so eng, und das macht mich wild. Und ich habe dein Häutchen zerrissen. Wie kann das sein? Du bist doch seit langem keine Jungfrau mehr. Wie kannst du auf einmal wieder so eng sein? Wie konnte ich dir weh tun? Hast du irgendeine Salbe entdeckt, die deinen Schoß wieder so eng machte wie den einer Jungfrau? Oder hab ich dir gar nicht weh getan? Hast du vor Leidenschaft geschrien? War es das, Leila? War es Leidenschaft?«

»Ja, vor Leidenschaft, Roland. Wie sollte ich bei dir nicht leidenschaftlich werden?«

Und sein Lächeln war so süß, daß es ihr tief ins Herz drang. Er verlangte nach ihr, und sie würde für ihn alles tun. Sie folgte dem auffordernden Druck seiner Hände und ritt heftig auf ihm. Stöhnend grub er die Hände in ihr Gesäß und kam ihr bei jedem Stoß entgegen. Da sagte sie noch einmal: »Ich bin Daria. Bitte, denk daran, wenigstens einen Augenblick lang, daß ich Daria bin!«

Plötzlich hielt er wie erstarrt inne, stieß dann noch einmal zu, und sie fühlte, wie sein Samen sich in sie ergoß. Sie fuhr jedoch fort, auf ihm zu reiten, bis er ihr zuflüsterte: »Hör auf. Leila! Bei Allah, es war schön, es war so schön mit dir. Du hast mich völlig fertiggemacht. Ich glaube nicht, daß ich mich jetzt noch mit Cena beschäftigen kann. Nein, sie muß warten, und wenn sie noch so danach hungert. Das tut sie ja immer. Du hast mich in Flammen gesetzt, Leila, es war unglaublich schön, aber jetzt bin ich nur noch Asche.«

Entgeistert sah sie ihn an. Er war tief in ihrem Körper, und doch sprach er von zwei anderen Frauen in seinem Bett! Vorsichtig löste sie sich von ihm. An ihren Oberschenkeln klebte Samen von ihm und Blut von ihr. Blut war auch an seiner Rute. Rasch deckte sie ihn zu und wusch sich mit kaltem Wasser. Sie war innen wund.

Dann ging sie zurück, schlüpfte unter die Decken und schmiegte sich an ihn.

Im Laufe der Nacht beschloß sie, ihm nichts davon zu erzählen, was sich zwischen ihnen zugetragen hatte. Er hatte sie ja nicht einmal erkannt. Er hatte sie für eine andere Frau gehalten, eine Geliebte aus einem fernen Land. Rasch wusch sie Blut und Samen von seinem Glied. Dann schaute sie dem Schlafenden in das stille Gesicht. »Ich liebe dich, Roland. Ich werde dich immer lieben. Ich werde immer nur dir gehören und keinem anderen.« Ach, hätte er sie doch nur einmal angelächelt und gesehen, daß sie Daria war!

Sollte er sich an die Ereignisse dieser Nacht erinnern, würde er glauben, daß er sie nur geträumt hätte. Damit gab sie sich merkwürdigerweise zufrieden. Sie hatte sich ihm hingegeben, weil er der Mann war, den das Schicksal für sie bestimmt hatte. Vielleicht war sie wie ihre Großmutter und hatte das zweite Gesicht. Oder es war ihr bestimmt, daß er ihr nur diese eine Nacht gehören sollte. Danach würde er sie verlassen, und alles wäre verloren. Dann wäre ihr geheimes Wissen um ihn, ihre *Kenntnis* von ihm nur eine Täuschung gewesen.

Nein, das würde sie nie zulassen. Vielleicht würde er doch eines Tages erkennen, daß er an sie gebunden war. Vielleicht würde er sie eines Tages so lieben, wie sie ihn liebte.

Sie legte ihm die Hand auf die Stirn.

Sie fühlte sich kühl an. Das Fieber war gebrochen.

Und sie war keine Jungfrau mehr.

Roland schlug die Augen auf. Er hatte keine Ahnung, wo er war. In seinem Kopf rumorte es, aber diese schrecklichen Schmerzen im ganzen Körper hatten aufgehört. Da er sich sein ganzes Leben lang ausgezeichneter Gesundheit erfreut hatte, war Krankheit beängstigend für ihn. Sie bedeutete, daß er von anderen Menschen abhängig war. Und jedem ausgeliefert, der es sich in den Kopf gesetzt hatte, ihn umzubringen.

Er hob die Hand und erschrak über seine Schwäche. Neben ihm atmete jemand. Er wandte ein wenig den Kopf. Es war Daria. Sie saß auf dem einzigen Stuhl und nähte etwas an einem seiner Waffenröcke. Sie war immer noch als Knabe gekleidet, trug das Haar aber offen. Es fiel ihr über Schultern und Rücken. Was für schönes Haar sie hat! dachte er unwillkürlich. Die dunklen Augenbrauen wölbten sich anmutig über ihren grünen Augen. Dann fiel ihm auf, wie außerordentlich blaß sie war.

Seine Kehle war wie zugeschnürt, als er flüsterte: »Daria, kann ich etwas Wasser haben?«

Sie sah auf und lächelte ihn in verwirrender Weise an. Dann sprang sie auf.

Er trank aus dem Becher, und sie hielt ihm den Kopf wie einem kleinen Kind. Wieder überfiel ihn die Angst, hilflos und seiner Selbst nicht Herr zu sein. Sie – eine Frau! – half ihm, kümmerte sich um ihn und pflegte ihn. Doch im Augenblick konnte er es nicht ändern. Er atmete ihren Duft ein. Dann legte er die Wange an ihre Brust. Wie weich sie war! Rasch zog er sich wieder zurück.

»Nein, Roland«, sagte sie und streichelte leicht seine Wange. »Du bist noch nicht stark genug, um schon wieder ins Turnier zu ziehen.«

»Woher willst du denn das wissen?«

Zu seinem Ärger lächelte sie ihn freundlich an. »Romila hat mir vorausgesagt, du würdest gereizt sein, wenn du zu dir kommst. Sie sagt, alle starken Männer hassen es, krank zu sein, weil sie dann von anderen Menschen abhängig sind.«

Verflucht noch mal, sie hatte recht. Das gefiel ihm gar nicht. »Stimmt nicht«, sagte er. »Mir macht es nichts aus. Deine Brüste lagen so angenehm weich an meiner Wange...«

Er versuchte ein freches Lächeln, brachte es aber nicht zustande. Ihre Miene änderte sich. Sie sah auf einmal argwöhnisch aus, vielleicht sogar ängstlich. Warum nur?

»Wo sind wir? Wie lange bin ich krank gewesen?«

Da lächelte sie wieder und lehnte sich über ihn. Er hörte ihr Herz klopfen. Und er wünschte sich, er könnte noch lange so in ihren Armen ruhen.

»Wir sind in Wrexham, im Haus des Priesters, schon seit

fast drei Tagen. Als du in der Kathedrale zusammengebrochen bist, hat Pater Murdough uns Hilfe geleistet.«

Roland brauchte eine Weile, um das zu verarbeiten. »Dann weiß der Priester also, daß du kein Knabe bist.«

»Ja. Ich habe ihm gesagt, du wärst mein Ehemann und wolltest mich zu deiner Familie in Leominster bringen. Du wärst Waliser und ich nur zur Hälfte. Damit wollte ich erklären, daß ich die Sprache nur schlecht beherrsche. Und meinen Aufzug als Knabe erklärte ich ihm damit, daß du es aus Sicherheitsgründen so für besser gehalten hättest.«

»Was der Gottesmann doch wohl kaum gutgeheißen hat.«

»Er hat nichts dazu gesagt. Er scheint ein sehr nachsichtiger Priester zu sein. Übrigens erwarte ich jeden Augenblick den Arzt. Er ist kein Dummkopf, er hat dir geholfen. Geht es dir wirklich besser, Roland?«

»Ja. Aber du bist sehr blaß. Warst du die ganze Zeit bei mir in dieser trübseligen kleinen Kammer?«

»Nun, einer mußte doch kochen, dich waschen und deinen Waffenrock ausbessern.«

Er lächelte zerstreut und verkündete dann: »Morgen reiten wir in aller Frühe weiter.«

»Nein, kommt nicht in Frage. Wir reiten erst weiter, wenn du wieder zu Kräften gekommen bist.«

»Du wagst es, mir Anordnungen zu geben?«

Ihre Arme legten sich um seine Schultern, und sie drückte ihn an sich. »Reg dich nicht auf, Roland! Du wirst so lange hierbleiben, bis der Arzt erklärt, daß du weiterreiten kannst, ohne vom Pferd zu fallen – und wenn ich dich anbinden müßte!«

»Hast du etwa ganz den Grafen von Clare vergessen , der so begierig auf deinen schönen Körper ist?«

»Ich habe nichts vergessen«, sagte sie knapp.

Die Augen taten ihm weh. Ärgerlich sagte er: »Mach das verdammte Licht aus! Es sticht mir in die Augen.«

»Ja, gut.«

»Du bist auf einmal so nachgiebig. Da stimmt doch etwas

nicht. Eine Frau, die ihrem Mann nachgibt, will ihn reinlegen. Hast du mein ganzes Geld ausgegeben?«

Sie fuhr ihm leicht mit der Hand über die Stirn, zerzauste ihm ein wenig das Haar und glättete es dann wieder.

»Verdammt noch mal, Dirne, du bist nicht meine Mutter!«

»Sehr wahr«, sagte sie.

»Mit dir bin ich schwer gestraft. Ich bezweifle, daß mich das Geld, das dein Onkel mir zahlen wird, für die Tage in deiner tyrannischen Gesellschaft entschädigen kann.« Plötzlich sagte er: »Ich muß mal.«

Daria nickte. »Ich hole dir den Nachttopf und helfe dir.«

»Ich brauche keine Hilfe. Ich will allein sein, wenn ich mich erleichtere.« Er sah sie böse an, warf die Decken zurück und setzte sich auf. Doch weiter kam er nicht. Er war noch zu schwach. Er hatte sie mit seiner Größe einschüchtern wollen, vielleicht sogar mit seiner imponierenden Manneszier. Aber bei allen Heiligen, im Augenblick hätte er nicht mal einen Zwerg einschüchtern können. Er sah an sich herunter. Sogar sein Geschlecht ließ ihn schmählich im Stich. In diesem Zustand würde sein Glied nicht einmal die schüchternste Jungfrau erschrecken. Und Daria hatte schon bewiesen, daß sie alles andere als schüchtern war.

Daria wich nicht. Sie kannte seinen Körper jetzt so gut wie ihren eigenen, denn sie hatte ja in den letzten drei Tagen ständig für ihn gesorgt. »Willst du allein aufstehen? Werde ich das Vergnügen haben, dich wieder umfallen zu sehen? Ich bezweifle, daß ich stark genug bin, dich wieder aufzuheben. Du wirst also nackt am Boden liegen, und ich muß Romila holen, damit wir dich zu zweit ins Bett schaffen können. Vielleicht sollte ich noch erwähnen, daß Romila eine Vorliebe dafür hat, sich deinen Körper genau anzusehen und recht unverblümte Bemerkungen darüber zu machen. Na, Roland, was meinst du dazu?«

»Ich sage, daß du lästig wie eine Wespe bist und daß unsere Begegnung ein rechtes Unglück für mich war.«

Dabei zitterte er vor Schwäche oder vor Kälte. Das bewog sie zum Einlenken. »Roland, sei doch nicht so stolz! Das ist

Dummheit. Laß mich dir helfen! Ich würde mir auch von dir helfen lassen, wenn ich es nötig hätte.«

Er gab nach. Aber es wurde eine Qual für ihn. Als er seine Notdurft erledigt hatte, brachte sie ihn fürsorglich wieder zu Bett. Kein Wort wurde dabei gesprochen. Er überlegte, ob er heimlich ausbrechen könnte, wenn sie schlief. Dann verfluchte er im stillen das Geld ihres Onkels. Er wollte es nicht mehr haben, wenn er deswegen vor ihr seine Notdurft verrichten mußte. Sie hatte sich dabei zwar umgedreht, aber das änderte nichts daran, denn sie war dabeigewesen und wußte, was er tat.

Normalerweise hätte es ihn wenig gekümmert. Sie hätte ihm bei allem zusehen können. Aber nicht, wenn er so schwach und hilflos war, so kläglich anzuschauen. Das machte es unerträglich.

Daria beobachtete ihn unter gesenkten Lidern, während sie so tat, als wäre sie einzig und allein mit seinem Waffenrock beschäftigt. Sie konnte ihm seine Verärgerung, seine schlechte Laune durchaus nachfühlen. Sie brauchte sich ja nur vorzustellen, wie ihr zumute wäre, wenn sie krank wäre und sich von ihm beim Verrichten der Notdurft helfen lassen müßte.

Sie war zutiefst dankbar, als der Arzt kam. Er untersuchte Roland, sprach im weichen Walisisch mit ihm und schien zufrieden. Einmal zeigte er dabei auf sie, aber Daria verstand weder seine Worte noch Rolands Antwort. Ein Kompliment hatte ihr Roland sicherlich nicht gemacht.

Dennoch war sie über die Verbesserung seines Zustands unendlich erleichtert. Als sich der Arzt schließlich an sie wandte, hörte sie ihm lächelnd zu.

»Dein Mann macht gute Fortschritte«, sagte der Alte. »Er hat mir gesagt, daß er schon morgen weiterreiten will, und ich habe ihm erklärt, wenn er das macht, wird er tot umfallen und dich der Gnade gesetzloser Schurken überlassen. Jetzt ist er dabei, sich die Sache zu überlegen.« Er warf ihr einen bedeutsamen Blick zu, und Daria beeilte sich, ihm Geld zu geben. Er dankte und verabschiedete sich.

»Du hast ihn mit *meinem* Geld bezahlt, stimmt's?«

»Es ging nicht anders. Ich habe ja keins.«

»Demnach hast du herausgefunden, wo ich es versteckt habe, und jetzt gehst du freizügig damit um?«

»Hätte ich mich vor dem Priester aufs Armenrecht berufen sollen? Vermutlich wären wir dann im Straßengraben gelandet. Was den Arzt betrifft, so habe ich ihn selbstverständlich für seine Dienste bezahlt. Allein dafür, daß er sich deine üble Laune gefallen lassen muß, hat er sich das Geld verdient.«

»Du hättest mich aber vorher fragen müssen.«

»Da hast du recht. Ich hätte dich irgendwie aus deiner Bewußtlosigkeit wachrütteln und untertänig um die Erlaubnis bitten sollen, von deinem Geld Gebrauch machen zu dürfen. Wirklich eine Schande, daß ich auch für Stall und Futter deines Pferdes Geld zahle. Wäre es dir lieber, ich hätte dem Priester gesagt, er solle Cantor wegjagen?«

»Du zankst mit mir wie ein altes Waschweib, Daria.«

»Du hast nur schlechte Laune, weil du es nicht erträgst, daß du, mein unerschütterlicher Befreier, auch nur ein schwacher Mensch bist. Du bist kein Gott, Roland. Du bist nur ein Mann.«

»Ach, das hast du bemerkt, ja?«

»Ja«, sagte sie. Wie sehr, wollte sie ihm nicht verraten. »Und jetzt mußt du dich in Geduld fassen, Mylord.«

»Das geht doch nicht! Was willst du denn tun, wenn der verfluchte Graf kommt? Ihm sagen, er solle sich in Geduld fassen, bis ich wieder gesund bin und dich vor ihm schützen kann?«

Sie schüttelte den Kopf. »Ich würde dich schützen.«

Er schnaufte. »Nein, hör auf damit! Bring mir etwas zum Essen! Ich muß wieder zu Kräften kommen.«

Ach, er war undankbar. Er war ein Tyrann. Er war nur wütend, weil er krank geworden war. Als ob sie schuld daran wäre! Männer waren schon schwierige Geschöpfe. »Gut. Bleib bitte liegen und ruh dich aus! Ich komme gleich wieder.« Sie fragte sich, wie sie so ruhig bleiben konnte. Immerhin warf sie die Zimmertür etwas lauter zu, als nötig gewesen wäre.

Romila sah ihre Miene und lachte. »Aha, dein netter Mann macht dich zornig, wie?«

»Ja. Ich könnte ihn erwürgen.«

»Kindchen, er ist eben ein Mann. Nicht mehr und nicht weniger. Gib ihm zu essen, und wenn er sich den Bauch vollgeschlagen hat, wird er sich wie ein Engel betragen.«

Wie ein Engel betrug sich Roland zwar nicht, nachdem er Romilas geschmortes Rindfleisch und das grobe Graubrot mit süßer Butter verzehrt hatte. Doch wenigstens hatte er sich weitgehend beruhigt.

»Wir reiten morgen weiter«, sagte er in selbstsicherem Ton.

»Nein.«

»Morgen nachmittag.«

»Nein.«

»Daria, du wirst tun, was ich dir sage. Ich bin zwar nicht dein Ehemann, aber ich habe hier zu bestimmen, weil ich für dich verantwortlich bin, und deshalb mußt du...«

»Nein. Wir reiten erst weiter, wenn du gesund bist, vollständig gesund, und keinen Tag vorher. Ich habe deine Kleidungsstücke versteckt, Roland. Wenn du dich wie ein Halbirrer aufführen willst, mußt du eben nackt losreiten. Mir kannst du nicht drohen, und zwingen kannst du mich auch nicht.«

Er fluchte lange und fürchterlich. Doch Daria lächelte nur dazu. Er hatte den kürzeren gezogen. Als ihm die Flüche ausgingen, schlief er allmählich ein. Sie beugte sich über ihn und sagte flüsternd: »Du hast wohl keine Erinnerung mehr an die beiden letzten Nächte, wie? Was hätte ich getan, was hätte ich gesagt, wenn du dich daran erinnert hättest? Hätte ich alles abgeleugnet und behauptet, es wären nur Fieberträume gewesen? Dennoch tut es mir sehr weh, Roland, daß du dich nicht mehr daran erinnerst, wie du mir die Jungfernschaft genommen hast. Wenn du mich zu meinem Onkel zurückbringst und er mich zwingt, Ralph von Colchester zu heiraten, habe ich wenigstens eine Liebesnacht mit dir erlebt.«

Tränen stiegen ihr in die Augen. »Du verfluchter Roland! Du bist der sturste und stumpfsinnigste Mann, den es gibt. Vielleicht sage ich einfach meinem Onkel, daß ich keine Jungfrau mehr bin und daß du dafür verantwortlich bist. Dann wäre ich wenigstens vor Ralph von Colchester sicher. Aber was wären die Folgen? Wie ich meinen Onkel Damon kenne, würde er keine Skrupel haben, uns beide umzubringen. Doch...«

»Du krächzt wie ein heiserer Eisvogel. Wovon redest du überhaupt? Ich versuche zu schlafen, um wieder zu Kräften zu kommen, und du plapperst mir die Ohren voll.«

Was hatte er gehört? Offenbar hatte er nichts mitbekommen. Er meinte, sie hätte nur sinnloses Zeug geredet.

Er brummte noch etwas Unverständliches, dann schlief er fest bis in die tiefe Nacht. Sie gab ihm noch einmal zu essen und half ihm beim Verrichten der Notdurft, was ihm genauso unangenehm war wie beim erstenmal. Später legte sie sich zu ihm ins Bett, ganz vorsichtig, um ihn nicht zu stören. Doch im Dunkeln tastete er nach ihr und zog sie an sich. Es war beinahe so, als wüßte er jetzt, wer sie war, daß sie ihm gehörte und er ihr. Seine Hände lagen auf ihren Hüften, aber nur kurze Zeit. Dann wanderte eine Hand zwischen ihre Beine und suchte ihren Schoß. Sie wand sich, als sein Mittelfinger tief in sie eindrang, während er mit den anderen Fingern die empfindliche Stelle streichelte. Sie legte den Kopf an die Schulter, stöhnte mit zusammengebissenen Zähnen und bebte vor Erregung am ganzen Leib.

Dann plötzlich wurde sein Atmen gleichmäßiger, und er fiel wieder in tiefen Schlaf. Langsam ebbte ihre Erregung ab. Und wieder einmal fragte sie sich, zu welchem Höhepunkt diese seltsamen Gefühle, die er in ihr zu erwecken verstand, wohl führen mochten.

Nun tastete sie nach seinem Unterleib. Seine Rute war steif und prall. Warum hatte er sie nicht in ihren Schoß eingeführt? Er hatte wohl nicht mehr die Kraft dazu gehabt, war ja nicht einmal richtig wach gewesen. Sicherlich war ihm nicht bewußt gewesen, daß er sie, Daria, umarmt und liebkost hatte. Sonst wäre er bestimmt vor Schreck aus dem Bett gefallen.

Als sie am nächsten Morgen erwachte, stand sie auf und betrachtete ihn lange Zeit. Sein Anblick allein erweckte wundersame Gefühle in ihr. Sie flüsterte: »Ich liebe dich, Roland«, und wiederholte es auf walisisch: *»Rwy'n dy garu di.«* Sie hatte es sich gestern von Romila übersetzen lassen, und die Alte wollte sich ausschütten vor Lachen. Rasch kleidete Daria sich an und verließ die Kammer.

Sie wollte nach seinem Pferd sehen. Nördlich der Kathedrale von Wrexham führte eine lange, schmale Straße vorbei, an der ein niedriger Bau mit einem Schieferdach stand: der Mietstall. In der dritten Box stand Cantor. Der dürre Mann, der sie zu ihm führte, lag ihr damit in den Ohren, daß das Pferd Unmengen von Hafer verschlungen und ihn heftig in den Arm gebissen habe.

Schließlich gab ihm Daria einige Münzen als Trinkgeld. Da strahlte er und kratzte sich aufgeregt unter den Armen.

»Das ist ein feiner Gaul«, sagte er. »Stimmt es, daß dein Mann ein Freisasse ist?«

Sie nickte. Also steckte auch dieser Kerl voller Argwohn. Aber sie hatte sich keine bessere Lüge ausdenken können, und jetzt blieb ihr gar nichts anderes übrig, als dabei zu bleiben.

»Ja«, fuhr der Stallmann fort, »heute früh waren zwei Männer hier und haben wissen wollen, wem der schöne Gaul gehört. Ich habe ihnen gesagt, daß der Besitzer dein Mann ist, ein Freisasse.«

Darias Magen verkrampfte sich schmerzhaft. Sie ahnte, wer die beiden Männer waren. Sie *wußte* es.

»Es waren *saeson,* diese schmierigen Kerle.«

Natürlich waren es Engländer. Es waren Männer des Grafen von Clare. In möglichst gleichgültigem Ton sagte sie: »Was meinst du, wann sie wiederkommen? Glaubst du, daß sie das Pferd kaufen wollen?«

»Ja, sie wollen wiederkommen«, sagte er. Ein Glück, daß der Stallmann weder ihre Namen kannte noch wußte, wo sie untergebracht waren. Doch der Graf von Clare würde sie trotzdem bald finden. Mein Gott, was war zu tun?

»Ach, seht mal!« sagte er plötzlich. »Da drüben sind sie ja!«

Sie drehte sich um. Nur dreißig Schritte weiter in der schmalen Straße sprachen zwei Männer des Grafen mit einem Gemüsehändler. In dem einen erkannte sie seinen Waffenmeister MacLeod. Beide wirkten müde und ungeduldig.

Kurz entschlossen sagte Daria: »Ich denke, ich werde das Pferd gleich mal ausreiten.«

Ohne auf seinen Einspruch zu achten, sattelte sie Cantor. Der Zelter, der sich im Stall jedoch gelangweilt hatte, warf ungeduldig den Kopf hoch, und sie mußte all ihre Kraft aufbieten, um ihm das Gebiß ins Maul zu schieben und die Zügel anzulegen.

»Ich mache nur einen kurzen Galopp und bin bald wieder hier«, sagte sie zu dem Stallmann, saß auf, und Cantor verließ unter lautem Hufgeklapper den Stall. »Ich reite in Richtung von Leominster«, sagte sie noch und hoffte inbrünstig, der Waliser werde es den Männern des Grafen weitersagen.

Während Cantor schnaubend durch die belebten engen Gassen von Wrexham tänzelte, stopfte sie sich die Haare unter die Wollmütze. Sah sie nun wieder wie ein Junge aus? Hoffentlich! Sie hatte keine Ahnung, welche Richtung sie eingeschlagen hatte. Ihr ging es nur darum, die Männer von Roland abzulenken.

Sie hatte Geld, und sie hatte ein gutes Pferd, sie war nicht auf den Kopf gefallen, und sie konnte ein wenig walisisch sprechen. Spontan beschloß sie, zur Burg Croyland zu reiten, zu Lord Richard de Avenell. Bestimmt würde er ihr helfen.

Und was wurde inzwischen aus Roland?

Wenn der Graf von Clare ihn aufspürte, würde er ihn

umbringen. Sie mußte ihn also auf eine falsche Fährte setzen, schnell und möglichst weit weg. Aus dem Sonnenstand ersah sie, daß sie in nordöstlicher Richtung ritt, auf Croyland und die englische Grenze zu.

Was würde Roland von ihr denken, wenn er merkte, daß sie fort war?

8

Es regnete wieder einmal. In wenigen Minuten hatte der feine, kalte Nieselregen Daria bis auf die Haut durchgeweicht. Mißmutig schaute sie zum ewig grauen Himmel auf.

Sie war jetzt seit drei Stunden unterwegs. In den letzten beiden Stunden hatte sie keinen Menschen zu Gesicht bekommen. Nur Schafe. Natürlich, Schafe waren ja überall. Und dunkle Wälder knorriger Schwammeichen. Die Straße war zu einem rauhen Pfad geworden, den auf beiden Seiten dichte Eibenbüsche säumten. Oft streiften die stachligen Blätter Cantors Flanken, und jedesmal mußte sie ihn dann beruhigen. Aber er behielt sein Tempo ständig bei. Der kräftige Hengst besaß eine enorme Ausdauer.

Auf einem schlammigen Feld zur Rechten sah Daria eine Herde von Gänsen, und dann lugten zwei Dachse aus einer Hecke hervor. Vom Grafen und seinen Männern war nichts zu sehen. Sie hoffte, sie seien hinter ihr her, aber weit, weit zurück.

Der Regen wurde stärker, es schüttete wie aus Kübeln. Ob er wie durch Zauber aufhören würde, wenn sie England erreichte? Es konnte jetzt nicht mehr sehr weit bis Chester sein. Und wie war es Roland inzwischen ergangen? Nein, jetzt mußte sie an sich selber denken.

Plötzlich sprang vor Cantors Hufen ein Hase aus dem Dikkicht. Überrascht stellte sich der Hengst auf die Hinterbeine und wieherte zornig. Daria verlor den Halt und fiel seitwärts in eine Wasserlache. Der Aufprall war hart, jeder Knochen im Leib tat ihr weh, und sie blieb vorerst liegen.

Cantor stand schnaufend über ihr, den großen Kopf gesenkt, wie ein Spiegelbild ihres eigenen Jammers. Langsam raffte sie sich auf und lehnte sich an die Flanke des schweratmenden Pferdes. Er stieß sie auffordernd an, und sie drängte sich an ihn. Da spürte sie unter den Sohlen ihrer Lederschuhe, wie die Erde leise unter dem Hufschlag vieler Pferde bebte. Sie mußten im vollen Galopp auf sie zukommen. Bald würden sie hinter ihr auftauchen. Das konnten nur der Graf und seine Männer sein.

Sie schwang sich auf Cantors Rücken und stieß ihm die Schuhspitzen in die Weichen. Er sprang an – und strauchelte wieder. Sie wurde beinahe erneut runtergeschleudert, konnte sich aber mit der linken Hand an der Mähne festhalten.

Er war lahm geworden. Auf seinem Rücken sitzend, wußte sie, daß es vorbei war, wollte es aber noch nicht wahrhaben. Er ließ den Kopf hängen und atmete schwer. Ihre Flucht war zu Ende.

Deutlich hörte sie nun den vielfachen Hufschlag hinter sich. Er kam näher und näher. Sie konnte nichts mehr tun. Nur warten. *Was war, wenn sie Roland aufgespürt hatten?*

Und plötzlich wußte sie, was zu tun war. Sie durfte jetzt keine Dummheiten machen. Alles hing von ihr ab.

Sie saß ab und sah dem näher kommenden Reitertrupp entgegen. Bald erkannte sie den großen Araberrappen des Grafen. Sie stand bereit, rührte sich aber nicht von der Stelle. *Ich ertrage es nicht, wenn er mich anfaßt. Das halte ich nicht aus. Dann schreie ich und trete um mich. Lieber will ich sterben, als mich von ihm anfassen zu lassen.*

Sie hob den Kopf. Kalte Regengüsse peitschten ihr ins Gesicht.

Der Graf von Clare hob die behandschuhte Hand. Er schaute auf den durchnäßten Knaben neben Rolands wuchtigem Kampfroß. Seine Hand umklammerte den Schwertgriff. Wo war der verdammte Schweinehund? Hatte er sich in den Eibenbüschen verkrochen? Hatte er die lächerlicherweise als Knabe verkleidete Daria sich selber überlassen?

Auf seinen Wink hielten die Männer. Mit steigendem Erstaunen beobachtete er Darias Mienenspiel. Ihr anfänglicher Schreck verwandelte sich in Erleichterung und Jubel. Sie rannte nicht vor ihm weg. Sie rannte auf ihn zu!

Er sprang vom Pferd und sah ihr gespannt entgegen. Im

Laufen schrie sie ihm etwas zu. Dann warf sie sich ihm an die Brust und umschlang ihn mit den Armen.

Er war völlig verwirrt. Was redete sie da? Daß er sie gerettet hätte? Gerettet!

Der Graf packte sie an den Oberarmen und schob sie weg. »Was tust du hier?«

Es zuckte ihm in den Händen, sie zu schlagen, sie auf die schlammübersäte Straße zu werfen und sie nochmals für ihre Treulosigkeit zu schlagen. Doch er tat nichts dergleichen, stand nur da und wiederholte die Frage: »Was tust du hier?«

Sie stotterte, stammelte – vor Kälte, vor Angst, vor Erleichterung.

»Ich bin ihm ausgerückt, hab' ihm das Pferd gestohlen, aber das elende Tier wurde lahm, und ich dachte, er läge hier auf der Lauer und finge mich wieder ein, und ich bekam es mit der Angst zu tun... ich habe mich so gefürchtet...«

Der Graf von Clare beobachtete, wie die Blicke seiner Männer von ihm zu dem zitternden Mädchen gingen. Sicherlich hörten sie jedes Wort. Aber ihren müden Gesichtern war nicht zu entnehmen, was sie von der Sache hielten.

»Was hast du gesagt? Du bist Roland ausgerückt?«

»Roland? Heißt der dreckige Köter so?« Zitternd warf sie sich ihm wieder an die Brust. »Mylord, er ist gar kein Priester. Laßt es bitte nicht zu, daß er mich wieder einfängt! Mir hat er erzählt, er hieße Charles, aber ich glaubte ihm kein Wort.«

»Aber du hast mich mit dem Leuchter niedergeschlagen! Du warst es, Daria, und nicht dieser Hurensohn.«

Sie hob den Kopf und sah ihn mit Unschuldsmiene an. Mit der hohen, zitternden Stimme eines erschrockenen kleinen Mädchens piepste sie: »Ja, weil Ihr versucht habt, mich zu vergewaltigen, obwohl ich noch nicht mit Euch vermählt war. Was sollte ich denn tun? Man hat mich gelehrt, bis zur Hochzeit die Unschuld zu bewahren. Da blieb mir nichts anderes übrig, als mich zu verteidigen. Sonst hätte mich Gottes Fluch getroffen. Und dann kam dieser Mann – Roland – dazu und zwang mich, mit ihm zu gehen. Er hat mich nie aus den Augen gelassen. Aber in Wrexham hat er sich betrunken und da bin ich ausgerückt und habe ihm das Pferd gestohlen.«

»In wenigen Tagen hätte uns der Priester getraut, und ich wollte dich vorher nur ein wenig genießen.«

Mit ernstem, strengem Blick antwortete sie: »Eine Frau besitzt nichts als ihre Unschuld, um ihren guten Ruf zu bewahren. Deshalb mußte ich mich bis zum Äußersten gegen Euch wehren. Wenn ich mich Euch einfach hingegeben haben würde, dann hätte Gottes Fluch mich getroffen. Das werdet Ihr doch sicherlich verstehen, Mylord. Das müßt Ihr verstehen! Kein Ehrenmann darf einem unschuldigen Mädchen Gewalt antun. Wer es dennoch tut, kann nie auf Verzeihung hoffen, weder von ihr noch vom lieben Gott. Das ist mein fester Glaube. Ich konnte nicht zulassen, daß Ihr mich schändet, und darum habe ich zum letzten Mittel gegriffen, um meine Ehre zu retten.«

Der Graf schwankte. Er war unsicher, und das machte ihn hilflos. Er begann zu fluchen. Wütend scheuchte er seine Männer von sich weg, die sich vor Müdigkeit kaum noch im Sattel halten konnten. Dieses völlig verdreckte kleine Mädchen machte ihm Vorwürfe!

»Wo ist Roland?«

»Ich weiß es nicht. Irgendwo in Wrexham. Wenigstens war er heute morgen noch dort. Ich habe die Gelegenheit zum Ausrücken benutzt, als er gerade seinen Rausch ausschlief. Ich hatte nämlich entdeckt, was er für Pläne mit mir hatte. Mein Onkel hat ihn gekauft, müßt ihr wissen. Er hat ihm eine Menge Geld dafür geboten, daß er mich wieder zu ihm zurückbringt. Danach wollte mein Onkel mich mit Ralph von Colchester verheiraten. Mylord, ich habe Angst, er wird mich wieder verfolgen.« Mit einem rührenden, hilfesuchenden Augenaufschlag schloß sie: »Oder glaubt Ihr, daß er jetzt aufgibt? Und vielleicht nach England zurückgeht?«

»Vielleicht«, sagte der Graf, fügte aber in Gedanken hinzu:

Bestimmt nicht ohne sein Pferd. Dann rief er einem seiner Männer zu: »Clyde, wir müssen in der Nähe der Höhle sein, an der wir gestern vorbeigekommen sind! Dort wollen wir die Nacht verbringen oder wenigstens so lange Unterschlupf suchen, bis dieser verfluchte Regen aufhört.«

Die Männer verließen schnell den schlammigen Weg. Der Graf wandte sich an das vor Kälte zitternde Mädchen: »Du bist ja völlig durchgeweicht.« Er zog einen trockenen Waffenrock aus der Satteltasche und legte ihn ihr um. »Hüll dich darin ein! Ich will nicht, daß du Fieber bekommst und stirbst.«

»Sein Pferd ist aber lahm.«

»Einer meiner Männer wird es am Zügel mitführen.« Der Graf dachte gar nicht daran, das Pferd zurückzulassen.

Clyde führte alle in eine Höhle mit hoher Decke. Sie war so geräumig, daß man sämtliche Pferde mit zusammengebundenen Vorderbeinen im Rückraum unterbringen konnte. Daria wurde angewiesen, sich dicht ans Feuer zu setzen. Sie klapperte noch eine Weile mit den Zähnen, merkte aber bald, daß ihre Sachen allmählich trockneten. Sie konnte nur hoffen, daß es ihr gelungen war, den Grafen zu täuschen. Inbrünstig betete sie, daß Roland gesund würde, sie einfach vergäße, Wales verließe und sich in Sicherheit brächte.

Das bedeutete allerdings, daß sie ihn nie wiedersehen würde. Alle ihre wunderbaren Gefühle wären dann Truggebilde gewesen – unwirkliche Träume. Es bestand keine Verbindung mehr zwischen ihnen. Nicht einmal die Ehre würde ihn an sie binden, denn er wußte ja gar nicht, daß er mit ihr geschlafen hatte.

Roland würde sie vergessen, genauso wie das Geld, das er von ihrem Onkel bekommen hätte. Er war ja nicht dumm. Er würde sich denken können, daß der Graf sie wieder gefangengenommen hatte. Clare würde sie zu sich ins Bett zerren und entdecken, daß sie nicht mehr jungfräulich war. Dann würde er wissen, daß Roland mit ihr geschlafen hatte. Er würde sich belogen und betrogen fühlen. Dabei war er es doch, der sie als erster geraubt hatte!

Nun, er war ja davon überzeugt, daß er in der besonderen Gnade Gottes stand. Gott billigte alle seine Pläne mit ihr.

Vergebens bemühte sie sich, ein Schluchzen zu unterdrükken. Auch als sich eine Männerhand auf ihre Schulter legte, konnte sie nicht aufhören zu weinen.

»Psst«, sagte der Mann. Sie erkannte die Stimme des Waffenmeisters MacLeod. »So macht Ihr Euch nur krank.«

»Ich habe solche Angst.«

»Ja, nicht ohne Grund. Aber der Graf scheint von Eurem Anblick behext zu sein. Er wird Euch nicht töten. Jedenfalls vorläufig nicht. Ihr könnt doch dem Himmel danken, daß wir wenigstens aus diesem scheußlichen Regen heraus sind.«

»Wird er nach Wrexham zurückreiten, um diesen Mann zu suchen?«

»Woher wißt Ihr denn, daß wir in Wrexham waren?«

Oh, mein Gott, was habe ich da für eine Dummheit gesagt! »Ich weiß es ja gar nicht, habe es nur angenommen.«

MacLeod sah in ihr blasses Gesicht mit den geröteten Augen und den nassen Haaren, die an beiden Seiten des schmalen Kopfes herabhingen. Was für ein rührendes kleines Ding! Es leuchtete ihm nicht ein, daß der Graf in ihr die zukünftige Ehefrau sah. Viel näher würde es liegen, sie wie eine Tochter zu behandeln. In der ausgebeulten Knabenkleidung sah sie wirklich nicht nach einem Leckerbissen für einen so abgebrühten Mann wie den Grafen von Clare aus.

Er wandte den Blick und schaute ins Feuer. »Ja, wir kommen aus Wrexham«, sagte er. »Wir sind hart geritten, um Euch und diesen Hurensohn zu finden, der Euch aus Tyberton entführt hat.«

Sie rückte näher ans Feuer. »Wo ist der Graf denn jetzt?«

MacLeod zuckte die Achseln. »Er spricht mit den Männern. Hier, eßt etwas! Wir haben auf dem Markt in Wrexham Vorräte eingekauft. Ihr müßt etwas essen, sonst werdet Ihr noch so mager, daß Euch die Knabenhosen vom Leibe rutschen.«

MacLeod sprach diese Worte ohne jede Nebenabsicht. Aber für Daria beschworen sie wieder das Bild herauf, wie sich der Graf mit seinem ganzen Gewicht auf sie gelegt und ihr weh getan hatte. Bei dieser Erinnerung wurde sie noch bleicher.

»Ihr seid wirklich zu dünn«, sagte der Waffenmeister geduldig. »Ihr müßt essen.«

Sie nahm Brot von ihm entgegen, biß hungrig hinein und lächelte ihn an. »Vielen Dank. *Diolch.*«

»Du hast also Worte dieser Heidensprache gelernt«, ließ sich der Graf vernehmen und nahm neben ihr Platz. »Ich möchte so etwas nicht mehr hören.« Er nahm ein großes Stück Schwarzbrot und biß kräftig hinein.

»Ganz wie Ihr wünscht«, sagte sie demütig.

Er gab keine Antwort. In Gedanken mit ihr beschäftigt, fragte er sich, ob er ihr Glauben schenken konnte. Schließlich sagte er, nachdem er reichlich Bier getrunken hatte: »Ich kann mir nicht vorstellen, daß dieser Roland so verrückt sein wird, dir weiter nachzustellen, Daria. Dagegen rechne ich damit, daß er sein Pferd wiederhaben will.«

»Aber woher soll er wissen, daß ich Euch gefunden habe?«

»Er ist ein Werkzeug des Satans. Er ahnt bestimmt, daß du wieder bei mir bist. Wo solltest du denn sonst sein? Und obwohl er weiß, daß ich stärker bin als er, wird er mir nachkommen. Bis nach Tyberton. Er will ja sein Pferd wiederhaben. Aber dann töte ich diesen Hurensohn mit Gottes Hilfe auf meinem eigenen Gebiet.«

Er wird uns nachkommen, aber nicht meinetwegen, sondern wegen seines Pferdes. Das war ja zum Lachen! Wenn sie weniger wert als ein Pferd war, warum begnügte sich der Graf dann nicht einfach mit Cantor und ließ sie in Frieden?

»Zieh dir jetzt die nassen Sachen aus! Ich will nicht, daß du krank wirst.«

Die Angst schüttelte sie so stark, daß sie kein Wort herausbrachte. Dazu kam der Zorn. Warum mußte er solche Macht über sie haben? Vielleicht würde sie dennoch ihr Ziel erreichen, wenn sie sich unterwürfig zeigte. Das hatte er ja gern. »Ich bitte Euch nur, mir keine Gewalt anzutun.«

»Das darf dich nicht kümmern. Ich kann dich nehmen, wann immer es mir beliebt.«

»Bitte nicht, Mylord.« Sie überlegte fieberhaft. Allerlei Pläne schossen ihr durch den Kopf. Sie konnte nur dann etwas bei ihm erreichen, wenn sie sich vollständig gefügig gab. »Wie Ihr wünscht, Mylord. Es ist nur so... gerade hat meine Monatsblutung eingesetzt.«

Die Angst ließ sie erröten. Doch Clare glaubte, sie wäre aus Schamhaftigkeit rot geworden.

Die bedingungslose Ergebenheit ihm und seinen Wünschen gegenüber gefiel ihm sehr. Und das schüchterne Geständnis überzeugte ihn vollends. Er fühlte sich allmächtig. Sanft tätschelte er ihr die Wange. Sie mußte sich sehr zusammennehmen, um die Berührung ruhig über sich ergehen zu lassen. »Bist du noch immer Jungfrau? Der Mann hat dich also nicht vergewaltigt, oder?

Sie schüttelte den Kopf und ließ sich nichts anmerken.

»Nach unserer Rückkehr nach Tyberton heirate ich dich, Daria. Bis dahin werde ich dich nicht mehr mit meinen männlichen Wünschen belästigen. Vielleicht ist es wirklich Gottes Wille, daß du dich mir erst hingeben sollst, wenn du meine Frau bist. Ich schwöre vor Gott, daß du bis zur Hochzeitsnacht jungfräulich bleiben sollst. Dann aber werde ich dich nehmen, und du wirst mit Freuden die Meine werden.«

Er sah ihr die unendliche Erleichterung an und wurde ungehalten. »Es ist nicht recht, daß du nicht gern zu mir ins Bett kommen willst. Du mußt dich an den Gedanken gewöhnen, Daria. Denn ich nehme dich so sicher, wie ich Roland töten werde, und du wirst mir einen Sohn gebären, bevor der nächste Winter endet.«

Befriedigt wandte ihr der Graf den Rücken zu und sagte brummend etwas zu MacLeod. Bald erhielt Daria trockene Kleidung und eine Decke. Der Graf schickte sie in eine dunkle Nische der Höhle. Während sie sich umzog, betete sie zu Gott, daß er diesmal sein Wort halten und sie vor ihm sicher sein würde.

Es regnete noch anderthalb Tage lang. Kalte Wassergüsse stürzten vom Himmel. Der Graf hatte sie vor sich aufs Pferd gesetzt. Einer der Männer führte Cantor, der nicht mehr lahmte, am Zügel. Einen halben Tag lang hörte der Regen auf, um dann wieder mit voller Wucht einzusetzen. Doch als sie Tyberton erreichten, schien die Sonne und trocknete alles. Es war geradezu unheimlich.

Am nächsten Tag wurde es richtig warm. Es war wunderbar.

Nachts lag sie wach und dachte an Roland.

Er war so hartnäckig, so stur, daß er bestimmt nicht aufgeben würde. Ja, er würde nach Tyberton kommen – des Pferdes wegen. Aber vielleicht konnte sie ihn dazu überreden, sie wieder mitzunehmen.

Als sie erfuhr, daß noch kein neuer Priester auf Tyberton eingetroffen war, kannte ihr Jubel keine Grenzen. Falls der Graf sein Wort hielt, war sie weiterhin vor ihm sicher.

Daria stand an dem schmalen Fensterspalt, als ihre Zofe Ena ihr berichtete: »Der hatte vielleicht eine Wut! Er fluchte und brüllte wie der Teufel selbst. Seine Männer aber haben ihn heimlich ausgelacht, daß er sich von so einer kleinen Frau reinlegen ließ. Und daß er vor lauter Geilheit seine ganze Frömmigkeit vergessen hatte. Bald nach Euch ist er dann losgeritten. Den Bauern, der das Pferd des hübschen Priesters verwahrt hatte, ließ er foltern. Nachdem er alles aus ihm herausgekriegt hatte, mußte einer der Männer dem Bauern das Messer in die Rippen bohren.«

So also war der Mann geendet, der so gern vier Kühe besitzen wollte –*Ile pum buwch.*

Es klopfte an der Tür, und eine Bedienerin brachte das Mittagessen. Man hielt sie also wieder wie eine Gefangene. »Ich habe keinen Hunger«, sagte Daria unwillig und stellte sich wieder ans Fenster.

Am nächsten Morgen verließ der Graf mit zwölf seiner Männer die Burg, um eine Räuberbande aufzuspüren, die in seiner Abwesenheit das kleine englische Dorf Newchurch überfallen hatte. Damit war sie wenigstens eine Weile von ihm erlöst. Allerdings hatte er Befehl erteilt, daß sie in ihrem Zimmer eingeschlossen blieb. Bevor der Graf sein Kampfroß bestieg, hatte er ihr die Wange gestreichelt und gesagt: »Bald wird ein Priester hier sein.«

Doch es dauerte bis zum Mittsommer, und die Sonne strahlte vom wolkenlosen blauen Himmel auf die ausgedörrte Erde herab, ehe der Graf ihr mitteilte, daß innerhalb von einer Woche ein Priester auf Tyberton eintreffen würde, den er in Bristol aufgegabelt habe. Dann würde die Trauung stattfinden. Und Daria wußte, daß er sie danach vergewaltigen und, wenn er die Wahrheit über ihren Zustand herausfand, töten würde.

Der einzige Trost war, daß er sie seit einer Woche nicht mehr als Gefangene behandelte. Der Graf war bei seiner Rückkehr durch seinen Sieg über die Räuber in Hochstimmung gewesen. Er hatte sie alle gehängt, diese Waliser – jedenfalls die wenigen, die das Scharmützel überlebt hatten.

Einmal belauschte sie ihn, als er voller Verachtung zu MacLeod über Roland sprach. »Der hübsche Hurensohn hat eingesehen, daß es seine Fähigkeiten doch bei weitem übersteigt, sich sein Pferd zurückzuholen. Er weiß, daß ich ihn fangen und dann eines langsamen Todes sterben lassen würde. Daria hat recht behalten – er ist nach England zurückgegangen.«

Volles Vertrauen schenkte der Graf ihr trotzdem nicht, und sie sah keine Möglichkeit, daran etwas zu ändern. Lohnte es sich überhaupt? Sie glaubte ja jetzt bald selber, daß Roland nach England zurückgekehrt war. Oder war er tot? Oder vielleicht lauerte er doch in der Nähe von Tyberton? Nein, das wahrscheinlich nicht. Sie hielt jedoch ihre Gedanken selbst vor Ena geheim. Wer wußte denn, ob ihre Zofe nicht alles dem Grafen verraten würde?

Eine Träne rollte ihr über die Wange. Plötzlich bekam sie Durst. In der kleinen Karaffe neben dem Bett war kein Wasser. Langsam ging sie in den großen Saal. Dort lungerten einige Männer herum, spielten Dame oder erzählten sich

Witze. Frauen schrubbten die rohen Tische und verteilten frische Binsen auf dem Fußboden. Keiner achtete auf sie. Der Graf war nicht zu sehen. Sie ging hinaus auf den Innenhof.

Es war Mittagszeit, und die meisten Menschen hatten vor der glühenden Sonne Zuflucht im Schatten gesucht.

An der Zisterne blieb sie lange stehen. Die Sonne wärmte ihre Haut, aber in ihrem Inneren herrschte Kälte und Leere.

»Was suchst du hier?«

Sie hörte das Mißtrauen in der Stimme des Grafen. »Ich wollte mir einen Krug frisches Wasser holen. Es ist heute so heiß. Ich habe eine ganz trockene Kehle.«

Er schöpfte ihr Wasser und sah ihr beim Trinken zu.

Dann sagte er voll ohnmächtigen Zorns: »Gerade habe ich die Nachricht erhalten, daß der König auf dem Weg nach Tyberton ist. Er kommt aus Chepstow, wo er sicherlich dem Grafen von Hereford die Flötentöne beigebracht hat, und jetzt will er zu mir.«

Daria begriff nicht, warum ihn das in so schlechte Laune versetzte. »Aber es ist doch der König!« rief sie. »Sein Besuch muß für Euch eine Ehre und eine Auszeichnung sein, ein Zeichen seiner königlichen Huld.«

Er schnaufte unwillig. »Von wegen Huld! Langbein ist nur ärgerlich, weil er hier so wenig Macht hat. Er kommt nur, um seine Nase in alles zu stecken, zu spionieren und Drohungen auszustoßen. Wäre ich stark genug und hielten alle Markgrafen zusammen, dann würden wir ihn in die Stadt zurückschicken, wo er haust, in dieses Sodom, diesen Sündenpfuhl London. Er soll uns vom Leibe bleiben. Diese Barbaren von Walisern halten wir schon allein in Schach und wahren den Frieden. Er aber würde selbst dem Teufel seine Seele verschreiben, wenn er mich dadurch entmachten könnte, mich und uns alle, die wir England vor den walisischen Wilden schützen.«

Daria kam eine Idee. Vielleicht konnte der König ihr helfen. Sie müßte zusehen, daß sie ihn unter vier Augen sprechen könnte. Dann würde sie ihn um Befreiung anflehen. Würde er ihr glauben? Und wenn er ihr Hilfe verweigerte, würde der Graf sie dann umbringen? Aber was machte das schon! Sobald der entdeckte, daß sie nicht mehr Jungfrau war, würde er es sowieso tun. Was sollte sie machen?

»Trink dein Wasser!« befahl der Graf.

Der König von England lehnte sich im Sessel zurück und blickte zu seinem ergebenen Sekretär Robert Burnell hinüber. Das Zelt bot ihnen Schutz vor der heißen Mittagssonne, und der König war in bester Laune. Er hatte Hereford einen höllischen Schrecken eingejagt, diesem verdammten treulosen Kerl.

Jetzt ging es nach Tyberton. Da würde er dem Grafen von Clare zeigen, wie er sich dem König gegenüber zu verhalten hatte.

Burnell entschuldigte sich. Er müsse sich draußen ein paar Minuten lang die Füße vertreten. Er hatte sich die Finger an den Warnbriefen des Königs krummgeschrieben, und ihm taten alle Muskeln weh.

Als er zurückkam, lag ein merkwürdiger Ausdruck auf seinem Gesicht. »Sire, draußen steht ein verkrüppelter alter Bettler und bittet, Euch sprechen zu dürfen. Er behauptet, er bringe Mitteilungen von höchster Wichtigkeit. Er... scheint harmlos zu sein, Sire.«

Edward lachte. Er hatte gerade gut gespeist, und die beiden Kelche voll Süßwein hatten ihn in eine fröhliche Stimmung versetzt. Er beobachtete Burnell. Komisch, daß dieser nervenstarke Mann auf einmal so nervös und zappelig war. »Ein verkrüppelter Bettler sagt Ihr, Robbie? Ein alter verkrüppelter Bettler, dem das Almosen aus der Hand des einfachen Soldaten nicht genügt? Für den es gleich des Königs Münze sein muß? Für den Fall, daß ich ihm etwas schenke, hat er wohl versprochen, Euch die Hälfte abzugeben, wie?«

Burnell war erleichtert, daß der König es von der heiteren Seite nahm. Ja, Edward zeigte wieder einmal sein bezauberndes Wolfslächeln, das jeden, der in seinem Dienst stand, dazu brachte, freiwillig für ihn alles zu tun, was er verlangte.

»Ich setze voraus, daß es kein gewöhnlicher Bettler ist, für den Ihr Euch verwendet. Sondern einer, der des Königs Aufmerksamkeit verdient. Kurz gesagt, ein Bettler von königlicher Überzeugungskraft, ein Bettler, der... Ach, holt mir den Kerl rein, Robbie! Und ich kann nur hoffen, daß Ihr Euch nicht in ihm geirrt habt, sonst müßte ich nämlich den Inhalt Eures Tintenfasses über Euch ausgießen.«

Burnell verließ das Zelt, und gleich darauf schlurfte ein uralter Krüppel herein. Bei allen Heiligen, dachte der König, dieser elende Alte stinkt ja schlimmer als ein nasses Schaf! Zudem war er so klapprig, daß es aussah, als würde er jeden Augenblick zusammenbrechen und seinen Geist aufgeben.

Diese menschliche Ruine versuchte, eine tiefe Verbeugung vor dem König zu machen. Danach richtete der Bettler sich überraschend elastisch auf, ohne daß die alten Knochen und Gelenke knackten.

»Ich höre, daß du Geld vom König erflehst«, sagte Edward zu ihm.

Der Alte kicherte. »Nee, großzügiger Sire, ich wünsche vielmehr ein Weib, das mir das Bett wärmt, ein wunderhübsches Weib mit viel Busen und...«

Der König starrte den Alten verwundert an.

»...ja, und vielleicht mit knackigen Pobacken. Ein Weib so weich wie ein Kaninchenbauch und mit einem tiefen Schacht für meine gewaltige Rute.«

Der König brach in Lachen aus. »Soll ich dir nicht vorher ein Weib schicken, das dich badet? Du stinkst nach Dreck und Kot. Wer bist du, Bettler? Nach deiner gediegenen frechen Sprache zu urteilen, kannst du nicht zum üblichen Gesindel gehören. Heraus mit der Sprache! Deine Kapriolen machen mich langsam ungeduldig.«

»Ungeduldig! Das seid Ihr doch immer, Sire. An Euch ist die schönste Geschichte verschwendet. Ich habe mir sagen lassen, daß selbst die fabelhaftesten Londoner Mimen in Tränen der Verzweiflung ausbrechen, weil Ihr zu ungeduldig seid, ihnen zuzuhören.«

»Wer bist du, du elender, unverschämter Kerl?« brüllte der König ihn an und erhob sich zu voller Größe. Zu seinem Erstaunen verfiel der Bettler keineswegs in zitternde Angst. Ja, er wich nicht mal erschrocken einen Schritt zurück.

Plötzlich richtete der Bettler sich ebenfalls auf und riß sich allerlei Maskenteile vom Gesicht. Der König sog scharf die Luft ein, denn dieser scheußliche Anblick verschlug ihm die Sprache.

Doch dann stand groß, schlank und stolz Roland vor ihm. Der Ritter fuhr sich mit dem Handrücken über die Zähne. Danach war sein Gebiß schneeweiß, aber dafür war seine Hand schwarz. Der König schüttelte fassungslos den Kopf. »Das ist doch nicht zu glauben! Dabei weiß ich doch, wie gut Ihr Euch aufs Verkleiden versteht. Mein Gott, Roland, wie sehr habt Ihr mir gefehlt!«

Er umarmte ihn, ließ ihn aber schnell wieder los und trat zurück. »Bei St. Andreas' Knien, Ihr braucht wirklich dringend ein Bad!«

»Ja, das kommt vom Schafskot und ähnlichem Dreck. Ich werde auf Abstand von Eurer geweihten Person halten. Aber bevor ich bade, muß ich Euch um einen Gefallen bitten. Habt Ihr Zeit, Euch meine Bitte anzuhören, Sire?«

»Robbie hat sein Wort verpfändet, daß Ihr ein Bettler seid, den der König sich anhören sollte. Und doch, Roland, wenn ich es nun nicht tue?«

»Nun, dann würde ich Euch von meinen Abenteuern in Paris erzählen, wo die Damen mit größter Begeisterung und bewundernswertem Erfindungsreichtum höchst feierliche Riten und Zeremonien an meinem armen Männerkörper vornahmen – das sind tolldreiste Geschichten, Sire.«

»Ich will sowohl Eure Bitte wie auch einen vollständigen, ungekürzten Bericht Eurer Abenteuer hören.«

Roland grinste den König an. »Ihr seid die Antwort auf die inständigen Bitten von mir armen Bettler. O mein edler König und Ritter, kommt zu meiner Rettung – oder haltet wenigstens Eure schützende Hand über mich!«

»Ihr müßt Euch schon deutlicher ausdrücken, Roland«,

sagte der König mit dröhnender Stimme. »Nehmt Platz! Robbie, kommt wieder ins Zelt! Ihr müßt mich vor diesem raubgierigen Bettler schützen!«

»Aber ich stinke doch so, Sire...«

»Das macht nichts. Bleibt mir drei Schritte vom Leibe, und ich werde auch Euren holden Duft überleben!«

9

Daria lugte, fast unerträgliche Angst im Herzen, durch das schmale Fenster ihres Zimmers. Vor einer Stunde war der Priester eingetroffen. Voller Ungeduld, die Verbindung im Namen Gottes vollzogen zu sehen und Daria in sein Bett nehmen zu können, hatte der Graf die Trauung noch für diesen Abend festgesetzt.

Es fiel ihr schwer, sich unterwürfig zu geben. Dennoch fragte sie so sanft, wie sie nur konnte: »Aber der König wollte Euch doch besuchen, Mylord. Erwartet Ihr ihn nicht in Kürze?«

»Ich habe den Allmächtigen gebeten, daß sich Seine Königliche Majestät Zeit lassen soll. Morgen kann er von mir aus kommen.« Mit einem bedeutsamen Blick auf sie fuhr er fort: »Ich habe mein Versprechen gehalten, Daria. Vergiß nicht, daß ich dich jederzeit hätte nehmen können! Doch ich habe dir bewiesen, daß du mir vertrauen kannst. Du siehst, ich bin ein Ehrenmann. Jetzt hast du keinen Grund mehr, dich gegen mich aufzulehnen.

Er hatte seinen Schwur gehalten, das mußte sie ihm zugute halten. Sie betete, der König solle jetzt eintreffen. Aber vom Fenster aus war noch niemand zu erblicken. Sie sah nur undurchdringliche Wälder und gewellte Hügelkuppen.

Der Graf sah sie finster an. »Ich wünsche, daß du dich jetzt anziehst, so wie es sich für die Braut des Grafen von Clare geziemt. Und du wirst lächeln, damit jeder sieht, daß du gehorsam und willig zu mir kommst.«

Sie nickte. Er warf ihr noch einen durchdringenden Blick zu. Dann packte er sie und zog sie grob an sich. Sein Mund preßte sich auf ihren. Sie fühlte seine gierige feuchte Zunge. Ihr war, als müßte sie ersticken. Endlich ließ er sie los und sagte: »Ich heirate dich, obwohl dein ekelhafter Onkel mir immer noch nicht die Mitgift geschickt hat. Doch das wird dem Betrüger nichts nutzen. Ich werde den König bitten, mir zu verschaffen, was mir zusteht. Dann bekomme ich es auch. Denn nach der Trauung habe ich das Recht auf meiner Seite.«

Triumphierend rieb er sich die Hände. »Damon Le Mark kann mir nichts anhaben, denn der König wird mir beistehen. Ha, da kann er noch so sehr heulen und jaulen, es nutzt ihm alles nichts. Ja, nun habe ich doch gesiegt. Das tut gut.« Damit machte er kehrt und ließ sie allein.

Daria schüttelte sich, als wollte sie sich von jedem Gedanken an den Grafen befreien. Und urplötzlich, von einem Augenblick zum anderen, hatte sie das Empfinden, als schärften sich ihre Sinne, und sie war sich sicher, daß etwas im Busch war, daß gleich etwas geschehen würde, das für sie von allergrößter Bedeutung sein würde... Draußen war allerdings nichts Besonderes zu erkennen. Aber das Gefühl verließ sie nicht, dieses sonderbare Gefühl der Erinnerung, des Wissens, das sie schon mehrmals überkommen hatte.

Dann erblickte sie ihn. Ein gebeugter alter Mann mit dichten, wirren weißen Haaren schlurfte, in Lumpen gehüllt, zum Burgbrunnen. Er zog ein lahmes linkes Bein nach. Unbändige Freude stieg in ihr auf. Sie flüsterte wieder und wieder seinen Namen. Sie wollte ihn zwingen, zu ihr herzuschauen. Und da tat er es wirklich. Doch sie sah nichts als ein runzliges altes Gesicht. Jetzt lächelte er und entblößte dabei faulige schwarze Zähne.

Eigentlich konnte das nicht Roland sein. Doch sie wußte ganz sicher, daß er es war, und winkte ihm aufgeregt zu.

Er aber wandte sich ohne ein Zeichen des Erkennens ab und schlurfte langsam weiter.

Seine eigene Mutter hätte ihn nicht erkannt, dachte sie lächelnd. Er war also gekommen. Er war ihretwegen gekommen... oder wegen seines Pferdes. Oder vielleicht, wenn sie Glück hatte, um sie beide herauszuholen.

Wie konnte sie an den zerlumpten alten Bettler herankommen? Wie hatte er es fertiggebracht, daß ihn der Torhüter Arthur eingelassen hatte? Welche List hatte er sich diesmal ausgedacht? Ach, Roland, dachte sie. Und zum erstenmal seit fast zwei Monaten war ihr Schritt wieder leicht und federnd.

Als sie zum Brunnen kam, war der Alte schon weg. Einfach von der Bildfläche verschwunden. Sie war verzweifelt. Hatte sie sich das alles nur eingebildet? Daria holte tief Atem und drehte sich um. Es war ihr gleich, wenn ihr neues Kleid jetzt so schmutzig wurde wie die zerfetzten Lumpen des Alten. Ihr war jetzt alles gleich. Sie mußte ihn finden!

Roland stand im Schatten einer Unterkunftsbaracke und sah, wie sie mit schleppendem Schritt in den großen Saal zurückging. Sie hatte ihn auf den ersten Blick erkannt. Es war eigentlich unmöglich, und doch war es so. Sie hatte ihn selbst aus dieser Entfernung sofort erkannt. Es brachte ihn völlig durcheinander – er konnte es nicht verstehen, und er konnte sich damit nicht abfinden. Sein Herz pochte. Sein Leben hing von seiner guten Verkleidung ab. Aber er hatte sie keinen Augenblick täuschen können...

Um sie weiterhin im Blickfeld zu behalten, bewegte er sich auf das Küchenhaus zu. Einer der Küchenhelfer kam ihm um die Ecke entgegen, und Roland duckte den Kopf tiefer.

Sie hatte ihn erkannt! Wie war das möglich? Würde sie ihn verraten? Wahrscheinlich nicht. Von Otis, einem der Stallknechte, hatte er erfahren, daß der Graf von Clare sie zur Ehe zwingen wollte. In einer Burg wußten immer alle über alles Bescheid. Er hatte den Leuten den ganzen Tag über heimlich zugehört, und keiner hatte dem alten Bettler Beachtung geschenkt. Clare sollte sie, während er zu einem kriegerischen Unternehmen ausgeritten war, viele Wochen lang in einem Turmzimmer unter Verschluß gehalten haben. Roland fluchte. Wäre er doch schon früher hergekommen! Aber jetzt war es zu spät, sich Vorwürfe zu machen. Heute abend sollte sie mit Clare getraut werden. Der König würde erst morgen auf Tyberton eintreffen. Doch morgen war es für sie alle zu spät.

Bis dahin hatte Clare sie bereits geheiratet und hatte mit ihr geschlafen. Selbst der König konnte sie ihm dann nicht mehr wegnehmen, weil sie seine rechtmäßige Frau war und er sie entjungfert hatte. Roland konnte sich vorstellen, daß er als Gatte Darias auch irgendwie an die Mitgift herankommen würde. Ob der Graf schon vorher mit ihr geschlafen hatte? Ganz sicher. Was hätte ihn davon abhalten können? Er hatte ja keinen Priester mehr, der ihm das verwehren konnte.

Wieder fluchte Roland. Sie waren so nahe dran gewesen – beinahe wäre ihnen die Flucht gelungen. Wenn er nicht krank geworden wäre... Jetzt war sie keine Jungfrau mehr... durch seine Schuld. Bei dieser Sachlage mußte er seine Pläne völlig ändern. Nun, daran war er gewöhnt. Er konnte rasch umschalten. Diese Fähigkeit hatte ihm schon früher manchmal das Leben gerettet. Vielleicht konnte er Daria doch noch retten.

Ena war höchst zufrieden. In wenigen Stunden würde ihre kleine Herrin den mächtigen Grafen von Clare heiraten! Die Braut war ein wenig dünn, aber sonst sah sie in dem blaßrosa Seidenkleid mit dem etwas dunkleren Überrock sehr schön aus. Zum Anbeißen. Eine würdige Burgherrin auf Tyberton. Ja, Ena war sehr zufrieden.

Daria trug die Haare lang und wallend. Nach alter Sitte bedeutete dies, daß sie unberührt in die Ehe trat. Ena hatte darauf bestanden, und Daria hatte sich jeder Bemerkung enthalten, auch wenn sie das Haar lieber als Zopfkrone um den Kopf getragen hätte. Was hätte der Graf wohl dazu gesagt?

»Ich merke, wie aufgeregt Ihr seid«, sagte Ena. »Ja, jetzt werdet Ihr den hübschen Priester vergessen und Euch mit Eurem Los abfinden. Der Kerl hat Euch verlassen und ohne den Grafen wärt Ihr jetzt tot oder noch was Schlimmeres. Nein, Ihr braucht mir nichts vorzuschwindeln! Ich habe immer geahnt, daß Ihr von hier fliehen wolltet. Aber nun ist es alles so gekommen, wie es sein soll. Ihr seid eine kleine Lady und verdient was Besseres als einen Priester, und wenn er noch so gut aussieht. Da Ihr Ralph von Colchester nicht kriegen könnt, kriegt Ihr eben den Grafen. Ja, nun ist alles wieder gut.«

Daria senkte die Lider. Die Alte bekam vieles mit. Auch wenn es nicht immer ganz stimmte, wenigstens nicht in diesem Fall, wollte sie verhindern, daß Ena dem Grafen zuflüsterte, sie wäre bereit und könne es kaum noch erwarten und... Möglicherweise könnte der Graf sich dann von seinem Eid entbunden fühlen und sie schon vor der Trauungszeremonie vergewaltigen.

Wo war Roland jetzt? Wieder überfiel sie die alte Furcht, er wäre nur wegen seines Kampfrosses gekommen. Ja, so mußte es sein. Er würde es nicht noch einmal riskieren, sie auch zu befreien. Selbst die Belohnung war da nicht Anreiz genug. Der Graf hatte recht. Aber wie wollte der alte Bettler das Pferd aus der Burg stehlen?

»Euer Schleier, kleine Herrin!«

Der Schleier! Daria besah sich das dicke goldene Diadem, an dem der Gazeschleier hing. Durch den Schleier würde sie alles nur verschwommen sehen. Auch den Grafen. Dann könnte sie sich einbilden, es wäre...

»Gib ihn her!«

Es klopfte an der Zimmertür. Bevor Daria antworten konnte, ging die Tür auf, und zwei Frauen kamen herein. Daria kannte nur die Jüngere. Die Ältere war ihr unbekannt. Die beiden waren schnell und verstohlen hereingeschlüpft.

»Was ist los? Was wollt ihr?« Sie hatte es kaum ausgesprochen, da fühlte sie wieder seine Gegenwart. Sie fuhr auf und starrte die beiden Frauen an.

Mit gesenktem Blick sagte die ältere Frau: »Ich wollte Euch nur sagen, kleine Herrin, daß der Graf überall rumkrakeelt und allen erzählt, er werde sich in dem Augenblick auf Euch stürzen, da der Priester Euch zu seiner Frau erklärt hat.«

»Ich bin bereit«, erklärte Daria in höchster Erregung. »Nehmen wir Ena mit?«

Die ältere Frau schüttelte den Kopf.

Und dann sah Daria, wie Roland den Arm um Ena legte und sie an sich zog. Er versetzte ihr einen leichten Faustschlag ans Kinn, und Ena fiel zu Boden. »Schnell, fessle sie, Daria! Wahrscheinlich weißt du schon, daß sie auf die Seite des Grafen übergelaufen ist. Wir können uns kein Risiko erlauben.«

Die andere Frau war Tilda, die blutjunge Tochter des Burgschmieds. Sie zählte ganze vierzehn Jahre und war so schön, daß alle Männer stehenblieben und ihr nachschauten, wenn sie ihr begegneten. Sie war ein wenig größer als Daria, ein bißchen blonder, aber im Hochzeitskleid und unter dem Schleier...

»Sie will es so haben«, sagte Roland kurz mit Blick auf Tilda. »Schnell, zieh das Hochzeitskleid aus! Ich werde die Alte inzwischen selber fesseln.«

Wenige Minuten später war Daria schon dabei, den Schleier vor Tildas schönem Gesicht zu ordnen. Das junge Mädchen zitterte vor Aufregung. Daria machte sich Sorgen um sie. Tilda war von bäuerlicher Herkunft. Was würde der Graf mit ihr machen, wenn er den Betrug entdeckte?

»Daria, zieh dir schnell die Knabensachen an! Und du mußt auch noch deine Haarflut zu einem Zopf flechten.«

»Ach, Roland, was bist du für eine besorgte Mutter!«

Roland fragte: »Hast du dich durch meine Maskerade überhaupt nicht täuschen lassen?«

»Nicht einmal, als du mir als elender alter Bettler zugelächelt und deine fauligen schwarzen Zähne entblößt hast.«

Und das erinnert ihn an den Tag, an dem er ihr zum erstenmal begegnet war. Mit welchem Erstaunen sie ihn, den Priester, angesehen hatte. Ihr *wissendes Erkennen.* Und doch hatten sich seine Verkleidungen immer als narrensicher erwiesen. Andererseits war Daria eben besonders scharfsichtig. Er fesselte die Zofe und schob sie unters Bett. Dann hielt er vor der Zimmertür Wache, bis Daria herauskam. Sie berührte ihn am Arm. »Ich bin bereit.«

Sie lächelte dabei, und in ihren Augen las er, daß sie ihm bedingungslos vertraute. Aber es lag noch mehr in ihrem Blick. Irgendwie war sie anders geworden...

»Tilda, du nimmst den Schleier erst dann ab, wenn der Graf es ausdrücklich verlangt! Hast du verstanden?«

Das Mädchen nickte. Sie war glücklich! »Vielen Dank, Tilda.« Daria umarmte sie kurz, drehte sich um und nahm Rolands Hand.

Alle Burgbewohner hielten sich an diesem Tag im Freien

auf, denn das Wetter war warm und trocken, und der Graf von Clare hatte so viele Bierfässer und Speisen auffahren lassen, wie die meisten im ganzen Jahre nicht zu sehen bekamen. Laute Zurufe und wilde Späße unterstrichen die fröhliche Stimmung. Der Graf ließ sich jedoch nicht blicken.

Roland trat so gelassen auf, als wäre er der Papst persönlich. Er schlenderte, Daria im Schlepptau, durch die Menge, knüpfte hier und da ein Gespräch an, was Daria jedesmal heftiges Herzklopfen bereitete, und neckte die Krieger mit spaßhaften Bemerkungen, wie sie zu seiner Rolle als mütterliche alte Frau paßten.

So kamen sie bis an die Tore. Der Torhüter Arthur grinste über das ganze Gesicht. Einen Bierkrug in der fleischigen Hand, winkte er sie hindurch, ohne sie genauer anzusehen oder ihnen eine Frage zu stellen.

Daria zog Roland am Ärmel seines Frauengewandes. »Dein Pferd! Cantor!«

Roland sah sie zornig an. »Psst!«

Dann waren sie außerhalb der Burgmauern. Roland nahm sie an die Hand und verfiel in schnellen Schritt.

»Aber Roland, du hast ja Cantor dagelassen.«

»Nur für kurze Zeit.«

»Der Graf hat immer gesagt, du würdest kommen, um dir Cantor zu holen, aber nicht meinetwegen. Doch ich habe gebetet, daß du mich auch mitnehmen würdest.»

»Du hast eben vergessen, daß ich für dich noch viel Geld in Reymerstone zu erwarten habe. Wenn ich deine Hochzeit mit dem Grafen zugelassen hätte, würde ich keinen Penny bekommen.«

Diese Worte versetzten ihr einen schmerzhaften Stich ins Herz. »Ich bin also immer noch nichts anderes für dich als eine wertvolle Ware, die du abzuliefern hast und danach vergißt.«

»Und du hast mich bei diesem anmaßenden Weib Romila meinem elenden Schicksal überlassen. Na, wenigstens hast du mir nicht mein ganzes Geld gestohlen. Sonst hätte ich Romila für ihre Dienste mit meinem armen Körper bezahlen müssen. Sie wollte ja unbedingt, daß ich mit ihr schlafe. Ich mußte sie anflehen, daß sie meine Kleider herausrückt.«

»Du vergißt, daß ich dich gerettet habe!«

»Deine Lügengeschichten kannst du mir später erzählen. Jetzt halt den Mund und geh etwas schneller! In dem Wäldchen da vorn habe ich ein Pferd versteckt.«

»Wohin reiten wir?«

»Natürlich zum König und der Königin von England. Wohin denn sonst?«

Edward und Eleanor starrten entgeistert die alte Frau an, die an der schmutzigen Hand einen Jungen am Arm hielt.

»So, hier ist er, Sire! Seit ich ihm gesagt habe, daß der König ihn sehen will, bläht er sich wie ein Pfau.«

Edward lachte. Die Königin sah ihn nur erstaunt an. »Ich verstehe nicht, Mylord. Soll das...«

»Ja«, sagte Edward, »das alte Weib ist unser Roland, und er hat einen Sohn mitgebracht.«

»Eure Hoheit«, sagte Roland, jetzt nicht mehr mit verstellter Altweiberstimme, »dies ist Daria, die Tochter von James of Fortescue, und Nichte von Damon Le Mark, dem Grafen von Reymerstone. Soeben habe ich die Lady zum zweiten Mal befreit, und ich hoffe inständig, es war auch das letzte Mal. Der Graf von Clare wollte sie liebend gern besitzen.«

Überwältigt von ihren Gefühlen, konnte Daria nur einen Knicks machen, der in ihrer Jünglingskleidung besonders ungeschickt wirkte.

»Euer Vater war ein prächtiger Mann, Daria«, sagte der König herzlich. »Wir haben ihn sehr betrauert. Was Euch angeht, Roland, so beglückwünsche ich Euch zu dieser Verkleidung. Sehr wirkungsvoll! Doch in meinem Bett möchte ich Euch nicht haben.«

»Na, ich weiß nicht«, sagte Eleanor nachdenklich. »Er gibt eine gute Frau ab, die große Erfahrung mit Männern zu haben scheint. Abgesehen von den dunklen Bartstoppeln am Kinn würde er eine feine Bettgenossin sein.«

Roland feixte. Er bemerkte, daß die Königin wieder ein

Kind im Leibe trug. »Ich danke Euch beiden, daß Ihr uns bei Euch aufnehmt. Jetzt würde ich mich aber gern wieder in einen Mann verwandeln, und Ihr gestattet wohl, Eure Hoheit, daß die junge Daria sich mit Kleid und Bändern schmückt?«

»Aber sicher«, sagte die Königin. »Kommt, mein Kind!«

Erst am späten Nachmittag sah Daria Roland wieder. Er trug wieder Männerkleidung und sah so schön aus, daß sie am liebsten zu ihm gelaufen wäre und ihm gesagt hätte, wie sehr sie ihn liebte. Doch er unterhielt sich gerade mit einigen Kriegern des Königs. So wartete sie, bis die Soldaten sich entfernt hatten. Dann erst ging sie zu ihm. Er wandte sich um und erstarrte. Wie sie ihn ansah! So zärtlich, intim und... voll Liebe.

Er trat einen Schritt zurück. »Alles in Ordnung?«

»Ja«, sagte sie glücklich. »Meinst du, daß der Graf jetzt schon mit Tilda verheiratet ist? Er wird ihr doch nichts Böses tun, oder?«

»Ich nehme an, er wird mit ihr schlafen und sie zu seiner Geliebten machen. Sie ist ja ein schönes Mädchen.«

»Bist du wieder ganz gesund, Roland? Ich habe mir solche Sorgen um dich gemacht. Ich wußte zuerst gar nicht, was ich tun sollte, als mir der Stallmann in Wrexham sagte, daß sich zwei Männer des Grafen für Cantor interessierten.«

»Ach, so war das«, sagte er. »Ich habe damals überhaupt nicht begreifen können, warum du ohne ein Wort plötzlich weggeritten bist. Ich machte mich sofort auf die Suche, kam auch noch die Treppe hinunter, bin dann aber zusammengebrochen.«

Sie streichelte über seinen Arm. Er fragte betroffen: »Daria, was ist mit dir los?«

Sie sah ihn liebevoll an, ließ ihn dann abrupt los und wandte sich ab. »Nichts. Was soll jetzt werden? Woher kennst du den König und die Königin? Ihr scheint befreundet zu sein. Ich habe gehört, daß wir morgen nach Tyberton reiten. Wie ist das möglich? Der Graf wird...«

»Glaube mir, es wird alles gut werden«, sagte er. »Ich bekomme auch mein Kampfroß zurück. Und du wirst bald auf dem Rückweg nach Reymerston sein.«

Die Königin wußte inzwischen von Darias Gefühlen für Roland. Sie hatte Daria nur danach gefragt. Das Mädchen hatte ihr sofort ihre Liebe zu dem Ritter gestanden. Instinktiv nahm Eleanor an, daß Roland ihre Gefühle erwiderte. Das Mädchen war hübsch, reich und ... Beim Abendessen fragte ihn die Königin nach einem Schluck Süßwein aus Aquitanien: »Wollt Ihr sie schon vor unserer Abreise nach Tyberton heiraten, damit der Graf uns nicht gleich die Ohren volljammern kann?«

Roland fiel die geschmorte Rinderrippe aus der Hand. Dann sagte er schnell: »Eure Hoheit, ich gedenke, Daria zu ihrem Onkel zurückzubringen. Unversehrt und jungfräulich, so wie ich es ihrem Onkel versprach. Ich fürchte, Ihr seid einem Mißverständnis erlegen.«

Eleanor blickte fragend auf den König. Edward machte ein ernstes Gesicht. »Ich verstehe Euch nicht, Roland. Ihr seid ein Ehrenmann und mein Freund. Zwar habt Ihr den Auftrag angenommen, Daria zurückzubringen. Doch inzwischen hat sich die Lage geändert. *Ihr* seid selber die Ursache dafür, denn Ihr habt ... nun, lassen wir das jetzt beiseite. Doch es muß Euch doch klar sein, daß ihr Daria jetzt nicht mehr zurückbringen könnt. Ihr habt die Verantwortung für sie. Sie ist eine Lady, Roland, *Eure* Lady.

Roland verstand überhaupt nichts mehr. »Ich weiß gar nicht, wovon Ihr sprecht«, sagte er und sah Daria scharf an. »Selbstverständlich bin ich für sie verantwortlich. Das habe ich niemals in Absprache gestellt. Und ich bleibe so lange für sie verantwortlich, bis ich sie bei ihrem Onkel abgeliefert habe.«

Daria sah erst den König, dann die Königin an. Sie wollten, daß Roland sie heiratete? Und alles nur, weil sie der Königin gestanden hatte, daß sie ihn liebte? Sogar sie wußte, daß Liebe doch gar nichts damit zu tun hatte. Nicht wenn dabei eine so große Mitgift wie ihre im Spiele war.

Sie räusperte sich. Das Gesicht des Königs hatte sich gerötet. Bevor er ihr ins Wort fallen konnte, sagte sie: »Nein, Eure Hoheit, ich denke nicht daran, Roland zu bitten, er solle mein Mann werden. Ich gebe zu, daß ich vorübergehend in ihn verliebt bin, aber das hat gar nichts damit zu tun. Bitte, verärgert ihn nicht, nur weil ich zu Euch von meinen Gefühlen gesprochen habe! Ich werde versuchen, es ihm auszureden, daß er mich zu meinem Onkel zurückbringt. Vielleicht ergibt sich eine Gelegenheit für mich, auszurücken.«

»Aber mein liebes Kind«, begann die Königin, hielt jedoch gleich inne, als der König in kaltem Ton sagte: »Roland, Ihr könnt doch Eure ehrenhafte Gesinnung nicht ganz verloren haben. Ihr müßt einsehen...« Die Königin flüstere ihm etwas ins Ohr. Plötzlich funkelten Edwards Augen.

Mit freundlicher Stimme sagte Eleanor zu Daria: »Meine Liebe, habt Ihr es ihm denn nicht gesagt?«

Roland sprang auf. »Das geht zu weit! Bei allen Heiligen, was ist denn hier eigentlich los?«

»Ruhe, Roland!« sagte der König.

Auch Daria wäre gern aufgesprungen und hätte genauso laut geschrien wie Roland. Was wurde hier gespielt? »Ich verstehe überhaupt nichts mehr, Eure Hoheit. Wenn Ihr wissen wollt, ob ich ihm gesagt habe, daß ich ihn gern habe – nein, ich habe es ihm nicht gesagt. Ich wußte ja, daß ich ihm gleichgültig bin.«

»Verdammt noch mal, Daria! Was soll das heißen, daß du mir gleichgültig wärst?«

Der König gab Roland einen Stoß vor die Schulter. »Ihr seid ein mannhafter Krieger, im Bett so stark wie auf dem Schlachtfeld, Roland. Und nun habt Ihr eine Frau für Euch gefunden. Sträubt Euch nicht länger gegen Euer Schicksal! Die Königin und ich werden Pate stehen, und Ihr...«

»Mannhaft? Was soll das heißen, was wollt Ihr damit...« Roland brach plötzlich ab und sah Daria an. Alle Farbe war aus ihrem Gesicht gewichen. »Sag es mir!« forderte er sie auf. »Sag es sofort! Sag mir, was hier gespielt wird!« Er fühlte sich bis in die tiefste Seele elend.

»Sie ist schwanger«, sagte die Königin.

Roland war wie vor den Kopf geschlagen. Schwanger! »Bei allen Heiligen, wer war es?«

Daria schüttelte ablehnend den Kopf, aber die Königin gab alle Zurückhaltung auf. »Ihr natürlich, Roland!« sagte sie scharf.

»Ich? Aber das ist unmöglich. Ich habe sie nie...« Wieder brach er ab. Jetzt war ihm alles klar. Der Graf hatte zwei Monate Zeit gehabt, sie zu vergewaltigen. Und bestimmt hatte er sich an ihr vergangen, wann immer er Lust dazu verspürte. Das Mädchen war schwanger, und der Graf von Clare war der Vater ihres Kindes! Er meinte an dem Haß auf diesen Mann fast zu ersticken. Und verdammt noch mal, Daria hatte ihm kein Wort davon gesagt, nicht mal eine Andeutung gemacht! Er holte tief Luft und sagte, zum König gewandt: »Verzeiht, Sire, aber ich würde gern mit Daria unter vier Augen sprechen. Wie Ihr und die Königin inzwischen wohl bemerkt habt, habe ich von alldem nichts geahnt. Daria, komm mit nach draußen!«

Sie gehorchte ihm auf der Stelle. Mit gesenktem Kopf folgte sie ihm, als ginge sie zu ihrer Hinrichtung.

Der König schaute dem Manne nach, den er seit sechs Jahren kannte, der im Heiligen Lande unermüdlich für ihn gearbeitet, der mit jedem Atemzug, mit jedem Wort, das er auf arabisch sprach, sein Leben aufs Spiel gesetzt hatte, und dem er grenzenloses Vertrauen schenkte.

Ratlos sah er seine Gattin an. »Hier scheint mir irgendein Problem zu bestehen, Eleanor.«

Die Königin war nicht weniger verwirrt als er. »Ich hatte ihr noch nicht gesagt, daß sie schwanger ist. Ich wollte sie nicht in Verlegenheit bringen. Allerdings nahm ich an, daß sie es wüßte und daß Roland ihr Liebhaber ist. Ich würde sagen, daß sie das Kind vor etwa zwei Monaten empfangen hat. Aber es ist alles so merkwürdig. Offenbar ist ihr nie übel geworden, brauchte sich nie zu erbrechen, und daher hat sie nichts gemerkt.«

»So merkwürdig ist das gar nicht«, versetzte der König. »Bei unserem ersten Kind hat dich auch erst eine deiner Hofdamen darauf aufmerksam gemacht, daß du schwanger warst.«

»Das stimmt, Mylord. Bei allen Heiligen, was sollen wir nur machen? Ich wußte doch nicht, daß sie beide keine Ahnung davon hatten.«

»Sie werden heiraten, wie es sich gehört. Sie sind ranggleich, beide jung und bei bester Gesundheit.«

»Und sie liebt ihn.«

Mit einer Handbewegung bedeutete ihr der König, daß dies nebensächlich sei. »Roland wird zur Besinnung kommen, ihm bleibt ja keine Wahl, und grausam oder ungerecht ist er jedenfalls nicht. Sie ist eine Lady und reiche Erbin. Sie wird ihm eine Mitgift einbringen, mit der er Burg und Land in Cornwall erwerben kann, wie er es sich gewünscht hat. Eine gute Lösung. Ich könnte ihn sogar schon bald in den gleichen Rang erheben, den sein sauertöpfischer Bruder als Graf von Blackheath innehat.«

Die Königin interessierte sich mehr für die romantische Seite der Angelegenheit. »Das Mädchen liebt ihn mehr als... nun ich möchte sagen, sie liebt Roland de Tournay so sehr wie ich dich liebe, mein Gatte.«

»Ah, gut, das müßte wohl für eine gute Ehe genügen«, sagte der König und lehnte sich zufrieden zurück.

Draußen standen rund um das Königs Zelt mehrere Dutzend Soldaten. Roland zog Daria mit sich und machte erst am äußeren Rand des Lagers Halt. »Nun rede, Daria!«

»Ich verstehe nicht, wie die Königin... Vielleicht irrt sie sich, denn mir war niemals übel oder... Es muß sehr kompliziert sein...«

»Schwanger zu werden ist die einfachste Sache der Welt! Dazu genügt, daß ein Mann eine Frau begattet, das ist alles!

»Jedenfalls wußte ich nichts davon! Die Königin muß an mir Anzeichen bemerkt haben, die mir nicht aufgefallen sind.«

Sein Griff um ihren Arm wurde härter. Sie zuckte, gab aber keinen Ton von sich. »Also schön, du wußtest nicht, daß du schwanger bist. Jetzt weißt du es aber. Es stimmt doch, nicht wahr? Du hast keine Monatsblutung mehr gehabt? Sind deine Brüste angeschwollen?«

Sie schüttelte den Kopf. Sie wußte, er würde nicht locker lassen, er würde sie mit Fragen überschütten, bis sie ihm die volle Wahrheit erzählte. Ach, die Wahrheit! Gerade die würde er nicht glauben. Er hatte ja keine Erinnerung an diese Nacht. Was sollte sie tun?

»Nun gut. Du wirst mir nichts vorlügen. Lügen nützen uns beiden nichts mehr. Der Graf hat mit dir geschlafen, bevor ich dich wieder befreien konnte, nicht wahr? Ich hatte schon damit gerechnet, weil ja nun kein Priester mehr da war, der wenigstens versuchen konnte, ihn davon abzuhalten. Du trägst sein Kind im Bauch. Warum hast du mir nicht gesagt, daß er dich vergewaltigt hat? Warum nicht? Du weißt, daß ich dich trotzdem befreit hätte, wenn du den Wunsch gehabt hättest.«

»Der Graf hat mir nie Gewalt angetan«, sagte sie leise und dumpf.

»Verflucht noch mal, Daria! Frauen sind geborene Lügnerinnen, und wir Männer fallen immer wieder auf sie herein. Ich war der größte Dummkopf. Bei allen Heiligen, noch heute nacht bringe ich dich zum Grafen von Clare zurück! Wenn du sagst, daß er dich nicht mit Gewalt genommen hat, dann mußt du dich ihm freiwillig hingegeben haben. Nun wundert es mich auch nicht mehr, daß du mich in Wrexham im Stich gelassen hast. Vorher war es dir nicht möglich gewesen. Aber da hast du die Gelegenheit benutzt, weil ich krank war. Werde ich denn nie klug werden?«

»Offenbar nicht.«

Wutentbrannt fuhr er sie an: »Ich verstehe nur nicht, warum du überhaupt das zweite Mal vor ihm ausgerückt bist. Du mußt doch schon daran gewöhnt sein, mit ihm zu schlafen. Oder wolltest du, daß ich ihn dafür bestrafe? Ich werde aus dir einfach nicht schlau. Sag mir, warum du mit mir geflüchtet bist! Warum?«

10

»Der Graf hat mich nicht vergewaltigt, und ich habe mich ihm auch nicht freiwillig hingegeben. Er hatte geschworen, mich bis zur Hochzeit nicht anzurühren, und den Schwur hat er gehalten. Das Kind ist nicht von ihm.«

Roland sah sie fassungslos an. Er hatte sie für ein argloses, offenherziges, unschuldiges Mädchen gehalten. Von wem war denn nun das Kind? Er war doch ständig mit ihr zusammen gewesen, abgesehen von der Zeit seiner Krankkeit in Wrexham. Warum wollte sie nicht zugeben, daß der Graf sie vergewaltigt hatte? Meinte sie, er würde ihr deswegen gram sein? Aber sie behauptete ja sogar, er habe sie nicht angerührt.

Kopfschüttelnd fragte er sie: »Wer war es dann?«

Sie sah ihm gerade in die Augen. Die Zeit der Täuschung war vorbei. Er wollte die Wahrheit hören. Nun gut, dann würde sie sie ihm sagen. »Du warst es.«

Er lachte laut, und sie fuhr zurück. Dann überlegte er laut: »Mit solchen Lügen kommst du nie durch, Daria. Ein Mann weiß, ob er mit einer Frau geschlafen hat oder nicht. Das ist schließlich etwas anderes als ein Rülpser. Wann wird denn das Kind zur Welt kommen?«

»Das könnte ich schnell ausrechnen. Ich kenne ja den genauen Tag der Empfängnis.«

»Und wann genau war der Tag?«

»Vor über zwei Monaten in Wrexham.«

Da hatte er nicht auf sie aufpassen können, weil er schwerkrank gewesen war. »Hat man dich dort vergewaltigt? Du bist allein weggegangen, und ein Mann hat dich überfallen? Du kannst es mir ruhig sagen, Daria. Komm, sag es mir!

»Nein. Du hast mich nicht mit Gewalt genommen.«

»Ich sage dir noch einmal, du sollst keine Märchen erzählen!

»Während deiner Krankheit hattest du Fieberträume. Du träumtest von einer Frau – nein, von zwei Frauen – mit denen du früher einmal im Heiligen Lande geschlafen hast. Ich... nun, weil ich dich so lieb hatte, wollte ich, daß kein anderer Mann mich zur Frau machen sollte als du.«

»Du willst mir einreden, ich hätte dich entjungfert und könnte mich nicht mehr daran erinnern?«

»Du hieltest mich für Leila.«

Er prallte zurück. »Leila«, sagte er leise. »Kann sein, daß ich sie mir im Fiebertraum erschienen ist. Aber das ist absurd, ich könnte sie unter keinen Umständen je mit dir verwechseln. Du hast nicht die geringste Ähnlichkeit mit ihr.«

»Nein«, sagte sie traurig und wandte sich ab, »denn du schienst sehr viel für sie übrigzuhaben. Und da war auch noch Cena.«

»Cena«, wiederholte Roland kopfschüttelnd. Das war doch Wahnsinn. Sie machte ihm etwas vor. »Hör mir mal gut zu, Daria! Ich kann mich an nichts erinnern, und das ist nicht gelogen. Vor allem aber kann ich nicht glauben, daß eine Lady, eine unberührte Lady, mir gestattet, ja sogar Hilfe dabei leistet, ihr die Jungfernschaft zu nehmen, ohne daß ich mit ihr verheiratet bin. Wie oft habe ich – ein Mann im Fieberwahn, schwerkrank, aber anscheinend noch geil wie ein Bock – wie oft habe ich dich denn genommen?«

»Nur ein Mal.«

»Aha. Und bei dem einen einzigen Mal wurdest du schwanger.«

»Ja.« Daria konnte es jetzt selber kaum noch glauben.

»Und du erwartest von mir, daß ich dir das glaube? Wirklich? Warum machst du so was mit mir? Was habe ich dir getan? Womit habe ich das verdient? Ich bezweifle ja nicht, daß ich im Fieberwahn glaubte, an anderen Orten mit anderen Menschen zusammenzusein, und daß ich von Menschen aus meiner Vergangenheit gesprochen habe, möglicherweise auch von Leila und Cena.«

Sie sah ihn nur müde an. Sie hatte nichts mehr zu sagen.

Sie konnte es ihm nicht beweisen, sie hatte nichts mehr vorzubringen.

»Nein, Daria. Ich habe genug von deinen Lügen. Und jetzt hast du auch noch den König und die Königin mit deinem unschuldigen Charme umgarnt, obwohl wir beide wissen, daß kein Wort davon stimmt. Du stellst mich als Schurken, als gewissenlosen Lügner hin.«

»Ich habe nur die Wahrheit gesagt.« Er sah sie haßerfüllt an, und dieser Blick tat Daria so weh, daß sie es nicht mehr ertragen konnte. Sie drehte sich um und rannte weg. Sie achtete nicht darauf, wohin sie rannte. Sie wollte nur weg von diesem Mann, der sie haßte und sie verachtete, weil er sie für eine Lügnerin hielt.

»Verdammt noch mal, ich bin noch nicht fertig!«

Sie bekam Seitenstiche, rannte aber immer weiter. Plötzlich schloß sich seine Hand um ihren Arm. Sie schrie auf, drehte sich um und hämmerte mit den Fäusten gegen seine Brust. »Laß mich los! Was kümmert es dich, wo ich hin will? Oder was ich vorhabe?«

»Es interessiert mich nicht«, sagte er, nun wieder in ruhigem Ton. »Das heißt, das stimmt nicht ganz. Es interessiert mich doch. Denn ich habe dir schon einmal gesagt, daß dein Onkel dich nicht zurückhaben will, wenn du keine Jungfrau mehr bist. Und es ist ganz leicht, das festzustellen, wie du weißt.«

Sie schloß gequält die Augen, als sie sich daran erinnerte, wie der Graf den Finger in ihren Schoß gesteckt und gegen das Jungfernhäutchen gedrückt hatte.

»Wenn du jetzt also zu deinem Onkel zurückkämst, würde er dich töten. Denn da er nun keine Ländereien mehr von Ralph von Colchester zu erwarten hätte, würde er deine Erbschaft an sich reißen wollen. Ist das der Grund dafür, daß du dir dieses Märchen ausgedacht hast? Du willst doch nur deine Haut retten.«

Sie erbleichte.

Sein Blick war brutal. »Bisher warst du für mich ein Auftrag, den ich zu erfüllen, ein wertvoller Gegenstand, den ich dem rechtmäßigen Besitzer wiederzubringen hatte. Doch jetzt bist du völlig ohne jeden Wert.«

»Hör auf!« Sie hielt sich die Ohren zu.

Er zog ihr die Hände weg. »Sag mir die Wahrheit, Daria!« Er schüttelte sie. »Ich schwöre dir, daß ich dir helfen werde. Aber du mußt mir die Wahrheit sagen.«

»Ich *habe* dir die Wahrheit gesagt. Du hattest hohes Fieber. Zuerst hieltest du mich für eine Frau, die du Joan nanntest. Du schriest mich an und sagtest, daß ich dich betrogen hätte. Dann fingst du an in dieser fremden Sprache zu reden, nanntest mich Leila und wolltest, daß ich mich auf dich lege und dir helfe, in mich einzudringen. Ich wußte nicht, wie du das meintest, aber du hast es mir gezeigt. Dann wolltest du an meinen Brüsten saugen und hast geschimpft, weil ich noch angekleidet war und du mich nackt haben wolltest.«

»Und da hast du dich beeilt, dir die Sachen vom Leibe zu reißen, um alle meine Wünsche zu erfüllen«, sagte er voll hämischer Ironie. »Aber ein unschuldiges junges Mädchen würde sich nie von einem Mann befehlen lassen, ihre Jungfernschaft zu opfern.«

»Danach hast du von Cena gesprochen, sagtest aber, du seist zu müde, um dich noch mit ihr abzugeben.«

Im Fieberwahn konnte ein Mann über alle möglichen Erinnerungen oder Gespenster faseln. Aber er war in diesem Zustand nie so stark, daß er eine Jungfrau zwingen konnte, sich ihm hinzugeben.

»Jetzt habe ich dir die Wahrheit gesagt, Roland. Was ich getan habe, war vielleicht dumm, aber ich lie... ich wollte, daß du der erste bist. Ich wollte dich erfahren« – *deine Hände auf mir spüren, deine Küsse erleben, von dir umarmt werden... ich wollte eine unauslöschliche Erinnerung an dich behalten* – »bevor ich zur Heirat mit Ralph von Colchester gezwungen würde. Ich wollte wenigstens dieses eine Mal meinen Wünschen folgen, denn danach würde mir nicht mehr bleiben.« So, nun wußte er die ganze Wahrheit.

»Nein, du kannst mir nicht weismachen, daß du dich mir hingegeben hast, obwohl ich dich für eine andere hielt, eine andere zu küssen, zu liebkosen und zu fühlen glaubte, während ich deinen Körper nahm. Keine Frau, die ich je gekannt habe, hätte das getan. Und ich habe viele Frauen gekannt, Daria. Eher würde eine Frau den Mann verfluchen und ihm ein Messer in die Rippen jagen.«

»Vielleicht ist es lächerlich. Vielleicht habe ich mich lächerlich gemacht. Ich weiß es nicht. Ich habe ja kaum Erfahrung mit Männern und ihrem Wesen.« Leise und traurig fuhr sie fort: »Ich kenne eigentlich nur mich und das, was ich fühle.« Sie holte tief Luft und platzte dann heraus: *»Rydw i'n garu di,* Roland.«

Er sah sie lange Zeit an. Dann sagte er kühl: »Verlogenes Biest«, wandte sich ab und ließ sie stehen. Über die Schulter rief er noch: »Ich lege nicht den geringsten Wert darauf, dich je wiederzusehen. Geh zu deinem Onkel zurück oder, wenn du Angst vor ihm hast, kannst du auch zum Grafen von Clare gehen. Vielleicht nimmt er dich wieder, wenn er Tildas überdrüssig geworden ist.«

Er zwang sich weiterzugehen und keinen Blick zurück zu werfen. Sie liebte ihn ja nicht. Was sie gesagt hatte, war für ihn unbegreiflich. *So unbegreiflich wie die Tatsache, daß sie ihn in jeder Verkleidung auf der Stelle erkannt hatte.* Wer hatte ihr eigentlich gesagt, was ›Ich liebe dich‹ auf walisisch hieß? Nun, gleichviel.

Jetzt mußte er dem König und der Königin irgendeine Erklärung geben. Sie durften aber nicht den Eindruck gewinnen, daß Daria eine leichtsinnige Hure wäre... Was sollte er sagen?

»Der Graf von Reymerstone würde mich umbringen, und ich könnte ihm nicht mal einen Vorwurf machen. Und was noch schlimmer ist, er würde auch sie ohne Bedenken gnadenlos töten.«

»Ihr seid ja schließlich nicht irgendein Bauer, Roland«, sagte Edward mit einem Achselzucken. »Eure Familie ist ebenso alt wie seine und...«

Roland fiel dem König ins Wort. »Ihr habt mich nicht verstanden, Sire. Der Mann wollte unbedingt, daß Daria Ralph von Colchester heiratet, denn in diesem Falle würde er die Ländereien erhalten, die seinen Besitz abrunden, so wie er es sich immer gewünscht hat.«

»Demnach hat der Graf von Clare sie verführt?«

Roland nickte.

»Das ist eine verworrene Geschichte mit vielen unerwarteten Wendungen. Wißt ihr, woran sie mich erinnert, Roland? An die Märchen, die Ihr schon manchen Leuten aufgetischt habt. Nur daß diese Geschichte immer noch ein gutes Ende nehmen kann. Es liegt allein an Euch.«

»Ihr glaubt mir also nicht, wenn ich behaupte, daß ich nicht der Vater ihres Kindes bin? Habe ich Euch je angelogen?«

Der König sah bekümmert drein. »Nein, nie. Aber die Königin ist überzeugt, daß das Mädchen die Wahrheit sagt. Hört einmal Roland, es ist doch nicht ausgeschlossen, daß Ihr sie in dem Glauben genommen habt, sie wäre eine andere?«

»Das kann ich mir nicht vorstellen. Könnt Ihr Euch so etwas vorstellen, Sire?«

»Nein.«

»Außerdem behauptet sie, nach einem einzigen Beischlaf schwanger geworden zu sein. Ein einziges Mal, und schon ist sie schwanger?«

Der König lächelte. »Das passiert häufig. Ich kann es selber bezeugen.«

Roland verfiel in Schweigen. Auch der König schwieg. Er hatte vor, dem Grafen von Clare und allen Markgrafen eine Lektion zu erteilen und ihnen alle Macht zu nehmen. Er, der König von England, wollte allein die Macht in Wales übernehmen, Burgen zu ihrem Schutz erbauen und die verdammten Waliser in die Knie zwingen. Statt dessen mußte er sich hier mit einem Problem beschäftigen, das offenbar nicht zu lösen war – es sei denn... »Vielleicht gibt es doch einen Ausweg. Wir können das Mädchen bis zur Geburt des Kindes bei uns aufnehmen. Wenn das Kind Ähnlichkeit mit

Euch hat, könnt Ihr Daria unbesorgt heiraten. Wenn es dem Grafen von Clare ähnlich sieht – hat er nicht feuerrote Haare? – ist bewiesen, daß er es gezeugt hat.«

»Und was ist, wenn das Kind keinem von uns beiden ähnlich sieht? Oder wenn es nach der Mutter kommt?«

Der König murmelte einen Fluch. »Was meint Ihr dazu, Robbie?«

Robert Burnell, der sich bisher jeder Äußerung enthalten hatte, machte ein ausgesprochen unglückliches Gesicht. »Wollt Ihr eine Meinung hören, die den Standpunkt der Kirche wiedergibt?«

»Legt schon los, Robbie!«

»Die Kirche würde sagen, daß unabhängig von Rang oder angeblicher Unberührtheit die Frau der schuldige Teil ist. Sie würde die Frau verdammen und sie als Hure, Betrügerin und eine Schande für ihre Familie ansehen...«

»Schweigt still, sag' ich Euch!«

»Aber Roland«, verwies ihn der König ruhig, »Ihr behauptet doch, daß es Euer Kind nicht sein kann. Also hat sie gelogen. Robbie, was, meint Ihr, würde Stephen Langton in diesem Fall empfehlen?«

»Er würde zweifellos bestimmen, daß ihr die Mitgift entzogen und sie schimpflich von ihrer Familie verstoßen werde.«

Roland machte ein entsetztes Gesicht. »Das wäre ihr Tod – und der ihres Kindes.«

Achselzuckend gab Robert Burnell zu: »Ja, höchstwahrscheinlich.«

In vier Sprachen fluchend, ging Roland erregt im königlichen Zelt hin und her.

»Sehr gut«, sagte Edward, der ihn scharf beobachtet hatte. Seinem Freund schien das Mädchen keineswegs gleichgültig zu sein. Das brachte ihn auf eine Idee. Laut sagte er: »Ich sehe zwei Möglichkeiten. Die erste: Sie wird zu ihrem Onkel zurückgebracht. Die zweite: Sie wird dem Grafen von Clare wiedergegeben.«

Roland widersprach: »Wenn sie zu ihrem Onkel gebracht wird, bringt er sie um. Wenn der Graf von Clare sie bekommt und es stellt sich heraus, daß er zufällig nicht der Kindesvater ist, bringt auch er sie um.«

»Dann frage ich Euch beide«, sagte der König geduldig, »gibt es noch andere Möglichkeiten?«

Totenstille. Roland hörte draußen einen Soldaten lachen. Er trat vor den König.

Im selben Augenblick wußte Edward, daß Roland sich in das Unvermeidliche schicken wollte. Doch es widerstrebte ihm, seinen Freund in die Ecke zu drängen. Was war, wenn Roland nicht der Vater war?

»Na schön, ich weiß eine andere Möglichkeit. Ich heirate sie.«

Edward hob die Hand. »Doch vorher werde ich mir diesen Grafen von Clare genau ansehen. Man sagt mir große Menschenkenntnis nach. Nun, dann laßt mich dem Grafen von Clare auf den Zahn fühlen! Ich bin sicher, daß ich ihn durchschauen werde. Ich werde ihm ansehen, ob er der Vater ist. Vielleicht will er sie noch immer zur Frau nehmen, und wenn es sein Kind ist, das sie im Leib trägt, dann...«

»Sie sagt aber, daß sie für den Grafen nur Verachtung empfindet. Ihr würdet sie doch keinem Manne geben wollen, den sie haßt. Glaubt mir, er würde sie ständig mißbrauchen. Und wer wollte ihm Einhalt gebieten, wenn Ihr ihm den Rücken gekehrt habt?«

»Aber wenn sie aus einem uns nicht bekannten Grunde lügt, verdient sie es, so behandelt zu werden, wie er...«

»Ich heirate sie«, wiederholte Roland fest.

Der König wandte den Kopf ab. Roland sollte nicht sehen, wie zufrieden er mit dieser Lösung war. Es war klar, daß Roland dem Mädchen zugeneigt war, unabhängig davon, wer der Kindesvater sein mochte. Und sie würde ihm eine ansehnliche Mitgift eintragen. Er, der König von England, würde dafür sorgen, daß er sie erhielt. Auf ein uneheliches Kind mehr oder weniger kam es nicht an, die Welt war voll von ihnen. Auch seine prächtige Tochter Philippa war unehelich geboren. Edward hoffte, es würde ein

Mädchen sein. Dann brauchte Roland seinen Besitz später einmal nicht dem Sohn eines anderen Mannes zu vererben.

»Ja«, sagte Roland mehr zu sich als zu den anderen, »wahrscheinlich hat der Graf sie vergewaltigt und schämt sich jetzt, es zuzugeben.« Aber warum soll ich sie heiraten? *Weil sie dich liebt, deshalb. Und weil sie glaubt, daß ihr keine andere Wahl bleibt.*

Der König nickte Robert Burnell zu. »Schickt Eric zu Ihrer Majestät und laßt ihr mitteilen, daß wir sofort Hochzeit halten werden, sobald Daria verständigt ist!«

Der König leerte sein Glas Wein. »Dieser Wein stammt von Graelam de Moretons Schwiegervater«, sagte er, um das betretene Schweigen zu beenden. »Er ist ausgezeichnet. Roland, Ihr werdet bald Nachbarn sein. Und dann wünsche ich, daß Ihr ein Auge auf meine liebe Tochter Philippa und ihren übelbeleumdeten Gatten haltet. Ja, de Fortenberry ist ein Halunke, aber das Mädchen wollte, wir Ihr wißt, ihn und keinen anderen haben. Sie heiratete ihn, und die Sache war erledigt.«

»Sire, als sie ihn heiratete, wußte sie aber noch nicht, daß Ihr ihr Vater seid. Und außerdem bin ich überzeugt, daß de Fortenberry Euch keine Schande machen wird.«

»Dennoch müssen wir ihn im Auge behalten«, sagte der König und sah schweigend zu, wie Roland sein unruhiges Hin- und Hergehen wieder aufnahm.

Plötzlich blieb er stehen. Die Königin war unerwartet ins Zelt getreten. Sie sah besorgt aus.

Schnell erhob sich der König und ging ihr entgegen. Dann sprachen die beiden leise miteinander.

Seufzend teilte Edward dann Roland mit: »Daria weigert sich, Euch zu heiraten.«

»Was«?

Eleanor erklärte: »Sie weigert sich deshalb, weil Ihr sie für eine Lügnerin haltet und in ihr nichts anderes als einen Gegenstand seht, den Ihr gegen Geld bei ihrem Onkel abliefern wollt. Sie sagt, dann will sie lieber ins Kloster gehen.«

»Vielleicht wäre es das beste«, sagte Edward.

Auf einmal sah Roland sie in dem kleinen walisischen Tal vor sich, wie sie genußvoll die reine Luft einatmete, herumtanzte und sich ihrer Freiheit freute. »Nein!« rief er. »In einem Kloster würde sie trübsinnig werden. Sie ist für ein Leben in Frömmigkeit nicht geschaffen. Es wäre Wahnsinn. Das ist nur ihr Trotz. Diese undankbare Dirne!«

»Aber Roland...«

»Haltet den Priester bereit! Ich gehe zu ihr, verpasse ihr eine Tracht Prügel und bringe sie dann her. Ist sie in Eurem Zelt, Hoheit?«

»Ja, Roland», sagte Eleanor knapp.

»Dieses verdammte Weib!« sagte Roland im Hinausgehen. »Sie macht mir mit ihrer Undankbarkeit und ihren Launen das Leben schwer! Ja, ich werde sie dafür verprügeln!«

Als er weg war, stellte die Königin fest: »Jetzt wird alles gut.«

Daria saß allein auf dem dicken flandrischen Teppich im Zelt der Königin und starrte auf das verschlungene lilarote Muster. Ob der König ihr den Eintritt ins Kloster gestatten würde? Und ihr Onkel – würde er sie dann dort unbehelligt lassen? Sie hatte gehört, daß Klöster für die Aufnahme einer Lady ihres Ranges große Summen forderten – sozusagen eine Mitgift, denn sie würde ja die Braut Gottes werden. Aber alles war besser als eine Ehe mit dem Grafen von Clare oder mit Ralph von Colchester. Dann dachte sie an Roland, und Tränen stiegen ihr in die Augen. Doch was geschehen war, ließ sich nicht ändern, und sie allein trug die Verantwortung.

Als er ins Zelt stürmte, hob sie den Kopf. Ihre Miene blieb ausdruckslos. Sie hatte erwartet, daß er kommen würde. Hatte er ihr nicht angeboten, sich zu opfern? Klar, daß er jetzt zornig war, weil sie sein Opfer zurückwies. Aber sie durfte seine Großmut nicht ausnutzen. Es würde sie ehrlos machen.

»Hallo, Roland. Was willst du?«

Ihre ausdruckslose Miene und ihr trüber Blick gefielen ihm gar nicht. Er atmete tief ein, um sich zu beruhigen. Dann sagte er ohne Erregung: »Ich will wissen, warum du der Königin solchen Unsinn erzählt hast.« Er hockte sich zu ihr.

»Warum, Daria?« Sein Gesicht war dicht vor ihrem, doch er faßte sie nicht an.

»Du wirst es mir wohl nicht glauben, Roland, aber ich bin tiefreligiös. Ich suche die Wahrheit, und die kann ich nur im Kloster finden. Außerdem will ich noch nicht sterben. Du hast mir ja selber ausgemalt, was mit mir geschehen würde, wenn du mich zu meinem Onkel zurückbringst. Er würde mich umbringen, um an mein Erbe heranzukommen. Und ich weiß ganz sicher, daß der Graf von Clare, wenn man ihn zur Ehe mit mir zwingt, mich und mein ungeborenes Kind totschlagen würde, weil er weiß, daß es nicht von ihm ist. Nein, ich will noch nicht sterben. Ich bin noch so jung.«

»Ich biete dir einen anderen Weg. Von mir wirst du weder getötet noch geschlagen werden.«

Sie meinte an ihrem Schmerz ersticken zu müssen.

»Du wirst mich heiraten, Daria. Jetzt, auf der Stelle.«

»Nein, das kann ich auch nicht.«

»Dann...« Die Wut brach aus ihm heraus. »Du willst doch nur die großherzige Dame spielen! Da der arme Roland nichts für dich übrig hat, verzichtest du auf ihn. Aber vorher soll er sich vor dir auf die Knie werfen und dir das anbieten, was du die ganze Zeit über gewünscht hast. Dann die große Geste: du verschmähst ihn. Du bist ja noch bösartiger als dieses verdammte Biest Joan of Tenesby!«

Ja, und dann hatte sie noch die Stirn, einfach dazusitzen und den Kopf zu schütteln!

Eine Wut wie selten in seinem Leben überkam Roland. »Bei allen Heiligen, jetzt verprügle ich dich, Daria!«

Er riß sie hoch, warf sich in den Sessel der Königin, legte sie auf seine Knie und schlug ihr mit der flachen rechten Hand hart aufs Gesäß. Sie erstarrte einen Augenblick. Dann begann sie sich zu wehren. Sie ist verdammt stark, dachte er. Dann schlug er wieder zu.

»Du bist eine störrische Dirne! Soll ich dir das Kleid hochziehen und dir den nackten Hintern versohlen?« Bevor sie etwas sagen konnte, hatte er ihr das Kleid bis zu Taille hochgezogen. Dabei riß er ihr Kleid und Hemd auf. Er starrte auf die runden, glatten weißen Pobacken und auf die schlanken Beine mit den weichen Muskeln.

Unvermittelt schob er sie weg und stand auf. »Verdammt noch mal, Daria. Wenn ich dich je begattet hätte, würde ich mich zumindest an deinen hübschen Hintern erinnern. So, und jetzt mach dich fertig, du dumme Dirne! Du wirst mich heiraten, und zwar noch heute abend. Wenn du dich weiter weigerst, schlage ich dich so lange, bis du um Gnade winselst!«

Er ging hinaus. Doch am Zelteingang drehte er sich noch einmal um und sagte mit erhobenem Zeigefinger: »Ich meine es ernst, Daria. Wir heiraten, und ich will kein Widerwort mehr aus deinem zänkischen Munde hören!«

11

Der Benediktinerpriester Jung-Ansel, wie man ihn liebevoll nannte, hielt die Trauungszeremonie mit aller Würde ab, die er mit seinen 23 Jahren aufbrachte. Wenn er die weichen lateinischen Sätze sprach, bebte seine Stimme ein wenig. Er hielt die Braut für hübsch und bescheiden. Dagegen fand er den Bräutigam ziemlich abstoßend. Der Mann schien mit seinen Gedanken ganz woanders zu sein.

Schließlich kam Jung-Ansel zu dem Schluß, daß Roland de Tournay sich nur widerwillig trauen ließ. Er hätte gern gewußt, warum. Fragen konnte er natürlich nicht. Das wäre zu unverschämt gewesen. Burnell hatte ihn gelehrt, sich nie ungebührliche Freiheiten herauszunehmen. Noch war der König ihm freundlich gesinnt. Es lohnte sich nicht, ihn gegen sich aufzubringen.

Als er dem Paar den Segen erteilte, sah er sich die Braut genauer an. Sie war sehr blaß. Vielleicht war sie krank. Roland de Tournay schien es nicht wahrzunehmen. Sein Gesicht war ausdruckslos, die Augen blickten kalt. Er wirkte tatsächlich geistesabwesend. Und ausgesprochen unglücklich.

Dann kamen die vielen Glückwünsche. Sie waren teils überschwenglich, teils mit dreisten Anspielungen gespickt. Der König wünschte, daß alle ihnen gratulierten, und seine Diener und Soldaten gehorchten ihm gern. Edward wollte, daß alles so normal wie möglich ablief. Selbst Robert Burnell legte mehrmals gedämpfte Begeisterung an den Tag. Die Königin umarmte die Braut und sprach leise mit ihr.

Eleanor war besorgt. »Fühlt Ihr Euch krank, mein Kind?«

Daria schüttelte den Kopf. Der geschwollene Leib der Königin verhinderte eine innige Umarmung. So werde ich auch bald aussehen, dachte sie und schaute an ihrem flachen Körper herab. Sollte wirklich schon in ihrem schlanken

Leib ein neues Leben entstehen? Es schien unglaublich. Vielleicht könnte ihre Mutter ihr alles erklären.

»Ihr habt also Angst. Angst vor Eurem neuen Leben. Vielleicht sogar vor Eurem Gatten?«

»Ja.«

»Mein edler Lord spricht immer in höchsten Tönen von Roland. Er ist ein Ehrenmann, hält die Treue hoch und nimmt seine Versprechen ernst. Außerdem seid Ihr eine reiche Erbin und werdet ihm viele Vorteile bringen. Ihr braucht keine Angst zu haben, Daria.«

Mit gerunzelter Stirn schaute die Königin über Darias Kopf hinweg zu ihrem Ehemann hinüber. Er verbreitete sich gerade mit lauter Stimme über Rolands Glück. Er sagte, Roland würde bald so reich werden, daß er es sich erlauben könne, seinem König finanziell unter die Arme zu greifen. In diesem Augenblick fing Edward den Blick seiner Frau auf. Mit gedämpfter Stimme sagte er zu Roland: »Es ist vollbracht. Ihr seid jetzt ein verheirateter Mann, und bald werdet Ihr auch Vater sein.«

»Ja, es ist erstaunlich.«

»Morgen reiten wir alle zusammen nach Tyberton. Ich wünsche, daß der Graf von Clare Euch sieht. Er soll erfahren, daß Daria die Eure ist und er keinen Anspruch mehr auf sie hat. Und er soll wissen, daß Ihr in meiner Gunst steht.«

Roland fragte sich, wie der Graf reagieren würde. Manchmal wünschte er sich, daß der Mann gewalttätig werden würde. Er hätte gern mit ihm gekämpft und ihm den Schädel eingeschlagen. Er mußte seine Wut loswerden.

»Ich habe ein Zelt für Euch aufschlagen lassen, mein Freund. Dort werdet Ihr mit Eurer Braut die Nacht verbringen. Kommt, wir wollen jetzt zum Essen gehen und auf Eure Gesundheit und Eure Zukunft anstoßen.«

Das war das letzte, was Roland sich wünschte: die Nacht mit dem schwangeren Mädchen zu verbringen, das jetzt seine Frau war. Doch als er Daria den Sessel zurechtstellte, brachte er sogar ein Lächeln zustande. Das Bankett fand im Freien unter funkelnden Sternen und dem hellen Vollmond statt. Rings um das Lager des Königs brannten Fackeln. An den Tischen vergnügten sich rund hundert Gäste an den erlesensten Speisen. Roland erfuhr, daß sämtliche Speisen aus den Vorratskammern in Chepstow stammten. Offenbar hatte der König die Speicher der Burg regelrecht geplündert. Vielleicht würde der König ihn irgendwann in einer nebelhaften Zukunft in Cornwall besuchen und auch bei ihm die Hand nach den Speichern ausstrecken.

»Iß etwas, Daria!«

Sie nahm ein Stück Brot und kaute lustlos darauf herum. Als er sich von ihr abwandte, spuckte sie es auf die Erde.

»Du wirst morgen kein Wort sagen.«

»Was soll das heißen?«

»Es soll heißen, daß wir morgen zum Grafen von Clare reiten. Fang dort ja nicht an, aufgeregt um mich herumzuflattern! Ich brauche von dir weder Rat noch Schutz.«

»Ich glaube nicht, daß ich je aufgeregt um dich herumgeflattert bin. Aber einmal habe ich dich mit Erfolg beschützt.«

»Vielleicht, vielleicht auch nicht. Ich möchte gern wissen, ob der Graf schon ahnt, daß du ein Kind von ihm bekommst. Wenn ja, könnte ich mir vorstellen, daß er vor Wut außer Rand und Band gerät.«

»Ich bekomme kein Kind vom Grafen. Daher gibt es auch keinen Grund für ihn, in Wut zu geraten. Abgesehen davon, daß er das Gefühl haben wird, man habe ihn zum Narren gehalten und ihn um meine Mitgift geprellt.«

Roland hob seinen Kelch und trank in großen Schlucken den Rotwein aus Aquitanien.

»Auf jeden Fall muß du vorsichtig sein, Roland. Ich glaube, daß er nicht ganz normal ist. Wenn er dich zu Gesicht bekommt, wird er in dir die Verkörperung seines Unglücks sehen, und es ist leicht möglich, daß er sich dann zu unbesonnenen Handlungen hinreißen läßt.«

Roland hatte schon Bauchschmerzen, so sehr ärgerte er sich über sie. Bei den Heiligen, sie hatte nun alles erreicht, was sie wollte. Warum spielte sie immer noch die mißbrauchte Unschuld? Er stürzte den nächsten Kelch voll Wein herunter. »Wenn du wirklich nach einem einzigen Beischlaf schwanger geworden bist, mußt du sehr fruchtbar sein.«

»Ja. Oder du.«

Er fuhr zusammen, behielt sein Lächeln aber bei. »Dann wird es am besten sein, wenn ich mich recht oft mit dir vergnüge, solange du schwanger bist. Wenn du entbunden hast, werde ich dich bereits satt haben. Das wäre gut. Ich will nicht, daß mir nach zwölf Jahren ebenso viele Kinder am Rockzipfel hängen.«

Sie senkte den Kopf. Er wollte sie absichtlich verletzen. Und es war ihm auch gelungen. Aber sie wollte nicht, daß er es merkte.

»Ihr wart sehr gütig zu mir, Eure Hoheit«, sagte Daria später zur Königin von England. »Ich danke Euch von ganzem Herzen.«

»Macht Euch keine Sorgen, mein Kind! Wir sehen uns bald wieder. Entweder kommt Ihr und Roland nach London, oder vielleicht besuchen mein Lord und ich Euch in Cornwall. Und jetzt, meine Liebe, erlaubt, daß meine Damen Euch für die Nacht herrichten!«

Mit diesen sachlichen Worten überließ die Königin von England Daria den Bemühungen zweier Hofdamen. Diese Damen waren weniger zurückhaltend als ihre Herrin. Sie hatten eine Menge Wein getrunken, kicherten viel und überschütteten Daria mit Ratschlägen, wie man einen Mann zur tollsten Wollust treiben könne.

Als Roland draußen das Frauengelächter hörte, blieb er vor dem Zelt stehen. Dann vernahm er Darias leise Stimme. Sie fragte unsicher: »Aber Claudia, wie soll ich denn das machen? Ihn einfach bitten, es mir in den Mund zu schieben? Kann ich ihm dabei nicht mit den Zähnen weh tun?«

»Ach was! Ihr braucht es nur erst mit den Händen zu streicheln und dann hinterher mit Lippen und Zunge. Es ist wunderbar für ihn.«

Roland runzelte die Stirn. Die Damen der Königin waren also genauso unzüchtig wie alle anderen. Und jetzt erteilten sie Daria auch noch Unterricht! Sie sagte gerade: »Vielleicht will Roland es aber nicht haben, weil ich es nicht gut genug mache. Vielleicht will er lieber eine andere, die es besser kann...«

»Nun mal langsam, Daria! Wenn Ihr es gut bringen wollt, müßt Ihr üben. Fragt einfach Euren Mann, ob er etwas dagegen hat, wenn Ihr es bei ihm übt! Ihr sollt mal sehen, wie er sich dann über die Lippen leckt und vor lauter Wonne geradezu schnurrt.«

Was seine Frau darauf antwortete, hörte er nicht mehr.

Gleich darauf schlug er die Zeltklappe zurück und ging hinein. Was die Damen bei seinem Anblick dachten, war ihnen deutlich am Gesicht abzulesen. Sofort reagierte sein Geschlecht. Schnell drehte er sich zu Daria um. Stellte sie sich schon vor, wie sie seine Rute in den Mund nahm?

Claudia stieß Daria den Ellbogen in die Rippen. »Üben, meine Liebe, immer fleißig üben! Und jetzt gute Nacht, Daria. Viel Vergnügen bei dem, was der liebe Gott und der König Euch geschenkt haben! Alle Heiligen und alle Frauen wissen, daß es nicht viele Männer gibt, die so gutgebaut und potent sind wie der hier. Ja, das ist wirklich ein hübscher Bursche!« Im hinausgehen streifte sie Roland mit den Brüsten.

Daria war den beiden nicht böse. Sie hatten viel Wein getrunken, und Roland war nun mal ein schöner Mann.

»Willst du ihre Ratschläge beherzigen?« fragte er.

Sie wurde blutrot. »Du... du hast gehört, was sie mir empfohlen haben?«

»Ja. Es war ein ausgezeichneter Rat.«

Sie sah ihm fest in die Augen. »Dann werde ich ihn befolgen. Aber du mußt mir sagen, wie ich es machen soll. Ich möchte nicht, daß es dir mißfällt oder daß ich dir vielleicht weh tue.«

»Eine merkwürdige Unterhaltung, findest du nicht?« Er legte den Überrock ab. »Die Hofdamen der Königin waren ja ganz versessen darauf, dir zu sagen, was du mit mir anstellen sollst.«

Wie gebannt sah Daria zu, als Roland sich gleichmütig seines Waffenrocks entledigte. »Sie scheinen sich mit Männern gut auszukennen.«

Die ganze Einrichtung des Zeltes bestand aus einem kleinen Sandelholztisch mit einem Leuchter und dem niedrigen Bett, auf dem Felle lagen. Roland stand jetzt mit nacktem Oberkörper da. Er war schlank und fest. Schwarze Haare bedeckten seine Brust. Als sie ihn zuletzt in Wrexham gesehen hatte, lag er krank im Bett. Damals war ihr noch nicht aufgefallen, wie kräftig er war. Jetzt erst, da er sich die Hose auszog, konnte sie die starken Arme und das Spiel der Muskeln an Rücken, Schultern und Bauch bewundern.

Er sah sie auffordernd an. »Was stehst du da rum? Zieh dich aus und komm ins Bett!«

Sie rührte sich nicht vom Fleck. Sprach so ein liebender Bräutigam? Ohne die geringste Spur von Wärme?

Er hob eine Braue in die Höhe. »Da du schwanger bist, darf ich wohl annehmen, daß du schon mal einen nackten Mann gesehen hast. Ich sehe auch nicht anders aus als andere Männer, Daria.« Er erhob sich nackt zu seiner vollen Höhe. Sie mußte ihn einfach ansehen, obwohl sie es eigentlich nicht wollte. Unwillkürlich fiel ihr Blick sofort auf die Stelle zwischen seinen Beinen. Unter dem dichten schwarzen Haarbusch hing sein Glied schlaff herunter.

Doch sie wußte, daß es anschwellen und groß, sehr groß werden würde. Und dann würde er es in ihren Schoß stecken wollen.

Er lachte. »Am besten wäre es, du fängst mit deinen Liebkosungen an, solange ich noch in diesem Zustand bin. Nun zieh dich endlich aus!«

»Ja, gut.« Rasch löschte sie die drei brennenden Kerzen im Leuchter. Jetzt warfen nur noch die Fackeln von draußen ein schwaches Licht ins Zelt. Wenigstens konnte er sie nicht mehr deutlich sehen. Sie schämte sich. Damals war es ja eigentlich nicht *sie* gewesen, die er gesehen, berührt und genommen hatte. Doch jetzt war er wieder gesund, mit ihr verheiratet und würde *sie* sehen.

Sie fuhr herum. »Was machst du da?«

»Ich zünde nur eine Kerze wieder an. Ich will nicht im Dunkeln herumfummeln. Zieh dich aus, Daria! Ich will deine Brüste und deinen Unterleib sehen. Schließlich habe ich teuer genug für dieses Vorrecht zahlen müssen. Ich sage es dir nicht noch einmal.«

Er sagte es ohne jede Erregung, legte sich in das schmale Bett und zog sich ein Fell bis zur Taille hoch. Sie brachte es nicht fertig, sich vor ihm auszuziehen. Sie wußte genau, was er wollte. Er würde sie heute nacht nehmen. Aber nur, weil sie gerade da war und ihm gehörte. Ebensogut hätte er seine Begierde an jeder anderen Frau gestillt.

Doch da er ihr Mann war, mußte sie das Beste daraus machen. Mit kalten, ungelenken Fingern löste sie die Bänder an ihrem Überrock und zog ihn sich über den Kopf. So ungeschickt stellte sie sich an, daß sie mit den Schnüren am Mieder des Kleides nicht fertig wurde.

Und ihr Gatte lag einfach da und schaute ihr zu, als berührte ihn das alles nicht, als käme es ihm nur darauf an, daß sie seine Befehle ausführte, weil er und nicht sie der Herr war.

Auf einmal hatte sie von alldem genug. Seine Miene war so kalt und abweisend wie die Gewässer der Nordsee. Flüsternd sagte sie: »Nein, ich kann nicht.« Da richtete er sich ruckartig auf. Langsam, ganz langsam sank sie auf die Knie nieder, schlug die Hände vor das Gesicht und begann lautlos zu weinen.

Roland fuhr zurück, als hätte er einen Schlag erhalten. Da hockte seine Braut auf dem Fußboden und heulte! »Verfluchte Dirne«, sagte er voll Zorn. »Du hast doch alles bekommen, was du haben wolltest. Ich weiß zwar nicht, warum du unbedingt mich zum Gatten ausersehen hast, aber jetzt hast du mich nun mal. Hör auf zu heulen! Ich lasse mir das nicht bieten! Weibertränen sind weiter nichts als pure Heuchelei.«

Ihr fiel ein, was ihre Mutter ihr gesagt hatte: Ein Mädchen sollte sich nie vor ihrem Gatten gehen lassen und Tränen vergießen. Sie riß sich zusammen und sagte: »Ja, ich höre schon auf. Es tut mir leid, Roland.«

Langsam stand sie auf und zog sich das Kleid aus. Er schwieg, ließ aber kein Auge von ihr. Jetzt hatte sie nur noch das bis zur Mitte der Oberschenkel reichende Leinenhemd an, und er konnte schwach ihre Brustspitzen und das dunkle Dreieck zwischen ihren Beinen hindurchschimmern sehen. Er wollte aber alles sehen. »Zieh das Hemd aus!«

»Ich kann nicht.«

»Was kannst du nicht? Du bist doch keine Jungfrau mehr! Was soll diese Schamhaftigkeit? Oder willst du lieber, daß ich dir das Hemd ausziehe?«

»Nein. Es ist das einzige, was ich habe. Ich muß sorgsam damit umgehen.«

»Zieh es aus, Daria! Du weißt genau, daß du vorhin vor Gott geschworen hast, mir in allen Dingen gehorsam zu sein!«

Doch sie fühlte sich erniedrigt. *Bilde dir einfach ein, du wärst allein! Stell dir vor, er wäre gar nicht da und sähe dir nicht zu!* Sie ließ das weiche Leinenhemd zu Boden gleiten und sah an ihm vorbei. Ihr Geist trennte sich von dem nackten Mädchen, das da im Zelt stand, um sich von einem Mann mustern zu lassen, der sie von Herzen verabscheute, sie für eine Lügnerin und ein ehrloses Weib hielt.

Roland verschlang sie mit den Blicken, fast gegen seinen Willen. Er hatte ja keine Ahnung gehabt, daß sie eine so hübsche Figur besaß. Sie hatte hohe, volle Brüste, weiß wie ihr ganzer Leib, und die Spitzen waren zartrosa. Allerdings war sie zu dünn. Er konnte ihre Rippen zählen. Die Brüste schienen beinahe zu schwer für den zierlichen Körper. Doch das störte ihn nicht. Ihre Beine waren lang mit glatten Muskeln. Das gefiel ihm. Er hatte mit vielen Frauen im Bett gelegen, deren weiße Körper weicher gewesen waren, zu weich. Daria war fest gebaut, sie wirkte kräftig und geschmeidig. Er stellte sich vor, wie sie die Beine fest um seine Hüften schlang, und sofort spannten sich seine Muskeln, und sein Geschlecht schwoll an und richtete sich auf. Er verlangte nach ihr. Allerdings hätte er nach jeder anderen einigermaßen nett anzusehenden Frau, die nackt vor seinem Bett stand, ebenso verlangt.

»Komm her!« sagte er. »Jetzt will ich mir genau ansehen, was ich mit meiner ganzen Zukunft erkauft habe.«

»Du vergißt dabei, daß dir mein Geld eine viel schönere Zukunft ermöglicht, als du je erwarten konntest.«

»Ja, aber dafür zahle ich mit Leib und Seele, Daria, und das lebenslang. Ich habe dir gesagt, du sollst herkommen! Heute nacht muß ich dich wenigstens einmal nehmen, obwohl ich nicht besonders scharf darauf bin. Ich tue es nur aus Pflichtgefühl.«

»Du könntest dir ja wieder vorstellen, ich wäre Leila.«

»Ich habe dir schon einmal gesagt«, entgegnete er in verzweifelter Wut, »daß du ihr nicht im mindesten ähnlich bist. Wenn du jetzt nicht kommst, wirst du es bereuen!«

»Willst du mich schlagen wie mein Onkel oder wie der Graf von Clare?«

Der Magen drehte sich ihm um. Er stand auf und ging auf sie zu. Plötzlich sah er die Angst in ihren Augen... und noch etwas anderes. Sie prallte zurück.

Er packte sie fest an den Oberarmen und zog sie an sich. Als er ihren Körper an seinem spürte, richtete sich sein Glied auf und stieß an ihren Unterleib. »Ja«, sagte er. »Ich stelle mir jetzt vor, du wärst Leila. Vielleicht klappt es nicht. Aber das wäre auch nicht weiter schlimm. Ich habe seit langer Zeit keine Frau mehr gehabt. Da genügst du mir im Notfall auch.« Er küßte sie auf die geschlossenen Lippen. Er war der Herr, das würde er ihr jetzt beweisen.

»Ich bin nicht Leila.«

Ganz leise sagte sie es an seinem Munde, aber die traurigen Worte rührten an sein Herz.

Er trat zurück. Sie war nicht das Mädchen, für das er sie gehalten hatte. Er legte ihr die offene Hand auf den flachen Bauch. »Wie klein und mager du bist! Und doch wächst in deinem Leib ein Kind. Du sagst, es wäre meins, aber ich weiß, daß es nicht stimmt. Daria, du bist mir ein Rätsel. Ich erinnere mich an das Mädchen, das ich aus den Händen des

Grafen befreit habe, an das Mädchen, das mit mir durch Wales ritt, an das Mädchen, das genauso für Sprachen begabt war wie ich, an das Mädchen, das sich beim Überfall der Räuber als so tapfer und furchtlos erwies. Daneben aber gibt es diese andere Daria – das Mädchen, das in Worten und Denken so verlogen ist. Und ich fürchte, daß ich dieses andere Mädchen geheiratet habe. Wer bist du? Nein, was bist du? Und warum hast du mir das angetan?«

»Ich habe nie gewollt, daß es so kommt, Roland, das schwöre ich dir. Aber du warst krank und hieltest mich für Leila. Da habe ich mich entschlossen, zu dir zu kommen und mich dir hinzugeben. Damals nahm ich mir hoch und heilig vor, es dir nie zu erzählen. Ich wollte nicht, daß du dich schuldig fühlst und Mitleid mit mir hast. Deshalb habe ich sogar Blut und Samen von dir abgewaschen, damit du später nichts merkst. Es war dumm von mir, nicht daran zu denken, daß ich schwanger werden könnte.«

Er schob sie weg. »Geh schlafen, wenn es dir beliebt!«

Er löschte die Kerze und vergrub sich unter den Fellen auf dem schmalen Bett. Da sagte sie: »Wo bleibt dein Pflichtgefühl?«

Fluchend sprang er wieder auf, schleppte sie ans Bett und warf sie darauf. »So, mein Weib, du verlangst offenbar nach meinem Körper. Oder wäre dir jeder Männerkörper recht? Aber mehr wirst du von mir auch nicht bekommen. Und du mußt wissen, Daria, daß ein Mann jede beliebige Frau begatten kann. Es macht überhaupt keinen Unterschied für ihn. Nun weiß du, was du für mich bist – eine lästige Pflicht, ein Frauenkörper, den ich notgedrungen nehme, bis ich ihn satt habe.«

Er drückte sie auf die Felle, küßte sie heftig und stieß ihr die Zunge in den Mund. Sie merkte, daß er zornig auf sie war, und ihr verging jede Lust. Er lachte. »Jetzt tut es dir wohl schon leid, wie? Zu spät. Du bist vor Gott und den Menschen meine Frau. Mache die Beine breit! Ich will es schnell hinter mich bringen, damit ich endlich schlafen kann. Vielleicht habe ich Glück und träume von Leila und Cena. Das waren zwei Frauen, die mich wirklich ohne verräterische Hintergedanken begehrten.«

»Roland, bitte nicht. Bitte, tu' mir nicht weh!«

Er packte ihre Schenkel und zog sie auseinander. »Mal sehen, ob du für mich bereit bist.« Er stieß ihr den Finger in den Schoß, stieß forschend tiefer. Sie wollte sich von ihm losmachen. Doch dann merkte sie, wie sie feucht wurde. Ihr Körper reagierte von allein auf ihn und verlangte nach ihm, obwohl er ihr weh tat.

»Bei allen Heiligen«, sagte er, »du bist eng gebaut, aber dein Körper ist lüstern. Ich werde dir keine Gewalt antun. In meinem ganzen Leben habe ich noch keine Frau vergewaltigt. Bei dir ist es auch gar nicht nötig. Du bist ja noch gieriger als die beiden Frauen, die dich beraten haben.«

Noch einmal versuchte sie, Gehör bei ihm zu finden. »Bitte, Roland, tu' mir das nicht an, nicht im Zorn, nicht...«

Aber er kümmerte sich nicht um ihre Bitten. Er behandelte sie wie eine Fremde, kniete zwischen ihren Beinen, spreizte sie noch weiter und hob mit den Händen ihr Becken an. »Ob du Lust dabei empfindest, soll mich nicht kümmern. Das ist deine Sache.« Ohne Vorwarnung öffnete er ihre Scham mit den Fingern und drang dann mit einem kräftigen Stoß in sie ein.

Sie schrie auf, vor Schreck und weil es so brannte. Dann fing sie lautlos an zu weinen und wartete nur darauf, daß er fertig wurde. Sie empfand nicht die geringste Lust. Und sie fragte sich dumpf, ob eine Frau überhaupt an diesem Akt Vergnügen finden konnte.

Schweratmend stieß er weiter zu, zog das Glied fast heraus und rammte es dann tief hinein, wieder und wieder. Plötzlich holte er tief Luft, als hätte er einen Schlag erhalten. Dann rammelte er weiter in kurzen Stößen, mal vornean, mal tief in ihr. Bis er schließlich aufstöhnte, und sie spürte, wie sich sein Samen in sie ergoß. Es erinnerte sie an jene erste Nacht, als sie darüber den Schmerz der Entjungferung vergaß, weil er sich ihr damals so völlig hingegeben hatte wie sie sich ihm, weil sie eins miteinander geworden waren.

Diesmal war es anders, und sie weinte hemmungslos, nicht weil er ihr weh getan hatte, sondern aus tiefem seelischem Schmerz. Sie hatten sich nur körperlich vereint, doch im Gefühl blieben sie weltenweit voneinander entfernt.

Er rang nach Atem. Sein Glied war noch tief in ihr. Sie fühlte, wie es sich bewegte. Es brannte aber nicht mehr, weil es schlaffer geworden war. Nein, körperlich hatte er ihr keine Gewalt angetan. Aber er hatte sie seelisch vergewaltigt.

Als sein Atem wieder ruhiger wurde, sagte er: »So, jetzt habe ich meine ehelichen Pflichten erfüllt.« Und sofort zog er sein Geschlecht heraus.

»Was ist denn, Daria? Ich höre ja kein leidenschaftliches Stöhnen von dir. Bist du mir denn nicht dankbar, daß ich dich wunschgemäß genommen habe? Willst du mir vielleicht sagen, daß du keine Lust dabei empfinden kannst? Du überraschst mich. Dein Körper war mehr als bereit, mich zu empfangen. Na schön. Jetzt kann ich endlich in Ruhe schlafen. Störe mich ja nicht noch einmal heute nacht!«

Er stieg von ihr herab und ließ sich auf den Rücken fallen. Ganz langsam reckte sie die Beine. Sie merkte, wie sein Samen heraustropfte. Es war ihr gleich. Sie empfand nichts, weder für sich noch für ihn.

Sie lag da und hörte an seinen ruhigen Atemzügen, wie er einschlief. Nein, sie hätte ihm niemals die Wahrheit erzählen dürfen. Sie war ihrem Vorsatz untreu geworden und hatte die Verantwortung auf ihn abgewälzt. Wie sollte er ihr denn glauben, da er sich an nichts erinnern konnte? Sie wußte zwar, daß sie ihn immer noch liebte. Aber das reichte bei weitem nicht aus. Denn er haßte sie, und wie sollte dieser Haß je enden?

Vielleicht, wenn das Kind ihm ähnlich sah. Oder wenn er sich doch eines Tages an jene Nacht in Wrexham erinnerte. Es war eine sehr schwache Hoffnung, aber es war auch das einzige, woran sie sich noch klammern konnte.

12

Im großen Saal der Burg Tyberton herrschte völlige Stille. Den Mund verkniffen, das Gesicht so rot wie seine Haare, starrte der Graf von Clare den Mann an, der ihm Daria geraubt, der ihn zweimal zum Narren gehalten hatte. Wie kam der Schuft an die Seite des Königs?

Mit lauter Stimme sagte der Graf: »Wie ich sehe, Sire, wollt Ihr mir diesen Mann ausliefern. Er ist ein Dieb, und ich lasse ihn noch heute hängen.«

»Vorläufig nicht, Mylord«, sagte Edward freundlich und strahlte ihn mit dem berühmten Lächeln der Plantagenets an. »Laßt Bier holen! Ich bin durstig.«

In diesem Augenblick erblickte der Graf Daria. Schon wollte er auf sie zutreten. Doch dann hielt er sich zurück. Es waren zu viele Zuhörer um sie herum.

Nachdem man der Königin, den Hofdamen und Daria bequeme Sitzgelegenheiten zur Verfügung gestellt hatte, näherte sich der Graf dem König. Zu seinem Ärger hatte dieser Hurensohn Roland neben dem König Platz genommen und trank aus seinem Bierkrug, als hätte er keine Sorge in dieser Welt. Er sah jung, kräftig und gewandt aus – kein hübscher Priester mehr, sondern ein Krieger. Wie hatte der Kerl es geschafft, Daria zum zweitenmal heimlich aus der Burg zu schaffen? Was für eine Verkleidung hatte er benutzt?

»Ich habe mit Euch zu sprechen, Sire. Eine wichtige Angelegenheit. Sie betrifft diesen Mann hier.«

»Ach ja?« sagte Edward. »Ich glaube, Ihr wollt ihn irgendwie eines Verbrechens bezichtigen.«

Der Graf richtete sich hoch auf und legte seine ganze Verachtung in seine Worte. »Ja, Sire, er ist ein Dieb, und er hat *sie* geraubt!« Er zeigte mit dem Finger auf die Gruppe der Damen um die Königin. »Hat er Euch berichtet, daß er sich als Benediktinerpriester bei mir ausgegeben hat? Er hat mich nicht nur bestohlen, sondern sich auch der Gotteslästerung und der Kirchenschändung schuldig gemacht.«

Amüsiert wandte sich der König an Roland. »Habt Ihr wirklich einen Priester gespielt?«

»Ja.«

»Und habt Ihr die Rolle gut gespielt?«

»Größtenteils ja. Allerdings kam mir zugute, daß der Graf kein Latein versteht. So konnte er auch nicht merken, wenn ich mich bei der Messe verhaspelt habe. Nein, nur Daria hat mich auf der Stelle durchschaut.«

»Daria! Das ist doch Unsinn! Es gibt keine Frau, die Gottes Wort versteht! Ihr belügt den König und mich. Ich habe alle Eure Irrtümer sehr wohl gemerkt. Aber in meiner Güte und in meinem Großmut wollte ich Euch nicht blamieren. Ich nahm an, daß Euch meine Gegenwart nervös gemacht hatte. Sire, übergebt mir den Mann, und ich werde ihn kurz und gerecht aburteilen!« Unfähig, sich länger zu beherrschen, schrie er laut: »Ich verlange, daß Ihr mir diesen Mann ausliefert, Sire!«

»Einen Augenblick, Mylord«, sagte Edward. »Hört mir gut zu, denn ich habe genug von Euren Beschwerden, und Ihr habt vom König gar nichts zu verlangen. Dieser Mann ist Roland de Tournay, mein Gefolgsmann. Ich und kein anderer habe ihn ausgesandt, um Daria aus Eurer Gefangenschaft zu befreien. Ihr Onkel, der Graf von Reymerstone, hatte mich um Hilfe gebeten, und ich habe sie ihm gewährt. Ich sagte Roland, er dürfe jedes Mittel anwenden, das er zur Erfüllung seines Auftrags als notwendig betrachtet. Natürlich wünschte ich kein Blutvergießen. Nun, er hat seine Aufgabe glänzend gelöst.«

Roland sagte kein Wort. Voll Bewunderung blickte er den König an. So viel Geistesgegenwart hätte er Edward gar nicht zugetraut.

Nach dieser Erklärung des Königs konnte der Graf von Clare natürlich keine Forderungen mehr stellen. Roland war über Edwards Eingreifen teils verärgert, teils amüsiert. Denn jetzt sah es so aus, als müßte der Graf an seinem Haß und seiner ungeheuren Enttäuschung ersticken.

Edward hätte den beiden Männern nie gestattet, einen Zweikampf auszutragen. Zweifellos hätte Roland dabei den Grafen erschlagen. Er war jünger, stärker und gewitzter. Der König brauchte den Grafen von Clare aber noch zur Abwehr der walisischen Räuberbanden. Wenigstens so lange, bis er selber hier Burgen errichten und die Macht übernehmen konnte. Danach könnte der Graf von ihm aus in einem Sumpf in Wales versinken. Aber jetzt brauchte er ihn noch lebend. Außerdem bekam er dadurch Roland fester in die Hand. Der begabte Bursche konnte dem König nach seinem Eintreten für ihn in Zukunft nichts mehr abschlagen. Edward stellte sich stillvergnügt das Gesicht des Grafen vor, wenn er ihm erklärte, das das strittige Kampfroß sein Eigentum wäre und es Roland nur geliehen hätte.

Deshalb lächelte der König jetzt dem Grafen huldvoll zu. Er pflegte einen Mann nur dann zu knüppeln, wenn es unbedingt notwendig war. Ein König konnte es sich leisten, nach einem Sieg Gnade vor Recht ergehen zu lassen. »Ihr seht also, Mylord«, sagte er, »daß Roland nur einen Auftrag erledigt hatte. Sollte er dabei Eure religiösen Gefühle verletzt haben, so werde ich ihn streng zurechtweisen. Übrigens hat er sich offenbar in Daria verliebt und sie sich in ihn. Nachdem er sie befreit hatte – er hat dabei ein gebücktes altes Weib gespielt, wißt Ihr das? – nun, danach brachte er sie zu mir. Und gestern abend, Mylord, wurden die beiden durch einen Priester, einen echten Benediktiner, getraut.«

Wutentbrannt schaute der Graf zu Daria hinüber. Sie hatte also diesen Roland de Tournay geheiratet und mit ihm geschlafen. »Sire«, sagte er mit erstickter Stimme, »die beiden haben ein Bauernmädchen in Darias Hochzeitskleid gesteckt. Wenn die kleine Schlampe nicht hinter ihrem Schleier gekichert hätte, hätte ich nichts gemerkt und wäre mit ihr getraut worden!«

»Ein bildhübsches Kind, Mylord«, warf Roland ein. »Ich habe sie selber ausgesucht.«

Der König grinste. Dann räusperte er sich und sagte in ernstem Ton: »Was habt Ihr mit dem Bauernmädchen gemacht, Mylord? Ich will hoffen, daß Ihr ihr nichts angetan habt.« Der Graf von Clare bekam einen roten Kopf. Denn während seine Krieger und Diener beim Festschmaus saßen, hatte er Tilda in sein Zimmer geholt und sich an ihr gütlich getan. Was hatte sie denn anders erwartet, nachdem er ihren bösen Streich entdeckt hatte? Jeder andre Mann hätte sie totschlagen lassen. Der Graf schüttelte sich wie ein naßgewordener Hund und schrie: »Daria! Komm sofort her!«

Die Königin drückte ihr beruhigend die Hand. Sie und Daria hatten den Wortwechsel zwischen den Männern nicht hören können.

»Ja«, rief der König, »Daria soll herkommen! Sie soll dem Grafen selber sagen, daß sie aus freien Stücken ohne königlichen Druck Roland de Tournay geheiratet hat.«

Langsam stand Daria auf. Sie kam sich vor wie in einem absonderlichen Traum. Während sie über den kalten Steinfußboden von Tybertons großem Saal schritt, sah sie ringsum bekannte Gesichter. Die Meinungen schienen geteilt. Einige blickten mit Hohn auf ihren Herrn, andere musterten sie mit haßerfüllter Miene. Die Königin hatte ihr vorher versichert, daß ihr Gatte einen Kampf zwischen den beiden Männern nicht zulassen werde. Nun, egal was sie über Roland dachte, sie war jetzt seine Frau und durfte ihn nicht im Stich lassen. Sie nahm die Schultern zurück und trug den Kopf hoch.

So trat sie vor den Grafen von Clare. »Ja, Mylord?« sagte sie freundlich. »Ihr wolltet mich sprechen?«

Obwohl sie blaß war, schien sie ihn nicht zu fürchten. Doch er würde schon mit ihr fertig werden. Als erstes werde ich sie schlagen, dachte er, wenn auch nicht allzu hart, nur um sie an ihre Pflichten ihm gegenüber zu erinnern. Dann würde er sie ergreifen, und diesmal sollte sie ihm keiner mehr wegnehmen. Beim Gedanken an ihre Heirat mit Roland de Tournay stieg ihm das Blut in den Kopf, und seine Lenden spannten sich. In grobem Ton fuhr er sie an: »Hast du ihn wirklich geheiratet? Freiwillig?«

»Ja. Ich bin seine Frau.«

»Bei allen Heiligen! Dann hast du mich angelogen, als ich

dich wieder einfing? Du bist in Wrexham gar nicht vor ihm ausgerückt? Du hast nicht nach mir gesucht?«

»So ist es, Mylord. Er war krank geworden und wäre, wenn Ihr ihn gefunden hättet, kampfunfähig gewesen. Ich erfuhr von Eurem Eintreffen in Wrexham. Außerdem hatten Eure Männer Rolands Pferd im örtlichen Mietstall entdeckt. Ich mußte ihn retten, denn Ihr hättet ihn ohne Zögern getötet. Da schwang ich mich auf sein Pferd und ritt los, um Euch auf eine falsche Spur zu bringen.«

Roland erging es wie in der vergangenen Nacht auf dem Höhepunkt seiner Leidenschaft. Wieder wollte er sie fest in die Arme schließen, sie küssen und liebkosen und alles andere vergessen. Doch er hatte so getan, als empfände er nichts für die still unter ihm liegende Frau. Sie hatte ihn belogen, und das sollte ihm nicht noch einmal passieren.

Jetzt hatte sich allerdings herausgestellt, daß sie ihn wirklich gerettet hatte. Und wenn schon! Die Geschichte von dem Kind war und blieb gelogen. Anders war es nicht vorstellbar. Sobald sie von dem Grafen Clare wieder eingefangen worden war, hatte er sie totsicher vergewaltigt.

Der Graf von Clare keuchte wild auf. »Und dabei habe ich dir so viel geboten! Verdammt noch mal, Mädchen, du könntest jetzt Gräfin sein. Statt dessen bist du die Frau eines einfachen Ritters, zur Armut verurteilt...«

»O nein, Mylord, arm werde ich bestimmt nicht sein«, sagte Daria. »Habt Ihr denn vergessen, daß Ihr nicht nur nach meiner Hand, sondern auch nach meiner Mitgift getrachtet habt? Wolltet Ihr Euch nicht an meinem Onkel rächen? Nun, all mein Besitz gehört jetzt Roland!«

Der Graf verlor jede Beherrschung. In sinnloser Wut schlug er ihr die Faust an die Kinnlade. Die Wucht des Schlages ließ Daria zurücktaumeln. Dann fiel sie auf den Steinfußboden. Roland stürzte auf den Grafen los. Eine Faust traf Clare am Hals, die andere mit voller Kraft unterhalb der Gürtellinie. Der Graf brüllte auf und torkelte rückwärts. Mit einem weiteren Schlag streckte Roland ihn zu Boden. Der Graf fiel um wie ein gefällter Baum. Sein Schwert schepperte laut auf den Steinen.

Roland stand über ihm und sagte drohend: »Merk es dir, ich bin ihr Mann und werde sie jederzeit vor solchem Gesindel wie dich beschützen!« Er versetzte dem Grafen einen Fußtritt in die Rippen, kniete dann neben ihm nieder, packte ihn am Waffenrock und schlug ihm zweimal die Faust ins Gesicht. Als er ihn losließ, gab es einen häßlichen Klang. Der Graf war mit dem Hinterkopf am Boden aufgeschlagen.

»Laßt es genug sein, Roland!« rief der König. »Trinkt einen Schluck Bier! Nach dieser Arbeit müßt Ihr doch durstig sein.«

Doch Roland hörte nicht darauf. Er sah, wie die Damen der Königin Daria auf die Beine halfen und ihr das Kleid glattstrichen. Als er auf sie zuschritt, wichen sie zurück.

»Sieh mich an, Daria!«

Der Graf – dieser erbärmliche Dreckskerl – hatte sie schwer getroffen. »Heute abend wirst du das Gesicht einer Hexe haben. Tut es sehr weh?«

Sie schüttelte den Kopf. Diese stoische Haltung gefiel ihm. Das hatte er nicht von ihr erwartet.

»Halte still!« Behutsam tastete er mit den Fingerspitzen über ihre Kinnlade, um sich zu vergewissern, daß sie nicht gebrochen war. Sie zuckte nicht einmal.

An ihm vorbei schaute sie auf den immer noch am Boden liegenden Grafen von Clare. »Hast du ihn totgeschlagen?«

»Selbstverständlich nicht. Meinst du etwa, ich wäre verrückt?«

»Ich habe noch nie einen Mann gesehen, der so kämpfen konnte wie du.«

Roland grinste und rieb sich die Hände.

»Ja«, rief der König. »Ihr habt ihn blitzschnell außer Gefecht gesetzt. Sagt an, Roland, wo habt Ihr diese ungewöhnliche Kampfweise gelernt?«

»Bei einem Moslem in Akkra. Er sagte, er und seine Brüder hätten sich über die Christen und ihre Vorstellungen von ritterlichem Kampf schon halbtot gelacht. Sie könnten nur den Kopf schütteln, wenn die englischen Ritter auf ihren ungefügen Rössern in schweren Rüstungen schwitzend unter der heißen Sonne in den Kampf zögen. Sie meinten, so viel Dummheit sei ihnen unbegreiflich.«

Zum Glück nahm der König die Sache mit Humor auf.

Roland sprach weiter: »Vermutlich habe ich ihm zwei Rippen gebrochen. Das setzt ihn für eine Woche außer Gefecht. Durch den Schlag an die Kehle wird er eine Zeitlang nur unter Schmerzen sprechen können. Ich schätze, drei Tage lang. Aber mit der Zeit wird alles wieder verheilen. Vielleicht hätte ich ihn für immer kampfunfähig machen sollen. Aber im letzten Augenblick habe ich Mitleid mit ihm gehabt.«

Daria betastete ihre Kinnlade. Ein stechender Schmerz fuhr ihr durch den Kopf, und sie mußte die Augen schließen, um nicht aufzuschreien. Zu ihrer Überraschung hob Roland sie hoch und nahm sie in die Arme. »Meine Lady braucht jetzt Ruhe«, erklärte er den Anwesenden. »Wenn es Euch recht ist, Sire, bringe ich sie in ihr früheres Kämmerchen, in dem der Graf sie viele Monate gefangen gehalten hat.«

Roland trug sie die enge Wendeltreppe zu den Wohnräumen hinauf. Oben hockte die alte Ena. Als sie das Paar sah, drohte sie Roland mit dem knochigen Zeigefinger und jammerte: »Ihr habt sie verprügelt!«

Daria schmiegte sich an ihn und sagte zu ihm: »Ich konnte mich bei Clares Faustschlag nicht schnell genug ducken. Er kam zu überraschend.«

Er brachte sie bis ans Bett und legte sie behutsam nieder. Dann sagte er verlegen: »Tut mir leid, Daria. Als Beschützer habe ich keine gute Figur gemacht. Aber was du zu ihm gesagt hast – hat das alles gestimmt? Hast du ihn wirklich auf eine falsche Spur gelockt, um ihn von mir abzulenken?«

Sie hörte an seinem Tonfall, daß er noch nicht recht überzeugt war. »Ja, es stimmt. Ich habe ihm vorgespiegelt, ich wäre dir ausgerückt, und wäre froh darüber, daß er mich gefunden hatte.«

»Als er dich dann hierher zurückgebracht hatte, zwang er dich mit Gewalt zum Beischlaf und machte dir ein Kind, nicht wahr?«

»Nein. Er hat mich nicht angerührt. Ich habe ihm weisgemacht, daß er und ich in der Hölle rösten würden, wenn er mich vor der Hochzeit dazu zwänge. Ich habe gefleht und gebettelt. Danach hoffte ich, daß er keinen Priester auftreiben könnte. Und es dauerte auch lange, bis er einen fand. Aber am selben Tage bist du hier aufgetaucht. Außerdem war es ein Glück für mich, daß er mich eine Weile allein lassen mußte, weil er mit dieser walisischen Räuberbande beschäftigt war.«

»Ich verstehe«, sagte Roland. Er ging ans Fenster und schaute in den Innenhof hinunter. Hier hatte Daria hilflos gefangen so viele Tage gestanden, dachte er. »Wie kommt es eigentlich, daß dir trotz der Schwangerschaft nie übel geworden ist? Soviel ich weiß, geht es sonst allen Frauen so. Sie müssen sich übergeben und fühlen sich schwach. Spürst du kein Ziehen in den Brüsten?

»Ich bin oft müde, aber das ist auch alles.«

Sein hartnäckiges Mißtrauen war kaum zu ertragen. »Laß mich jetzt allein, Roland! Du hast mir gestern nacht nicht weh getan, wenigstens nicht körperlich. Du hast es aber fertiggebracht, daß ich mir schmutzig und entehrt vorkam. Ich fühlte mich so, als wäre ich weniger wert als Nichts.«

Sie sah, daß er erblaßte, aber nur für einen Augenblick. Dann bohrte er weiter: »Weißt du denn genau, daß du schwanger bist?«

Jetzt fragte er sich also schon, ob sie auch in diesem Fall gelogen hätte! Vielleicht um ihn zur Heirat zu zwingen? »Die Königin hat mich erst darauf aufmerksam gemacht, und sie ist sich ihrer Sache sicher. Sie sagt, sie habe große Erfahrung auf diesem Gebiet. Möchtest du sie gern danach fragen, Roland? Ich muß dir sagen, dein ewiges Mißtrauen paßt mir nicht!«

Seine Augen waren so kalt wie eine mondlose Nacht. »Du bleibst hier. Ich muß zum König zurück. Übrigens ist es nicht wahr, daß du weniger als Nichts wert wärst. Hast du denn schon vergessen, welche Schätze du mir in die Ehe einbringst?« Und damit ging er.

Daria hatte immer noch Schmerzen an der Kinnlade, aber sie waren nicht mehr ganz so schlimm. Sie stand an dem offenen Fensterspalt, wo sie so oft hilflos geweilt hatte, und schaute in den Burghof hinunter. Urplötzlich bekam sie Magenkrämpfe. Übelkeit überfiel sie von einem Augenblick zum anderen. Sie stürzte zum Nachttopf und erbrach das bißchen, was sie an diesem Tag zu sich genommen hatte. Sie kniete noch über dem Topf, als die Kammertür aufging. Sie wußte, es war Roland, und hörte wie er schnellen Schritts zu ihr eilte. Er legte ihr die Hand auf die Schulter.

Ein neuer Anfall überkam sie. Zitternd und schaudernd würgte sie, aber es kam nichts mehr heraus. Ihr Magen war leer. Sie fühlte sich schwach, kam sich albern vor, war aber gleichzeitig so teilnahmslos, daß sie sich nicht darum kümmerte, ob ihn ihr Zustand möglicherweise abstieß. Schweiß rann ihr über den Rücken und zwischen den Brüsten hinab.

»Komm!« sagte er, half ihr beim Aufstehen, schleppte sie zum Bett und legte sie wieder hin. Sie schloß die Augen. Sie wollte ihn nicht sehen. Sie wollte auch nicht, daß er sie so sah, grün im Gesicht, zittrig und schwach wie ein gebrechliches altes Weib.

Er legte ihr ein feuchtes Tuch auf die Stirn und sagte: »Hier, du mußt etwas trinken. Es ist nur kaltes Wasser.«

Sie nahm einen Schluck. Wieder stülpte sich ihr Magen um. Keuchend sprang sie aus dem Bett und rannte zum Nachttopf.

Roland sah untätig zu. Noch nie im Leben hatte er sich so hilflos gefühlt. Ihr Körper zuckte in Krämpfen, und das eben getrunkene Wasser erbrach sie sofort wieder. Hier war er fehl am Platz. Er wandte sich ab und ließ sie allein.

Daria kümmerte sich nicht darum. Langsam fiel sie zur Seite. Ihr Kopf lag auf dem kalten Steinfußboden. Auch das war ihr gleich. Die Kühle am Gesicht war sogar angenehm. So lag sie da, ohnmächtig gegen die Schwäche ihres Körpers, aber zufrieden, daß sie sich nicht mehr über den Topf beugen mußte. Nach einigen Minuten legte sie vorsichtig die Hand an ihren Bauch. »Mein Kind«, sagte sie leise und kam sich dabei sowohl lächerlich als auch irgendwie glücklich vor, »jetzt hast du dich endlich bei mir gemeldet. Es wäre mir aber lieber gewesen, wenn du es nicht ganz so stürmisch getan hättest.«

Dann erschien die Königin persönlich, mit Roland im Schlepptau. »Ach, mein armes Kind«, sagte Eleanor bedauernd und voll Mitgefühl. »Legt sie aufs Bett, Roland! Gleich wird es ihr besser gehen.«

Daria widersetze sich nicht. Sie nahm keine Notiz von der Anwesenheit der Königin. »So, nun geht mir aus dem Weg! Ich gebe ihr etwas zu trinken.«

»Nein, bitte nicht«, sagte Daria und schlug mit schwacher Hand nach der Flasche der Königin.

»Es wirkt beruhigend auf den Magen, meine Liebe, glaubt es mir! Ich habe Euch doch gesagt, daß ich auf diesem Gebiet große Erfahrung habe, nicht wahr? Trinkt jetzt! So ist es gut. Langsam, in kleinen Schlucken. Sehr gut. So, das ist genug. Jetzt legt Euch lang und schließt die Augen!«

Die Königin freute sich über Rolands Reaktion auf die Übelkeit, die seine Frau befallen hatte. Er war in den großen Saal gestürzt und war dem König einfach ins Wort gefallen. So besorgt war er um Daria gewesen. »Keine Sorge, Roland«, sagte Eleanor nun. »Bald ist sie wieder auf dem Damm. Wichtig ist, daß sie häufiger ißt. Immer kleine Portionen. Ich gebe Euch die Zutaten zu dem Trunk, den ich ihr eben verabreicht habe. Wenn es ihr wieder schlecht geht, könnt Ihr ihn selber zubereiten.«

Roland war entsetzt. »Sie wird noch öfter solche heftigen Anfälle bekommen?«

»Leider ist das so. Nach einem Monat läßt das aber nach.«

Daria stöhnte laut. Noch einen Monat!

»So, meine Liebe«, fuhr die Königin fort, »eine meiner Damen wird Euch gleich etwas zu essen bringen. Ihr dürft immer nur wenig zu Euch nehmen und müßt langsam essen. Ich lasse Euch jetzt mit Eurem Gatten allein. Er hat große Angst um Euch gehabt.«

Roland bedankte sich bei der Königin, nahm das Essen von Damaris entgegen und ging zum Bett seiner Frau. Wie sie da so lag, die Augen geschlossen, sah sie rührend klein und schwach aus.

»Daria«, sagte er. »Komm, setz dich auf! Du kriegst jetzt etwas zu essen. Nur ein wenig. Du wirst jedenfalls tun, was die Königin sagt.«

»Bitte, geh weg, Roland, ich bitte dich! Ich will nichts essen. Ich esse mein ganzes Leben lang nichts mehr.«

»Das mußt du aber, weil dein Kind sonst verhungert.«

»Na schön. Laß das Essen stehen und geh!«

»Warum? Ist es dir peinlich? Das ist unsinnig. Komm jetzt und iß! Ich muß bald wieder zum König. Er verlangt, daß seine Untertanen ihm jederzeit zur Verfügung stehen. Eine Zuwiderhandlung läßt er sich nur ein einziges Mal gefallen.«

Sie gehorchte. Sie kannte Roland ja nun gut genug. Wenn er sich etwas in den Kopf gesetzt hatte, dann ließ er nicht davon ab.

Er setzte sich neben sie und fütterte sie mit kleinen Stücken Weißbrot, die er vorher in Fleischsoße stippte. Um sie abzulenken, erzählte er ihr von seinem Hengst Cantor. »Er ist dick und faul geworden. Aber das macht nichts. Wenn wir erst einmal in Cornwall sind, werde ich täglich mit ihm arbeiten, bis er wieder schlank ist.« Nach einer Weile fuhr er in verändertem Ton fort: »Der König mischt sich wieder mal in meine Angelegenheiten«, sagte er ärgerlich. »Er befürchtet, daß dein Onkel mich auf glühenden Kohlen rösten läßt, wenn ich nach Reymerstone reite, ihm von unserer Hochzeit Mitteilung mache und deine Mitgift fordere. Daher schickt der König Burnell mit zwölf Männern zu ihm. Sie sollen für mich die Vorarbeit verrichten.«

Diese Nachricht erleichterte sie ungemein. Da sie wußte, daß Roland das nicht gern hören würde, fragte sie statt dessen: »Du wolltest meinen Onkel aufsuchen?« Es war ihr unbegreiflich, daß sich jemand freiwillig zu ihrem grausamen, zynischen Onkel begab.

»Du brauchst nicht gleich zu zittern, wenn du von ihm sprichst. Er wird dir nie wieder etwas tun. Ja, ich wollte Auge in Auge vor ihm stehen und hören, ob er Widerspruch erhebt. Schade, daß es nicht dazu kommt. Aber was soll ich machen? Edward spielt eben gern den großen Vermittler. Jedenfalls reiten du und ich mit mehreren Kriegern des Königs nach Cornwall, während der arme Burnell nach Reymerstone muß. Ich habe diese Männer gefragt, ob sie in meinen Dienst eintreten wollen, und sie haben zugesagt. Sie wollen unbedingt nach Cornwall zurück, weil ihre Familien dort leben.«

Die kleine Mahlzeit hatte Daria gut getan. Ihr Magen beruhigte sich. Sie fühlte sich bedeutend stärker.

»Hast du auch Angehörige dort? Gehen wir zu deinem Bruder?«

»Nein, mein Bruder und alle anderen Angehörigen wohnen in der Nähe von York in Nordostengland. Aber in Cornwall gibt es eine schöne alte Burg. Sie heißt Thispen-Ladock und gehört Sir Thomas Ladock. Es ist kein besonders eindrucksvoller Bau, aber er versprach mir, ihn mir zu verkaufen. Das Land rund um die Burg ist nur schwach besiedelt. Ich will eine Stadt gründen und Händler, Bauern und Schmiede ansiedeln.« Plötzlich wechselte er das Thema. »Wir reiten morgen ab.«

»Wie du willst.«

Er stand auf. »Ich muß jetzt zurück zum König, um zu hören, welche weiteren angenehmen Pläne er für mich bereithält. Wie geht es deinem Magen?«

»Gut.«

»Bist du morgen reisefähig?«

Bleibt mir denn etwas anderes übrig? fragte sie sich. Würde er sie sonst hierlassen? Oder sie in den Burggraben werfen? »Ja, ganz bestimmt.«

Er hatte widerstreitende Empfindungen. Einerseits hatte er ein Schuldgefühl, weil er sie morgen schon wieder zu einer langen Reise zwang, andererseits verdroß es ihn, daß er nur langsam reiten durfte, damit ihr nicht wieder übel wurde.

In der Tür blieb er stehen und sagte: »Schlaf jetzt! Ich werde dich heute nacht nicht stören. Ich gedenke noch, dem König einige Einwendungen vorzutragen, glaube aber nicht, daß ich ihn umstimmen kann. Er ist der sturste Mann in ganz England. Er behauptet steif und fest, daß irgend jemand mir die Kehle durchschneiden würde, wenn ich nicht sofort nach Cornwall abreiste. Und er wünscht, daß ich wenigstens so lange am Leben bleibe, bis ich Vater gewor... Wie gesagt, wir reiten morgen früh ab, wenn es dir recht ist.«

13

Am nächsten Morgen herrschte dichter Nebel. Schweigend, bis zum Kinn in einen ihrer Wintermäntel gehüllt, wartete Daria auf das Ende von Rolands Abschiedsgespräch mit dem König.

Sie hatte sich bereits bei der Königin verabschiedet, die ihr eine große Flasche mit dem von ihr eigenhändig zubereiteten Kräutertrank überreichte.

Die Königin umarmte sie und sagte: »Ihr müßt Geduld mit Roland haben.« Insgeheim wünschte die Königin, Darias Kind möge große Ähnlichkeit mit Roland haben. Mehr konnte sie nicht tun. »Roland ist ein stolzer Mann, unbedingt treu und von sicherem Urteilsvermögen, ausgenommen, wie mir scheint, wenn es um Herzensdinge geht. Vor vielen Jahren habe ich gehört, daß er einmal sein Herz an ein Mädchen verlor, das ihn später betrog. Mein Gatte sagte mir, Roland sei damals sehr unglücklich gewesen. Das muß ihn Frauen gegenüber verhärtet haben.« Wie froh sie war, daß ihr Gatte, der König von England, ihr immer die Treue gehalten hatte! Beinahe wäre Daria damit herausgeplatzt, daß es sich bei jenem Mädchen um Joan of Tenesby handelte. Doch sie hielt lieber den Mund.

»Wenn Ihr in Cornwall ankommt«, fuhr die Königin fort, »besucht Ihr hoffentlich einmal die Burg St. Erth. Dort lebt die Tochter meines Gatten mit ihrem Ehemann Dienwald de Fortenberry. Philippa ist ein süßes, aber sehr temperamentvolles Mädchen. Sie sorgt dafür, daß ihr Mann vorzeitig graue Haar bekommt. Wo Ihr Euch niederlassen werdet, müßt Ihr natürlich Eurem Mann überlassen.«

»Er hat gestern abend Thispen-Ladock erwähnt.«

In herzlichem Ton sagte die Königin: »Ich bin sehr froh, daß der Graf damit einverstanden war, Euch die Kleidungsstücke und Haushaltsgegenstände auszuhändigen, die er erbeutet hat, als er Euch auf dem Weg nach Colchester entführte. Ihr und Euer Roland werdet also, wenn Ihr in Euer neues Heim einzieht, schon gut ausgestattet sein.«

Daria schaute noch einmal zurück. Die Packmaultiere entfernten sich schon im dichten Nebel. Ja, sie brachte Roland nicht nur sich in die Ehe ein, sondern mehr Geld, als er nötig hatte, und eine reiche Ausstattung. Als Roland vor einer halben Stunde die vielen Gegenstände sah, hatte er ein langes Gesicht gemacht. »Wenn ich mit dem ganzen Zeug herumziehen muß, komme ich mir wie ein geldgieriger Händler vor. Vielleicht können wir einiges davon an Graelam verkaufen.«

Sie hätte ihm dafür am liebsten ins Gesicht geschlagen. »Das Zeug gehört mir«, sagte sie blaß vor Wut. »Wage es nicht noch einmal, davon zu reden, daß du meine Sachen verkaufen willst! Einige Stoffe hat meine Mutter selber gestickt.«

»Nein, mein süßes Weib«, antwortete er lächelnd, »denn dir gehört jetzt gar nichts mehr, hast du verstanden? Du hast nur noch Anrecht auf meinen Namen und meinen Schutz. Mit diesen Lumpen hier aber kann ich machen, was mir gefällt.«

Wenigstens hielt ihr Magen heute Ruhe. Sie hatte ein Stück Weißbrot gegessen und dazu Ziegenmilch getrunken. Sie war ziemlich aufgeregt. Da mochte Roland sagen oder tun, was er wollte, für sie begann heute ein neues Leben.

»Bist du bereit, Daria?«

Sie bedachte ihn mit einem zurückhaltenden Lächeln. »Ich danke dir, daß du Henrietta für mich beschafft hast«, sagte sie und tätschelte der Stute den Hals.

Als er es ebenfalls tat, berührten sich ihre Hände. »Deine Henrietta ist genauso dick wie Cantor. Na, macht nichts, in einer Woche werden sie wieder schlank und kräftig sein. Wenn dir übel wird, mußt du es mir sagen.«

»Ja.«

Er klopfte ihr leicht auf den Oberschenkel, nickte und setzte sich an die Spitze des kleinen Zuges. Daria drehte sich noch einmal um und winkte zur Burg hinüber. Wahrscheinlich schaute ihr die Königin in ihrer warmherzigen Güte noch von einem Fenster aus nach. Doch ihr Blick traf nur auf den des Grafen von Clare. Seine Miene war ausdruckslos – aber aus seinen Augen sprühte ein solcher Haß, daß es sie kalt überlief. Panik befiel sie. Doch rasch schüttelte sie sie ab. Er konnte ihr kein Leid mehr antun. Er würde sie nie wieder schlagen dürfen. Und schließlich mußte sie ihm eigentlich dankbar sein. Wenn er sie nicht entführt und nach Tyberton verschleppt hätte, wäre sie niemals Roland begegnet.

Nach drei Stunden hatte die Sonne den Nebel verjagt, und es wurde warm. Da gebot Roland zur großen Überraschung der Männer Halt. Er gab ihnen keine Erklärung, sondern ritt zu Daria hinüber.

»Möchtest du ein paar Minuten ausruhen? Du könntest auch ein Bedürfnis erledigen.«

Sie nickte.

»Was denn nun? Beides?«

Wieder nickte sie nur. Lachend sprang er vom Pferd, packte sie um die Taille und hob sie aus dem Sattel ihrer Stute. »Tut es dir auch nicht leid, daß wir die alte Ena nicht mitgenommen haben?«

»Nein, sie jagt mir neuerdings Angst ein. Sie ist nicht mehr ganz richtig im Kopf. Und vom Grafen hat sie nichts zu befürchten.«

»Sehr gut. Sag mir, wann du weiterreiten willst!« Damit ließ er sie allein.

Daria hatte noch lebhaft in Erinnerung, was ihre alte Zofe am vergangenen Abend in ihrer Kammer von sich gegeben hatte. Sie war lautlos hereingekommen und hatte lange Zeit den Kopf geschüttelt, hin und her, hin und her. Es sah aus, als hätte sie keine Gewalt mehr über ihre Muskeln. Dann hatte sie in ihrem üblichen mürrischen Ton geklagt: »Er ist kein Graf. Er ist ein Spitzbube, dem man nicht über den Weg trauen kann, kleine Herrin.«

»Das ist doch Unsinn!«

Die Alte sah sie böse an und verzog sich. Kurz darauf aber

kehrte sie zurück und rief laut: »Nicht mal ein Graf! Und so was heiratet Ihr! Ihr solltet Euch schämen, kleine Herrin! Dagegen der Graf von Clare – das ist ein richtiger Mann... zwar ein bißchen grob, aber das muß ein Mann ja sein.«

Daria zwang sich, nicht mehr an Ena zu denken. Obwohl sie sich gern noch länger ausgeruht hätte, rief sie: »Roland, ich bin bereit!«

Doch nicht er kam zu ihr, um sie in den Sattel zu heben, sondern Salin, ein erfahrener Krieger, der schon mehr als dreißig Jahre zählte. Er hatte ein häßliches, aber kluges Gesicht und volle dunkelbraune Haare, die sich um die großen Ohren lockten. Er sah wild und böse aus, doch seine Stimme klang freundlich.

»Wenn Ihr wieder haltmachen wollt, Herrin, braucht Ihr nur nach mir zu rufen.«

»Danke, Salin.«

In gleichmäßig langsamem Schritt ritt sie hinter ihrem Mann her. Gegen ihren Willen mußte sie wieder an Enas Bericht über Tildas Schicksal nach Rolands und ihrer Flucht denken.

»Er hat ihr einen Faustschlag vor die Brust versetzt. Nach dem Geschrei, das die kleine Schlampe losließ, mußte man annehmen, daß er ihr eine Rippe angeknackst hatte. Konnte einem schon leid tun. O ja, er hat gleich gemerkt, daß Ihr es nicht wart. Und da hat er zugehauen. Der Priester – ein Würmchen ohne Mumm – hat kein Wort dazu gesagt. Dann hat der Graf sie aus dem großen Saal gezerrt und sie in sein Schlafzimmer geschleppt. Oh, er hat sie im Bett gut rangenommen. Sie hat laut geschrien. Aber danach war nichts mehr zu hören. Sie hatte es natürlich verdient, die kleine Hure. Aber Ihr hättet auch nicht heimlich weggehen dürfen, kleine Herrin.«

Daria würgte es in der Kehle. Sie hatte unbedacht und selbstsüchtig gehandelt, und jetzt lag das arme Mädchen irgendwo innerhalb der Burgmauern und litt vielleicht Not.

»Ja, und dann hat der Graf zu ihr gesagt – so hat's mir wenigstens einer seiner Männer erzählt – wenn sie ihn im Bett gut befriedigte, würde er sie behalten, aber dann dürfte sie dabei nicht mehr schreien. Eine der Frauen hat ihr einen Rippenverband angelegt.«

Inzwischen hatte sich der warme Sommertag merklich abgekühlt. Über ihren Köpfen ballten sich dunkle Wolken zusammen. Bald würde es Regen geben. Wie in Wales. Der unaufhörliche Regen in Wales hatte zu Rolands Krankheit geführt. Daria zog ein bedenkliches Gesicht. Sie machte sich Gedanken um ihn.

»Was ist los, Daria?«

»Es wird gleich regnen, und da mußte ich an Wales denken. Der Regen hat dich krank gemacht.«

»Nein, der Regen war nicht schuld daran. Ich wurde krank, weil ich dir meinen letzten trockenen Waffenrock gab und drei Tage lang nasse Sachen trug. Die Feuchtigkeit ist mir auf die Brust geschlagen.«

»Dann hättest du mir den Waffenrock nicht geben sollen.«

»Kann sein. Aber ich hab's nun mal getan. Wie geht es dir?«

»Gut.«

Schweigend ritt er neben ihr her. Plötzlich sagte er: »Wie kommt es, daß dir auf einmal übel wurde? Du hast doch gesagt, daß du vorher die ganze Zeit über nichts gemerkt hast, keinerlei Beschwerden, nichts. Ich verstehe nicht, wie es so plötzlich kommen konnte. Und erst, nachdem du erfahren hast, daß du schwanger bist.«

»Das habe ich mich auch schon gefragt. Die Königin sagte, ich hätte wahrscheinlich vorher nichts gespürt, weil ich dauernd mit anderen Sachen beschäftigt war und von einer Angst in die andere fiel. Erst als ich wußte, daß ich ein Kind kriege und mich mit dieser Tatsache abgefunden hatte, reagierte mein Körper normal.«

Dazu nickte er nur. Es war zwecklos, über die Äußerung der Königin mit ihr zu streiten. »Ungefähr drei Meilen voraus ist ein Zisterzienserkloster. Dort werden wir um Unterkunft für die Nacht bitten.

Das Kloster war so alt wie die knorrigen Eichen, die es umgaben. Ein Mönch kam ans Tor. Roland stieg ab und sprach mit ihm. Minuten später kam ein zweiter Mönch und winkte Daria, ihm zu folgen. Er führte sie zu einem abstoßenden, niedrigen grauen Nebengebäude weit abseits des eigentlichen Klosters. Über einen engen, feuchten Flur kamen sie zu einer kleinen Zelle. Sie war mehr als trübselig und elend kalt. Ein dritter Mönch brachte ihr Essen, das aus einer dünnen Brühe und hartem Schwarzbrot bestand.

Oben auf der Brühe schwamm ein Belag von geronnenem Fett. Bei diesem Anblick verkrampfte sich Darias Magen. Sie wandte sich ab und setzte ich auf die Bettkante. Das Stroh in der dünnen Matratze war faulig und feucht, und die Halme stachen heraus.

Daria hatte Hunger, sie fror, und ihr war zum Heulen elend zumute. War es denn Gottes Wille, daß man Frauen so schlecht behandelte? Wurden die Frauen für etwas bestraft, von dem sie überhaupt nichts wußten?

Sie schauderte vor Kälte. Als sie aufsah, fiel ihr Blick wieder auf das geronnene Fett. Schon kam ihr alles hoch, was sie am Nachmittag zu sich genommen hatte. Mit Mühe und Not schaffte sie es noch rechtzeitig zu dem irdenen Topf. Als alles draußen war, blieb sie auf den Knien hocken. Sie versuchte flach zu atmen und sich abzulenken, indem sie an andere Dinge dachte. Vor ihrem geistigen Auge erschien der Bauer, der ihr und Roland zur Flucht verholfen hatte. Sie sah seinen von der Folterung schrecklich verstümmelten Körper vor sich. Sofort setzten die Magenkrämpfe in noch größerer Stärke ein. Sie mußte unaufhörlich würgen und begann vor Schwäche zu zittern.

»Wo ist die Flasche, die die Königin dir mitgegeben hat?«

Daria blickte nicht hoch. Er hätte nicht kommen sollen. Sie wollte allein sein, sie wollte am liebsten einsam sterben. Ein neuer Krampf schüttelte sie. Eine Zeitlang konnte sie weder sprechen noch auch nur einen Gedanken fassen.

Diesmal hatte Roland noch mehr Angst um sie als am vergangenen Abend. Er sagte zu Salin, der hinter ihm stand: »Hol Wasser und saubere Tücher! Und bring auch gleich anständiges Essen mit, eine richtige heiße Brühe!« Angeekelt betrachtete er die Suppe auf dem Tablett. »Wenn ich dieses abscheuliche Zeug essen müßte, würde ich meine sämtlichen Gedärme auskotzen. Salin! Sollten die Mönche irgendwas sagen, was dir nicht gefällt, dann brich ihnen das Genick!«

Er legte ihr die Hände auf die Schultern. Sie wollte sich aufrichten, aber es war ihr unmöglich. Sie ließ den Kopf hängen und zitterte wie welkes Herbstlaub.

Er trug sie zum Bett, setzte sich hin und nahm sie auf den Schoß. »Dieses verdammte Bett ist ja härter als ein moosbedeckter Felsbrocken in Wales.« Erst jetzt merkte er, wie kalt es in der Zelle war.

Hier drin würde Daria krank werden. Dabei hatte der Abt ihm versichert, seine Frau wäre gut untergebracht. So ein verlogener Hurensohn! Was war zu tun?

Daria wand sich in Magenkrämpfen. Er tröstete sie, es werde vorübergehen, bald werde sie sich wieder besser fühlen. Sie wurde tatsächlich ruhiger, und er zog sie näher an sich.

Dann legte er sie aufs Bett und sagte: »Ich hole dir jetzt den Heiltrunk der Königin.« Sie sah erschreckend blaß und dünn aus. Nachdem er ihr die Medizin eingegeben hatte, kam Salin zurück.

»Du mußt ein paar Minuten ruhig liegenbleiben, Daria. Die Brühe soll ein wenig abkühlen. Danach wird gegessen. Salin, wir unterhalten uns draußen.«

Im Freien berichtete Salin sachlich: »Einer der Mönche hat mir gesagt, daß es sich um eine Strafzelle handelt. Sie wird nur belegt, wenn ein Bruder eine Sünde begangen hat. Erst wird er ausgepeitscht, dann kommt er für einige Stunden in diese oder eine andere Strafzelle. Aber nie eine ganze Nacht lang. Außerdem werden da drin Frauen untergebracht, die das Pech haben, hier übernachten zu müssen. Eure Gattin wird sich dort todsicher eine Krankheit zuziehen.«

»Das Kloster gehört ihnen. Deshalb können wir nicht gegen ihre Regeln verstoßen, und wenn sie noch so unmenschlich sind. Ich kann Daria also nicht ins Hauptgebäude bringen und werde deshalb über Nacht bei ihr bleiben. Hol mir alle Decken, die ihr erübrigen könnt! Und, Salin, sage unseren Gastgebern nichts davon!«

Danach kehrte Roland zu seiner Frau zurück. Sie lag immer noch still auf der Seite und sah die trübe, rohe Steinwand an. Sie hatte sich schon seit einer ganzen Weile nicht mehr erbrechen müssen. Ein gutes Zeichen, dachte er.

»Jetzt ißt du etwas von der Brühe, Daria.«

Sie schlug die Augen auf und sah ihn verwundert an. »Ich fühle mich auf einmal sehr wohl. Es ist komisch mit diesen Beschwerden. Eben möchte ich am liebsten sterben, und im nächsten Augenblick könnte ich Bäume ausreißen.«

»Ich bleibe bei dir. Wenn es nicht regnete, würde ich mit dir im Freien lagern. Aber unter diesen Umständen müssen wir uns mit dieser Unterkunft zufrieden geben.«

Er fütterte sie und war erleichtert, als sie wieder etwas Farbe bekam.

Salin kehrte zurück, in beiden Armen einen Stapel von Decken. Daria konnte schon wieder lächeln.

Roland sagte zu Salin: »Sieh zu, daß sich die Männer einrichten! Und achte darauf, daß keiner die Mönche belästigt! Wenn ein Bruder sie ärgert, sollen sie ihn nicht beachten. Die Heiligen wissen, daß wir sie am liebsten alle bestrafen würden. Eigentlich müßten sie die Nacht hier mit uns in der Zelle verbringen.«

Kurz darauf löschte Roland die einzige Kerze. Er hatte sich auf dem elenden Bett auf die andere Seite gezwängt und hielt Daria fest im Arm. Ihr Gesäß drückte er an seinen Bauch. Er hatte sämtliche Decken ausgebreitet. Unabsichtlich küßte er ihr Ohr. »Schlaf gut!«

Daria fragte flüsternd: »Schnarchst du manchmal, Roland?«

»Weiß ich nicht. Du kannst es mir ja sagen.«

»Du hättest mal mit Ena in einem Zimmer schlafen sollen. Das ist eine Tortur! Meine Mutter hat mir erzählt, daß Enas Mann sie wegen ihrer tierischen Schnarchgeräusche verlassen hat.«

Roland zog sie noch enger an sich. Sie drückte ihr Gesäß fest an seinen Unterleib. »Lieber nicht!« sagte er gequält. »Tu das nicht!«

Sie fühlte sein steif gewordenes Geschlecht und hielt sich ganz still. Nicht noch einmal wollte sie so gedemütigt werden wie in der Hochzeitsnacht. Nur allzugut erinnerte sie sich noch, wie sie sich geschändet gefühlt hatte. Sie mußte diese Nacht vergessen. Seitdem war er ja immer freundlich zu ihr gewesen. Ob wohl alle Frauen immer nach Entschuldigungen für ihre Männer suchten, wenn sie sich wie Raubtiere aufgeführt hatten?

Roland weckte sie am nächsten Morgen bei Tagesanbruch. In der Nacht hatte es aufgehört zu regnen, aber die Sonne verbarg sich hinter dicken grauen Wolken.

»Bleib noch ein paar Minuten liegen! Was macht dein Bauch heute morgen?«

»Kann ich noch nicht sagen.«

Er erhob sich vom Bett. »Ich muß jetzt gehen. Du bleibst so lange liegen, bis Salin dir warme Milch und Brot bringt.«

Sie haschte nach seinem Ärmel. »Vielen Dank, Roland. Du bist sehr nett zu mir.«

»Es behagt mir eben nicht, daß meine Frau so schlecht untergebracht wird.«

»Obgleich du annimmst, daß ich das Kind von einem anderen Mann habe?«

»Du hast keinen Grund, mir Vorwürfe zu machen, Daria.«

Den ganzen Tag über verhielt sich ihr Magen ruhig. Roland ließ die Reisegesellschaft alle zwei Stunden eine Pause einlegen, als wüßte er genau, wann Daria sich erleichtern oder ein wenig die Beine vertreten wollte.

Am Abend hatte sich der Himmel aufgeklärt. »Wir werden unser Lager in dem Ahorngehölz aufschlagen«, sagte er.

In dieser Nacht hielt er sie nicht in seinen Armen, denn es war warm, und nur eine milde Brise rauschte durch die Ahornblätter über ihren Köpfen. Er fehlte Daria. Doch sie sagte nichts.

Als sie zwei Tage später eine Anhöhe hinaufritten, erblickte Daria in der Ferne eine prachtvolle normannische Burg. Stolz und kraftvoll erhoben sich die mit Zinnen bewehrten Türme über den dicken Steinmauern.

»Das ist Graelam de Moretons Burg Wolffeton. Dort bleiben wir, bis wir meine Burg beziehen können. Die Burgherrin heißt Kassia.«

»Die Königin war der Meinung, du würdest mich nach St. Erth bringen.«

Er schüttelte den Kopf. »Du wirst Dienwald und Philippa bestimmt noch kennenlernen, aber vorläufig bleiben wir hier.«

Daria schaute sich um. Sie liebte Cornwall. Das Land sprach alle ihre Sinne an. Die steife Meeresbrise wühlte in ihren Haaren, die Salzluft schmeckte rein. Diese Gegend erwärmte ihr Herz. Sie fühlte sich hier heimisch.

»Ist deine Burg weit entfernt?«

»Nein, nicht weit. Es macht dir nichts aus, daß es hier wild und rauh aussieht?«

»O nein, überhaupt nicht.«

»Das ist gut, denn dies wird deine neue Heimat werden.«

Sie war zufrieden. Leider wollte es ihr Schicksal, daß sie den Lord und die Herrin von Wolffeton in einem Augenblick kennenlernte, als ihr Magen wieder revoltierte und sie vor Schmerzen die Augen schließen mußte. Denn kaum hatte Roland ihr im Burghof von Wolffeton von Henriettas Rücken heruntergeholfen, als ihr wieder heftig übel wurde. Sie hörte die tiefe Stimme eines Mannes und die viel höhere einer Frau, die beide freundliche Besorgnis ausdrückten.

Keine zehn Minuten später war Daria in einem geräumigen Zimmer mit einem weichen flandrischen Teppich untergebracht. Durch drei Fensterspalten strömte Licht herein. Das Bett, auf dem sie lag, war so weich, daß sie vor Entzükken einen Seufzer ausstieß.

Dann hörte sie, wie die Frau zu ihr sagte: »Wenn Euch wieder übel wird, der Nachttopf ist gleich hier. Roland hat mir gesagt, daß die Königin Euch einen Heiltrunk mitgegeben hat. Euer Gatte holt ihn gerade.«

Daria ging es wieder besser. Sie schlug die Augen auf und brachte ein Lächeln zustande.

»Ich heiße Kassia. Es freut mich, daß Roland geheiratet hat und daß ihr eine Zeitlang bei uns bleiben wollt. Und schwanger seid Ihr auch. Was für ein Glück! Mein Kind ist gerade einen Monat alt, heißt Harry, sieht dummerweise seinem kriegerischen Vater ähnlich und hat auch seinen dunklen Teint.«

»Es ist doch gut, wenn er seinem Vater ähnlich sieht«, sagte Daria. »Sein Vater wird sein Kind sehr lieben.«

Kassia de Moreton, Herrin auf Wolffeton, wunderte sich über diesen sonderbaren Ausspruch. Ihr Gast, die junge Frau mit dem blassen Gesicht, lag auf dem Rücken und schwieg jetzt. Kassia fürchtete, daß ihr wieder übel werden würde.

Daria hing nur trüben Gedanken nach. Sie hätte gern geweint. Doch Tränen führten zu nichts, änderten nichts und brachten keine Lösung.

»Möchtet Ihr vielleicht Warmbier, Daria?«

Sie zwang sich zu einem Lächeln. »Ja, bitte.«

Unten im großen Saal sagte Kassia de Moreton zu ihrem Mann: »Was hältst du von alldem, Mylord?«

»Du meinst Roland und seine junge Frau? Nun, ich würde sie gern sehen, wenn sie mal nicht grün im Gesicht ist und am ganzen Leibe zittert.«

»Sie ist schwanger.«

»Ja, das hat mir Roland schon gesagt. Aber er hat es mir auf eine höchst merkwürdige Art mitgeteilt.«

»Du meinst, daß er sich dabei nicht wie ein stolzer Pfau in die Brust geworfen hat?«

Graelam blieb nachdenklich. »Irgend etwas stimmt da nicht. Hättest du etwas dagegen, wenn das Mädchen hierbleibt, sobald Roland sich zu seiner Burg begibt?«

»Überhaupt nicht.«

Am späten Nachmittag verließ Daria ihr Zimmer und fühlte sich so wunderbar wie in dem Augenblick, da Roland ihr Ehemann geworden war. Sie war gerade auf dem

Weg nach unten, als sie ihm auf der Wendeltreppe begegnete.

»Es geht mir gut«, sagte sie sofort. »Dieses dauernde Übelsein hat mich ganz fertiggemacht.«

Er trat auf dieselbe Stufe wie sie und drängte sie an die Steinwand. An seinem Körper spürte er ihre langen Beine, den weichen Leib und die Brüste. Unwillkürlich liebkoste er ihre Wange.

Daria konnte es nicht verhindern, sie begann zu zittern. Sie wünschte sich, er würde sie in die Arme schließen, sie küssen und ihr sagen, wie sehr sie ihm gefehlt hatte. »Roland!«

Doch Roland schwieg. Er wandte sich ab und ließ sie stehen. Über die Schulter sagte er noch: »Wenn du dich dazu aufgelegt fühlst, im großen Saal findest du etwas zu essen.«

Die Hauptmahlzeit des Tages wurde auf der Burg Wolffeton am späten Nachmittag aufgetragen. Es war Sommer, und draußen schien die Sonne. Überall im Saal hörte man Scherze, Lachen und Ausbrüche lauter Heiterkeit.

Daria saß neben ihrem Mann und nahm nur dann und wann einen Bissen zu sich. Es gab köstlichen Hering, aber sie aß lieber nichts davon, aus Angst, ihr würde wieder schlecht werden.

Sie hörte, wie Graelam mit Roland über den König und seine großartigen Pläne für den Bau von Burgen in Wales sprach. »Jetzt besucht er also die Markgrafen, ißt ihnen die Vorratslager leer und schätzt ihre Stärke ab.«

Kassia wandte sich an ihren weiblichen Gast. »Versucht doch mal etwas von dem weichen Brot in Milch!«

»Ich fühle mich heute so herrlich und möchte, daß es auch so bleibt.«

»Jetzt müßt ihr mir von Euren Abenteuern erzählen«, sagte Kassia munter. »Ich habe nur ein wenig davon mitgekriegt und möchte alles hören.«

Es wurde ein angenehmer Abend. Daria entspannte sich und konnte auch wieder lächeln. Schließlich erkundigte sich Roland: »Bist du müde? Möchtest du dich jetzt zurückziehen?«

Sie nickte, denn sie war wirklich müde geworden.

»Da es dir wieder gut geht,« sagte Roland zu ihr, »komme ich heute nacht zu dir. Halte dich für mich bereit! Du gehörst mir, und wenn es dir nicht schlecht geht, will ich auch das mit dir tun, was ein Mann mit seiner Frau treibt.«

Der kalte Ton, in dem er das sagte, war ihr zuwider.

»Was meinst du damit, ich soll mich *für dich bereit halten?* Soll ich vielleicht, wenn du mitten in der Nacht kommst, nackt im Zimmer stehen? Oder wünschst du, daß ich mit weit gespreizten Beinen auf dem Rücken liege. Was willst du, Roland?«

Sie machte sich auf seine Kosten lustig. Das konnte er ihr nicht durchgehen lassen. »Ich wollte dir nur damit sagen, daß ich dich heute nacht nehmen will. Also sei darauf vorbereitet!«

»Wirst du mich wieder so behandeln wie in der Hochzeitsnacht, oder wirst du wie in jener anderen Nacht nett und sanft sein und mich mit dem Namen einer anderen Frau ansprechen?«

»Verdammt noch mal, außer der Hochzeitsnacht gab es keine andere Nacht! Hör mit deinen Lügen auf, Daria, du verärgerst mich!«

»Dann willst du mich also wie eine Schlampe behandeln, für die du nichts als Verachtung übrig hast.« Sie stand auf und zischelte ihm zu: »Ich werde mich nicht *bereithalten,* wie du es so schön ausgedrückt hast, Roland. Ich möchte überhaupt nicht, daß du zu mir kommst. Als ein beliebiger Gegenstand deiner Lust bin ich mir zu schade... Von mir aus kannst du mit irgendeiner Dirne von der Burg schlafen!«

Mit Schwung verließ sie ihren Platz, und Roland konnte ihr nur noch mit malmenden Kiefern nachblicken. Einerseits hätte er sie gern verprügelt, andererseits lockte es ihn, sie mit Küssen zu überschütten.

»Dieses verfluchte unvernünftige Weib!«

»Ich glaube, ich habe es dir schon mal gesagt«, ließ sich Graelam vernehmen, »in den Weibern steckt ein wahrer Teufel.«

Roland grinste widerwillig. »Deine Frau ist dagegen süß und ohne Arg und so sanft wie ein reifer Pfirsich. Sie kannst du damit nicht meinen.«

»Nein, aber früher sah ich sie auch so. Es ist allerdings schon lange her. Ich hatte sie völlig falsch beurteilt und ihr verschiedentlich sehr weh getan. Heut würde ich mir eher einen Arm abschneiden, als zu erleben, daß sie sich auch nur den kleinen Finger verrenkt.«

Dazu wußte Roland nichts zu sagen.

»Deine Frau ist etwas durcheinander. Nun ja, ihr seid ja noch nicht mal eine Woche verheiratet. Aber sie ist alles andere als häßlich, Roland, und sie muß dir doch sehr gefallen haben, sonst wäre sie nicht schwanger. Also...«

»Ich möchte mich jetzt nicht über sie oder das Kind unterhalten.«

»Ach so, du willst sie dir erst mal gefügig machen, wie?«

»Ich bin auf sie scharf, das ist alles. Jede andere Frau wäre mir genauso recht, wahrscheinlich sogar angenehmer, denn Daria ist noch sehr unwissend. Ich muß ihr erst alles beibringen... nun ja...«

Zu Rolands Erleichterung ging Graelam de Moreton nicht weiter auf das Thema ein. Er überließ seinen Gast sich selber und sprach mit seinem Verwalter, einem Mann mit vernarbtem Gesicht namens Blount.

In völligem Schweigen trank Roland noch einen Krug Bier und haderte mit seinem Schicksal. Diese Frau hatte allen Grund, ihm dankbar zu sein. Bei allen Heiligen, hatte er sie nicht während ihrer Beschwerden mit größtem Mitgefühl gepflegt?

Schließlich wünschte er dem Lord und seiner Gattin gute Nacht und entfernte sich aus dem großen Saal. Sein Ziel war das Bett seiner Frau.

Er würde sie nehmen, wie es ihm beliebte, und sich keine ironischen Bemerkungen mehr von ihr bieten lassen.

14

Daria saß in der Nähe einer der Fensterspalten. Es war eine klare Nacht. Gelegentlich zog eine Wolke über den Halbmond. Der Luftzug kühlte ihr die Stirn.

Sie wußte, daß Roland irgendwann kommen würde. Daher war sie nicht überrascht, als die Zimmertür leise geöffnet und wieder geschlossen wurde. Sie rührte sich nicht.

Sie wartete nicht erst seine Befehle ab, sondern sagte, ohne sich zu ihm umzudrehen: »Ich meine es ernst, Roland. Ich lasse mich nicht noch einmal von dir schänden.« Ihre Stimme klang fest.

Ruhig entgegnete er: »Ich mache mit dir, wozu ich Lust habe, Daria. Du bist meine Frau. Du gehörst mir wie irgendein Gegenstand. Und jetzt habe ich Lust, dich zu begatten.«

Seufzend fuhr sie sich über die Stirn. »Ich denke gerade an das erste Mal. Da habe ich dich so geliebt. Es gab nichts, was ich nicht für dich getan hätte. Ich hatte schreckliche Angst, du würdest sterben. Ich wollte dich ganz für mich. In jener Nacht dachte ich, du würdest mir zeigen, wie es ist, wenn man sich mit dem geliebten Mann vereinigt. Ich war glücklich. Als du im Fieber nach mir verlangtest...«

»Ich habe nie nach dir verlangt«, sagte er.

»Na schön, du hast nach Leila verlangt. Du erwecktest ungeahnte Gefühle in meinem Körper. Doch als du in mich eindrangst, tat es nur noch weh, und meine Gefühle schwanden dahin. Aber in dem Moment, bevor sich dein Samen in mich ergoß, sahst du mir in die Augen, und ich dachte, jetzt würdest du mich erkennen und wissen, daß du dich mit mir vereinigt hattest und nicht mit dieser Leila. Ich sehnte mich so sehr danach, daß du meinen Namen flüstern und mir sagen würdest, daß du mich liebst... Vielleicht wirst du dich eines Tages an diesen Augenblick erinnern, in dem du mir ganz gehörtest...«

Sein spöttisches Lachen unterbrach sie. »Ich soll mich an einen Augenblick erinnern, den du mit deiner lebhaften Fantasie erfunden hast? Du sagtest einmal, du hättest mir Blut und Samen vom Glied abgewaschen.«

»Das stimmt. Es war mir überhaupt nicht peinlich. Ich habe mich um dich gesorgt, weil du krank warst und weil ich dich liebte. Und ich habe dich gewaschen, weil ich nicht wollte, daß du an den Spuren merktest, was zwischen uns geschehen war. Du solltest dich mir nicht deshalb aus Schuldgefühl verpflichtet fühlen. Es war mein Entschluß, mich dir hinzugeben, und ich allein war dafür verantwortlich. Aber danach ging alles schief. Doch das Kind, *unser* Kind... ich wollte, daß...«

Er winkte ab. »Genug geplappert, Daria. Dein Kind wird meinen Namen tragen. Und wenn es ein Junge ist, habe ich meine Ehre bis zu meinem letzten Lebenstag verpfändet.«

»Roland, hättest du mich auch nicht heiraten wollen, wenn ich nicht schwanger gewesen wäre?«

Zunächst verschlug es ihm die Sprache. Dann sagte er leise: »Falls der König darauf bestanden hätte, nun gut, dann hätte ich dich zur Frau genommen.«

»Und wärst du dann beim Liebesakt zärtlicher gewesen?«

»Ich habe genug davon! Zieh dich aus und leg dich aufs Bett! Und beeile dich! Ich habe schon lange keine Frau mehr gehabt.«

»Doch, du hast vor kurzem mich gehabt.«

»Das zählt kaum. Da habe ich nur meine ehelichen Pflichten erfüllt. Ein bedeutungsloses Gerammel, weiter nichts. Vielleicht nehme ich mir heute nacht mehr Zeit.«

»Nein.«

Er trat auf sie zu und legte die Hände sehr sanft um ihre Oberarme. Dann drehte er sie zu sich herum. Seine Stimme war so kalt wie sein Blick. »Du wirst dich mir nie verweigern. Niemals.«

»Ich verweigere mich jetzt, Roland. Es geht nicht anders. Ich kann mich nicht von dir unterjochen lassen.«

»Ich bin es, der unters Joch gezwungen wird, Daria. Mein

Vater hat oft ein Sprichwort zitiert. Es lautete: Wenn ein Mann etwas tun will, so muß er beizeiten damit anfangen. Du wirst dich mir nicht widersetzen. Ich habe zu teuer dafür bezahlt. Und wenn du es versuchst, Daria, dann zwinge ich dich mit Gewalt.«

Plötzlich riß sie sich von ihm los und rannte zur Zimmertür. Hinter sich hörte sie den Stuhl umfallen. Er war darüber gestolpert. Im nächsten Augenblick war sie aus der Tür. Sein ausgestreckter Arm verfehlte um Zentimeter ihre Schulter.

»Wo willst du hin?« rief er ihr nach. »Du dummes Mädchen, wo willst du denn hin?«

Er hörte ihre raschen Schritte auf der steinernen Wendeltreppe. Dann einen lauten Schrei und einen dumpfen Aufprall. Das Herz schlug ihm bis zum Halse. Immer zwei Stufen auf einmal nehmend, raste er ihr nach. Als er um die Biegung kam, sah er Salin gebückt über Daria stehen, die zusammengesunken an der Steinwand lag.

»Was ist passiert?«

»Sie ist mit mir zusammengestoßen«, sagte Salin. »Dabei prallte sie von mir ab und schlug mit dem Kopf an die Steinwand.« Sie war bei Bewußtsein, aber ihre Augen wirkten verschwommen. Salin sagte: »Ihr seid unverletzt, kleine Herrin. Ihr habt Euch nur ein wenig den Kopf gestoßen und wart einen Augenblick lang benommen.« Dann hob er Daria auf, trug sie ins Zimmer und legte sie behutsam aufs Bett. »Soll ich Lord Graelams Arzt holen?«

»Nein. Ich kümmere mich um sie. »Roland wartete, bis Salin das Zimmer verlassen hatte, und schloß die Tür hinter ihm ab.

Dann befühlte er methodisch ihre Arme und Beine zog sie dabei aus. Sie wehrte sich nicht.

»Ich habe mir den Kopf gestoßen. Es tut scheußlich weh.«

»Es ist weiter nichts, nur eine kleine Beule. Dein Dickkopf verträgt noch viel mehr. Und wenn es wirklich weh tun sollte, hast du es nicht anders verdient.«

»Wirst du mir jetzt Gewalt antun, Roland?«

»Ich glaube nicht, daß mir jetzt noch die Rute stehen wird. Wenigstens nicht bei dir.«

Doch er entkleidete sie weiter, bis sie nackt vor ihm lag. In gleichgültigem Ton stellte er fest: »Dein Leib ist so flach, man kann sich kaum vorstellen, daß du ein Kind darin trägst. Vielleicht war der Vater ein Zwerg.«

Sie fuhr hoch, packte die halbgefüllte Wasserkaraffe und schleuderte sie nach ihm. Sie traf ihn vor die Brust, und das Wasser spritzte ihm bis ins Gesicht.

In diesem Augenblick war es ihr völlig egal, ob er sie dafür strafen würde oder nicht. Es war ohnehin alles schiefgegangen. Sie hörte, wie er tief einatmete. Dann geschah eine Zeitlang gar nichts. Schließlich vernahm sie Schritte. Er war auf dem Weg zur Tür, die er aufschloß. Als er die Tür aufmachte, sagte er: »Ich reite morgen weg. Du bleibst hier bei Lord Graelam und Lady Kassia. Sie werden sich um dich kümmern.«

Klopfenden Herzens setze sie sich auf. Er wollte sie verlassen! »Nimm mich bitte mit! Laß mich nicht hier allein zurück! Das ist nicht recht. Du willst doch deine Burg kaufen, nicht wahr? Mir wird auch nicht mehr übel werden, das schwöre ich dir. Und bestimmt brauchst du mich...«

»Dich brauchen? Ich brauche keine kranke Frau, die mich nur hemmt. Du hast dich ja nicht in der Gewalt. Dauernd erbrichst du dich.«

Daria dröhnte noch immer der Kopf von dem Anprall gegen die Steinwand. Wenigstens hatte er sie nicht angerührt.

Aber er wollte weg. Ohne sie! Würde er überhaupt noch einmal wiederkommen?

Heiß stieg Übelkeit in ihr auf. Sie vergaß die Kopfschmerzen, sprang aus dem Bett und schaffte es gerade noch bis zum Topf.

Als Roland am nächsten Morgen aufbrach, war Daria schon seit Stunden wach. In den Schlafrock gehüllt, beobachtete sie durch einen Fensterspalt, wie er Cantor bestieg, während er sich mit Lord Graelam unterhielt und schließlich seine Männer anwies, durch das geöffnete Fallgitter zu reiten. Im letzten Augenblick drehte er sich noch um und schaute zu ihr hinauf. Sie winkte ihm wild zu. Sie wollte ihm zuschreien, er solle sie mitnehmen. Doch hören würde er sie sowieso nicht.

Lange Zeit blieb sie so stehen. Sie stand immer noch da, als die Menschen zum Arbeitsbeginn in den Innenhof von Wolfeton strömten. Es war genauso wie auf Tyberton oder auf Reymerstone, der Burg ihres Onkels, und doch war es ganz anders. Woran lag es wohl? Anscheinend daran, daß die Menschen laute Gespräche führten und viel dabei lachten. Ja, das war es. Hier taten die Leute ihre Arbeit nicht mit trübseliger Miene, hängenden Schultern und leerem Blick.

Dann sah sie Lady Kassia, ihre Gastgeberin wider Willen, aus dem großen Saal ins Freie treten. Sie sah wie irgendeine Bedienerin aus. Ihr folgte ein älterer Mann. Er trug zwei Tabletts, auf denen sich süß duftende Pasteten mit Honig und Mandeln türmten. Daria lief das Wasser im Munde zusammen. Lady Kassia blieb stehen, überblickte das Getümmel um sie herum und pfiff dann so laut wie ein Krieger. Im nächsten Augenblick waren sie und ihr Begleiter von den Burgleuten umringt, die die Hände nach den warmen Pasteten auf den Tabletts ausstreckten.

Daria wünschte, sie könnte auch so laut pfeifen. Wenn sie sich beim nächstenmal über Roland ärgerte, würden ihm die Ohren klingen. Bei dem Gedanken mußte sie lächeln.

Wenn ihre Gastgeberin sie nur wider Willen bei sich dulden sollte, so war ihr jedenfalls nichts davon anzumerken. Kassia erblickte sie, lächelte und winkte ihr herunterzukommen. Als Daria in den Saal trat, riß sich Kassia gerade das weiße Tuch vom Kopf. Nun wirkte sie wie ein kleiner tanzender Derwisch.

»Kommt zu mir, Daria! Ich habe eine Pastete für Euch zurückbehalten. Ja, setzt Euch her und eßt! Oh, meine Liebe, Ihr seht aber müde aus. Habt Ihr schlecht geschlafen? Euer Gatte ist heute morgen in aller Frühe aufgebrochen. Er fehlt Euch wohl schon. Nachher stelle ich Euch Harry vor. Ihr müßt mir aber versprechen, ihn schöner als jeden anderen Säugling der gesamten Christenheit zu finden!«

Am Nachmittag fühlte sich Daria so einsam, daß sie am liebsten geweint hätte. Sie konnte selber nicht erklären, wie sie sich unter den vielen Leuten auf der Burg, die alle nett und freundlich waren, einsam fühlen konnte. Es war aber so. Sie beschäftigte sich einige Zeit mit Harry, der in der Tat ein schönes Baby war. Doch als sie ihn auf den Arm nahm, traten ihr die Tränen in die Augen. Auf ihr Kind – Rolands Kind – würde sein Vater nie stolz sein. Bestenfalls würde er ihm mit nichtssagender Freundlichkeit begegnen. Wenn es schlimm kam, mit abweisender Kälte.

Später stieg sie zum Ostwall empor und schaute ins Land. Als sie sich umdrehte, stand Graelam De Moreton, der Herr von Wolffeton, vor ihr. Sein plötzliches Erscheinen erschreckte sie. Er war ein großer Mann und, wie Roland gesagt hatte, ein überaus tüchtiger Krieger. Er wirkte rücksichtslos, beinahe abstoßend auf sie.

Seine ersten Worte waren: »Verzeiht mir, wenn ich Euch erschreckt habe, Daria, aber Ihr müßt Euch in acht nehmen. Ihr tragt ein Kind unterm Herzen, und der Fußpfad hier oben ist schmal.«

War er extra auf die Wälle geklommen, um sie zur Vorsicht zu ermahnen? Sie nickte mit ernster Miene. »Danke, Mylord.«

Graelam blickte hinaus aufs Meer. »Roland bleibt höchstens zwei Wochen weg. Dann holt er Euch ab und bringt Euch zu seiner Burg.«

»Wo liegt diese Burg, Mylord?«

»Nur fünfzehn Meilen nordöstlich von Wolffeton. Es ist ein nette kleine Burg, nicht so weitläufig und beherrschend gelegen wie Wolffeton, aber sie wird dem Geschlecht der de Tournay auf viele Jahre ein Heim bieten. Der Mann, dessen Familie es so lange in Besitz hatte, ist jetzt alt und müde. Er hat keine männlichen Erben. Er war mit Rolands Vater eng befreundet.«

»Ich weiß, sie heißt Thispen-Ladock, und Sir Thomas Ladock ist der Eigentümer.«

»Ja, der Name stammt von den beiden bedeutendsten Familien, die seit der Zeit Williams dort saßen. Das größte Dorf in diesem Gebiet heißt Perranporth. Hat Euch Roland sonst nichts von der Burg und ihrer Lage erzählt?«

Sie schüttelte den Kopf, und Graelam fuhr nach einer nachdenklichen Pause fort: »Da kaum mit der Invasion eines feindlichen Heeres zu rechnen ist, hat die Burg keine größeren Festungsanlagen nötig. Wir leben in einer so friedlichen Zeit, daß man sich als Mann nach Abwechslung sehnt.«

Sie mußte lächeln. Offenbar bedauerte er, daß Frieden herrschte.

»Vielleicht sollte ich den Wohnsitz meiner Familie an die Grenze nach Wales verlegen. Dort herrscht noch echter Kampfgeist.«

»Aber nur so lange, bis es König Edward gelungen ist, den Markgrafen die Flügel zu stutzen. Wir müssen also auch in Zukunft mit der Fortdauer friedlicher Zeiten rechnen.«

»Ungeachtet der Pläne Edwards bin ich anderer Meinung. Engländer und Franzosen lieben nun einmal eine handfeste Auseinandersetzung über alles. Und wenn es keinen Anlaß dafür gibt, erfinden sie einfach einen und schlagen sich dann gegenseitig die Köpfe ein. Und ihr dürft auch die Schotten und die Iren nicht vergessen. Ehe sie mit einem Engländer sprechen, spalten sie ihm lieber den Schädel. Gestattet mir jetzt, Euch von diesem gefährlichen Aussichtspunkt hinunterzubegleiten. Meine Kassia hat mich extra hochgeschickt, um einer Dame Kavaliersdienste zu leisten.«

Meine Kassia. Das hörte sich überaus nett, wenn auch etwas überraschend aus dem Munde eines Mannes an, der mit einem einzigen Schwerthieb einen Mann und sein Pferd in der Mitte durchschlagen konnte.

Da geschah Daria etwas höchst Unangenehmes. Sie brach plötzlich in Tränen aus. Vergebens bedeckte sie das Gesicht mit den Händen. Sie schämte sich mehr, als sie ertragen konnte. Doch die Tränen ließen sich nicht aufhalten.

Er legte die Arme um ihre Schultern und zog sie tröstend an sich. »Das macht das Kind, Daria. Deswegen braucht Ihr Euch nicht zu schämen. Ihr werdet sehen, das vergeht wieder. Auch meine süße Kassia hatte damals höchst merkwürdige Anfälle.«

»Nein, das Kind ist es nicht!«

»Nein?«

»Es ist Roland, mein Gatte. Er empfindet nur Verachtung für mich und hat mich allein deshalb geheiratet, weil der König es ihm befohlen hat!«

Graelam wünschte sich brennend, durch einen Zauberstreich stände er jetzt unten im Burghof und seine Frau wäre hier oben an seiner Stelle. Ihm fiel nichts ein, was er ihr sagen konnte. Allmählich wurde ihr Schluchzen ruhiger.

»Verzeiht mir«, hörte er sich sagen. »Bald wird alles besser werden.« Bei allen Heiligen, dachte er, der Verzweiflung nahe, was rede ich denn da für Phrasen? Zum Glück schien sie sich jetzt zu beruhigen.

»Nein, ich bitte um Verzeihung«, sagte sie und wischte sich wie ein Kind mit dem Handrücken die Tränen ab. Aber sie war kein Kind mehr. Sie war eine erwachsene Frau, sie war verheiratet und trug ein Kind im Leib.

»Kommt!« sagte er. »Kassia wird Euch einen Becher Milch geben, dann fühlt Ihr Euch gleich besser.«

Als Kassia die bestürzte Miene ihres Mannes sah, ließ sie alles stehen und liegen und begleitete Daria in ihr Zimmer. Unterwegs machte sie ihr zarte Vorwürfe. »Nun müßt Ihr mir aber sagen, was mit Euch los ist! Ich bringe es in Ordnung, wenn ich kann. Auch wenn mein Mann mich immer ermahnt, den Mund zu halten und mich nicht in die Probleme anderer Menschen einzumischen. Kommt, sagt mir alles, Daria!«

Aber Stolz und das Gefühl ihres Elends verschlossen Daria den Mund. Sie wäre am liebsten in dem Steinfußboden versunken. »Es ist nur das Kind«, sagte sie, »und weiter nichts.«

»Nun gut. Dann müßt Ihr Euch jetzt ausruhen. Später komme ich und bringe Euch süßes Weißbrot und Bier. Oder wenn Ihr Euch besser fühlt, könnt Ihr auch in den großen Saal kommen.«

Als Daria allein war, begab sie sich gehorsam ins Bett. Eigentlich war sie doch ans Alleinsein gewöhnt. Merkwürdig, daß sie dadurch weder Geduld noch Seelenruhe gewonnen hatte. Als sie sich endlich erhob, war es Abend geworden, und Kassia holte sie zum Essen ab.

In der Nacht faßte Daria einen Entschluß. Früh am nächsten Morgen sprach sie Lord Graelam an. »Mylord, ich möchte Euch um einen Gefallen bitten. Könntet Ihr mir einige Eurer Männer zur Verfügung stellen?«

Erstaunt sah Graelam die junge Frau an, die schmal und bleich, aber aufrecht und eigensinnig wie ein Maulesel vor ihm stand. »Ihr wollt wegreiten? Wohin?«

»Ich will mich zur Burg meines Mannes begeben. Mein Platz ist nicht hier bei Euch, wo Ihr mir aus Güte Obdach gewährt, sondern an seiner Seite. Er wird mich bei sich aufnehmen. Er muß es tun, denn er ist mein Mann. Darf ich mir einige Eurer Männer ausleihen?«

Welcher Mann konnte ihr diese Bitte abschlagen? Aber er hatte Roland versprochen, seiner Frau einen sicheren Aufenthalt zu gewähren. Obgleich die Gegend seines Wissens sicher war, durfte er sie nicht gehen lassen. Es wäre ein Vertrauensbruch gewesen. »Es tut mir sehr leid, aber das kann ich nicht machen. Ihr müßt auf Wolffeton bleiben, bis Roland zurückkommt.«

Falls er zurückkommt, dachte sie. Sie hatte nichts anderes von Graelam erwartet. Er war eben ein Ehrenmann – aber Ehre galt nur unter Männern und nicht einer Frau gegenüber.

Am frühen Nachmittag sprach sie Kassia an. »Ich möchte meiner Stute Henrietta etwas Bewegung verschaffen. Muß ich einen Stallburschen mitnehmen?«

Einen schrecklichen Augenblick lang befürchtete sie, Kassia würde sie begleiten wollen. Aber da kam wie gerufen das Kindermädchen mit dem laut schreienden Harry im Arm in den großen Saal.

Eine knappe Stunde später ritt Daria von Wolffeton ab. Zwei junge Stallburschen begleiteten sie. Sorgfältig achtete sie darauf, daß Graelam sie nicht wegreiten sah.

Die Sonne brannte heiß herab, aber das machte Daria nichts

aus. Sie sagte den beiden Männern, sie wolle an der zerklüfteten Küste entlang nach Norden reiten. Sie waren sofort einverstanden.

Der eine beantwortete ihr auch bereitwillig ihre Fragen nach der Lage der Burg Thispen-Ladock. Bis dorthin war es fünfzehn Meilen. Sie wußte nicht genau, wie lange sie dafür brauchen würde. Aber wichtiger war es zunächst, die beiden Männer Graelam de Moretons loszuwerden. Die Richtung kannte sie ja jetzt.

Nach zwei Stunden gebot Daria vor einem dichten, schier undurchdringlichen Eichenwald Halt. Hier bot sich ihr die beste Gelegenheit, ihren Begleitern zu entwischen. Mit beschämt niedergeschlagenen Augen und leichtem Erröten sagte sie ihnen, sie müsse mal für fünf Minuten im Wald verschwinden.

Sie konnten ihr ja nicht gut folgen, wenn sie angeblich ein Bedürfnis verrichten wollte. Daria dankte ihnen und saß ab. Henrietta am Zügel führend, ging sie etwa zwanzig Meter in den Wald hinein, bis sie nicht mehr zu sehen war und stieg dann wieder auf. Ein schmaler Weg führte quer durch den Wald.

Bald hörte Daria Schreie hinter sich, aber sie waren schon sehr weit entfernt. Dann wurde der Eichenbestand lichter. Nun würde Henrietta die Stallburschen leicht abhängen, falls die sie verfolgen sollten.

Sie ritt scharf eine weitere Stunde. Dann schnaubte ihr Pferd immer stärker, und sie mäßigte das Tempo. Die salzige Meeresluft umwehte erfrischend ihr Gesicht, und der Geruch nach Moos, Bäumen und Wasser erinnerte sie an Wales.

Zu ihrer Linken erblickte sie ein rohes Holzschild, auf dem in ungelenken Buchstaben stand: PERRANPORTH. Sie war schnell vorangekommen.

Um das kleine Fischerdorf zu umgehen, bog sie von der Küste ostwärts ab. Hinter ihr rüstete sich die Sonne bereits zum Untergang. Kein Mensch weit und breit. Es war, als wäre sie das einzige Lebewesen in dieser Gegend. Das machte sie ein wenig ängstlich.

Als sie in der Ferne Rauch aufsteigen sah, hielten sich bei ihr Furcht und Hoffnung die Waage. Vorsichtshalber ließ sie Henrietta im Schritt gehen. Schließlich stieg sie ab, band die Stute an einem einzelnen Eibenbusch fest und schlich sich näher heran.

Es war ein Lager. Sie sah mehrere Frauen und etwa sechs Männer. Die Frauen kochten das Abendessen. Die Männer räkelten sich auf der Erde. Waren es Zigeuner? Sie hatte noch nie welche gesehen. Dann kam ein großer, gutgekleideter Mann in ihr Blickfeld. Er war dick und wirkte recht vergnügt.

Er sprach mit einem der anderen Männer, gab einer Frau einen Klaps hinten drauf und faßte ihr dann unter den Rock. Die Frau quietschte und lachte und rieb ihr Hinterteil an ihm.

Daria zog sich zurück.

Sie würde im Bogen um das Lager reiten. Sonst riskierte sie noch, daß man ihr etwas antat und sie festhielt, um Lösegeld zu erpressen. Sie war so viele Monate in Gefangenschaft gewesen und hatte keine Lust, noch einmal gefangen zu sein.

Sie stand auf, um zu Henrietta zurück zu gelangen. Als die Stute ihre Herrin erblickte, hob sie den Kopf und wieherte laut.

»Sei still, Henrietta!« Daria lief zu ihr und schwang sich auf ihren Rücken.

Doch es ging nicht schnell genug. Rufe ertönten, Geschrei erhob sich, sie hörte Schritte. Ein Mann packte sie am Fußgelenk und zerrte sie vom Pferd. Bevor sie zu Boden fiel, packte er sie um die Taille und fing sie auf.

Daria wehrte sich. Sie stieß dem Mann den Ellbogen in die Kehle und das Knie zwischen die Beine. Der Mann heulte vor Schmerz und Wut laut auf. Seine Finger gruben sich in ihre Schulter. Daria sträubte sich wie eine Wilde. Aber dann kam ein zweiter Mann hinzu, und gemeinsam hielten sie sie an den Armen fest.

15

So schnell gab Daria nicht auf. Keuchend versuchte sie sich mit einem Ruck loszumachen. Aber die beiden Männer hielten sie eisern fest. Der erste, dem sie die schmerzhaften Stöße versetzt hatte, hob die Faust gegen sie. Da ertönte eine Stimme: »Halt ein, Alan! Nicht schlagen!«

»Das gemeine Biest hat mir beinahe die Kehle zerquetscht!«

»Geschlagen wird nicht«, sagte der hinzukommende Mann. Es war der gutgekleidete Dicke, den Daria vorhin gesehen hatte.

Daria stellte ihre Anstrengungen ein und schnappte nach Luft. Ihr Magen rebellierte. Sie fürchtete sich erbrechen zu müssen, doch es ging noch einmal gut.

»Na, das ist aber ein zauberhaftes kleines Täubchen«, sagte der Dicke. »Hübsch und jung, sehr jung. Wer bist du, kleine Taube?«

Sollte sie es ihm sagen? Oder würde das Roland in Gefahr bringen? Der Dicke sah gar nicht mehr so gemütlich aus wie vorhin, als sie ihn heimlich beobachtet hatte.

»Ich habe Angst. Und deine Männer tun mir weh.«

»Kann sein, aber du hättest ja auch beinahe meinen armen Alan abgemurkst. Kein Mann hat es gern, wenn eine Frau ihn so zurichtet. Laßt sie los, Jungens, aber paßt scharf auf sie auf!«

Doch bevor Alan ihren Arm freigab, verdrehte er ihn ihr noch auf gemeine Art.

»Wer bist du?« fragte der Dicke wieder.

»Ich heiße Daria.«

»Ein hübscher Name, wirklich ein sehr netter Name, doch bei allen Heiligen, er sagt mir nichts. Zu welcher Familie gehörst du?«

»Der Graf von Reymerstone ist mein Onkel.«

»Die gibt doch nur an! Den Namen hat sie sich ausgedacht! Sie ist ein verlogenes kleines Biest!«

»Alan, mein Junge, beruhige dich. Wenn sich herausstellt, daß sie lügt, überlasse ich sie deinen liebevollen Armen. Aber wenn man einen Namen noch nie gehört hat, heißt das noch lange nicht, daß er erfunden sein muß. Wo lebt deine Familie, Mädchen? Und warum ziehst du ganz allein durch die Gegend? Ach, seht euch doch mal den schönen Zelter an! Verarmt scheinst du nicht gerade zu sein, kleine Taube, wie?«

Sie sprudelte heraus. »Ich bin Gast des Lords Graelam de Moreton. Wenigstens war ich es bis vor wenigen Stunden.«

»Sie lügt schon wieder, Master Giles! Über de Moreton habe ich gehört, daß er mit seiner Frau sehr glücklich ist. Da wird er sich bestimmt nicht vor ihren Augen so ein kleines Flittchen halten.«

Der Dicke, Master Giles, sah sie aus schmalen Augen forschend an. Dann hob er langsam den Arm. Seine Hände waren dicklich und weiß, zu weiß für eine Männerhand. Daria fühlte sich von ihm abgestoßen. Mit langen Fingernägeln strich er ihr über den Hals. Sie hielt still und gab sich den Anschein größter Ruhe. Plötzlich schlossen sich seine Hände mit überraschender Kraft um ihren Hals. Der Schmerz ging ihr durch Mark und Bein.

»Heraus mit der Wahrheit, mein Täubchen, oder ich reiße dir die Zunge aus dem Hals!«

Hinter sich hörte sie Alan lachen. Die Übelkeit in ihrem Magen wurde stärker. Diesmal war der Brechreiz nicht mehr zu ersticken. Er ließ sie los. Sie warf den Kopf zurück, faßte sich an die Kehle und schnappte gurgelnd nach Luft.

Dann drehte sie sich ab, fiel hart auf die Knie und erbrach sich.

Der Dicke schaute auf sie hinab. Seine kalte Stimme klang angeekelt. »Wenn sie sich die Gedärme ausgekotzt hat, bringt sie ins Lager! Ich habe ihr noch einige Fragen zu stellen. Vielleicht haben wir mit ihr eine wertvolle Beute gemacht. Und du, Alan, du läßt sie in Ruhe, klar? Ich habe das Gefühl, daß ihr unverhofftes Erscheinen uns allen noch große Freude bereiten wird.« Er klopfte Daria auf die Schulter. »Kannst du mich hören, Mädchen? Dann merke dir, ich will die Wahrheit von dir hören! Sonst wird es in Zukunft äußerst unangenehm für dich werden.«

Sie blieb mit gesenktem Kopf auf den Knien hocken und wartete darauf, daß der Anfall vorüberging.

»Beeil dich!« sagte Alan und trat ihr gegen den Oberschenkel.

»Laß das sein, du scheußliche Bestie! Du hast gehört, was dein Herr zu dir gesagt hat!«

»Ha! Immer noch eine freche Zunge, wie?« Plötzlich packte er sie am Ellbogen und stellte sie mit einem Ruck auf die Beine, ging mit schnellen Schritten los und zerrte sie mit. Sie schwankte wie eine Betrunkene und hatte große Mühe, das Gleichgewicht zu halten.

Als sie im Lager ankamen, ließ Alan sie los.

»Ah, mein Täubchen, nimm Platz!« Vor ihr saß der dicke Master Giles auf einem feingeschnitzten Sessel. Es wirkte lächerlich, wie er so mitten im Wald vor einem Feuer zwischen den zerlumpten Männern und Frauen thronte.

»Wer bist du?«

»Ich? Nun, ich bin Master Giles Fountenont. Kein Grund, ein Geheimnis daraus zu machen. Ich bin in dieser Gegend gut bekannt. Du darfst in mir einen Mann von fürstlichem Geblüt sehen, einen Kaufmann, einen Mann von großen Talenten und Mitteln. Und dies sind meine Leute, die mir alle treu ergeben sind.« Er schnappte sich eine vorbeikommende Frau, zog sie auf seinen Schoß, gab ihr ein Stück der großen Hühnerkeule, an der er gerade knabberte, und schob sie wieder weg. »Los, bring der kleinen Dirne auch etwas zu essen! Sie soll hier nicht verhungern, ehe ich beschlossen habe, was wir mit ihr anstellen werden.«

Die Frau ging zu dem Kochtopf über dem Lagerfeuer. »Ja, mein Täubchen, ich bin unterwegs nach Truro, wo sich mein fürstlicher Haushalt befindet. Dies hier«, er deutete auf den Wald, »all dies ist nur mal eine angenehme Abwechslung für mich.«

Die Frau brachte Daria eine dicke, reichlich mit Honig bestrichene Scheibe Brot und einen Krug Bier. Daria nahm beides dankbar entgegen. Sie trank einen großen Schluck, und Master Giles sagte: »So, jetzt will ich die Wahrheit hören. Oder Alan zerfetzt dir dein hübsches Kleid und beschäftigt sich mit deinem sicherlich reizvollen Körper.«

Daria hatte keine Lust, noch nähere Bekanntschaft mit Alan zu schließen. Sie sagte: »Ich bin die Frau von Roland de Tournay. Er ist von Wolffeton aus zu seiner neuen Burg geritten. Mich hat er dort gelassen. Ich habe mich nach ihm gesehnt und wollte ihm nach. Das ist alles. Ich wäre dir sehr verbunden, Master Giles, wenn du mir helfen würdest. Die Burg meines Mannes heißt Thispen-Ladock.«

»Aha. Demnach will er Sir Thomas Ladocks Ländereien kaufen. Ich habe schon von deinem Mann gehört. Er ist ein tapferer Ritter und steht in der Huld des Königs. Das ist ja ein interessantes Märchen, das du mir da erzählst, mein Täubchen.«

»Das ist kein Märchen. Es ist die Wahrheit.«

Master Giles hatte keinen Augenblick daran gezweifelt. Er wußte nur noch nicht, wie er sich verhalten sollte. »Du sagst, du wärst einfach von Moreton losgeritten? Und ganz allein? Das war aber nicht sehr klug von dir.«

Daria aß noch ein Stück Honigbrot, überlegte kurz und sagte dann: »Mein Mann hatte angeordnet, ich sollte auf Wolffeton bleiben. Aber ich hatte solche Sehnsucht nach ihm. Ich mußte heimlich weg, ohne daß Lord Graelam etwas merkte.«

Master Giles ließ sich ein feuchtes Tuch reichen, um sich Gesicht und Hände abzureiben. Er führte sich vor seinen zerlumpten Untertanen wie ein kleiner König auf. »Ich überlege mir noch, was ich mit dir anfangen werde, mein Täubchen. Roland de Tournay also. Ein Problem, das gründliches Nachdenken erfordert.«

Eine Frau reichte Daria eine Decke und sagte ihr, sie solle sich näher ans Feuer setzen.

Aber man ließ sie nicht lange in Ruhe. Wenig später kam

Alan mit einem langen, dünnen Strick in der Hand. Er hockte sich neben sie, legte seine Hände auf ihre Schultern und drückte mit den Fingern zu. Dann warf er sie grob auf den Bauch, packte ihre Hände und zerrte sie ihr auf den Rücken. Sie merkte, daß er ihr mit dem Strick die Handgelenke fesselte, einmal, zweimal. Dann zog er den Strick fest an. Es tat weh, und sie begann laut zu stöhnen.

»Es besteht kein Grund, sie zu quälen, Alan«, sagte eine Frauenstimme. »Du bist nur wütend, weil sie sich bei der Gefangennahme gewehrt hat.«

Alan antwortete mit einer rüden Bemerkung und zog den Strick noch fester an. Dann entfernte er sich.

Lange Zeit blieb Daria regungslos liegen. Schließlich wälzte sie sich auf die Seite, das Gesicht zum Feuer gewandt. Er hatte ihr die Decke nicht übergelegt, und ihr wurde kalt. Von den anderen Männern und Frauen sah und hörte sie nichts.

Dann und wann nickte sie vor Erschöpfung ein. Die Angst lähmte ihren Geist. In den Armen hatte sie kaum noch Gefühl. Dann wieder starrte sie in die qualmende Asche. Sie hörte den Schrei einer Eule. Wie zur Antwort wieherte ein Pferd. Hoffentlich hatte man Henrietta mit Futter versorgt. Und hoffentlich hatte ihr Kind alles gut überstanden. Tränen stiegen ihr in die Augen. Sie schluckte. Sie hatte doch nur zu Roland reiten wollen, und jetzt war sie wieder gefangen.

Was hatte sie nicht alles im letzten halben Jahr erlebt und erlitten! Dagegen waren ihre ersten siebzehn Lebensjahre trotz der kleinen Grausamkeiten ihres Onkels so gut wie ereignislos abgelaufen. Sie hatte stets gut gegessen, hatte hübsche Kleidungsstücke besessen, hatte Unterricht erhalten und in Frieden lernen können. Dann die Zeit beim Grafen von Clare, eine Zeit fortwährender heimlicher Angst. Und jetzt mußte sie wieder um ihr Leben fürchten. Und alles nur, weil sie sich kopflos aus der Geborgenheit Moretons entfernt hatte. Da mußte sie ausgerechnet dem dicken Master Giles in die Arme laufen, der ein Verbrecher war und sich wie ein königlicher Prinz aufführte!

Die Nacht war stockdunkel. Wenn die leichte Brise die Blätter der Eichen rascheln ließ, zuckte sie jedesmal erschreckt zusammen.

In der dunkelsten Stunde der Nacht, kurz vor der Morgendämmerung, war sie wieder hellwach. Die gefesselten Arme bereiteten ihr höllische Schmerzen. Sie tat sich so leid, daß sie gern geweint hätte. Sie hatte das sichere Wolffeton verlassen – und weshalb? Wegen eines dummen Mädchentraums, einer Einbildung, die nichts mit dem wirklichen Leben zu tun hatte. Das wirkliche Leben – das bedeutete, Gefangene des gehässigen Alan und des schrecklichen Master Giles zu sein.

Plötzlich legte sich eine Männerhand auf ihren Mund, und ein warmer Atem streifte ihr Ohr. »Keine Bewegung! Ich bin gekommen, um Euch zu befreien. Gebt keinen Ton von Euch und macht keine unbedachte Bewegung! Habt Ihr verstanden?«

Daria nickte, und die Männerhand gab ihren Mund frei. Daria blickte hoch. In der Hand des Fremden blinkte silbern eine Messerklinge. Gleich darauf schnitt er die Stricke um ihre Handgelenke auf. Sie war frei. Sie wollte die Arme heben, doch die Muskeln gehorchten ihr nicht.

Der Mann hob sie hoch und legte sie sich über die Schulter. So trat er wie ein lautloser Schatten über die schlafenden Männer Master Giles hinweg. Und über einen Körper, der sich nie mehr rühren würde.

Erst tief im Wald hielt er an, stellte Daria auf die Beine und lehnte sie an den Stamm einer Eiche. »So«, sagte er und tätschelte ihr die Wange. »Ihr müßt zusehen, daß Ihr wieder Gefühl in den Armen bekommt. Bleibt hier, und verhaltet Euch ganz still! Ich habe noch eine Verabredung mit Master Giles. Es dauerte nicht lange.« Plötzlich fuhr er auf und drehte sich um. Dann sagte er ärgerlich: »Nein, verdammt noch mal, Philippa! Du bleibst bei ihr, verstanden? Bei allen Heiligen, ich hätte dich gar nicht mitnehmen sollen.«

Auf einmal gaben Darias Beine nach. Sie hörte noch, wie der Mann etwas zu der Frau sagte. Dann schwanden ihr die Sinne.

Wieviel Zeit mochte seitdem vergangen sein? Daria traute sich nicht, die Augen aufzumachen. Sie lag auf einer Unterlage von Fellen und hatte eine Decke über sich. Allmählich erinnerte sie sich wieder an das Geschehene. Sie blieb unbeweglich liegen. Neben ihr brannte eine Fackel. Das erste Licht des Morgengrauens sickerte in den Wald.

»Ihr seid ja wach!«

Es war ihr Retter. Zögernd schlug sie die Augen auf. Er saß neben ihr. Er war jünger, als sie angenommen hatte. Sein Gesicht war hart und unerbittlich, die Augen blickten kalt. Wie Roland, wenn er sie der Lüge bezichtigte. War sie wieder in die Hände eines Verbrechers gefallen?

»Ja«, antwortete sie. Ihr war kalt, und neuerlich beschlich sie Angst. »Wollt Ihr mir etwas zuleide tun?«

Er schien erstaunt. Dann sagte er beruhigend: »Bleibt nur ganz ruhig liegen! Ihr habt Schweres durchgemacht. Ich kenne Master Giles schon von früher. Er hat zwar ganz gute Manieren und schwingt tolle Reden, aber er ist ein Schuft und Verbrecher. Habt Ihr Euch ein wenig erholt? Ich würde gern erfahren, wer Ihr seid und wie Ihr in die Gewalt dieser schmierigen Kröte geraten seid.«

»Ihr werdet mir wirklich nichts tun?

Er schüttelte den Kopf und sagte freundlich: »Dann fange ich mal an. Ich bin Dienwald de Fortenberry. Ich habe von weitem mitangesehen, wie Euch dieser Alan zugesetzt hat, konnte Euch aber zu diesem Zeitpunkt noch nicht befreien. Ich mußte warten, bis alle eingeschlafen waren. Es hat Stunden gedauert, bis der Schlaf auch die Wachtposten übermannt hat. Nein, ich werde Euch bestimmt nichts tun.«

»Ich bin Daria de Tournay, die Frau von Roland de Tournay.«

Der Mann klappte verblüffte seinen Mund auf und zu – und sagte volle zwei Minuten lang kein Wort. Dann lachte er vergnügt. »Das ist aber außerordentlich merkwürdig«, sagte er schließlich. »Roland – Euer Gatte. Kaum zu glauben! Ja, sehr merkwürdig und erfreulich.«

»Kennt Ihr meinen Mann?«

»Ja. Es ist noch gar nicht lange her, da hat er mir das Leben gerettet. Es war ein meisterhafter Messerwurf, der meinen Feind mitten ins Herz traf. Natürlich sehe ich seitdem in Roland meinen Freund. Warum seid Ihr nicht bei ihm?«

Daraufhin erzählte ihm Daria ihre traurige Geschichte. Sie gab auch zu, unüberlegt gehandelt zu haben.

»Ah«, sagte Dienwald, »da kommt meine Frau. Philippa, hier stelle ich dir das Mädchen vor, das Roland geheiratet hat.«

Philippa de Fortenberry war ein hochgewachsenes, anmutiges Mädchen, das ungefähr ebenso alt war wie Daria. Sie hatte ein lebhaftes, intelligentes Gesicht und die schönsten blauen Augen, die Daria je gesehen hatte. Sie war ja des Königs Tochter, und sie hatte die Augen ihres Vaters. »Die Königin hat mir alles über Euch erzählt, und der König sprach viel von seiner süßen Philippa. Sehr erfreut, Euch kennenzulernen. Ich hätte mir allerdings gewünscht, es wäre an einem anderen Ort geschehen«

»Ja«, sagte Dienwald, »das stimmt. Ich kann mir vorstellen, daß Ihr gern wissen wollt, woher wir Roland so gut kennen. Nun, der König hatte Roland nach Cornwall geschickt. Er hatte ihn als Philippas Gatten ausersehen. Zum Pech des Königs und zum Glück für Roland war sie da aber schon mit mir verheiratet. So traf es zwei Unglückliche, aber ich will edelmütig sein und mich nicht beklagen. Ich hätte zwar auf ihre Hand gern verzichtet, aber sie hat mir eingeredet, daß sie sich dann in den Burggraben werfen und sterben würde.«

Philippa lachte laut und kniff Dienwald in den Arm. »Hört nicht auf ihn, Daria, er prahlt nur! Er ist ein Esel wie die meisten Männer, ein wunderbarer frecher Esel... Na, ich bin nur froh, daß wir zufällig auf Euch gestoßen sind. Jetzt ist alles wieder gut.«

»Wie kommt Ihr hierher? Ihr begleitet Euren Mann in der Kleidung eines Knaben?«

»Das ist so, meine Liebe: Mein Mann kann ohne mich nicht auskommen. Ich muß ihm sagen, welche Taktik er anzuwenden hat, wie man eine Befreiung durchführt und wie man einen Rachefeldzug führt. Ich bin froh, wenn er meine Anweisungen richtig befolgt. Ja, und nun hat dieser miese Kretin Giles seine wohlverdiente Strafe erhalten.«

»Was habt Ihr mit ihm und den anderen gemacht?«

»Einer hat mit dem Leben dafür gebüßt«, sagte Dienwald. »Was die anderen angeht, nun, Daria, die klappern im Augenblick vor Kälte mit den Zähnen. Könnt Ihr Euch vorstellen, daß Master Giles jetzt splitternackt auf seinem Thronsessel sitzt?«

»Ihr habt ihnen die Kleider weggenommen?«

Philippa und ihr Mann grinsten wie zwei Clowns und nickten belustigt.

»Ja, und sie dann gefesselt.«

Dienwald wurde nun sachlich. »Wenn Ihr Euch wieder wohl fühlt, sollten wir Euch jetzt zu Eurem Gatten bringen.«

»Offen gestanden«, sagte Philippa de Fortenberry in herausforderndem Tonfall, »ich frage mich schon, warum ich Roland nicht zum Mann genommen habe. So ein edler Charakter, so eine männliche Natur, so ein...«

Dienwald de Fortenberry schoß in die Höhe, lud sich seine Frau auf die Schulter und trug sie davon.

Daria sah ihnen entgeistert nach. Die beiden waren mehr als eigenartig.

Aus der Richtung, in der sie verschwunden waren, hörte sie ein lautes Geheul, halb wutentbrannt, halb lachend. Nach einigen Minuten tauchte Dienwald wieder auf. Er gab sich jetzt als umsichtiger Retter. »Wir wollen das Schicksal nicht herausfordern und möglichst bald aufbrechen. Ich will Euch nämlich wohlbehalten bei Roland abliefern. Wo hält er sich eigentlich auf?«

»Es kann nicht weit von hier entfernt sein. Er ist unterwegs, um Ländereien und eine Burg zu kaufen. Sie heißt Thispen-Ladock.«

»Ja, das ist wirklich nicht weit von hier. Seid Ihr imstande weiterzureiten?« Dienwald half ihr beim Aufstehen. »Ich möchte mal wissen, was Graelam dazu sagen wird. Ja, ich würde zu gern das Gesicht sehen, das er gerade jetzt macht.«

»Ihr kennt wohl jeden hier, Sir?«

»Ihr könnt Dienwald zu mir sagen. Ja, wir bilden in diesem Teil von Cornwall eine kleine Gemeinschaft. Daher ist es kein Wunder, daß wir uns alle kennen. Erstaunlich ist nur, daß wir sogar Freunde sind.« Er lachte.

Nun kam auch Philippa hinzu. »Ich werde Euch behilflich sein«, sagte sie und reichte Daria die Hand. Zu ihrer Bestürzung riß Daria sich von ihr los und rannte davon. Gleich darauf sank sie an einen Baumstamm und erbrach sich heftig.

»O mein Lieber«, sagte Philippa zu ihrem Mann, »wenn sie aber krank ist...«

»Dann reiten wir eben langsam. Im Augenblick brauchen wir nichts zu überstürzen. Master Giles ist vorläufig außer Gefecht gesetzt.«

Daria nahm einen Krug Wasser von Philippa in Empfang und spülte sich den Mund aus.

»Krank bin ich nicht«, sagte sie, »ich bin schwanger. Diese Anfälle kommen und gehen. Einfach scheußlich!«

»Ich muß schon sagen, Roland hat eine vorbildliche Pflichtauffassung bewiesen«, sagte Dienwald trocken. »Wie lange seid Ihr denn verheiratet?«

»Noch nicht lange«, antwortete Daria ausweichend. Dann gestattete sie Philippa, ihr mit einem feuchten Lappen das Gesicht abzuwischen. »Vielen Dank. Das tut gut. Jetzt bin ich wieder wohlauf, bestimmt. Das war der Morgengruß meines Kindes. Hat mir auf seine Weise angekündigt, daß es bereit ist, den Tag zu beginnen. Können wir jetzt zu meinem Mann reiten?«

»Ja, laßt uns aufbrechen!« sagte Dienwald.

»Aber wo ist Henrietta, meine Stute? Master Giles hat sie mir weggenommen.«

»Ich habe alle Pferde von Master Giles einkassiert. Das dürfte als Entschädigung für seine Diebeszüge ausreichen.«

»Du vergißt, seine Kleider zu erwähnen«, sagte Philippa kichernd.

Die zwölf Männer, die Dienwald begleiteten, waren in Hochstimmung. Daria hörte, wie sie ihre Eindrücke austauschten.

»Hast du gesehen, wie sich sein Fettgesicht verzog, als Dienwald ihn aufforderte, den Waffenrock abzulegen?«

»Ja, und seine kleine Rute ist in der Kälte immer mehr eingeschrumpft!«

»Eins ist sicher, Master Giles wird unserem Herrn so bald keinen Streich mehr spielen!«

Die regenschweren Wolken hatten sich verzogen, der Himmel war aufgeklart. Jetzt erst konnte Daria ihre neuen Beschützer genauer betrachten.

Philippa hatte die Wollmütze abgesetzt, und die schimmernden dichten Locken fielen ihr frei über die Schultern. Sie ritt dicht neben ihrem Mann, und Daria sah, daß sie sich an den Händen hielten. Der Anblick stimmte sie wehmütig. Sie dachte an Wales, an die langen Stunden mit Roland, der um sie bemüht war, mit ihr gelacht und sie gelobt hatte, wenn sie die walisischen Wörter und Redensarten korrekt nachgesprochen hatte...

Dienwald drehte sich im Sattel um und sagte: »Wir sind nicht mehr weit von Thispen-Ladock entfernt. Eine Stunde noch. Alles in Ordnung, Daria?«

Am liebsten hätte sie laut ›Nein‹ gerufen. Sie durfte gar nicht daran denken, wie Roland sie beschimpfen würde, wenn er sie unverhofft auftauchen sah. Doch sie drückte die Schultern zurück und antwortete: »Ja, alles in bester Ordnung.«

Leise sagte er zu seiner Frau: »Das ist alles höchst sonderbar. Wenn Roland sie verführt, geschwängert und geheiratet hat, warum hat er sie dann in Wolffeton zurückgelassen?«

»Und ich frage mich«, sagte Philippa nachdenklich, »warum sie ihm allein gefolgt ist. Ob sie wohl einfältig ist? Sie mußte doch wissen, wie gefährlich so was ist.«

»Genau wie du, als du von Beauchamp ausgerückt bist.« Dienwald drückte ihr die Hand und stieß einen tiefen Seufzer aus. »Der arme Dickwanst Master Giles hat mein ganzes Mitgefühl. Ein Glück, daß er es nur mit mir zu tun hatte. Ich wage es gar nicht, mir auszumahlen, was dem armen alten Schweinehund geblüht hätte, wenn du ihn überfallen hättest.«

Daria hörte mit an, wie die beiden unterwegs stritten, sich gegenseitig scheinbar Beleidigungen an den Kopf warfen und dann herzhaft gemeinsam lachten. Welch ein gutes Verhältnis die beiden miteinander hatten!

Sie schaute auf die sanften grünen Hügel, die kein Ende zu nehmen schienen, auf die dichten Gruppen von Ahornbäumen und Eichen. Und überall weideten Schafe, standen Weizenfelder vor dem goldenen Horizont. Mit jeder Meile wurde das Land weniger rauh.

Ein Posten auf dem Burgwall stieß einen Warnruf aus. Roland eilte zu ihm.

»Ein Reitertrupp nähert sich, Herr. Ich weiß noch nicht, wer die Leute sind.«

Der alte, lebenserfahrene Sir Thomas Ladock spähte zu den immer näher kommenden Reitern hinüber. »Ich glaubte, ich erkenne das Banner von Dienwald de Fortenberry. Vor einigen Jahren bin ich dem Jungen mal begegnet. Das Banner ist leicht zu erkennen – Adler und Löwe, und zwischen ihnen die gekreuzten Schwerter. Sein Vater war ein heißblütiger Mann – immer zum Kämpfen, Lachen und Lieben aufgelegt. Schlägt Dienwald seinem Vater nach, Roland?«

»Ja«, griente Roland wissend.

»Eine Frau ist dabei!« rief Salin. »Nein, es sind sogar zwei Frauen und ungefähr zwölf Männer.«

Ein eigenartiges Gefühl bemächtigte sich Rolands. Es traf ihn unvermittelt, er konnte den Ursprung nicht ergründen. Doch als der Trupp näher kam, erblickte er seine Frau. Sie ritt links neben Dienwald auf ihrer Stute. Und rechts von Dienwald Philippa, in der Kleidung eines Knappen, die schönen Haare frei wallend.

So gelassen, wie es ihm möglich war, sagte er: »Thomas, es sieht so aus, als solltet Ihr in Kürze meine Frau kennenlernen.«

»Eure Frau«, sagte Thomas. »Was führt sie zu Dienwald?«

»Daran kann ich nur mit Schaudern denken.«

Salin lächelte. »Sie hat bestimmt Sehnsucht nach Euch gehabt, Mylord. Sie kommt zu Euch.«

»So süß und arglos, wie du meinst, ist sie nicht, Salin. Alle Frauen haben den Satan im Leib.«

Sir Thomas warf einen langen Blick auf den jungen Mann, den er sich liebend gern als Sohn gewünscht hätte.

»Das Leben ist voller Überraschungen«, sagte er. »Gehen wir ihnen zur Begrüßung entgegen, mein Sohn!«

16

Sir Thomas merkte sofort, daß Roland verärgert war. Ihn wunderte nur, daß sich sein Ärger offensichtlich gegen das schlanke Mädchen richtete, das seine Frau war. Warum war er so böse über ihr Kommen? Sie waren doch noch nicht lange verheiratet. Er erinnerte sich seiner eigenen, lange zurückliegenden Flitterwochen. Da hatte er Constance fast ein Vierteljahr kaum aus dem Bett, geschweige denn aus seiner Sichtweite gelassen. Irgend etwas stimmte hier nicht.

Auch als der kleine Trupp im Innenhof hielt, ging Roland nicht zu seiner Frau. Alle übrigen Gäste stellte er Sir Thomas vor. Seine Frau behandelte er dagegen, als wäre sie überhaupt nicht vorhanden, selbst als Sir Thomas ihr die Hand reichte und sie auf Thispen-Ladock willkommen hieß. Gemeinsam begab man sich dann in den großen Saal.

»Das ist aber eine Überraschung, Dienwald«, sagte Roland zu de Fortenberry. »Was führt dich her? Willst du bei mir spionieren?«

»Nein. Philippa und ich waren auf der Jagd nach einem zweibeinigen Tier. Wir haben es auch aufgestöbert. Und dabei trafen wir deine liebe Frau.«

»Ich verstehe«, sagte Roland und wandte sich Sir Thomas zu. In Wirklichkeit verstand er gar nichts. Aber er war so wütend, daß ihm die Worte fehlten. Es wurde Bier gebracht. Zunächst unterhielt man sich nur über Belanglosigkeiten. Daria saß mit gesenktem Kopf schweigend dabei, die gefalteten Hände auf dem Schoß. Das ist also mein zukünftiges Heim, dachte sie und schaute sich ernüchtert um.

Der große Saal war kalt und feucht. Die Dachbalken waren rauchgeschwärzt, die arg mitgenommenen, zerkerbten Tische starrten vor altem Fett und vertrockneten Speiseresten. Es gab keine Waschgefäße, auf dem Steinfußboden fehlten duftende Binsen, und nirgends waren Wandteppiche aufgehängt. Die Kälte drang ungehindert durch die Steinwände. Ein abgestandener, ranziger Geruch lag in der Luft. Ihr schauderte.

»Erzähl mir von deiner fetten Beute!« sagte Roland zu Dienwald.

»Wir waren hinter Master Giles her, einem dicken Spitzbuben, den du wahrscheinlich nicht kennst. Eines schönen Tages nutzte er die zufällige Abwesenheit von Philippa und mir dazu aus, St. Erth einen Besuch abzustatten. Er bot der alten Agnes und Crooky verschiedene Waren zum Kauf an, und mit seiner öligen Zunge hatte er sie schnell überredet. Kurz und gut, als Philippa und ich zwei Tage später zurückkamen, waren wir inzwischen Besitzer angeblich feinster Stoffballen geworden, und das zu einem erstaunlich niedrigen Preis.«

Philippa fiel lachend ein: »Wir packten die Ballen aus, und siehe da, sie waren von Motten völlig zerfressen. Der gerissene Master Giles hatte der alten Agnes sehr gute Stoffe gezeigt und sie dann geschickt gegen wertlosen Krempel vertauscht, den er für solche Betrügereien immer zur Hand hatte. Crooky stellte dann fest, daß einige Wertgegenstände aus der Burg verschwunden waren, darunter ein Geschenk der Königin – ein wunderbar geschmiedetes Waschgefäß – und mehrere Halsketten vom König. Erstaunlich, daß sogar Gorkel der Schreckliche auf den schleimigen Master Giles hereingefallen war. Wir mußten Gorkel auf St. Erth zurücklassen. Sonst hätte er den dicken Master Giles buchstäblich in kleine Stücke zerlegt.«

Wer ist Gorkel der Schreckliche? fragte sich Daria.

Sir Thomas fand großes Vergnügen an der Geschichte. »Dann habt Ihr und Dienwald Euch also an die Verfolgung gemacht«, sagte er.

»Ja«, sagte Dienwald in vorwurfsvollem Ton. »Aber diese Dirne hier, die meine Frau ist, verlangte alle paar Stunden, daß wir eine Pause einlegten. Daher brauchten wir viele Tage, bis wir Master Giles stellten. Und warum die vielen Pausen? Weil es sie ständig nach meinem arg mitgenommenen Männerkörper verlangte. Meine Männer zeigten großes

Verständnis für ihre Bedürfnisse. Als ich mich einmal verweigerte, haben sie mich sogar angefleht, ihr nachzugeben. Na, da mußte ich eben wieder ran.«

Philippa gab ihm einen Rippenstoß. »Mit dir wird es noch mal ein schlechtes Ende nehmen, Dienwald. Ich werde meinem erlauchten Vater schreiben, daß du mir keine Achtung erweist, daß du mich dauernd verspottest und...«

»Der König«, unterbrach Roland, »macht zur Zeit eine Rundreise bei den Markgrafen. Wir sahen ihn zuletzt auf Tyberton, der Burg des Grafen von Clare. Ihr müßt also Eure Klage gegen Euren bösen Ehemann bis zum Herbst zurückstellen, wenn er und die Königin wieder nach London kommen.«

Daria mußte gegen ihren Willen lächeln. Doch als sie Rolands Blick auf sich gerichtet sah, gefror ihr das Lächeln zur Grimasse.

»Erzähl die Geschichte weiter, Dienwald!« sagte Roland freundlich. »Schließlich habt ihr also Master Giles aufgespürt.«

»Ja, und zwar in dem Penrith-Eichenwald nicht weit von hier. Bei ihm waren sechs Männer, darunter ein besonders gemeiner Bursche, und zwei Frauen. Er hatte gerade Daria gefangengenommen und wußte nicht so recht, was er mit seiner Beute anstellen sollte. Sie war zu ihrem Mann unterwegs, Roland – etwas, was Philippa an ihrer Stelle auch gemacht hätte. Na ja, die Frauen! Sie haben eben nicht genügend Verstand, um zu erkennen, wie verkehrt so was ist. Sie lassen sich nur von ihren Gefühlen leiten, und wir müssen dann kommen und sie wieder herausprügeln. Dieser gemeine Kerl – Alan ist sein Name – nun, er ging brutal mit deiner Frau um...«

»Du meinst, er hat sie vergewaltigt?«

»O nein, er kühlte sein Mütchen auf andere Weise an ihr. Er quälte sie, wo er nur konnte. Der fette Master Giles entrüstete sich darüber – meiner Ansicht nach ein abgekartertes Spiel – und schließlich durfte sie sich schlafen legen. Allerdings hatte ihr Alan die Handgelenke sehr fest zusammengeschnürt. Kurz vor dem Morgengrauen schlich ich mich in das Lager und holte sie heraus.«

»Und dann mußten sich alle Mitglieder der Bande auf Geheiß meines lieben Mannes bis auf die Haut ausziehen, auch Master Giles selber. Alle wurden zusätzlich gefesselt. Wir nahmen die Pferde, die Kleider und die Stoffballen mit, die wir ja schließlich rechtmäßig gekauft hatten.«

»Eine gerechte Strafe, will ich meinen«, sagte Thomas. Er wandte sich an Daria. »Es muß ein schreckliches Erlebnis für Euch gewesen sein.«

»Ich habe mich schon völlig davon erholt, Sir.«

»Aber es ging ihr wirklich schlecht«, sagte Dienwald. »Sie mußte sich erbrechen und war danach so schwach, daß sie einfach umkippte.«

»Das liegt daran, daß sie ein Kind bekommt«, warf Roland ein.

»Ja, das hat sie uns gesagt«, bemerkte Dienwald. »Ihr habt Euch wirklich rangehalten, Roland. Meinen Glückwunsch!«

»Ich nenne das wunderbare Potenz«, sagte Philippa spöttisch. »Was für eine Manneskraft!«

»Ja«, sagte Roland mit einem Seitenblick auf seine Frau, »es ist mir selber unbegreiflich, daß es so schnell ging.«

Sir Thomas räusperte sich. Die Spannungen, die er ringsum spürte, waren ihm höchst unangenehm. »Ihr seid alle meine Gäste«, erklärte er. »Wärt Ihr erst zwei Wochen später gekommen, würdet Ihr schon Rolands Gäste sein. Vor Eurem Eintreffen haben wir beide gerade über die Umbenennung der Burg gesprochen.«

»Ich bin mir nicht sicher, Sir...«

»Seid still, Roland! Ihr werdet nicht meine Dynastie fortführen, sondern Eure eigene begründen. Jetzt seid Ihr an der Reihe. Und das schließt auch den Namen Eurer Stammburg ein. Da Eure Frau jetzt hier ist, können wir gleich ihre Meinung dazu einholen!«

»Graelam und Kassia wissen wohl nicht, daß du von Wolffeton ausgerückt bist, wie?«

»Jetzt müssen sie es wissen«, sagte Daria. »Vorher nicht.«

Roland spürte, wie ihm die Galle hochkam. Abrupt sagte er: »Thomas und Dienwald, Ihr müßt mich jetzt entschuldigen. Ich möchte ein Wort mit meiner Frau sprechen. Daria, komm mit!«

Er nahm sie am Arm und führte sie zur Wendeltreppe an der Ostseite des großen Saals. Die Stufen waren so schmal, steil und unregelmäßig, wie sie es noch nie gesehen hatte. Roland ging voran. Von dem trüben Flur oben gingen drei Zimmer ab. Er führte sie in das zweite. »Hier schlafe ich zur Zeit«, sagte er. »Sobald ich Burgherr bin, beziehe ich das Zimmer von Sir Thomas.«

»Und wo bleibt dann Sir Thomas?«

»Er geht nach Dover. Seine Tochter wohnt mit ihrem Mann und zahlreichen Kindern in der Nähe der Burg Corfe. Da sein Schwiegersohn krank ist, brauchen sie viel Geld. Wenn des Königs Männer deinen Onkel aufgesucht haben, bekomme ich genügend Geld, um die Burg hier zu bezahlen.«

»Und bleibt dann noch etwas für notwendige Reparaturen übrig? Diese Burg ist in schauderhaftem Zustand.«

Das stimmte zwar, und er hätte sich selber noch viel krasser ausgedrückt. Doch damit hatte sie bei ihm Öl ins Feuer gegossen.

»Das ist jetzt dein Heim, Madam. Du wirst deine Ansichten darüber, was schauderhaft ist und was nicht, schleunigst ändern müssen. Über das restliche Geld verfüge ich allein, und du hast mir nicht dreinzureden. In keiner Weise. Und jetzt sage mir, warum du die Dummheit gemacht hast, heimlich Wolffeton zu verlassen!«

»Ich wäre beinahe heil hier angekommen! Es war reines Pech, daß ich auf Master Giles Lager stieß.«

»Ha! Ich würde eher sagen, daß du mehr Glück als Verstand gehabt hast, als Dienwald noch rechtzeitig eingriff. Hast du eine Ahnung, was dir sonst passiert wäre?«

Sie senkte den Blick, denn es tat ihr in der Seele weh, ihm ins Gesicht zu sehen, das kalte Wut verriet. »Ich war viele Monate lang gefangen, Roland. Also weiß ich aus Erfahrung, was mir hätte zustoßen können.«

»Und doch hat es dich nicht davon abgehalten. Warum hast du es getan, Daria? Warum?«

Langsam hob sie den Kopf und sagte ehrlich: »Weil ich bei meinem Ehemann sein wollte. Ich habe es nicht ertragen, zurückzubleiben und anderen als unerwünschter Gast zur Last zu fallen.«

Das klang zutiefst wahr. »Verdammt«, sagte er betroffen und gleichzeitig enttäuscht. »Ich habe leider nicht die Zeit, um dich nach Wolffeton zurückzubringen. Jedenfalls vorläufig nicht. Aber wenn dir nicht gerade speiübel ist, kannst du dich hier nützlich machen. Alle Heiligen wissen, daß die Dienerschaft keinen Handschlag tut. Und wenn jemand doch mal arbeitet, macht er alles falsch.«

Sie sagte kein Wort dazu. Sie saß da wie versteinert, und das machte ihn noch wütender. »Du bist ein dummes Schaf und weiter nichts. Du bleibst jetzt im Zimmer, bis ich dich rufen lasse. Hast du mich verstanden?«

»Ja, ich habe dich verstanden.«

Warum wollte er, daß sie hier im Zimmer blieb? Sollte sie sich nicht blicken lassen, weil er sich ihrer schämte?

Roland verließ das Zimmer, ohne sich noch einmal nach ihr umzusehen. Sie rief sich ins Gedächtnis zurück, wie Roland als Benediktinerpriester gewesen war. Das war Roland, ihr Freund und Retter, gewesen. Jetzt war er zu einem anderen Roland geworden. Einer, der sie haßte und für eine Lügnerin hielt. Sollte sie wieder als Gefangene ihr Leben fristen?

Sie verließ verbotenerweise das Zimmer und ging vorsichtig die Treppe hinab. Als sie sich der letzten Windung näherte, hörte sie Rolands Stimme. Er sprach leise, doch sie verstand alles, und seine Worte schnitten ihr mehr ins Herz, als wenn er sie laut herausgebrüllt hätte.

»Noch eine Nacht mit dir, Gwyn – nein, das geht nicht. Meine Frau ist jetzt hier.«

Eine weiche, sehr weibliche Stimme antwortete: »Ach, die ist ja so dünn, und Ihr habt doch gar nichts für sie übrig. Ihr habt sie überhaupt nicht beachtet. Ich mache Euch auch wieder glücklich, Herr.«

»Das mag ja alles stimmen, aber die Antwort heißt nein. Und nun will ich davon nichts mehr hören, Gwyn. Kümmere dich jetzt um das Abendessen! Wir haben Gäste, und die sollen doch nicht denken, daß sie hier im Schweinestall wohnen und nur Abfälle vorgesetzt kriegen.«

Das Mädchen hieß Gwyn, und Roland hatte mit ihr geschlafen. Er hatte sie nackt gesehen, sie geküßt und sich mit ihr vereinigt. Daria empfand einen tiefen, unerträglichen Schmerz. Langsam, die Hände auf den Unterleib gepreßt, knickte sie in den Knien ein, bis sie auf der Treppenstufe saß. Aus ihrer Kehle kam ein leiser Klagelaut.

Dieser Laut drang an Rolands Ohr. Er runzelte die Brauen, stieg die Treppe empor und blieb abrupt stehen. Sie hatte sein Gespräch mit Gwyn mitangehört!

»Das heimliche Lauschen gehört also auch zu deinen Talenten, untreues Weib!«

Treulos nannte er sie? Noch einmal stöhnte sie klagend auf.

»Du hast mir wiederum nicht gehorcht, Daria. Ich hatte dir befohlen, im Zimmer zu bleiben. Nun hast du selber mitangehört, daß ich sie abgewiesen habe, weil du hier bist und ich dich nicht blamieren will. Sieh dich nur einmal an! Du sitzt da wie eine Steinfigur, blökst wie ein Schaf...«

Sie sprang ihn so blitzschnell an, daß er völlig überrumpelt wurde. Ein harter Faustschlag traf ihn am Kinn. Er verlor das Gleichgewicht und stolperte. Noch einmal schlug sie zu. »Du Schweinehund!« schrie sie ihn an. »Du Hurensohn! Ich bin kein blökendes Schaf! Ich lasse mich nicht so von dir beleidigen!« Diesmal landete ihre Faust tief unter der Gürtellinie. Er stürzte die wenigen Stufen hinab und landete flach auf dem Steinfußboden des großen Saals.

Im nächsten Augenblick saß sie auf ihm, schlug ihm mit den Fäusten in die Rippen und schrie noch lauter: »Ich hasse dich! Treuloser Betrüger! Du widerlicher Hund! Ich hasse dich!«

Der große Saal wimmelte von Menschen. Auch Thomas und Dienwald waren noch da. Was sie zu sehen bekamen, verschlug ihnen die Sprache. Rasend vor Wut, leeren Blicks, packte Daria ihren Mann mit beiden Händen an der Kehle und drückte so fest zu, wie sie konnte.

Dann griff sie in seine Haare und stieß seinen Kopf auf den Steinfußboden. »Du gehörst mir«, schrie sie in erneutem Wutausbruch, »aber du gibst dich mit anderen Frauen ab! Du brichst deine Schwüre, du hältst mir nicht die Treue! Und dann nennst du mich obendrein ein treuloses Weib! Und weil ich nichts dazu gesagt habe, sagst du, ich wäre ein dummes Schaf! Das hat ein Ende, Roland. Wenn du je wieder eine andere Frau anfaßt, dann bringe ich dich um! Ich schwöre es dir, ich bringe dich um!«

Am ganzen Leibe bebend, zeterte sie weiter wie ein Fischweib. »Nie wieder, Roland! Sonst trete ich dir ins Gemächte und bringe dich um! Ich...«

Mit einem Ruck machte er sich von ihr frei und legte sie möglichst sanft auf den Rücken. Im nächsten Augenblick kniete er zwischen ihren Beinen und warf sich auf sie.

Daria hörte Gelächter im Saal. Erst von Männern, die unzüchtige Bemerkungen folgen ließen, und dann das Lachen einer Frau. Erst da wurde sie sich bewußt, daß sie von vielen Augen beobachtet wurden. Sie sah ihrem Mann in die Augen. Ihr Gesicht war leichenblaß.

»Willst du mich schlagen?«

»Dich schlagen? Was hast du denn mit mir gemacht? Du hast mir den Kopf aufklopfen wollen, als wäre er eine reife Melone! Du wolltest mich erwürgen. Du redest davon, daß du mich umbringen willst. Nein, ich werde es dir nicht mit Gleichem vergelten. Jedenfalls hast du allen hier eine schöne Vorstellung gegeben. Ich helfe dir jetzt beim Aufstehen. Aber wenn du es noch einmal wagst, mich anzugreifen, geht es dir schlecht. Hast du mich verstanden?«

»Ja, ich habe dich verstanden.«

Er hievte sie hoch. Im nächsten Augenblick stieß sie ihm das Knie zwischen die Beine. Wellen von Übelkeit fluteten durch seinen Körper. Der Schmerz raubte ihm jede Kraft. Er faßte sich an die getroffene Stelle und brach in die Knie.

Die Männer hörten auf zu lachen und obszöne Witze zum besten zu geben. Erst jetzt wurde Daria bewußt, was sie getan hatte. Sie hob den Kopf. Alle starrten sie schweigend mit entsetzten und ungläubigen Mienen an. Da raffte sie die langen Röcke und floh aus dem großen Saal.

Sie rannte und rannte. Einmal stolperte sie auf dem unebenen Pflaster. Sie rannte weiter. Durch das hochgezogene Fallgitter und den schmalen, hohen Tunnel, der aus dem inneren in den äußeren Burghof führte, rannte sie, bis sie vor den offenen Toren ankam, und rannte immer weiter, während ihre Seiten stachen. Jetzt war sie außerhalb der Burg, wo viele Leute bei der Arbeit waren. Aber keiner versuchte sie aufzuhalten.

Sie rannte, bis ihre Beine sie nicht mehr weitertrugen und sie auf einem Abhang ins weiche Gras fiel. Hier überschlug sie sich und rollte bis nach unten in den abgerundeten Graben. Dort blieb sie regungslos liegen. Sie konnte kein Glied mehr bewegen. Plötzlich überfiel sie namenlose Angst. Wenn nur ihr Kind nicht durch ihre Flucht aus der Burg und den Sturz Schaden erlitten hatte! Warm drang die Sonne durch die Kleidung bis auf die Haut. Sie wollte nur noch sterben.

Aber dazu kam es nicht.

Als Roland sie dort unten, die Wange an das weiche grüne Gras gepreßt, die Augen geschlossen, liegen sah, hielt er sie für tot. Von Angst gejagt, lief er zu einem weniger steilen Stück des Hangs, wo er zu ihr gelangen konnte, ohne zu fallen oder abzurutschen.

Er ließ sich neben ihr auf die Knie nieder. »Daria!«

Langsam rappelte sie sich in eine kniende Stellung auf.

»Bist du verletzt?«

Sie sah ihm in die Augen. »Ich hoffe nur, ich habe dich so getroffen, daß du Gwyn keine Freude mehr machen kannst. Ich hoffe, daß du für keine Frau mehr taugst.«

Roland atmete tief auf. Diese Worte zerstreuten alle seine Ängste.

Ihre Augen waren geweitet. Keuchend fuhr sie fort: »Ich

hoffe, du ziehst wieder ins Heilige Land, findest Leila und Cena und sagst ihnen, daß du leider kein Mann mehr bist und daß...«

Er verschloß ihr den Mund mit der Hand. »Das reicht, verdammt noch mal.«

Er zog sie an sich, bis ihr Gesicht dem seinen ganz nahe war. »So, Madam, nun geht's zurück. Du hast mir eine Menge Ärger gemacht. Philippa behauptet allerdings, deine Gewalttätigkeiten wären durch die Schwangerschaft ausgelöst worden, du hättest nicht mehr klar denken können... bei den Heiligen, sie hat dich auch noch in Schutz genommen, obwohl du mich zu Boden gestreckt hast.«

»Ja, ich habe dich zu Boden gestreckt. Ich habe dich dazu gebracht, daß du vor mir auf die Knie gefallen bist.«

»Daria, ich empfehle dir, daß du jetzt den Mund hältst und später auch. Du hast dich wie eine Halbirre aufgeführt. Ich kann dich wirklich nicht mehr verstehen. Kommst du nun freiwillig mit, oder soll ich dich hier verprügeln?«

Sie fragte sich, ob er sie wirklich verprügeln würde. Und würde sie dann weinen und ihn anflehen, damit aufzuhören? Nein. Lieber sterben, als ihm dieses Vergnügen gönnen. »Schlägst du mich mit der Hand, oder greifst du zur Peitsche?«

Roland verstand sie ebensowenig wie sich selbst. Da hatte sie nun einmal gezeigt, was in ihr steckte – mehr noch, als er gewünscht hatte – und dann drohte er ihr mit Prügeln! Er bereute tief, so etwas ausgesprochen zu haben. In seinem ganzen Leben hatte er nie eine Frau geschlagen. Er verachtete Männer, die eine Frau schlugen, gleich aus welchem Grunde, und hielt sie für Tiere. Und doch hatte er ihr eben damit gedroht, und sie hatte die Drohung ernst genommen. Dabei mußte sie doch wissen, daß er dessen gar nicht fähig war. »Ich greife nie zur Peitsche, nicht mal bei störrischen Tieren.«

Sie staubte ihr Kleid ab, streckte den Rücken und stand auf. Dann machte sie sich auf den Rückweg.

Auf einmal sah sie die vielen Schafe. Selbst die Luft roch

nach ihnen. Sie sah die dicht mit grünen Bäumen bewaldeten sanften Hügel. Dies Land war von einer stillen Schönheit.

»Wie weit sind wir hier vom Meer entfernt?«

Roland starrte sie an. Wie kam sie plötzlich auf diese Frage? »Ungefähr zwölf Meilen.«

»Willst du mich vor Dienwalds und Philippas Augen demütigen?«

»Du hast mich ja auch vor ihren Augen angegriffen. Warum sollte ich es nicht ebenso machen?«

»Warum hast du mit diesem Mädchen geschlafen?«

Achselzuckend erwiderte Roland: »Sie ist hübsch, sauber und sinnlich. Ich hatte Verlangen nach einer Frau. Sie war greifbar, willig und zeigte viel natürliche Begabung.«

»Ach so ist das also. Jede Frau – jede *hübsche* Frau – gilt für dich als greifbar. Das gefällt mir überhaupt nicht, Roland. Aber ich sehe jetzt, daß ich nichts dagegen unternehmen kann.«

»Du hast doch selber gehört, wie ich Gwyn gesagt habe, daß ich nicht mehr zu ihr kommen werde.«

»Ich verstehe. Dein männlicher Ehrenkodex gebietet dir, nicht mit anderen Weibern zu schlafen, wenn deine Frau da ist. Ich bin hoch erfreut über diesen Beweis männlicher Ehre und Keuschheit. Doch mir ist es ganz egal, was du machst. Von mir aus kannst du alle Dirnen begatten, die dir gefallen. Es läßt mich gleichgültig. Dann vergreifst du dich wenigstens nicht an mir, wofür ich allen Heiligen nur danken kann. Du hast mir ja doch nur weh getan…«

»Ein einziges Mal, verdammt! In unserer Hochzeitsnacht.«

»Nein, zweimal. In der Hochzeitsnacht und vorher in jener Nacht in Wrexham.«

Er fluchte lange und laut. Er war doch immer ein aufrechter, vernünftiger und alles andere als niederträchtiger Mann gewesen. Jedenfalls bis er seine Frau, diese nichtsnutzige Lügnerin, kennengelernt hatte.

»Eigentlich müßte ich dich nach Wolffeton zurückschikken. Aber ich bezweifle, daß Graelam dich noch einmal aufnehmen will. Nein, ich will ihn gar nicht erst danach fragen

Wenn du ein paar Wochen bei ihm verbracht hast, würdest du ihm möglicherweise einreden wollen, das Kind in deinem Leibe wäre von ihm.«

Bevor sie ihm ins Gesicht schlagen konnte, hielt er sie am Handgelenk fest. »Schlag mich nie wieder, Daria! Ich warne dich. Nie wieder!«

17

Zur Überraschung aller Gäste wurde ihnen ein köstliches Abendessen aufgetischt. Der Brathering war erstklassig und zerging auf der Zunge, das Rindfleisch war mit Kräutern gewürzt, die Daria gar nicht kannte, Gemüse und Kartoffeln schmeckten vorzüglich. Ja, plötzlich kam Daria sogar der große Saal warm und gemütlich vor.

»Ihr wundert Euch über die Qualität der Speisen, Daria«, sagte Sir Thomas lächelnd. »Das liegt daran, daß das Essen eine der wenigen Freuden ist, die einem in meinem Alter noch verbleiben. Ich frage mich nur, was Euer Mann sagen würde, wenn ich ihn bäte, meinen Koch mitnehmen zu dürfen.«

»Ich würde dem Manne nachjagen, Sir Thomas, und ihm alle möglichen Vergünstigungen anbieten, wenn er bei mir bliebe.«

»Wo habt Ihr denn diesen göttlichen Koch aufgetrieben, Sir Thomas?« fragte Dienwald und kaute an einem süßen Mandelbrot, von dem der dunkle, bernsteinfarbene Honig nur so herabtriefte. »Könnte ich ihn Euch vielleicht mit Hilfe meiner gewitzten schönen Frau unter der Hand stehlen?«

Alle lachten, auch Daria. Vor wenigen Stunden hatte sie noch gedacht, sie würde nie wieder etwas zu sich nehmen und nie wieder lächeln, und jetzt futterte sie und lachte, bis ihr die Rippen weh taten.

»In Wirklichkeit ist mein wunderbarer Koch eine gebückte, alte Frau«, sagte Sir Thomas. »Allerdings behauptet sie, ihre Ururgroßmutter habe noch für William den Eroberer gekocht. Aber macht Euch keine Sorgen! Ich nehme sie nicht mit. Ich glaube nämlich, daß sie diese Wunder nur auf Thispen-Ladock vollbringen kann.«

»Dafür bin ich aufrichtig dankbar«, sagte Daria.

Roland kaute nachdenklich an einem Stück vom zarten

Hammelschmorbraten. »Dann verstehe ich nicht, wie Ihr bei dieser Kost so schlank bleibt, Sir Thomas. Normalerweise müßte man doch dick werden wie ein Hermelin.«

»Das sagt Ihr, ein jungverheirateter Ehemann, Roland? Pfui über Euch! Ihr werdet viel zu sehr mit Eurer Frau beschäftigt sein, als daß Ihr Fett ansetzen könntet.«

»Ja, da habt Ihr recht«, ließ sich Dienwald vernehmen. Er stand auf, zog den Waffenrock hoch und zeigte seinen nackten Oberkörper. »Sieh dir das an, Roland, und habe Mitleid mit mir! Noch vor wenigen Wochen konnte ich mich eines prächtigen Männerkörpers rühmen. Aber jetzt stehen mir die Rippen wie Zaunlatten heraus, und alles nur, weil meine junge Frau so hohe Ansprüche an mich stellt. Ich muß mehr Schwerarbeit bei ihr leisten als meine Ochsen auf dem Acker. Dieses herrliche Essen wird mir dazu verhelfen, wenigstens noch einen weiteren Tag in ihrem anstrengenden Dienst zu überleben.«

Plötzlich sprang Philippa de Fortenberry auf, packte ihren Mann am Kragen und stopfte ihm eine handvoll grüner Erbsen in den Mund. Er verschluckte sich, würgte und spie die Erbsen dann in alle Richtungen aus. Mit gefährlich funkelnden Augen wandte er sich an seine Frau: »Nach diesem Mahl werde ich über ungeahnte Kräfte verfügen, die sogar ein Riesenweib mit der Stärke eines Wasserbüffels wie dich dazu zwingen werden, mich auf den Knien anzuflehen, Philippa!«

»Worum soll sie Euch denn anflehen, Dienwald?« erkundigte sich Sir Thomas.

»Nun, natürlich, daß ich sie befriedige.«

Dann nahm er sie in die Arme und küßte sie vor der ganzen Versammlung lange und leidenschaftlich. Als er sie schließlich losließ, trommelte sie ihm lachend mit den Fäusten auf der Brust herum. Nur Daria gewahrte das Verlangen in ihren Augen, die geröteten Wangen und die begierig geöffneten Lippen.

Daria wandte sich ab. Sie konnte den Anblick des glücklichen Paars nicht mehr ertragen.

Da sagte Roland zu ihr: »Es gab eine Zeit, als zwischen den

beiden auch nicht eitel Sonnenschein herrschte. Allerdings erinnere ich mich, daß es eigentlich nur an Dienwald gelegen hat. Er regte sich darüber auf, daß sie es wagte, einen König zum Vater zu haben.«

Daria hob den Kopf und sah ihn verständnislos an. »Das leuchtet mir nicht ein.«

»Wenn du Dienwald erst besser kennst, wirst du es schon verstehen. Was ich noch sagen wollte, Daria, ich habe Sir Thomas versprochen, heute abend eine Partie Schach mit ihm zu spielen. Du brauchst deine Pflichten als Burgherrin erst von morgen früh an wahrzunehmen.«

Damit hatte er sie entlassen. Sie erhob sich mit steifen Gliedern und sagte allen gute Nacht. Dann ging sie leicht humpelnd aus dem Saal. Sir Thomas sah ihr aufmerksam nach.

Roland hatte seinen Blick bemerkt und erklärte ihm: »Sie ist gestürzt.«

»Ich habe gehört, sie sei wie eine verängstigte kleine Henne vor dem Fuchs davongerannt. Hat der Fuchs die Henne eingefangen?«

»Nein, die Henne ist dem Fuchs ohne sein Zutun zum Opfer gefallen. Wollen wir uns jetzt ans Schachbrett setzen?«

Als Roland ins Zimmer kam, war Daria noch wach, verhielt sich aber völlig still. Sie war des Streitens müde. Sie fürchtete seine kaltherzigen Befehle oder, was noch schlimmer war, sein gleichgültiges, verächtliches Schweigen. Im Mondschein, der durch den Fensterspalt fiel, sah sie, wie er sich auszog. Sie fand seine geschmeidigen Bewegungen wunderbar. Sie berührten sie tief.

Sie glaubte, ihn seufzen zu hören, doch sie konnte sich auch getäuscht haben. Das Bett gab unter seinem Gewicht nach. Er legte sich mit dem Rücken zu ihr. Es dauerte nicht lange, und er begann tief und gleichmäßig zu atmen.

Mitten in der Nacht wachte Daria auf. Draußen war der Wind stärker geworden. Bald würde es vom Meer her stürmen. Kalt war es schon. Daria kuschelte sich an seinen Rükken. Sie spürte seine Körperwärme und legte die Wange an seine Schulter. Ihre Hand tastete nach seiner Brust. Sein Atem blieb ruhig.

Sie küßte seinen Rücken und schmiegte sich enger an ihn. Er war nackt, während sie ein Hemd trug, das allerdings hochgerutscht war. Nur ihre Beine lagen nackt an seinen. Im tiefen dunklen Schweigen der Nacht konnte sie sich einbilden, daß er sie liebte, daß er wieder jener Roland war, der als Priester zu ihr gekommen war, um sie zu befreien, und der sie in Wales vor den Räubern gerettet hatte.

Sie hätte sich gern das Hemd ausgezogen, um ganz nackt an ihm zu liegen, aber das ging nicht. Er würde wach werden, aus dem Bett springen und sie verfluchen. Oder er würde sie schmerzhaft nehmen.

Sie schloß die Augen, um diesen Augenblick zu genießen, der ihr allein gehörte. Dann schlief sie ein, ohne zu merken, daß er ihre Hand umfaßt hatte.

Jetzt war Roland wach. Er fühlte ihren warmen Atem an seinem Rücken. Wie weich ihre Haut war! Er hielt ihre Hand an seine Brust. Wahrscheinlich hatte er sie schon die ganze Nacht so gehalten, ohne es zu merken. Das war sonderbar, denn im allgemeinen schlief er leicht. Aus jahrelanger Erfahrung wußte er, daß ein Mann, der sich dem tiefen Schlaf überläßt, oft den Tod herausfordert. Sie mußte ihn eingelullt haben.

Sein Glied war hart wie Stein. Er mußte beinahe über seine Geilheit lachen. Ganz langsam drehte er sich zu ihr um. Ihr Hemd war höher gerutscht. Jetzt fühlte er ihre Oberschenkel an seinen. Sie bewegte sie, bis seine Beine über ihren lagen.

Er stand dicht vor einem Erguß. Jetzt hätte er sie einfach auf den Rücken legen, sich auf sie werfen und in sie eindringen können. Es könnte ganz schnell gehen. Aber nein. Sie war ja noch nicht bereit, ihn zu empfangen. Sie würde kalt und verkrampft sein, und er würde ihr weh tun wie in der Hochzeitsnacht. Nein, er mußte sich noch beherrschen, bis sie für ihn bereit war. Wenn er sie dazu brachte, daß sie vor Begierde zu stöhnen begann, dann würde er seine Rute hineinstoßen. Dann würde er sie befriedigen, bis sie vor Wonne bebte. Sie sollte vor Lust wimmern. Er würde sich zurückhalten und sie reizen, bis sie sich ihm von selber hingab. Dann und nur dann wollte er sie nehmen.

Er streichelte ihren Rücken. Seine Finger berührten sie so leicht wie Schmetterlingsflügel. Glatt lag ihr Hemd über dem Gesäß. Er verschob das starre Leinen nach oben. Nun umfaßte er ihr nacktes Hinterteil. Und wieder war seine Erregung so stark, daß er meinte, sein Samen würde jeden Moment herausspritzen. Es war unglaublich, daß schon eine einfache Berührung ihn so aufpeitschte. Mit geschlossenen Augen wartete er ab, bis die drängenden Gefühle sich legten und er sich wieder einigermaßen unter Kontrolle hatte.

Er fuhr ihr mit der Hand zwischen die Beine, und zu seiner Überraschung spreizte sie die Schenkel und drücke den Schoß an seine Finger. Ihr Rücken bog sich ein wenig, und stärker preßte sie die Brüste an seinen Oberkörper. War sie wach? Wußte sie, was sie tat? Doch sie atmete noch ruhig. Wahrscheinlich träumte sie. Gern hätte er gewußt, in welchen Träumen sie befangen war.

Behutsam führte er den Mittelfinger in ihre Scheide. Welch ein Gefühl! Nie hatte er es so stark erlebt, und er hatte doch viele Frauen gekannt, ihre Körper mit seinen Fingern, mit Mund und Zunge liebkost. Aber dies übertraf alles, was er bisher erlebt hatte. Es machte ihm beinahe Angst. Unvermittelt schob er den Finger tiefer in sie hinein. Ihre Muskeln spannten sich darum und klemmten ihn ein, und sie begann zu stöhnen.

»Daria«, flüsterte er, während er ihre Schläfe und Wangen küßte. Mit der freien Hand drückte er ihren Kopf zurück, so daß er sie auf Mund und Hals küssen konnte. Und sein Finger bewegte sich tief in ihr und spürte ihre Hitze. Er wünschte, es wäre schon sein Glied. Jetzt wurde sie weich und feucht, jetzt war sie für ihn bereit. Jetzt brauchte er sie nur noch auf den Rücken zu drehen und ihre Beine weit zu spreizen...

Er überschüttete sie mit Küssen, hielt sich aber noch zurück. Sein Finger verließ fast ihre Scheide und schob sich dann wieder sanft hinein. Sie stöhnte, ihr Körper spannte sich, und dann überlief sie ein leichtes Zittern. Nun konnte er nicht länger warten. Vorsichtig drehte er sie auf den Rücken, legte sich auf sie und küßte sie unablässig. Dann richtete er sich auf und kniete zwischen ihren Beinen.

»Daria, wach auf!«

Er zog ihr Hemd hoch und entblößte ihre Brüste.

Behutsam legte er sich auf sie, küßte ihre Brüste, streichelte sie sanft und nahm zuletzt ihre Spitzen in den Mund. Ihr war, als müßte sie vor Wollust schreien. Der Traum hatte sie in wilde Erregung versetzt, aber im Wachen waren Rolands Finger und sein Mund unvergleichlich schöner. Sie wollte ihn ganz haben, und nicht nur in der Illusion des Traums.

Er glitt an ihr herab und schob ihre Schenkel weit auseinander. Nun war sein Mund an ihrem Schoß, und sie gab einen hohen, leisen Laut von sich. Gleichzeitig legte sie die Oberschenkel auf seine Schultern, wühlte in seinen Haaren und stöhnte inbrünstig. Er hob den Kopf ein wenig von ihrem pulsenden Schoß und sagte beschwörend. »Daria, bitte komm zu mir!«

Ihr Körper reagierte sofort. Sie öffnete sich ihm bedingungslos, aus dem tiefsten Inneren, und das führte dazu, daß sie eine Folge überwältigend intensiver und beglückender Gefühle durchlebte.

Sie jauchzte vor Glück. Hemmungslos hob und senkte sie das Becken. Sie war schweißüberströmt, sie kannte sich selbst nicht wieder, aber das störte sie nicht, so sollte es immer weitergehen. Mit den Händen unter ihren Hüften hob er sie an, und dann glitt sein Glied in ihren Schoß und füllte sie voll aus. Wieder schrie sie auf und hob die Hüften an, um ihn noch tiefer in sich zu spüren. Wogen der Lust durchströmten sie, wurden immer stärker, und sie grub die Finger in seine Arme, hob den Kopf, um ihn zu küssen, und er kam ihr entgegen, holte neu aus, stieß wieder zu, und während er sie wild küßte, ergoß er sich stöhnend in sie, und sie wußte, daß kein Traum je so schön sein konnte wie dieses Einssein mit ihrem Mann.

Sein Glied war noch in ihr, als er sich erschöpft auf sie fallen ließ. Gleich darauf rollte er sich zu Seite und flüsterte: »Ich will deinem Kind nicht weh tun.« Er zog sie mit sich, so daß er in ihr blieb, wenn auch nicht mehr so tief. Doch seine Worte verletzten sie sehr. *Dein Kind*... Das schmerzte sie so, daß sie fast geweint hätte. Doch die Lust wirkte noch nach, ihr Körper war weich und gelöst, und sie fühlte ihn Haut an Haut. Er streichelte ihren Rücken, ihre Hüften, fuhr ihr leicht über den Unterleib, und dann wanderten seine Hände zu ihren Brüsten, als wäge er sie, bevor er sie liebkoste.

»Diesmal war es aber schön für dich«, sagte er und knabberte zart an ihrem Ohrläppchen. »Ich habe es gemerkt.«

»Wenn du in mir bist, Roland, ist es wunderbar... dann bist du ein Teil von mir.«

»Ja, und so soll es immer bleiben. Jede Nacht will ich zu dir kommen, und du wirst schreien, daß ich noch tiefer eindringen soll, und ich werde dich nicht enttäuschen, Daria. Ich lasse es nicht zu, daß du es je vergißt, daß du je denkst, ein anderer Mann könnte dir mehr geben als ich. Als du zu deinem ersten Höhepunkt kamst, hast du gejauchzt und dann wieder, als ich in dich eingedrungen bin. Das fand ich schön...« Seine Stimme wurde leiser und verklang.

Erschöpft von all diesen Wonnen, sagte sie leise: »Schlaf jetzt, Liebling, schlaf!«

Und doch mußte sie fürchten, daß sich eigentlich nichts zwischen ihnen geändert hatte. Mit einer Ausnahme vielleicht... vielleicht würde er sich ihr jetzt immer mit solcher Behutsamkeit nähern, so daß es kein Mißtrauen und keinen Grund zur Verstimmung mehr geben konnte. Er würde zu ihr kommen, um ihr und sich Befriedigung zu schenken.

Als sie Stunden später erwachte, war sie allein. Sie fand ein Wasserbecken, wusch sich, kleidete sich schnell an und begab sich in den großen Saal. Es war noch ziemlich früh am Tag. Doch Dienwald und Philippa saßen schon am Tisch und unterhielten sich mit Roland und Sir Thomas.

Dienwald sah, wie Daria mit geröteten Wangen und leicht geöffneten Lippen den Blick auf ihren Mann richtete. Mit teuflischem Grinsen sagte er laut zu seiner Frau: »Schau dir mal an, wie sie aussieht, Dirne... Nun, ich würde sagen, sie wurde heute nacht gut befriedigt. Stimmt das, Roland? Hast du deine Frau glücklich gemacht?«

»Ihr müßt schon verzeihen, Daria«, sagte Philippa, »dieser Mann ist nicht zu bändigen. Mir bleibt nichts anderes übrig, als ihm mit den Köstlichkeiten der Tafel den Mund zu stopfen. Hier, mein Gatte, iß diese wunderbare Honigpastete! Sie gibt dir neue Kraft.«

Doch kaum stieg Daria der süße Honigduft in die Nase, als ihr Magen sich auch schon umstülpte. Sie schnappte nach Luft und rannte aus dem Saal.

Als sie zurückkam, reichte ihr Roland einen Krug mit frischer Milch. »Trink sie langsam und iß dazu dieses Brot! Alice sagte mir, sie habe es extra für dich gebacken, nach einem Kräuterrezept ihrer Ururgroßmutter. Es ist gut für das Kind und macht es stark wie ein junges Wiesel.«

Sie kaute bedächtig, und wirklich besänftigte das Kräuterbrot ihren Magen. Indessen sagte ihr Mann. »Dienwald, du würdest mir eine Freude machen, wenn du noch eine Weile hierbliebst. Ich hätte Arbeit für dich. An der Ostmauer brauche ich mehr Arbeitskräfte, als ich jetzt zur Verfügung habe.«

»Du verkennst mich, Roland. Ich bin ein fauler Bursche und völlig unnütz. Die ganze Arbeit bei uns tut meine liebe Frau. Sie ist verrückt danach. Und sie liegt mir ständig in den Ohren, auf St. Erth Verbesserungen vorzunehmen. Ich kann es schon nicht mehr hören. Also muß ich leider auf ihre Burg zurück. Sie denkt auch schon Tag und Nacht an meinen Sohn Edmund.«

Philippa sagte zu Daria: »Wenn Ihr Euch erstmal hier eingerichtet habt, müßt Ihr uns unbedingt auf St. Erth besuchen.«

Später sahen Roland und Daria zu, wie Dienwald und Philippa mit ihren Männern aufbrachen. »Mein Onkel«, sagte Daria, »hat überhaupt keine Freunde. Seine Nachbarn sind froh, wenn sie ihn nicht mal aus der Ferne sehen. Er liegt immer mit irgendwem im Streit oder Kampf, versucht ihnen

Land zu stehlen und will ihre Töchter und Frauen verführen. Solange ich auf Reymerstone lebte, habe ich immer damit gerechnet, daß jemand eines Tages in die Burg schleicht und uns alle im Bett erschlägt.«

»In Cornwall ist das anders. Des Königs Onkel – Gott sei ihm gnädig, er ist leider schon tot – hat die Männer hier mit klugem Kopf und unaufdringlicher Macht zusammengehalten. Wenn einer seiner Lords gewagt hätte, Krieg gegen seinen Nachbarn zu führen, hätte er es bald bereut. Denn der Herzog von Cornwall pflegte schnell zu handeln. Allein Dienwald war ein Außenseiter. Aber er schlug nur gelegentlich über die Stränge, und der Herzog lachte über seine Streiche. Und als Dienwald des Königs Tochter heiratete, war sein Schicksal besiegelt. Wie geht es dir, Daria?«

»Gut. Danke für die Milch und das Brot.«

»Eigentlich«, sagte er, ohne sie anzusehen, »wollte ich wissen, wie dir die letzte Nacht bekommen ist. Du wirst doch nicht behaupten, daß ich dich gezwungen oder mißbraucht hätte?«

»Nein. Wie könnte ich das? Es war eine Nacht voller Freuden. Ich gebe gern zu, daß du mich glücklich gemacht hast.«

Jetzt schauten sie beide in die Ferne, als gäbe es etwas Interessantes am Horizont zu entdecken.

»Du bist süß«, sagte er unvermittelt. »Wenn ich nur daran denke, steht er mir, und ich werde geil wie ein Bock.«

»Aber es ist doch erst Vormittag!« sagte sie erstaunt.

»Schau mal dort hinüber, Daria! Am Fuße dieses kleinen Hügels ist eine Wiese voller blühender Sommerblumen. Sie gleicht einem Teppich. Dort ist es warm und weich. Ich möchte mit dir da hin und dich auf der Wiese nackt ausziehen. Ich möchte dich streicheln und mich von dir streicheln lassen und sehen, wie die Leidenschaft dich packt und Schweißtropfen wie Tau auf deiner weichen Haut perlen. Wenn du dich dann unter mir windest, genieße ich deine ganze Süße, und dann lege ich dich auf das duftende Blumenbett und versinke in dir.«

Er sah eine Ader an ihrem Hals pochen, sah die Farbe in ihrem Gesicht und las in ihren Augen die wilde Vorfreude. Da lächelte er zufrieden. Er wußte, daß sie voller Leidenschaft war. Das verhieß ihm unerwartete Freuden in kommenden Tagen und Nächten. *Aber das Kind? Wenn es ein Junge ist, wird er dein Erbe sein, und du wirst um der Ehre willen Galle schlucken müssen ...*

Roland schüttelte den Kopf. Er konnte das Geschlecht des Kindes nicht bestimmen. Niemand konnte das. Aber er würde sich darüber auch nicht länger den Kopf zerbrechen. Das führte zu nichts, brachte keine Lösung und machte ihn nur nervös und gereizt. »Komm!« sagte er knapp. »Ich stelle dir jetzt das Personal der Burg vor. Du bist von nun an die Herrin. Sir Thomas hat mir gesagt, die meisten seien durchaus willig und nur faul geworden, weil ihnen so lange eine Herrin gefehlt hat.« Er stockte einen Augenblick. »Du bist doch hoffentlich in der Lage, die Aufsicht zu übernehmen?«

»Ja. Auch meine Mutter hat ihre Haushaltspflichten nie vernachlässigt.«

»Trotzdem fand sie noch Zeit, dich lesen und schreiben zu lehren. Das ist recht ungewöhnlich, würde ich sagen. Weißt du, daß Philippa auf St. Erth auch Verwalterin ist?«

»So etwas habe ich nicht gelernt. Aber wenn mir jemand Unterricht gibt, dann ...«

»Nein, das ist nicht nötig. Bald wirst du meinen Verwalter kennenlernen. Sollte er ein Betrüger sein, nun, dann werde ich ihm den Hintern versohlen und ihn in den Burggraben werfen.«

Daria gluckste. Dann sagte sie schüchtern: »Weißt du, Roland, ich mache mir um meine Mutter Sorgen. Mein Onkel hat sie mißbraucht, und sie mußte ihm wohl oder übel in allen Dingen zu Diensten sein.«

»Denk nicht mehr daran!« sagte er. Damit war das Thema für ihn erledigt. Daria biß sich auf die Lippen und schluckte ihren Zorn herunter.

Alice, die Ururenkelin der Großen Alice, rührte mit einem langen Holzlöffel im Schmortopf. Daria lobte ihre Kochkünste und hörte sich dann geduldig Alices Ratschläge für Schwangere an.

Den Nachmittag verschlief sie. Als sie aufwachte, saß Roland auf dem Bett neben ihr. War er schon lange hier? Hatte er sie nur angeschaut? Was mochte er denken?

»Hallo«, sagte sie und reckte sich. »Oh, mein Lieber, ist es schon spät? Habe ich lange geschlafen?«

»Lange genug. Wie fühlst du dich?«

»Gut. Alices Spezialbrot ist noch besser als der Kräutertrunk der Königin. Soll ich jetzt aufstehen und mich um das Abendessen kümmern?«

»Nein, dafür ist es noch zu früh. Ich habe hier gesessen und dich angeschaut, Daria. Ich war froh, als du endlich wach wurdest. Ich will nämlich mit dir Liebe machen.«

Sonnenschein strömte ins Zimmer. Der Sturm der Nacht war zu einer leichten Brise abgeflaut, gerade richtig für den warmen Sommertag. Jetzt wollte er mit ihr Liebe machen? »Aber es ist doch noch heller Tag, Roland. Viel zu hell.«

»Ich weiß. Ich will dir die weißen Schenkel spreizen und meine Frau genußvoll betrachten. Komm, ich helfe dir mit dem Kleid.«

Ihre Frisur hatte sich gelöst, und die Locken ringelten sich wild um ihr Gesicht. »Sieh mich an, Daria!«

Sie tat es, und er beobachtete fasziniert, wie sie sich mit der Zunge über die Unterlippe fuhr. »Du merkst wohl gar nicht, wie du mich heiß machst, wie? Wenn ich nur deine rosafarbene Zunge sehe, wird er mir steif und ist härter als Fels.« Er lachte rauh und nestelte an der Spitzenverschnürung ihres Kleides.

18

Je mehr seine Begierde wuchs, um so ungeschickter stellte er sich an. Plötzlich dachte Daria an Gwyn. Sollte sie seinen Ehebruch mit ihr einfach vergessen? Sie spürte die warme Sommerluft an ihrer nackten Haut und sah ihn an.

Er starrte wie gebannt auf ihre Brüste.

»Bin ich auch so hübsch wie Gwyn? Gefalle ich dir genauso gut wie sie?«

Roland hatte Gwyn schon völlig vergessen. Er hatte sich unbedacht mit ihr abgegeben und gleich danach bereut, daß er ehrlos gehandelt und Daria die Treue gebrochen hatte. Doch seitdem war sein ganzes Sinnen und Trachten auf seine Frau gerichtet. Er wußte, daß dies seinen Seitensprung nicht entschuldigte. Ihre Fragen trafen ihn unerwartet, und sofort bekam er Schuldgefühle. Er ärgerte sich darüber. Für ihn waren Darias Brüste schöner als alle anderen, die er je gesehen hatte. Es juckte ihn in den Fingern, ihre weiche Haut zu streicheln und leicht über die Spitzen zu fahren, bis sie sich aufrichteten. Ihre Worte wirkten aber wie eine kalte Dusche auf ihn.

»Eigentlich nicht«, sagte er. »Gwyns Brüste sind viel voller und ihre Spitzen dunkel wie Pflaumen und weich wie Samt. Wenn ich sie streichelte, zitterten ihre Brüste, und sie füllten meine beiden Hände aus.«

Ihr Gesicht verzog sich. Sie war schmerzlich berührt. Aber warum mußte sie ihm auch solche Fragen stellen! Was hatte sie denn erwartet? Daß er sagen würde, sie sei das schönste weibliche Wesen, das man sich vorstellen könnte, und Gwyn sei nichts gegen sie? Sie war drauf und dran, die Bettdecke über sich zu ziehen.

»Laß es genug sein. Daria! Das ist doch ein verdammter Unsinn. Hör zu, du bist meine Frau. Halte mir nie wieder diese andere vor! Es ist nun mal passiert, und jetzt wollen wir es vergessen.«

»Wird es wieder passieren, Roland? Immer wieder?«

Er schüttelte stumm den Kopf.

Ihre Brüste lagen bloß, und er konnte den Blick nicht von ihnen abwenden. Das Kleid hatte er ihr bis zur Taille heruntergezogen. Er drückte sie sanft auf den Rücken und legte sich neben sie. Dann senkte er den Kopf, bis er mit der Zunge eine Brustspitze berührte. Das erregte sie in solchem Maße, daß sie hörbar die Luft einsog. Seine Zunge spielte an der zarten Haut, und ihre Gefühle steigerten sich, wurden intensiver, drängender, und ihre Beine begannen zu zittern.

»Bitte, Roland.«

Sie wußte selber nicht, worum sie ihn bat. Sollte er aufhören? Sollte er sie weiter liebkosen? Seine Hand streichelte jetzt die andere Brust, hob sie leicht an und nahm sie in den Mund.

Sie wollte ihm sagen: Laß mich, geh zu deiner Hure, ich glaube dir kein Wort! Doch aus ihrem Mund kam nur ein leiser, flehender Schrei.

Jetzt schob er eine Hand unter ihr Kleid und ließ sie auf ihrem Leib ruhen. Er hob den Kopf und sah ihr in die Augen. »Wenn du auf dem Rücken liegst, ist dein Bauch noch ganz flach. Ich kann kaum glauben, daß du ein Kind bekommst.«

Dann leckte er wieder an ihren Brustspitzen, bis ein Zittern durch ihren Körper lief und sie die Finger in seine Arme krallte. Ihr Kopf zuckte hin und her, ihre Hüften hoben und senkten sich. Sie war ganz Verlangen.

»Hast du das gern, Daria? Wenn ich mit den Fingern an dir spiele? Kannst du dir vorstellen, welche Gefühle ich dabei habe?«

Er sprach im Rhythmus seiner Fingerbewegungen: tief und liebevoll. Sie stöhnte leise mit offenem Mund. Er beugte sich über sie, küßte sie und stieß mit der Zunge in ihren Mund. Im selben Augenblick erreichte sie ihren Höhepunkt, und sie schrie vor Wonne laut auf.

Überrascht schoß ihm durch den Kopf: Sie ist voller Leidenschaft. Ein Triumphgefühl erfaßte ihn. Seine Begierde wuchs und wurde so stark, daß es weh tat. Auch er begann zu zittern. Und sie lag mit gespreizten Beinen und nackten Brüsten vor ihm. Da konnte er nicht länger an sich halten. Er legte sich auf sie, hob ihre Beine an und drang in sie ein.

Während sein Glied tief in sie stieß, schob er ihr auch die Zunge tiefer in den Mund.

Ruckartig bewegte sie sich unter ihm auf und nieder, und seine Wollust wuchs ins Unendliche. Er schrie an ihrem Mund auf, sein Atem war warm, und sein Glied stieß bis zum Anschlag hinein. Bald war er auf dem Gipfel der Seligkeit und hatte einen so überwältigenden Erguß, daß er es bis ins tiefste Innere spürte.

Danach war er erschöpft, hörte aber nicht auf, sie zu küssen. Er überschüttete sie mit Küssen, nagte an ihrer Unterlippe, berührte mit der Zunge ihre Zunge und fühlte, mit welcher Freude sie die seine suchte.

Er war vollständig befriedigt. Jetzt mußte er wieder die Führung übernehmen, Herrschaft über sich und sie gewinnen. Er sagte: »Von jetzt an will ich kein Wort mehr über Gwyn hören. Und kein Wort über andere Frauen vor Gwyn. Jetzt habe ich dich. Warum sollte ich da nach anderen Frauen Ausschau halten? Daria, du steckst so voller Leidenschaft, daß ich mich erstaunt frage, wie du so lange Jungfrau bleiben konntest. Das heißt, ich weiß ja nicht, ob du noch wirklich Jungfrau warst.«

Das traf sie wie ein Messerstich. Aber sie faßte sich schnell. »Du warst doch selber dabei, wie der Graf von Clare mir befahl, mich auf den Rücken zu legen und stillzuhalten, während er den Finger in meinen Schoß einführte. Du warst dabei, du weißt also, daß ich Jungfrau war. Aber du willst mich absichtlich verletzen. Ich hasse dich, Roland.«

»Daria, sei nicht so albern! Ich bin in dir, ich fühle, wie heiß und feucht du bist. Du kannst mich nicht hassen. Es ist höchstens deine weibliche Eitelkeit, die sich gekränkt fühlt.«

»Dann hasse ich deinen Hang, mich immer wieder mit Worten zu verletzen. Ich hasse deine Grausamkeit, Roland. Und ich verstehe nicht, warum du so etwas tust.«

Er zog sein Glied heraus, stand auf und brachte seine Kleidung in Ordnung. Es ließ sich nicht leugnen, er war zornig auf sich. Wieder hatte er etwas Unbedachtes gesagt. Natürlich war er dabei gewesen, als der Graf von Clare ihre verdammte Jungfräulichkeit nachgeprüft hatte... Er durfte gar nicht mehr daran denken. *Mit welchen Gefühlen erinnert sie sich wohl an diese Szene?*

Ach, dieses leidige Kopfzerbrechen! Jetzt hatte er sie auch noch von sich gestoßen. Er konnte nicht mehr verstehen, warum er das getan hatte.

Andererseits hatte er sie damit wieder im Griff. Mit möglichst gleichgültiger Stimme sagte er: »Vielen Dank für die amüsante Abwechslung. Du hast mich voll befriedigt, das ist ein angenehmes Gefühl. Jetzt würde ich es aber für gut halten, wenn du in den Saal gehst und die Aufsicht über die Bedienerinnen übernimmst. Sie dürfen nicht vergessen, daß du ihre Herrin bist.«

Sie blieb liegen, während er rasch zur Tür ging und ihr über die Schulter zurief: »Du bist die Burgherrin. Kümmere dich um deine Pflichten!«

»Meine Pflichten – gehörst du auch dazu?«

»Selbstverständlich. Heute nacht und eben hast du sie gut erfüllt. Wirklich ausgezeichnet. Ich beklage mich auch nicht über deinen Mangel an Erfahrung. Die wird schon noch kommen. Und ich bin ein guter Lehrer. Ja, Daria, ich bin deine vornehmste Pflicht, und du wirst sie an mir erfüllen, wann immer ich es wünsche.« Und damit ging er.

Was bin ich doch für eine Närrin, dachte sie, daß ich geglaubt habe, er hätte sich nach meiner Ankunft irgendwie geändert! Müde erhob sie sich. Sie hätte auf Wolffeton bleiben sollen. Aber dort hätte sie nur herumgesessen und mitangesehen, wie Kassia mit ihrem Mann gelacht, sich geneckt und, wenn sie sich unbeobachtet fühlten, zärtlich an ihren Ohrläppchen geknabbert hätten. Nein, dort zu bleiben wäre ihr Untergang gewesen.

Hier hatte sie zumindest erfahren, was Leidenschaft war. Ein großartiges Erlebnis! Auch wenn Roland hinterher immer alles kaputtmachte. Das Spiel der Leidenschaften gefiel ihr wirklich über alle Maßen. Roland war nicht der einzige, dem es im Rausch der Sinne so vorkam, als verlöre er jede Hemmung und jede Gewalt über seinen Körper, bis schließlich alles in ein unglaubliches, alle Vorstellungen übersteigendes Gefühl der Glückseligkeit mündete. Dazu brauchte und benutzte er sie. Nun, so würde sie ihn ebenfalls benutzen. Dann waren sie quitt. Sie würde an nichts anderes mehr dabei denken. Wenn ihr Kind dann zur Welt kam, würde sie sich mit größter Liebe darum kümmern. Ja, sie würde ihren Ehemann benutzen und nicht auf seine elenden Redensarten hören.

Wenn Roland sie nur als ein Lustobjekt ansah, na schön, so würde sie in ihm das gleiche sehen...

Sie führte die Fingerspitzen an die Lippen. Ihr war, als spürte sie noch seinen Mund. Ja, es machte ihr auch Freude ihn zu küssen. Das war doch immerhin ein Glück. Mehr brauchte sie nicht von ihm.

An den Oberschenkeln fühlte sie seinen Samen. Langsam stand sie auf und badete. Aber ihrer beider Geruch blieb haften, und auf einmal war ihr wieder zum Weinen zumute, weil er ihr nicht richtig gehörte und ihre Eitelkeit ihr gebot, ihn zu hassen.

Offenbar gab es für sie nur einen Weg. Sobald sich bei ihr ungebetene Gefühle für ihren Mann einstellten, mußte sie einfach mit ihm ins Bett gehen, bis die Leidenschaft gesättigt war und die Gefühle wieder verschwanden.

Sie begab sich in den großen Saal. Mit Erleichterung stellte sie fest, daß die Bedienerinnen ihren Anweisungen folgten. Vermutlich hatte die alte Alice, die Autokratin der Burg, Gott segne sie, ihnen eingebleut, daß sie, Daria, die Herrin sei und man ihr zu gehorchen habe. Sogar Gwyn befolgte ihre Anweisungen lächelnd und einigermaßen rasch.

Offenbar hatte niemand etwas gegen sie – mit Ausnahme ihres Ehemannes.

Zwei Wochen später, am ersten Montag im August, trafen des Königs Soldaten unter Führung von Robert Burnell ein. Sie brachten Darias Mitgift vom Grafen von Reymerstone.

Sie brachten aber noch mehr mit.

Burnell war todmüde. Er war jedoch froh, daß der Graf von Reymerstone keinen Versuch unternommen hatte, ihn zu ermorden, obwohl er einmal dicht davor stand und der brennende Haß immer in seinen blassen Augen sichtbar war. Zwölf schwerbeladene Maultiere hatten sie von Reymerstone mitnehmen dürfen. Sie trugen mehr, als der Graf Daria zugebilligt hätte, wenn sie die Gattin von Ralph von Colchester geworden wäre. Das lag aber nur daran, daß Burnell darauf bestanden hatte, den Ehevertrag einzusehen, den der Graf mit Colchester unterschrieben hatte. Danach war der Graf wütender denn je.

Darias Blick wanderte von Robert Burnells müdem Gesicht zu den Maultieren. Sie trugen Münzgeld, Silber und Schmuck. Auch sie erkannte sofort, daß es mehr war, als ihr Onkel eigentlich hatte herausgeben wollen. Aber warum war es so viel mehr? Daria staunte über die Zahl der Maultiere, die eins nach dem anderen in den Innenhof trotteten.

So viele wertvolle Güter, und jetzt gehörte das alles Roland.

In diesem Augenblick erblickte sie ihre Mutter. Daria stieß einen Schrei aus, stürzte sich in das Gewühl von Menschen, Tieren und Gepäckstücken, achtete kaum der tiefen Rillen zwischen den Pflastersteinen und lief auf die gebückt auf einem Zelter sitzende Frau zu.

»Mutter! Wie schön, daß du hier bist!«

Salin hob sie behutsam vom Pferd herab, und Roland sah, wie Daria die schmale Frau umarmte, wie ihr die Tränen über die Wangen strömten und ihre Schultern krampfhaft zuckten, als sie ihre Mutter mit Küssen begrüßte.

»Ich mußte Lady Fortescue mitbringen, Roland«, sagte Burnell zu ihm. »Der Graf hat sie wiederholt auf gemeine Art geschlagen, bis ich es ihm verbot. Da hatte ich meine Forderungen schon gestellt, und er sah wohl ein, daß er nichts dagegen tun konnte. Er schrie sie an, sie werde schon noch erleben, was er mit ihrer Tochter anstellen würde, wenn er sie je in die Hand bekäme. Mir war klar, daß er die Lady umbringen würde, wenn ich sie daließ. Sie ist noch schwach – ich glaube, er hat ihr mehrere Rippen geprellt. Sie hat auch ein verstauchtes Handgelenk, das aber gut verbunden ist. Sie ist eine nette Dame, Roland, freundlich und angenehm im Umgang.«

Roland entsann sich der Frau von seinem Besuch auf Reymerstone. Damals waren ihm ihre müden Augen und ihre resignierte Haltung aufgefallen. Schuldgefühle überkamen ihn mit solcher Gewalt, daß er zutiefst erschüttert war. Er hätte von sich aus Burnell beauftragen müssen, Darias Mutter von Reymerstone wegzuholen, aber er hatte einfach nicht daran gedacht, weil er zu sehr mit sich selbst beschäftigt gewesen war. Er war eben ein Kerl, der nur an sich dachte.

»Ich bin heilfroh, daß Ihr sie aus seinen Händen befreit habt.« Er nickte Burnell zu und ging zu Lady Fortescue hinüber.

»Mylady«, sagte er. Als sie seine Begrüßung mit einem Knicks erwidern wollte, rief er: »Nein, nicht doch! Daria, deine Mutter fühlt sich nicht gut. Bring sie auf dein Zimmer! Sie muß sich ausruhen.«

Minuten später half Daria ihrer Mutter ins Bett. Dabei sah sie die vielen blauen Flecke an ihrem Körper. Mehr denn je wünschte sie sich, ihr Onkel wäre hier und sie hätte ein Messer zur Hand. Sie hätte ihn auf der Stelle erstochen und es noch genossen.

Sie ließ Alice benachrichtigen, und bald darauf wurde ein Krug mit gewürztem Glühwein gebracht. Sie blieb im Zimmer, bis ihre Mutter eingeschlafen war. Dann legte sie den Kopf in die Hände und weinte. Sie hätte von Roland verlangen müssen, daß ihre Mutter hergebracht würde. Doch sie hatte es nicht getan. Sie war zu sehr mit sich selbst beschäftigt gewesen, mit ihrem ungeborenen Kind und Rolands Mißtrauen. Sie war unverzeihlich selbstsüchtig gewesen.

Nach geraumer Zeit erhob sie sich, rief nach Gwyn und trug ihr auf, bei ihrer Mutter zu bleiben.

»Sie ist eine schöne Lady«, flüsterte Gwyn ihr zu. »Ich kümmere mich um ihr Wohlergehen.«

Daria konnte nicht mehr verstehen, warum sie Gwyn einmal gehaßt hatte.

Als Burnell die Mitgift an Roland übergab, fühlte sich Daria zur reinen Zuschauerin degradiert. Sie sah, wie die Männer eine Truhe nach der anderen hereinschleppten, wie Sir Thomas, Robert Burnell und ihr Mann jede Truhe öffneten, Bemerkungen über den Inhalt austauschten, zuweilen auch ein Lächeln, und Bier dabei tranken. Danach kamen die Lederbeutel voller Münzen an die Reihe, die Roland nach dem Auszählen feierlich Sir Thomas übergab. Dann umarmten sich die Männer. Daria rührte sich nicht.

Danach befahl Roland den Bedienten, zwei Truhen in sein Schlafzimmer zu bringen. Es war ebensogut ihr Schlafzimmer, aber bei wichtigen Angelegenheiten galt es eben als das des Ehemanns. Diese Lektion hatte sie in den vergangenen Wochen lernen müssen. Nun wurden Burnell und des Königs Soldaten Unmengen von Bier und süßem Kuchen aus Alices großen Backöfen aufgetischt. Schließlich setzte Daria sich schweigend zu ihnen. Es waren ihre Güter und ihr Geld gewesen... aber die Männer taten so, als wäre sie gar nicht da.

»Sie schmecken unglaublich gut«, sagte Burnell, lehnte sich zurück und seufzte tief auf. Dann nahm er mit geschlossenen Augen einen weiteren der mit Rosinen, Mandeln und Muskatnuß gefüllten Kuchen in Angriff.

»Ich weiß, Ihr denkt daran, mir meine Köchin wegzunehmen«, sagte Roland und lachte. »Aber es wird Euch nicht gelingen, sie mir abspenstig zu machen. Da hilft Euch nicht einmal der liebe Gott.«

»Aber Roland, bedenkt doch mal, wie ihre wunderbaren Mahlzeiten den König milde stimmen würden...«

»Er würde nur fett wie ein Mastschwein werden, ausländischen Würdenträgern ins Gesicht rülpsen und der Königin keine Kinder mehr machen, weil er dauernd beim Essen wäre, und sie würde sich von ihm abwenden, und eines Tages würde er an Fettsucht sterben. Einen solchen Verlust kann sich England nicht erlauben, Sir. Und Ihr wärt an allem schuld, weil Ihr unbedingt meine Köchin haben wolltet.«

Daria horchte auf. In ihre Augen trat ein Leuchten. Der Roland, der eben so witzig gesprochen hatte, erinnerte sie wieder an den Roland, wie sie ihn in Wales schätzen gelernt hatte. Laut sagte sie: »Außerdem kann Alice gar nichts anderes tun als hierzubleiben. Sie ist nämlich diesem Ort durch tiefere Bande verknüpft, als Ihr Euch vorstellen könnt. Sie schöpft alle ihre Kunst aus diesem Boden und hat mir gesagt, daß sie unbedingt hierbleiben muß, weil sie woanders all ihre Kenntnisse und Fähigkeiten einbüßen würde.«

»Ach, so ist das«, sagte Burnell enttäuscht.

Roland warf seiner Frau einen überraschten Blick zu. Später raunte er ihr heimlich zu: »Du hast eine goldene Zunge, Weib. Der arme Burnell!«

»Vielleicht war mein Märchen wirkungsvoller, aber deine Begründung war viel lustiger. Ach, Roland, ich hatte schon fast vergessen, wie du mich früher zum Lachen bringen konntest!«

»Und jetzt haben wir nicht mehr viel zu lachen, nicht wahr?«

»Nein, und das fehlt mir. Wenn ich mehr Grund zum Lachen hätte, würde ich sogar den Dauerregen in Wales in Kauf nehmen.«

Zärtlich nahm er ihren Kopf in beide Hände, hob ihn an und küßte sie auf den Mund. Die leichten, sanften Küsse taten ihr wohl. Nach einer Weile ließ er sie los und sagte: »Daria, es tut mir leid, daß deine Mutter so viel Böses erleiden mußte.«

»Da muß ich mir Vorwürfe machen, daß ich nicht früher an sie gedacht habe. Ich hätte doch wissen müssen, wozu mein Onkel fähig ist...«

»Deine Mutter ist eine schöne Frau. Weißt du, daß du ihr

ähnlich siehst? Nur deine Haare sind nicht von so starkem Kastanienrot.«

Daria kamen die vielen blauen Flecken in den Sinn, die den Körper ihrer Mutter bedeckten. Unvermittelt brach sie in Tränen aus.

Betroffen sahen die Anwesenden auf Daria, und die Gespräche verstummten. Roland sagte leise zu ihr: »Ich weiß, du empfindest Reue, weil du meinst, du hättest sie im Stich gelassen. Aber das stimmt nicht. Es war mein Fehler. Hör jetzt auf zu weinen, Daria! Sonst berichtet Burnell noch dem König, ich hätte dich ohne Grund vor aller Augen geschlagen. Dann läßt er unsere Ehe für ungültig erklären und entzieht mir deine Mitgift. Sir Thomas jagt mich aus der Burg, die ich gerade erworben habe, und ich bin wieder dazu verdammt, durch die Welt zu wandern. Und ich muß dir sagen, daß mir dieses ruhelose Umherziehen lästig geworden ist. Ich habe keine Lust mehr dazu.«

Dies alles sagte er in so leichtem, heiterem Ton, daß sie den ernsten Hintergrund der Worte nicht erkannte. Sie schniefte noch einmal und hörte dann auf zu weinen. »Verzeih, ich weiß gar nicht, was da auf einmal über mich gekommen ist.«

»Es ist das Kind«, sagte er, ohne sie anzusehen.

Daria legte die Arme um den Leib. Ihr Bauch war etwas runder geworden, ihre Taille war weniger schlank. Sie fragte sich, wann es wohl so weit sein würde, daß er ihren Anblick als abstoßend empfand.

»Ich habe seit heute morgen nichts von dir gehabt, und mein Körper lechzt nach dir.«

Sie waren in ihrem Schlafzimmer. Daria schloß die Augen, nahm seine Küsse entgegen und erwiderte sie mit wachsender Hingabe. Als er nach vielen Liebkosungen in sie eindrang, war er zärtlich und liebevoll. Auch danach fuhr er mit dem Küssen fort. Während er ihren Kopf in den Händen hielt, wanderte ihre Hand immer tiefer, streichelte seinen Unterleib und schloß sich schließlich um sein Glied, das sich jäh wieder aufrichtete. Er zuckte unter der Berührung zusammen und begann zu stöhnen. Sein Glied drängte sich gegen ihre streichelnden Finger und wurde immer größer, fast zu groß für ihre Hand. Sie nahm es in beide Hände, streichelte es zart und glitt daran herab bis zu den Hoden. Sein Atem kam jetzt schneller, seine Küsse wurden leidenschaftlicher und fordernder, und sie liebkoste ihn weiter, bis er sich mit einem Ruck freimachte.

Vor drei Tagen hatte sie ihn zum erstenmal so berührt, und sie war sehr zufrieden über ihre Entdeckung. Sie dachte an die Hofdamen der Königin und ihre Ratschläge. Bald würde sie sein Glied auch in den Mund nehmen. Sie war gespannt, wie er darauf reagieren würde.

Unvermutet hob er sie an und legte sie rücklings auf den schmalen Tisch. Dabei fiel das Waschbecken auf den Steinfußboden und zersprang. Er bemerkte es gar nicht. Er zog sie so weit zu sich, daß ihre Hüften auf dem Tischrand lagen und die Beine herunterbaumelten. »Bewege dich jetzt nicht, Daria!«

Sie hätte sich ohnehin nicht bewegen können, weil sie sonst wahrscheinlich ebenso wie das Waschbecken auf den Fußboden gefallen wäre. Das herabgezogene Kleid hatte sich um ihre Beine gewickelt. Sehen konnte sie ihn nicht. Sie hörte nur sein rauhes, rasches Atmen. Er befreite sie von dem Kleid, legte sich ihre Beine über die Schultern und hob ihr Becken an. Dann packte er sie am Gesäß, zog sie an sich und glitt tief in sie hinein. Sie schrie auf, und er hielt inne.

»Tut es dir weh?«

Sie schüttelte den Kopf.

Erst als er merkte, daß er vorzeitig die Beherrschung verlieren würde, zog er sein Glied heraus. Seine Brust hob und senkte sich heftig, Schweiß bedeckte seinen Körper. Dann streichelte er die Innenseite ihrer Oberschenkel, und gleich darauf fühlte sie seinen Finger tief in sich. Sie kam ihm entgegen. Vor lauter Wonne hätte sie fast aufgeschluchzt.

Nun streifte er ihre Beine von den Schultern, spreizte sie und brachte seinen Mund an ihren Schoß. Das versetzte sie in wilde Leidenschaft. Sie bäumte sich auf, und er konnte sie nicht mehr festhalten. Da nahm er sie rasch in die Arme und warf sie auf das schmale Bett. Rasch drang er wieder in sie ein. Ihr Körper zuckte wie in Krämpfen. Sie legte ihm die Beine um die Hüften und drückte ihn immer tiefer in sich hinein.

»Daria«, flüsterte er noch. Dann entlud er sich in ihr.

Viele Minuten blieben sie so liegen, ohne sich zu rühren.

Als Roland wieder klar denken konnte, nahm er eine erschreckende Veränderung an sich wahr. Es war so weit mit ihm gekommen, daß er ohne seine Frau nicht mehr auskam. Nicht sein Verstand, sondern sein Körper brauchte sie als Gefährtin, und sein Verlangen nach ihr schien immer stärker und drängender zu werden. Es lag nicht allein daran, daß sie sich ihm so hemmungslos hingab. Nein, es schien ihm, als sei dieses Mädchen für ihn bestimmt.

Burnell brauchte einige Ruhetage, und es oblag Roland, ihm das Umland zu zeigen und ihm seine Pläne für Thispen-Ladock zu erläutern. Daria verbrachte viele Stunden bei ihrer Mutter. Erst am letzten Abend von Robert Burnells Aufenthalt erschien Lady Fortescue zum Abendessen im großen Saal. Roland fand sie mit ihrem schimmernden rotem Haar und den hellen, freundlichen Augen bezaubernd. Sir Thomas bestand darauf, daß sie an seiner Seite Platz nahm.

Nach dem köstlichen Essen stand Roland auf und hob den Bierkrug. An Sir Thomas gewandt, sprach er: »Ihr habt mir und meinen Söhnen und Enkelsöhnen ein Heim verschafft. Ich danke Euch, Sir Thomas. Ihr habt mir ein Heim und Land gegeben. Das werde ich Euch bis zu meinem letzten Atemzug nie vergessen. Sir Thomas, Ihr habt mir gesagt, ich müsse mir Thispen-Ladock völlig aneignen und der Burg auch einen neuen Namen geben, der etwas über mich und meine Familie aussagt. Es war schwer, solch einen Namen zu finden. Schließlich fiel mir ein, daß ich zeitlebens ein Wanderer gewesen bin und viele Länder liebgewonnen habe. Ich habe etwas von der Welt gesehen und das, was daran besonders wertvoll war, wollte ich herbringen, hier nach Cornwall, hier auf diese Burg, und daher soll sie von nun an Chantry Hall heißen. Chantry – so hieß ein Mann, den ich im Heiligen Lande kennengelernt habe. Er hat mir das Leben gerettet und mich gelehrt, daß die Freiheit des Geistes das wertvollste Gut ist, das Gott dem Menschen geschenkt hat. Ich entbiete Euch meinen Dank, Sir Thomas, und Euch, Robert Burnell.«

»Hört, hört!«

Daria schaute entgeistert ihren Mann an, während eine Bedienerin ihr einen Krug mit Wein bis zum Überlaufen füllte. Sie fand die Rede, die er eben gehalten hatte, wunderschön. Er hatte flüssig und bewegend gesprochen. Sie hatte nichts von seinen Erlebnissen geahnt. Er hatte ihr nie etwas davon erzählt.

Sie drehte sich um und sah, daß der Blick ihrer Mutter auf sie gerichtet war. Dann senkte sie die Lider, hob den Krug und trank den Wein.

Ich gelte ihm nicht mehr als eins der Maultiere, die ihm Reichtümer hergeschleppt haben. Ganz langsam stand sie auf und verließ den großen Saal.

Es gab nur einen, dem es auffiel, daß sie gegangen war.

19

»Es wird bald regnen. Sehnst du dich nach Wales zurück, wo der Regen dir Leib und Seele durchnäßt hat?«

Daria blieb mit dem Rücken zu ihm stehen. Von den Nordwällen sah sie den Mondschein über den sanften grünen Hügeln. Sie wünschte, sie könnte bis zum Meer sehen.

»Warum hast du den großen Saal verlassen? Ich dachte, wir würden heute feiern. Bestimmt würde Burnell seinen letzten Abend mit meinen Scherzen und Alices Kochkünsten genießen.«

»Keine Sorge, Roland. Es gefällt ihm auch so, wie allen anderen.«

»Warum bist du hinausgegangen?«

Sie zuckte die Achseln. »Es war doch ganz gleich, ob ich dabei war oder nicht. Die Sache hat nichts mit mir zu tun. Ich hoffe, daß du dich darüber freust. Du hast ja Unehre und Lügen ertragen müssen, um so weit zu kommen. Ich hoffe, daß dich große Schafherden glücklich machen, daß du an jedem Weizenhalm deine Freude hast.«

»Und du meinst, daß mir weidende Kühe die höchste Glückseligkeit schenken können?«

Sie gab keine Antwort.

»Wenn dir wieder übel ist, mußt du es mir sagen.«

Sie seufzte tief auf. »Mir ist nicht übel, Roland. Gute Nacht. Ich gehe noch ein bißchen spazieren.«

»Nein, du kommst mit mir in den großen Saal und unterhältst dich mit unseren Gästen.«

»Es sind nicht meine Gäste, Roland. Es sind *deine*. Sie sind hier auf *deiner* Burg. Sie freuen sich über *deinen* Reichtum, nicht über meinen. Ich habe damit überhaupt nichts zu tun. Wenn du sagst, es wären meine Gäste, dann ist das gelogen. Ich bin hier ein Nichts, und sie bedeuten mir nichts.«

»Schade, daß du weggingst, bevor ich meinen Trinkspruch zu Ende führen konnte.«

Sie sah ihn argwöhnisch an, denn sie traute ihm nicht. »Was soll das heißen?«

Er sagte: »Ohne dich – ohne deine großartige Mitgift, meine ich – wäre ich nicht in der Lage, Ausbesserungsarbeiten an der Burg vorzunehmen. Ohne dich könnte ich mir keine größeren Herden anschaffen, keine Krieger anheuern, keine Bauern heranholen und mir keine Annehmlichkeiten im Hause leisten. Nur durch dich, Daria, kann ich jetzt und nicht erst in nebelhafter Zukunft meinem Heim zu seinem früheren Glanz verhelfen.«

Es war und blieb *sein* Heim. Genauso wie alles, was sie ihm in die Ehe eingebracht hatte, *seins* war. Sie schob ihn weg, schlüpfte an ihm vorbei, rannte über den schmalen Laufsteg auf dem Wall und klomm die Leiter zum Innenhof hinunter. Auch im Zorn bewegte sie sich vorsichtig, weil sie dabei an ihr ungeborenes Kind dachte.

Er wandte sich ab und nahm ihren Platz an der Wallmauer ein. Der Wind wurde stärker, und es roch nach Regen. Plötzlich dachte er an seinen Vater. Was würde er wohl darüber denken? Er sah sein Gesicht vor sich, als er ihm von Joan of Tenesbys Treulosigkeit erzählt hatte. Er hatte noch seine tiefe, leise Stimme im Ohr, als er seinem zweitältesten Sohne sagte:

»Hör mir einmal gut zu, Roland! Man hat dich zum Narren gehalten, mein Junge, aber es hat dich nicht umgebracht. Dein Herz ist schwer und dein Stolz verletzt, weiter nichts. Du wirst nicht lange um sie trauern. Aber wenn du eines Tages hörst, daß ein Mann Joan of Tenesby heiratet, wirst du Mitleid mit dem armen Kerl haben, der nicht so glücklich davonkam wie du. Von jetzt an wirst du in diesen Dingen vorsichtiger sein. Und wenn es für dich an der Zeit ist zu heiraten, wirst du wissen, worauf du bei einer Frau zu achten hast und von welchen Frauen du lieber die Finger läßt. Ehrlichkeit ist selten unter den Menschen, ob Mann oder Frau, zu finden. Wenn du eine ehrliche Frau findest, dann hast du viel gewonnen.«

Ehrlichkeit, dachte Roland. *Ehrlichkeit* war wirklich selten. Er hatte sie nicht gefunden.

Er trat von der Mauer zurück. Nein, er hatte keine Ehrlichkeit gefunden, und er selber wurde mit jedem Tag unehrlicher.

Heute morgen hatte er Daria an sich gezogen und sich auf sie gelegt. Da hatte er plötzlich die kleine Wölbung ihres Leibes gespürt. Das hatte ihn wahnsinnig gemacht. Er hatte sie hastig genommen und sie dann allein gelassen. Er fragte sich, ob ihr Kind dem Grafen von Clare ähnlich sehen würde.

Katherine of Fortescue fühlte sich wunderbar. Sie saß in dem kleinen Obstgarten mit Apfel- und Birnenbäumen an der Rückseite der Burg. Es war ein warmer Tag, die Sonne gab ihr Bestes, aber die dichtbelaubten Äste des Apfelbaums spendeten ihr genügend Schatten. Sie war damit beschäftigt, mit geübter Hand ein Kleid für ihre Tochter zu nähen. Dabei summte sie vor sich hin. Darüber mußte sie selber staunen, denn sie hatte geglaubt, sie hätte es längst verlernt, so fröhlich zu sein. Schließlich begann sie sogar zu singen. Sie hatte zwar keine große, aber eine klare Stimme. Sie hörte erst auf, als sie Sir Thomas hinter sich lachen hörte.

Sie drehte sich um und sagte lächelnd: »Seid Ihr gekommen, um diesen schrecklichen Tönen ein Ende zu machen, Sir?«

»Nein, ich bin gekommen, um meine alten Knochen zu wärmen.«

»Alte Knochen! Wie könnt Ihr so was sagen! Ihr seid doch immer noch ein junger Mann.«

»Wenn Ihr es sagt, will ich keine Einwendungen erheben.« Er setzte sich neben sie auf die schmale Steinbank.

Katherine sah Sir Thomas in die Augen und sagte: »Ich finde es schön, daß Ihr noch nicht abgereist seid.«

»Roland hat mich gebeten, noch zu bleiben.« Achselzuckend fügte er hinzu: »Ich weiß aber nicht... Eure liebe Tochter... Nein, fragt mich nicht, Katherine! Ich weiß auch nicht, was zwischen den beiden vor sich geht. Ich diene ihnen als eine Art Prellbock. Meine Anwesenheit verhindert vielleicht, daß es zu einem Krach zwischen ihnen kommt. Meint Ihr, ich solle lieber abreisen?«

Sie schüttelte den Kopf und machte geschickt den nächsten Stich.

»Ihr seid eine Frau, die ein gutes Urteilsvermögen besitzt. Ihr mischt Euch nicht ein und kommt Eurem Schwiegersohn mit freundlicher Achtung entgegen. Wenn Ihr das bleiche Gesicht Eurer Tochter seht, drückt Ihr ihm kein Mißfallen aus. Und Ihr sagt Eurer Tochter nicht, was sie falsch macht und wie sie es ändern könnte.«

»Ich bin einfach zu faul dazu, Sire!« sagte sie lächelnd.

»Das stimmt nicht, Mylady. Ihr schweigt aus Klugheit und aus Liebe zu Eurer Tochter.«

»Das ist ein Kompliment, Sir Thomas, und genau wie Ihr erhebe ich keine Einwendungen.«

Sir Thomas druckste eine Weile herum. Dann sagte er: »Wißt Ihr, was ich täte, wenn der Graf von Reymerstone hier wäre? Ich würde ihn totschlagen. Tatsächlich überlege ich schon, ob ich nicht nach meiner Abreise von hier einen Abstecher zu diesem Schweinehund machen sollte, um ihm meine Verachtung für sein nichtswürdiges Tun auszudrükken.«

Sie legte die Hand auf seine Fäuste. »Damon Le Mark ist ein übles Subjekt, Sir Thomas. Er kennt weder Ehre noch Treue. Er sinnt nur auf Lug und Trug, und seine Seele ist bis in den Kern verrottet. Freude beschert ihm nur das Leiden eines anderen Menschen. Ach, laßt ihn doch an seinem eigenen Gift zugrundegehen! Ich weiß, daß er den Tod erleiden wird, den er verdient.«

»Aber er hätte Euch getötet, wenn Burnell Euch nicht hergebracht hätte!«

»Das glaube ich nicht. Er hätte mich nur noch schlimmer mißhandelt, als er es schon einige Male getan hat.«

»Ich muß mit Roland sprechen«, sagte Sir Thomas schokkiert. »Er ist berechtigt, an ihm Vergeltung zu üben.«

»Wenn Ihr das, was ich Euch gesagt habe, Roland oder

meiner Tochter weitererzählt, werde ich Euch als Lügner hinstellen. Laßt es gut sein, Sir Thomas! Die böse Zeit ist vorbei. Ich bin wie neugeboren. Ich summe und singe wie ein übermütiger Spatz. Ja, die Lady neben Euch ist froh und zufrieden und hält sich für die glücklichste aller Frauen. Bleibt ruhig noch einen Augenblick hier! Ich hole Euch einen Krug Bier. Wäre Euch das recht, Sir?«

Sir Thomas sah ihr nach, wie sie beschwingten Schrittes zum Küchenhaus ging. Er bewunderte sie. Er fand sie einzigartig.

Es war eine Woche später. Daria sprach gerade mit dem Milchmädchen, als sie Hufschlag vernahm. Reiter waren angekommen. Sie wischte sich die Hände am Kleid ab und ging rasch in den Innenhof. Es waren Graelam de Moreton und drei seiner Männer. Er sah in seiner schwarzsilbernen Rüstung auf seinem mächtigen Kampfroß wie ein gewalttätiger und erbarmungsloser heidnischer Krieger aus. Sein Anblick erweckte Furcht in ihr.

Doch sie lächelte und rief laut: »Roland! Komm her! Graelam ist hier!«

Roland schritt auf Graelam zu, der inzwischen abgestiegen war, klopfte ihm auf die Schulter und umarmte ihn. Dann sagte Graelam: »Rolfe, kümmere dich um Dämon! Wo ist deine Frau, Roland?«

»Hier bin ich, Mylord.«

Graelam musterte sie eine Weile schweigend. »Meine Kassia und ich haben uns große Sorgen um Euch gemacht, Daria. Ihr habt Euch eine Riesendummheit geleistet. Als die beiden Stallburschen mit schamroten Gesichtern ohne Euch zurückkamen, habe ich vor Angst um Euch Bauchschmerzen bekommen.«

»Verzeiht mir, Mylord. Es war unbedacht von mir.«

Hinter ihnen sagte Roland verwirrt: »Ich habe dir doch sofort eine Botschaft geschickt, Graelam, daß meine Frau wohlbehalten bei mir angekommen ist.«

Graelam drehte sich lächelnd zu ihm um. »Für Kassia war

das nicht ausreichend. Sie verlangte, daß ich herreite, um mich mit eigenen Augen zu überzeugen, daß sich Daria in ihrem neuen Heim wohl fühlt und es ihrem Kind gutgeht. Daher erwarte ich, daß du mich gastlich aufnimmst.«

»O ja, natürlich! Kommt bitte in den großen Saal, Mylord! Meine Mutter wohnt jetzt auch bei uns. Ich möchte sie mit Euch bekanntmachen. Kennt Ihr schon Sir Thomas?«

Gegen seinen Willen mußte Roland über den Eifer seiner Frau lachen. Dann erkundigte er sich: »Wie geht es deiner Frau? Was macht Euer kleiner Schreihals?«

»Beiden geht es gut. Ich muß mich bei dir entschuldigen, Roland. Ich habe nicht gewußt, daß Daria sich auf Wolffeton so unglücklich fühlte.«

Roland wurde es unbehaglich. Achselzuckend erwiderte er: »Rolfe soll deine Männer auch herholen. Inzwischen wird Daria dafür sorgen, daß es genügend Bier gibt, um den stärksten Männerdurst zu löschen.«

Damit schritt Roland auf den großen Saal zu. Graelam de Moreton folgte ihm etwas gemächlicher. Er überlegte, wie zum Teufel er die Sache anpacken sollte. Er hatte immer noch die Worte seiner Frau im Ohr. »Es läßt mir keine Ruhe, Graelam. Die beiden liegen miteinander im Streit. Und doch ist auch Liebe im Spiel, zumindest von Darias Seite. Du mußt herausfinden, was da eigentlich los ist, und die Sache in Ordnung bringen.«

Kassia war nun mal aus irgendeinem Grunde der Überzeugung, daß er alles in Ordnung bringen könnte, sei es eine blutige Fehde zwischen zwei Nachbarn oder ein Ehestreit. Graelam seufzte. Wenn er schon Dinge schlichten sollte, dann tat er es am liebsten mit dem Schwert in der Hand auf dem Schlachtfeld.

Im Saal mahlte Daria frisch aus dem Garten geerntete Kräuter. Es war ein heißer Tag. Süß stieg ihr der Duft von Rosmarin in die Nase. Mit der Hand fächelte sie sich Luft zu. Sie hatte die verschiedenen Kräuter vor sich auf der Tischplatte in kleine Häufchen sortiert. Leider konnte sie sich nicht näher ans Fenster setzen, weil jeder Luftzug die Häufchen durcheinandergewirbelt hätte.

Ihr Mutter hockte sicherlich mit Sir Thomas zusammen. Während Daria drei Prisen Rosmarin an den duftenden Dill tat, dachte sie: Zwischen den beiden spinnt sich etwas an. Vor einigen Tagen hatte sich Sir Thomas zwölf von Rolands Männern ausgeliehen. Sie hatten sein Geld zu Sir Thomas' Tochter und ihrer Familie transportiert. Auf Rolands dringende Bitte war Sir Thomas dann nach Chantry Hall zurückgekommen.

Daria nahm genau drei Prisen von grobgemahlenem Fingerhut und mischte sie unter einen kleinen Stapel von feingestoßenen Mohnblumen. Sie hatte sehr wenig davon und mußte daher sparsam damit umgehen. Roland war frühmorgens mit vier Männern zu einem starrköpfigen alten Bauern an der Nordgrenze von Chantry Hall geritten. Sie schaute zum Fensterspalt. Die Sonne stand schon tief. Er mußte bald zurück sein... Sie war schon froh, wenn sie ihn nur sah, ihn sprechen oder lachen hörte. Ich bin wirklich eine Närrin, sagte sie sich. Aber dagegen war nun mal nichts zu machen.

Er hatte sie jetzt seit einer Woche nicht mehr angerührt, seit er die Hand auf den Bauch gelegt und die kleine Wölbung gefühlt hatte. Sie hielt in der Arbeit inne und erinnerte sich daran, wie schnell er es an jenem Morgen gehabt hatte wegzukommen, nachdem er sie hastig begattet hatte. Jetzt war er ihr so fern, als wäre er wieder in Wales. Nein, sie wollte nicht an ihn denken. Es gab anderes, womit sie sich zu beschäftigen hatte.

Sie nahm ein Häufchen Basilienkraut und fügte es einer Mixtur gegen Magenkrämpfe zu. Dabei sang sie leise ein Liedchen. Plötzlich erstarrte sie. Ihr Blick ging starr geradeaus.

Eine große Tür öffnete sich vor ihr. Sie sah sich selber, wie sie durch die Tür in ein Feld von blendendem Weiß schritt. Es war so dicht wie Nebel, aber rein und trocken. Sie blieb darin stehen. Und plötzlich erblickte sie Graelam. Er arbeitete an der Ostmauer. Er riß dort alte Feldsteine heraus. Gerade hob er einen mächtigen Block in die Höhe, drehte sich um und schleuderte ihn weg. Andere Männer reichten die Steine, die er entfernt hatte, weiter. Daria sah, wie er, mit dem Rükken zur Mauer, einem der Männer etwas zurief.

Plötzlich brach die Mauer hinter ihm krachend zusammen. Riesige Steinbrocken prasselten herab. Sie sah, wie Graelam herumwirbelte, wie ihm die Brocken auf Schultern und Brust fielen. Er brach in die Knie. Immer mehr Steine hagelten auf ihn und begruben ihn unter sich. Ringsum schrien alle aufgeregt durcheinander und rannten davon, um sich vor der Steinlawine in Sicherheit zu bringen. Steinsplitter flogen in alle Richtungen. Dichter, grauer Staub wirbelte hoch und hüllte alles ein. Danach herrschte Totenstille. Und ebenso plötzlich verschwand das blendende Weiß, und Daria saß wieder auf ihrem Stuhl.

Sie sprang auf und schoß aus dem Wohnzimmer. Sie war sich keinen Augenblick darüber im unklaren, was sie eben gesehen hatte. Sie hatte eine Vision gehabt, genau wie vor einigen Jahren, als sie den Tod ihres Vaters gesehen hatte. Ohne Zögern rannte sie zur Ostmauer, wo die Männer tatsächlich schon schreiend hin und her liefen.

Sie rannte weiter bis zu der Stelle, wo Graelam zu Fall gekommen war. Hier knieten schon Männer und räumten die Gesteinstrümmer weg. Sie stieß einige zur Seite und begann fieberhaft zu graben. Dabei fielen mehrere kleinere Steine herunter und trafen sie schmerzhaft. Doch sie ließ sich nicht beirren. Sie wußte ja, wo sich sein Kopf befand. Diese Stelle mußte sie freimachen, damit er Luft bekam. Jemand versuchte sie, wegzuzerren. Sie drehte sich um, und ein Blick in ihr Gesicht ließ den Mann zurückweichen. Sie arbeitete so besessen, bis sie meinte, ihr müßten die Arme abfallen.

Da sah sie ihn. Endlich waren Kopf und Oberkörper frei. Er lag auf der Seite, die Arme zum Schutz über den Kopf gelegt.

Er rührte sich nicht.

Sie fiel neben ihm auf die Knie. »Graelam!« Sie packte ihn an einem Arm und drehte ihn auf den Rücken.

»Er ist tot«, murmelte einer der Männer. »Mausetot. Da könnt Ihr nichts mehr machen, Herrin.«

»Er ist nicht tot!« schrie Daria. Dann schlug sie dem regungslos verharrenden Graelam hart ins Gesicht, wieder und immer wieder. »Du darfst nicht sterben! Graelam, verflucht noch mal! Nein! Du darfst nicht sterben! Nicht wie mein Vater! Ich lasse dich nicht sterben! Nein!«

Doch er blieb so regungslos wie zuvor. Ohnmächtige Wut erfaßte sie. Zum zweitenmal hatte sie ein Unglück vorausgesehen. Und nun sollte sie wiederum hilflos dagegen sein? Sie trommelte mit den Fäusten auf seine Brust, sie schrie ihn an, sie beschimpfte ihn, verbot ihm, zu sterben und seine Familie im Stich zu lassen. Und dabei schlug sie ununterbrochen auf ihn ein. Sie zitterte vor Erschöpfung und Angst, doch ihre Wut war stärker. Sie ließ nicht nach. Immer wieder landeten ihre Fäuste auf seiner Brust.

Und plötzlich hob sich Graelams Brust. Einmal und noch einmal. Dann ächzte er. Es war der schönste Laut, den Daria in ihrem ganzen Leben vernommen hatte.

Sie schrie vor Freude. Sie hatte gewonnen. Er war nicht gestorben. Diesmal hatte sie eine Version gehabt, die sie nicht zur Tatenlosigkeit verdammt hatte. Es war keine Vorankündigung gewesen, sondern eine Warnung. Sie rüttelte ihn an den breiten Schultern, nahm seinen Kopf in die Hände und tastete seine Stirn, das Kinn und den Schädel ab. So weit sie es beurteilen konnte, war nichts gebrochen. Dann schlug er die Augen auf und sah zu ihr hoch.

»Graelam«, sagte sie ganz leise, nah an seinem Gesicht, »du lebst! Als mein Vater starb, konnte ich es nicht verhindern. Aber du bist am Leben geblieben. Mylord, Ihr lebt!«

»Was, zum Teufel, geht hier vor?«

Die Männer, die sie umringt hatten, traten zurück und ließen Roland durch. »Daria, was ist passiert? Graelam, was...«

Lächelnd sagte sie: »Er lebt, Roland! Es war wie bei meinem Vater, doch Graelam ist am Leben geblieben. Diesmal war es keine Voraussage, sondern eine Warnung.« Sie stand auf und gab mit ruhiger Stimme Anweisungen. »Bringt Lord Graelam auf die Burg! Er hat wahrscheinlich schwere Rippenverletzungen erlitten. Seid vorsichtig, Roland!«

Dann ging sie ohne ein weiteres Wort davon.

Roland befahl den Männern, Graelam aufzuheben. Seine Fragen konnte er später stellen. »Vorsicht!« sagte Roland und half mit.

Als Graelam einige Zeit später auf dem Bett lag, sah Roland, daß er tatsächlich schwere Rippenverletzungen davongetragen hatte. »Daria hat recht. Du kommst wieder auf die Beine. Aber eine Woche lang wirst du starke Schmerzen haben. Was ist eigentlich geschehen, Graelam?«

»Ich habe an deiner verdammten Mauer gearbeitet. Plötzlich brach sie ohne Vorwarnung zusammen, und ich wurde unter den Trümmern begraben. Das ist alles.«

Nein, das ist nicht alles, dachte Graelam. Etwas Merkwürdiges hatte sich ereignet. Er erinnerte sich deutlich der Schmerzen, als die Steine ihn getroffen hatten. Dann hatte er auf irgendeine Weise seinen Körper verlassen. Ein blendendes und dennoch völlig klares Weiß war um ihn gewesen... nichts sonst... nur dieses dichte, undurchdringliche und doch klare Weiß. Und dann hatte er gehört, wie Daria ihn anschrie, er dürfe nicht sterben, dürfe nicht so enden wie ihr Vater. Und dann war er auf einmal wieder in seinem zerschundenen Körper gewesen, und er hatte sogar ihre Faustschläge auf seiner Brust gespürt. Langsam war das Weiß zurückgewichen und schließlich verschwunden, und er war wach und am Leben, und er fühlte Schmerzen, und sie kniete über ihm, redete allerlei unsinniges Zeug und betastete seinen Kopf.

»Wie war denn das mit Darias Vater?«

»Er ist vor etwa drei Jahren bei einem Turnier ums Leben gekommen.«

»Ich verstehe.« Aber richtig verstand er es nicht. Ganz leise sagte er: »Roland, deine Frau hat mir das Leben gerettet.«

»Es stimmt, sie hat einige Steine von dir weggeräumt.

Aber so viele waren es gar nicht. Die meisten hatten die Männer schon entfernt.«

»Nein, es war mehr... viel mehr...« Graelam verstummte. Er sagte kein Wort mehr, bis Daria mit einem Krug in der Hand hereinkam. Ihr folgte ihre Mutter mit Tuchstreifen über dem Arm.

Daria sagte: »Ihr müßt das hier trinken, Mylord. Es betäubt die Schmerzen, und danach könnt Ihr eine Zeitlang schlafen. Meine Mutter verbindet Euch die Rippen. Habt ihr noch irgendwo Schmerzen?«

Graelam schüttelte den Kopf. Während er das bittersüße Gebräu trank, ließ er sie nicht aus den Augen. Bald versank sein Kopf in den Kissen. Doch bevor er die Augen schloß, sagte er: »Vielen Dank, Daria. Ich verdanke Euch mein Leben.«

»Was wollte er damit sagen, Daria?«

»Ich durfte ihn nicht sterben lasse. Ich hatte eine Vision, und ich mußte verhindern, daß sie sich wie bei meinem Vater bewahrheitete. Das durfte einfach nicht sein. Ich habe zu oft in meinem Leben versagt. Diesmal durfte ich nicht versagen.« Damit ging sie aus dem Zimmer.

Roland sagte zu Katherine: »Deine Tochter benimmt sich seltsam. Wovon redet sie überhaupt? Ich verstehe überhaupt nichts.«

Katherine schüttelte abwehrend den Kopf und bedeutete ihm, ihr erstmal zu helfen. Gemeinsam verbanden sie Graelam mit vielen Stoffstreifen aus kräftigem weißem Tuch die verletzten Rippen.

Roland zog dann Graelam vollständig aus und legte ihm eine leichte Decke über Beine und Unterleib. Indessen schaute Katherine aus dem Fensterspalt. Als Roland fertig war, fragte sie ihn: »Hat Daria dir von ihrem Vater erzählt?«

»Nur, daß er kurz vor Edwards Aufbruch ins Heilige Land bei einem Turnier in London durch einen Unfall ums Leben kam.«

»Die Sache hatte noch einen Haken. Drei Tage, bevor wir die Nachricht erhielten, hatte Daria ihn sterben sehen.«

»Du meinst, sie hatte so etwas wie eine Vision?«

»Ja, so kann man es nennen. Auf jeden Fall hat sie seinen Tod vorausgesehen.«

Jetzt erinnerte sich Roland daran, daß Daria ihm einmal gesagt hatte, sie habe bei ihrer ersten Begegnung das Gefühl gehabt, ihn bereits zu kennen. Sie habe ihn in ihrem Inneren wiedererkannt.

Das verwirrte ihn. Er mochte solch Gerede nicht. Das war doch alles Unsinn.

»Mir ist klar, daß es dir schwerfällt, daran zu glauben, Roland. Aber stell dir einmal vor, wie das für Daria ist! Offenbar hatte sie gesehen, wie Graelam unter der einstürzenden Steinmauer verschüttet wurde. Doch irgendwie hat sie es fertiggebracht, ihn zu retten.«

»Er war aber nie tot, sondern nur bewußtlos... und das auch nur kurze Zeit.«

»Kann sein«, sagte Katherine mit einem traurigen Lächeln. »Du darfst ihr aber deswegen keine Vorwürfe machen.«

Roland warf den Kopf zurück und sagte mit kühler Zurückhaltung: »Ich bin doch kein Ungeheuer.«

Im Weggehen fügte er hinzu: »Du mußt dich jetzt ausruhen, Katherine. Ich schicke Rolfe her. Er wird sich um seinen Herrn kümmern.«

Im Obstgarten stieß er auf Daria. Sie saß auf der Steinbank, die jetzt allgemein Lady Katherines Bank genannt wurde, und schaute auf ihre im Schoß gefalteten Hände. Wortlos setzte er sich neben sie.

»Geht es Lord Graelam wieder besser?«

»Ja, er kommt jedenfalls durch. Er schläft jetzt.«

»Schickst du eine Botschaft an Kassia?«

»Wahrscheinlich sollte ich das tun, bevor er wieder aufwacht. Er haßt Krankheit und Schwäche. Aber seine Frau muß benachrichtigt werden, für den Fall, daß irgend etwas schiefgeht. Wenn er vielleicht innere Verletzungen erlitten hat und...«

»Nein, er hat keine inneren Verletzungen.«

Roland sah sie aus schmalen Augen an. »Du kannst das gar

nicht genau wissen, Daria. Unmöglich! Warum behauptest du das mit solcher Sicherheit?«

»Ich weiß es eben. Woher, ist gleichgültig. Ich habe jetzt viel zu tun, Roland. Wenn du mich im Augenblick sonst nicht brauchst, dann...«

Er hielt sie zurück.

»Ich werfe dir nicht vor, eine Hexe zu sein, falls du das befürchtest. Doch meine Männer könnten auf solche Ideen kommen. Du bist ja nicht dumm, Daria. Du weißt, daß es Gerede geben kann. Daher will ich, daß du mir genau sagst, was du getan hast, damit ich etwaigen Gerüchten entgegentreten kann.«

»Ich schob die Männer beiseite und räumte die Steine selber weg. Sieh mal, ich wußte ja genau, welche Steine beiseite zu schieben waren, um Kopf und Oberkörper freizulegen. Dann sah ich ihn. Er lag regungslos da und atmete nicht mehr. Ich war zornig, daß ich mit den Fäusten wieder und wieder auf seine Brust einschlug und ihn wie ein keifendes altes Weib anschrie. Darüber werden deine Männer wahrscheinlich reden. Sie werden sagen, daß ich unvernünftig gehandelt hätte. Aber dann setzte seine Atmung wieder ein, und bald danach schlug er die Augen auf.«

»Er ist nur bewußtlos gewesen.«

»Ja, er ist nur bewußtlos gewesen.«

Mit zusammengepreßten Lippen betrachtete er sie im Profil. »Du warst aber nicht dabei, als die Mauer ihn verschüttete.«

»Nein, ich war im Wohnzimmer und stellte Kräutermischungen zusammen.«

»Woher wußtest du dann, was geschehen war?«

»Ich sah, wie es geschah.«

Roland beobachtete, wie Bienen um den Apfelbaum in ihrer Nähe schwärmten. Der würzige Duft der Gräser stieg ihm in die Nase. Welch friedlicher Ort! Doch der Frieden täuschte. Geheimnisvolle Dinge gingen hier vor, die er nicht verstand. Er hatte keine Ahnung, was zu tun war. Schließlich stand er auf. »Ich muß die Botschaft an Kassia abschicken.

Bestimmt wird sie dann bald hier sein, um nach ihrem Lord zu sehen.«

Daria nickte nur.

Es war mitten in der Nacht. Draußen tobte ein Unwetter. Blitze zuckten über den Himmel. Daria erwachte. Krämpfe wüteten in ihrem Unterleib. Sie stieß einen Schrei aus.

20

Die Schmerzen waren unvorstellbar. Daria schrie gellend. Sie schlang die Arme um den Leib und zog die Beine an. Nichts half. Dann hörten die Schmerzen ebenso plötzlich auf, wie sie gekommen waren.

Roland war beim ersten Schrei in die Höhe gefahren. Er war gerade im Einschlafen gewesen. »Daria!« Er faßte sie an den Armen und wollte, daß sie ihn ansah. Aber die Schmerzen trennten sie von ihm. Sie merkte nicht einmal, daß er bei ihr war. So hielt er sie fest, bis sie wieder ruhiger wurde und nur noch vor Anstrengung keuchte.

»Es ist vorbei«, sagte sie leise mit rauher Stimme. »Es war schrecklich, aber jetzt ist es vorbei.«

»Wo hast du die Schmerzen gehabt?«

»Im Bauch. Krämpfe, schreckliche Krämpfe und...« Ihr Blick suchte ihn. »O nein!«

Rasch zündete Roland mehrere Kerzen an. Als er sich umdrehte, stand sie neben dem Bett und sah an sich herab. Der Anblick jagte ihm einen kalten Schauer über den Rükken. Große Blutflecken waren an ihrem Hemd. Blut floß an ihren Beinen herunter. Zu ihren Füßen bildeten sich Blutlachen.

Sie sah ihn fassungslos an. »Ich verstehe nicht.« Neue Krämpfe setzten ein, mit solcher Stärke, daß sie auf die Knie fiel.

Sie verlor ihr Kind! Vornübergebeugt hockte sie auf dem Fußboden und stieß abgerissene Schreie aus. Er nahm sie auf die Arme und fühlte, wie ihr Körper sich gegen seinen Griff wand und aufbäumte. Als er sie wieder ins Bett legte, rollte sie sich sofort mit angezogenen Beinen auf die Seite, die Arme um den Leib gekrallt.

Er griff nach seinem Schlafrock und rannte aus dem Zimmer.

Auf dem engen Flur begegnete ihm Katherine. Im trüben Licht wirkte sie unnatürlich bleich.

»Es ist das Kind! Sie verliert ihr Kind!«

Katherine stürzte an ihm vorbei. Dann stand sie über ihrer Tochter und wünschte, sie könnte ihr die Schmerzen nehmen. »Gleich ist es vorbei, Daria«, sagte sie leise. »Du darfst deinen Mann nicht so erschrecken. Sieh ihn dir nur an! Er ist ja totenblaß. Er fühlt alle deine Schmerzen mit. Komm, Daria, gib ihm deine Hände! Er hilft dir.«

Mechanisch griff er nach Darias Händen. Er kam sich so hilflos vor, daß er für jede Anweisung dankbar war. Jetzt hatte Daria ihn endlich wahrgenommen. »Roland, bitte, mach, daß es aufhört!«

In ihrem Leib wüteten tausend Teufel, es wurde immer schlimmer, überstieg jedes vernünftige Maß und zerstörte sie von innen her. Sie betete darum, bewußtlos zu werden. Sie wünschte sich das blendende Weiß zurück, das ihr am Nachmittag erschienen war. Doch nichts erlöste sie. Sie mußte alles in voller Stärke erleiden. Sie fühlte, wie es ihr naß über die Beine lief. Da wußte sie, daß sie ihr Kind verlor, Rolands Kind. Die Feuchtigkeit war warm und klebrig.

Und sie schrie, weil ihr Kind tot war. Sie schrie vor Trauer um sich und den Verlust ihres ungeborenen Kindes. Dann spürte sie fremde Hände an ihrem Körper, warmes Wasser und Tücher, die ihr sanft aufgelegt wurden. Roland drückte ihren Kopf an seine Brust. Sie hörte die harten Schläge seines Herzens. Jetzt sprach er zu ihr, aber sie verstand zuerst kein Wort. Erst nach einer Weile begriff sie, was er leise, aber beharrlich zu ihr sagte. Dabei zog er sie an sich und versuchte sie einzulullen.

»Ruhig, Daria, sei jetzt still! Es ist alles gut. Jetzt ist alles wieder gut. Still!« Er wiegte sie in seinen Armen, küßte sie auf die schweißbedeckte Stirn, und vorübergehend war sie getröstet, hörte auf das, was er sagte, und überließ sich seinen sanften Worten.

Dann hörte sie ihre Mutter sagen: »Ich muß nur die Blutung stillen. Halte sie ruhig! Versuche... sie zu trösten!«

Er hielt sich daran und erzählte ihr in aller Ausführlichkeit von seinem Besuch bei dem Bauern und den vier Töchtern dieses Mannes, die mit ihm nach Chantry Hall hatten gehen wollen, um in den Dienst seiner schönen Frau zu treten. O ja, sie hatten alle von ihr gehört, von ihrem freundlichen und sanften Wesen. Allmählich beruhigte sich Daria. Katherine legte ihr einen dicken Druckverband aus weißen Baumwolltüchern an. Neben dem Bett lagen die blutgetränkten Kleidungsstücke.

Es war vorbei.

Jemand drückte ihr eine Tasse an den geschlossenen Mund. Auf Rolands Geheiß trank sie davon und sank dann wieder in seine Arme. Ihr war klar, daß es ein Schlaftrunk war. Erst jetzt bemerkte sie, daß Roland ihr das durchgeblutete Hemd ausgezogen, ihr den Schweiß vom Körper gewaschen und sie in einen Schlafrock aus weichem kühlen Stoff gehüllt hatte.

Leise hörte sie Katherine sagen: »So etwas ist nicht ungewöhnlich, Roland. Sie wird wieder gesund werden, und ihr werdet auch wieder Kinder bekommen. Sie hat sich am Nachmittag überanstrengt – deshalb hat sie das Kind verloren. Dafür hat sie Graelam gerettet. Niemand trägt irgendeine Schuld – der liebe Gott hat es wohl so gewollt.«

Roland schwieg.

Ein qualvolles Schweigen, das für Katherine kaum erträglich war. »Es ist sicherlich am besten so«, sagte sie. Als er weiter schwieg, sagte sie noch einmal: »Es ist am besten so, Roland.«

Daria kämpfte gegen die dunklen Schatten an, die sich vor ihre Augen senkten. Sie lachte rauh, ein häßlicher Klang. Dann sprudelte es aus ihr heraus, von schweren Atemzügen unterbrochen: »O Mutter, du hast ja so recht. Es ist wirklich am besten so. Am besten nämlich für Roland. Das Kind ist tot, und Roland schweigt. Er muß ja warten, bis er vor aller Welt seine Freude kundtun kann – so klug ist er. Er will dich und andere nicht durch seine offensichtliche Freude schokkieren.« Und sie lachte, bis ihr die Tränen über das Gesicht strömten. Plötzlich spürte sie, wie er ihr die Wangen streichelte. Da hörte sie auf zu lachen, und die Tränen versiegten. Der Mohnsaft tat seine Wirkung. Noch einmal sah sie das blasse, angestrengte Gesicht ihres Mannes vor sich, dann wurde es dunkel um sie.

Roland dachte: So viel Blut! »Bist du gewiß, daß sie wieder gesund wird, Katherine? Sie ist so bleich...«

»Sie hat eine Menge Blut verloren, aber sie ist von Natur aus stark und gesund. Das wird sie bald überwunden haben und auch zu Kräften kommen. Dann hast du sie wieder.«

Während er ihren Atemzügen lauschte, hörte er noch einmal im Geist ihre Worte, die ihn verdammten, und es schmerzte ihn tief.

»Was hat sie wohl damit gemeint – daß du vor Freude jubeln wirst?«

Roland schaute Katherine de Fortescue an und schüttelte den Kopf. »Nichts«, sagte er.

Doch so leicht war Katherine nicht abzuspeisen. Offen erklärte sie: »Sie hat bestimmt etwas damit gemeint. Ich bin doch nicht blind, Roland. Ihr beide liegt im Streit miteinander. Meine Tochter ist todunglücklich, und du... es kommt mir vor, als hieltest du dich von ihr fern. Was kann sie gemeint haben? Was hast du ihr getan?«

Da sagte Roland: »Der König und die Königin wissen es, aber sonst niemand. Das Kind, das sie bekommen wollte, war nicht von mir.«

Katherine fuhr zurück. »Nicht von dir? Das erscheint mir unsinnig! Nein, das kann nicht sein...«

»Ich weiß nicht, von wem das Kind war. Höchstwahrscheinlich vom Grafen von Clare. Vielleicht auch von einem anderen Mann, den ich nicht kenne. Nein, es war nicht ihre Schuld, darauf könnte ich einen Eid leisten. Daria ist eine gute, treue Frau. Sie würde mich nie betrügen. Jemand hat sie vergewaltigt.«

Katherine starrte ihn weiter an. Ruhelos hin und her gehend, sagte er mehr zu sich als zu ihr: »Aber weißt du, sie behauptet hartnäckig, das Kind wäre von mir. Und davon war sie nicht abzubringen, auch wenn alles darauf hindeutete, daß sie diese Geschichte erfunden hatte. Ich habe ihr wiederholt versichert, daß ich immer auf ihrer Seite stehen und wegen des Kindes nicht geringer von ihr denken würde. Ich habe sie angefleht, mir zu sagen, wer ihr gegen ihren Willen Gewalt angetan hat. Aber sie beharrte darauf, das Kind wäre von mir. Sie behauptete, mir eines Nachts ihre Jungfräulichkeit geopfert zu haben, als ich schwerkrank war und im Fieberwahn lag. Ich kann das nicht verstehen. Aber nun ist es ja vorbei, und in Zukunft wird es keine Zwietracht mehr zwischen uns geben.«

Jetzt war es an Katherine zu schweigen. Sie war bis ins Innerste erschöpft. Ihre Tochter würde nun viele Stunden im Heilschlaf liegen. Katherine öffnete die Tür. Draußen stand Sir Thomas. Mit einem Lächeln sagte sie: »Ich möchte mich zur Ruhe begeben, Sir.«

»Ich bringe Euch zu Eurem Zimmer, Katherine«, sagte Sir Thomas und reichte ihr den Arm.

Roland legte sich aufs Bett und fühlte seiner Frau den Puls. Er schlug stark und regelmäßig. Sie würde am Leben bleiben. Seine Erleichterung war unendlich groß.

Nein, er freute sich nicht darüber, daß das Kind tot war. Es wäre überhaupt besser gewesen, er hätte den Mund gehalten. Aber jetzt war es zu spät.

Graelam de Moreton saß aufrecht im Bett, und vor ihm stand kampflustig seine Frau. Sie waren mitten in einem erregten Streitgespräch, als Roland dazu kam.

»Raus mit dir, Kerl!« rief Graelam. »Und mich kannst du gleich mitnehmen!«

»Nein, Roland«, rief Kassia halb lachend, »bleib hier! Ich werde allein kaum noch mit Graelam fertig. Vielleicht könnt Ihr ihm klar machen, daß er impotent werden kann, wenn er seine Verletzungen nicht auskuriert. Ich habe ihm vergeblich gesagt, was Männern zustößt, die mißachten, was ihnen der gesunde Menschenverstand ihrer Frauen rät.«

»Es ist einfach gräßlich, was sie mir prophezeit«, sagte Graelam. »Aber ich glaube es nicht. Du etwa?«

»Ich verstehe ihre Besorgnis durchaus«, sagte Roland mit angestrengt ernster Miene. »Schließlich hast du mir ja oft genug erzählt, daß deine Rute deine Frau glücklich macht. Was soll sie dann tun, wenn deine Rute Schaden nimmt?«

Kassia schnappte nach Luft. »Hat er das wirklich gesagt, Roland?«

»So etwas habe ich selbstverständlich nie gesagt!«

»Ja, du hast recht, Graelam. Deine genauen Worte lauteten, daß die Rute des Mannes ein Maßstab für seinen Wert als Krieger ist und daß du daher genauso bedeutend wie Karl der Große bist.«

Graelam warf grinsend eine hölzerne Wasserkaraffe nach Roland. Danach fiel er in die Kissen und büßte die Anstrengung mit neuen Schmerzen.

Seine Frau strich ihm über die Brust, und unglaublicherweise ließen die Schmerzen nach. »Du meinst wohl, du hättest alles unter Kontrolle, Weib?«

Sie gab ihm einen Kuß und sagte: »Ja.« Dann wandte sie sich an Roland: »Er wird sich schon bessern. Allerdings darf ich in Zukunft nicht mehr beim Damespielen gegen ihn verlieren. Sonst kommt er noch dahinter, daß ich ihn immer absichtlich gewinnen ließ.«

Graelam lächelte. »Ja, ich werde mich bessern. Weißt du, Roland, es ist nur so verflucht langweilig. Jetzt liege ich schon zwei Tage flach!«

»Von Lady Katherine hörte ich, daß du morgen wieder aufstehen darfst.«

»Und Daria? Wann kann sie wieder aufstehen?«

Roland zuckte die Achseln und bückte sich nach der Wasserkaraffe, die auf dem Fußboden gelandet war.

»Meinetwegen hat sie das Kind verloren. Es tut mir sehr leid, Roland.«

»Lady Katherine sagt, es sei Gottes Wille gewesen, daß sie dich gerettet hat. Wenn dies die Wahrheit ist, so sollten wir es dabei belassen. Ein Vorwurf ist keinem zu machen, Graelam.

Hör jetzt auf deine Frau und bleibe im Bett! Daria geht es recht gut. Übrigens wartet Rolfe draußen. Er will in irgendeiner Angelegenheit mit dir sprechen.«

Roland ging aus dem Zimmer und begab sich zu den Stallungen. Er wollte für ein paar Stunden allen schmerzlichen Gedanken entfliehen und den Kopf wieder frei haben.

Nicht daß Daria noch etwas zu ihm gesagt hätte. Sie hatte den ganzen Tag verschlafen, war erst am frühen Abend aufgewacht und hatte die eigens von Alice zubereitete Rindfleischbrühe zu sich genommen. Als er zu ihr kam, war ihm, als wäre sie gar nicht da. Im Bett lag nicht *seine* Daria, sondern nur eine blasse Kopie von ihr. Sie hatte ihn kurz angesehen und sich dann umgedreht. Er hatte diese Nacht, in eine Decke gehüllt, im großen Saal geschlafen, einen der Hunde zu seinen Füßen.

Im Schlafzimmer war es fast dunkel, doch Daria traf keine Anstalten, eine Kerze anzuzünden. Nach der großen Hitze des Tages wurde es endlich kühler. Sie zog eine leichte Decke über sich. Sie hatte keine Schmerzen mehr, nur noch diese verdammte Schwäche.

Mit anmutigen, leichten Schritten kam ihre Mutter herein. Sie brachte ein Tablett mit vielen köstlichen Speisen von Alice. Daria schloß schnell die Augen, aber doch nicht schnell genug.

»Nein meine Liebe, du brauchst dich nicht schlafend zu stellen. Du mußt etwas essen.«

Daria wollte nicht wach sein, wollte nicht *hier* sein. Laut sagte sie: »Ich wünschte, ich wäre gestorben, Mutter. Dann wären alle Probleme gelöst.«

»Dann wären deine, aber wirklich nur deine Probleme gelöst. Du würdest nichts mehr merken. Und die Probleme der anderen?« Wenigstens spricht sie wieder, dachte Katherine und fuhr fort: »Du mußt dein Päckchen tragen wie alle anderen auch. Aber darum geht es doch gar nicht, stimmt's Daria?«

»Es geht darum, daß ich keine Veranlassung mehr habe,

hierzubleiben, auf *seiner* Burg, *seine* Speisen zu mir zu nehmen und in *seinem* Bett zu schlafen.«

Von der Tür her war Rolands Stimme zu vernehmen. Katherine wirbelte herum. Wieviel hatte er mitgehört? Daria wandte den Kopf ab. Roland sieht müde aus, dachte Katherine.

Er sagte zu ihr: »Ich sorge dafür, daß sie etwas ißt, Katherine. Sir Thomas vermißt dich, er ist ganz unruhig. Es wäre mir lieb, wenn du die Rolle der Gastgeberin übernimmst, bis Daria wieder gesund ist.«

Katherine warf noch einen Blick auf ihre Tochter. Dann wandte sie sich ihrem Schwiegersohn zu. Sie wollte ihn noch einmal um Nachsicht für ihre Tochter bitten. Doch als sie sein verschlossenes Gesicht und die kalten Augen sah, ließ sie es bleiben.

Roland wartete, bis sich die Tür hinter ihr geschlossen hatte. Dann sagte er zu Daria: »Du wirst jetzt essen.«

Daria rührte sich nicht und sagte kein Wort.

»Du bist nicht gestorben, Daria. Wir haben immer noch Probleme, und du mußt mithelfen, sie zu lösen. Das bedeutet, daß du bald wieder das Bett verlassen mußt. Du mußt zu Kräften kommen, schon um deinetwillen. Dabei kann ich dir kaum helfen. Jetzt iß, oder ich muß dich dazu zwingen. Ich sage es dir nicht noch einmal.«

Als sie nicht reagierte, faßte er sie unter die Arme und zog sie hoch, so daß sie nun saß. »Hast du noch Schmerzen?«

»Nein.«

»Gut. Ich stelle dir das Tablett hin und du ißt. Ich bleibe so lange hier, bist du gegessen hast.«

Sie drehte sich zu ihm um. In den beiden letzten Tagen hatte er sich von ihr ferngehalten. Jetzt schien er seine Taktik geändert zu haben. Seine Stimme klang kalt, seine Miene war streng. Seine schönen dunklen Augen betrachteten sie ohne jedes Gefühl.

Warum belästigte er sie überhaupt? Warum spielte er den besorgten Ehemann? Das ergab für sie keinen Sinn. Laut sagte sie: »Was soll das alles? Was willst du eigentlich von mir? Von mir aus kannst du die Ehe für ungültig erklären lassen. Ich bezweifle allerdings, daß ich überhaupt ein Wort dabei mitreden darf.«

Er hob eine schwarze Augenbraue. »Hier sind geschmorte Karotten und Bohnen. Iß davon!«

Daria tat es. Das Schmorgemüse schmeckte köstlich. Auf einmal wurde ihr bewußt, wie ausgehungert sie war. Das Wasser lief ihr im Munde zusammen. Sie probierte das in einer unglaublich wohlschmeckenden Dillsoße marinierte und anschließend gebratene mürbe Hammelfleisch.

Erleichtert beobachtete Roland, daß sie mit Appetit aß. Doch sie war immer noch so blaß, daß er es mit der Angst zu tun bekam. Er hatte sie zwei Tage in Ruhe gelassen, und es war keine Besserung eingetreten. Sie war vielmehr in eine noch tiefere Depression gefallen und entfernte sich mehr und mehr von ihm. Die Hoffnung, sie würde wieder ihren alten Elan gewinnen, wenn er sie in Ruhe ließ, hatte getrogen. Jetzt mußte er sich intensiv um sie bemühen.

Sie kaute an einem Stück Weißbrot, und er bemerkte: »Alices Kochkünste zu genießen ist allemal besser, als zu sterben. Nur ein Feigling wählt den Ausweg des Todes. Der Tod löst keine Probleme. Man würde dich mit ihnen begraben. Doch die Überlebenden müßten sich weiter mit ihnen auseinandersetzen.«

»Deine Probleme kümmern mich nicht, Roland. Ich möchte nur, daß du mich in Ruhe läßt. Ich möchte, daß du dich darum bemühst, die Ehe für ungültig erklären zu lassen.«

»Es müßte dir klar sein, daß ich dir beide Wünsche nicht erfüllen kann. Du denkst doch nicht etwa wieder daran, ins Kloster zu gehen?

Daria schloß die Augen und ließ den Kopf aufs Kissen sinken. Sie war gesättigt, fühlte sich aber immer noch müde, im tiefsten Inneren müde. »Geh jetzt bitte!«

»Nein. Ich habe dich zwei Tage lang allein gelassen. Jetzt nicht mehr. Ich trage dich zu Graelam hinüber. Er will dich sehen. Er fühlt sich tief in deiner Schuld. Es liegt an dir, ihm darüber hinwegzuhelfen.«

»Er soll sich schuldig fühlen? Das ist Unsinn. Es war meine Entscheidung, seine Rettung zu versuchen. Er hatte gar nichts damit zu tun. Wenn sich jemand schuldig fühlen kann, bin ich es und kein anderer.

»Das habe ich ihm auch gesagt, aber er nimmt es mir nicht ab. Mußt du austreten?«

Sie schüttelte den Kopf.

»Gut. Dann nehme ich jetzt das Tablett weg.« Ihr Blick blieb leer und verloren. Aber er würde nicht locker lassen. Wenigstens hatte sie durch das Essen wieder etwas Farbe bekommen.

»Ich will Graelam nicht sehen.«

»Was du willst, ist ohne Bedeutung.« Und als er sie hochnahm, um sie hinüberzutragen, sträubte sie sich nicht.

Mit dem Fuß stieß Roland die Tür zu Graelams Zimmer auf und rief: »Ich habe dir etwas Schönes mitgebracht, Graelam. Was meint Ihr, Kassia? Soll ich meine Frau zu Eurem Mann ins Bett legen? Was haltet ihr davon?«

Roland setzte sich, Daria auf dem Schoß. »Nun, Graelam, wie du siehst, ist meine Frau auf dem Wege der Besserung. Im Gegensatz zu dir ist sie vernünftig und hört auf guten Rat. Ich habe ihr gesagt, sie soll essen, und sie hat gegessen. Jetzt liegt sie sanft in meinen Armen und beklagt sich nicht.«

»Während du schimpfst und jammerst«, sagte Kassia zu ihrem Mann und setzte sich aufs Bett. »Manchmal möchte ich dir den Stuhl um die Ohren schlagen.«

Graelam schaute die bleiche Gestalt auf Rolands Schoß an. Solange Kassia und Roland dabei waren, würde er nie eine Lösung für das finden, was in seinem Kopf vorging. Morgen werde ich Daria allein besuchen, dachte er. In freundlichem Ton sagte er: »Es freut mich, daß Ihr gegessen habt.«

Roland merkte, daß sie zu zittern begann. Sie weinte. Er sah zu Graelam und Kassia hin. Die beiden waren bestürzt. »Ich komme später noch einmal zu dir«, sagte er zu Graelam. Dann trug er seine Frau in ihr Zimmer zurück. Er legte sie aufs Bett, ließ sie aber nicht los. »Ist dir kalt?«

Sie gab keine Antwort, sondern weinte lautlos weiter. Ihre

stille Qual schnitt ihm ins Herz. In ruhigem Ton sagte er: »Wenn ich alles ungeschehen machen könnte, würde ich es tun, Daria, das kannst du mir glauben. Ich freue mich bestimmt nicht darüber, daß du das Kind verloren hast. Ich habe es ja auch verloren. Ich möchte, daß du schnell wieder gesund wirst, wieder lächeln lernst und zu mir kommst. Bitte, weine nicht mehr!«

»Als du zum letztenmal mit mir zusammen warst, hast du das Kind in meinem Leib gefühlt. Da hast du mich und das Kind gehaßt.«

Er konnte sich noch genau erinnern, welche Gefühle ihn an diesem Morgen durchzuckt hatten, als er die kleine Wölbung ihres Leibs ertastet hatte. Was aber mochte sie empfunden haben, als er sie wortlos verlassen hatte?

»Wenn du sagst, daß du dich nicht freust, lügst du.«

»Hör zu, Daria! Ich bin dein Ehemann. Ich habe es dir immer gesagt und sage es dir jetzt nochmals, daß ich mit meinem Leben für dich einstehe. Du mußt doch gemerkt haben, daß ich, seit wir uns kennenlernten, jederzeit bereit war, dich zu beschützen. Ich weiß nicht, warum du mir den Namen des Vaters nicht verraten willst. Vielleicht liebst du ihn noch und hast Angst, daß ich ihn töten würde. Aber für mich ist der Mann ohne Bedeutung. Für mich bist allein du wichtig, du und unser gemeinsames Leben.«

Sie hörte auf zu weinen. Diese Tränen hatten sie um das Kind vergossen, um sein Kind und um ihretwillen, um die Leere in ihrem Herzen. »Ich sage es dir jetzt noch einmal, Roland, und dann nie wieder. Das Kind war von dir. Du hast es in jener Nacht in Wrexham gezeugt. Wenn du es nicht über dich bringen kannst, mir zu glauben, wenn du nicht erkennst, daß ich dich nie belogen habe, dann wünsche ich, daß du die Ehe für ungültig erklären läßt. Dann will ich nicht mehr hierbleiben.«

»Daria ...«

»Nein, ich will keine Einwände mehr hören. Ich hatte darum gebeten, daß das Kind zur rechten Zeit auf die Welt kommen und seinem Vater ähnlich sehen würde – dir, Roland – daß es ein Sohn würde, der so dunkelhaarig wäre wie du und dir in allem gliche, von den schwarzen Augen bis zum Lächeln. Dann hättest du eingesehen, daß ich dich nicht belogen habe. Aber der liebe Gott hat es anders gewollt. Jetzt hast du als Beweis nur noch mein Wort.« Als sie geendet hatte, mußte sie tief Luft holen.

»Was ist?«

»Die Blutung... oh, mein Gott!«

Rasch legte Roland sie auf den Rücken und riß den Schlafrock auf. Der Verband hatte sich verschoben, und sie hatte Blut an den Oberschenkeln. »Halte still!« sagte er.

Er wusch sie und legte den Verband neu an. Dann richtete er sich auf. «Ist dir warm genug?«

Sie nickte und wandte dann den Kopf ab.

»Salin hat mir heute mitgeteilt, er habe gehört, daß eine Bande von ungefähr zehn Männern hier in der Nähe im Freien lagert. Wer sie sind, habe man nicht ermitteln können. Nach der Beschreibung, die ihm ein Händler gab, scheint es sich um deinen geschätzten Onkel zu handeln. Es soll ein großer blonder Mann mit blasser Haut sein, der das stärkste Kampfroß reitet, das der Händler je gesehen hat. Ob dein Onkel wohl so dumm sein wird, daß er versucht, in die Burg einzudringen, um dich zu töten?«

»Mein Onkel würde dich nie offen angreifen. Er ist ein tückischer Mensch und wird bestimmt eine andere Möglichkeit finden, glaube mir! Er wird versuchen, dir irgend etwas Wertvolles zu entwenden. Das benutzt er dann als Druckmittel gegen dich. Vielleicht Schmuck, vielleicht Münzgeld.«

»Wertvoll für mich bist allein du. Ich schwöre dir, daß ich ihn nie in deine Nähe gelangen lassen werde.« Dann lächelte Roland und fragte: »Möchtest du jetzt eine Partie Dame mit mir spielen? Ich würde es wie Kassia machen und dich absichtlich gewinnen lassen.«

21

Geduldig wartete Graelam de Moreton, bis Lady Katherine auf der Treppe verschwunden war. Dann ging er so vorsichtig und langsam wie ein alter Mann über den schmalen Flur. Alle Rippen taten ihm dabei weh, ein ziehender Schmerz. Schließlich schlüpfte er in Darias Schlafzimmer.

Daria lag mit geschlossenen Augen auf dem Rücken. Die Decke hatte sie bis über die Brust gezogen. Duftig ruhte ihr dunkles Haar auf den Kissen. Wie schön es ist, dachte er, wie Kassias, nur dunkler. Aber sie war immer noch sehr blaß, und die Knochen traten aus dem Gesicht hervor. Als spüre sie, daß jemand im Zimmer war, schlug sie die Augen auf, und der Atem stockte ihr, als sie ihn im trüben Lichtschein erkannte.

»Lord Graelam! Ihr habt mir einen schönen Schreck eingejagt.« Sie stützte sich auf die Ellbogen. »Dürft Ihr denn das Bett schon verlassen, Mylord? Eure Rippenverletzungen können doch noch nicht wieder verheilt sein. Soll ich…«

Lächelnd drückte er sie aufs Bett zurück. Dann nahm er ihre rechte Hand in seine Hände. »Ich wollte mit Euch sprechen«, sagte er.

Im selben Augenblick schien sie sich von ihm zurückzuziehen. Ihre Miene vereiste, ihr Blick wurde argwöhnisch. Es war, als richte sie eine unsichtbare Wand zwischen ihnen auf.

»Nein, wendet Euch nicht ab! Das wäre feige, und feige seid Ihr nicht, Daria. Sonst hättet ihr nicht meine Männer zur Seite geschoben, um an die Stelle zu kommen, wo ich lag, und hättet nicht diese schweren Gesteinsbrocken weggeräumt.«

»Manchmal bleibt einem keine andere Wahl.«

»Meine Männer haben mir alles berichtet. Sie sprachen von nichts anderem als darüber, wie mutig Ihr gewesen seid. Sie waren überrascht, ja, sogar bestürzt, denn zeitweise kamt Ihr ihnen wie besessen vor. Aber da Ihr mich gerettet habt, würden sie Euch fast alles nachsehen.« Er grinste. »Meine Männer sind treu.«

»Wie Eure Gattin.«

»Da habt Ihr recht. Sie würde einem Feind von mir, der mich bedroht, die Kehle durchschneiden.« Graelam sah an ihr vorbei zum Fensterspalt. »Ich weiß jetzt alles über Roland und Euch.«

»Nein!«

»Es ist nicht so, daß Euer Gatte mich ins Vertrauen gezogen hätte, obwohl es mir lieb gewesen wäre. Nein, ich habe zufällig ein Gespräch zwischen ihm und Eurer Mutter mit angehört. Sie haben es nicht gemerkt. Sie war verstört und bedrängte ihn. Doch er blieb abweisend. Eure Geschichte ist wirklich sonderbar. Sie gibt Rätsel auf, die aber bestimmt nicht unlösbar sind. Ich wundere mich nur, daß Ihr aufgeben wollt. Da habt Ihr mich enttäuscht. So verhält sich keine Frau, die mir so tapfer mein elendes Leben gerettet hat.«

»Er glaubt mir ja doch nicht. Soll ich denn immer weiter meine Unschuld beteuern, bis er sich gänzlich von mir zurückzieht?«

»Im Grunde ist es doch nur so, daß er sich an jene Nacht in Wrexham nicht erinnert. Ich frage mich, wie man seinem Gedächtnis auf die Sprünge helfen könnte.«

»Nein. Entscheidend ist, daß er mir einfach nicht glauben will. Dabei bin ich seine Frau und liebe ihn. Vom ersten Augenblick an habe ich ihn immer geliebt.«

Zu Darias Überraschung lachte Graelam. »Nein, seht mich nicht so an, als wäre ich ein gefühlloses Ungeheuer! Ich denke nur gerade an die Anfangszeit meiner Ehe. Da bestand auch zwischen Kassia und mir ein tiefer Zwiespalt. In einer bestimmten Angelegenheit wollte ich ihr nicht glauben. Und später hatte ich sie so liebgewonnen, daß uns die Sache völlig unbedeutend schien. Als sich dann schließlich herausstellte, daß sie doch die Wahrheit gesagt hatte, spielte das überhaupt keine Rolle mehr.«

»Bei uns liegt die Sache leider anders. Roland liebt mich nicht und wird mich nie lieben. Und ich sehe keine Möglichkeit, ihm meine Behauptung zu beweisen. Ihr müßt wissen, ich habe mir in jener Nacht geschworen, daß Roland es nie erfahren sollte. Er sollte sich nicht für mich verantwortlich fühlen, denn es war doch alles von mir ausgegangen. Ich hatte jedoch nicht damit gerechnet, schwanger zu werden. Das hat alles geändert. Und jetzt kann ihn nichts umstimmen. Er sieht keinen Grund, mir zu glauben und zu vertrauen. Und daher kann er mich auch nicht lieben.«

»Darf ich Euch eine Frage stellen, Daria? Welcher Mann soll Euch denn nach Rolands Ansicht vergewaltigt haben?«

»Höchstwahrscheinlich denkt er an den Grafen von Clare. Und wenn er es nicht war, dann, meint er, müßte es ein Unbekannter gewesen sein, der mich in Wrexham überfiel, als Roland auf dem Krankenbett lag.«

»Also würde es auch nichts nützen, wenn ich den Grafen von Clare herbrächte und er bezeugte, Euch nicht vergewaltigt zu haben? Roland würde Euch trotzdem nicht glauben?«

»So ist es«, sagte Daria.

Graelam erhob sich langsam. »Ihr habt gesehen, wie die Ostmauer über mir zusammenstürzte. Ihr habt Euren Vater sterben sehen. Und welche Vision hattet Ihr, als Ihr Roland getroffen habt?«

»Ich habe ihn wiedererkannt. Tief in meinem Herzen wußte ich auf den ersten Blick, daß er zu mir gehörte. Ich weiß, es hört sich sonderbar, vielleicht verrückt an, aber es ist die Wahrheit.«

»Daran zweifle ich nicht. Ich muß jetzt gehen, Daria. Denkt bitte immer daran, daß ein feiges Ausweichen nicht zu Euch paßt! Ihr dürft mich nicht enttäuschen. Ihr dürft Euch selber nicht enttäuschen. Im übrigen stehe ich in Eurer Schuld. Und meine Schulden erstatte ich immer. Aber ich muß mir das alles noch gründlich durch den Kopf gehen lassen. Ja, sehr gründlich.«

»Hast du sonst nichts gehört?« fragte Roland.

Salin schüttelte den Kopf. »Er hält sich gut versteckt, der dreckige Hurensohn. Das gefällt mir gar nicht, ebensowenig wie die Geschichten, die ich über den Grafen von Reymerstone vernommen habe. Ich würde gern mit ein paar Männern losreiten, um ihn aufzuspüren.«

»Nein, Salin, jetzt noch nicht. Und wenn es an der Zeit ist, die Jagd zu beginnen, dann führe ich sie an. Aber ich kann vorläufig nicht hier weg. Erst wenn...« Er brach ab.

»Erst wenn Eure Lady wieder gesund ist«, schloß Salin an seiner Stelle. »Gwyn hat mir gesagt, daß sie sie heute morgen zum erstenmal lächeln sah. Lady Katherine hatte ihr einen neuen Überrock genährt.«

Roland hätte dieses Lächeln gern selbst gesehen. Es war jetzt über eine Woche seit der Fehlgeburt vergangen, und es schien ihr einigermaßen gut zu gehen. Abends spielten entweder Graelam oder er mit ihr Schach. Kassia wollte nicht mit ihr spielen. Sie sagte, Frauen seien zu klug, um sich im Schach zu messen. In den beiden letzten Nächten hatte Roland wieder im eigenen Bett geschlafen, aber nicht versucht, sich seiner Frau zu nähern.

Gestern abend hatte sie ihn lange angesehen. Er hatte den Blick erwidert, bevor sie Zeit hatte wegzuschauen. Der Schmerz, den er in ihren Augen las, erschütterte ihn. Er wollte sie ansprechen. Doch sie wandte sich sofort ab. Und er war noch nicht in der Lage, diese unsichtbare Wand zwischen ihnen zu überwinden. Er wußte einfach nicht, was er zu ihr sagen sollte. Sein Leben war in fürchterliche Unordnung geraten, und er konnte es nicht ändern. Er fühlte sich hilflos.

Roland und Salin blickten plötzlich überrascht auf. Über den Innenhof kam Graelam de Moreton geradewegs auf sie zu. In seiner schwarzsilbernen Rüstung wirkte er gesund, ja, geradezu furchterregend stark. Bei einem Mann, der noch vor wenigen Tagen beinahe von seinem Schöpfer abberufen worden wäre, erschien sein Zustand wie ein Wunder. Fast ehrfürchtig staunten ihn seine Männer an.

»Du scheinst vollständig geheilt zu sein, Graelam. Soll ich dir die Hand schütteln, oder kann ich dir schon wieder einen freundschaftlichen Rippenstoß versetzen?«

Graelam grinste ihn an. »Du hast fortan Ruhe vor mir, denn ich reise ab. Es wird Zeit, daß ich mit meiner Frau nach Wolffeton zurückkehre.«

Wie merkwürdig er sich ausdrückt, dachte Roland. »Und was wirst du dort anfangen, Graelam?«

»Ich werde auf meiner Burg verrotten, was sonst? Vielleicht unternehme ich auch einen kleinen Raubzug und nehme Dienwald ein paar Schafe weg. Ich sehe es zu gern, wenn er wütend wird. Dann bläht er sich zu doppelter Größe auf. Ah, da kommt mein Weib. Kassia, komm, Liebling! Verabschiede dich von unserem gastfreundlichen Wirt! Danach kannst du mich auf dem ganzen Weg bis Wolffeton mit Vorwürfen quälen.«

Daria sah zu, wie Graelam und Kassia mit ihren Kriegern aus der Burg ritten. Als Lord Graelam sich plötzlich im Sattel umdrehte und einen langen Blick zurück auf die Burg warf, war sie nicht besonders überrascht. Es hatte den Eindruck, als halte er nach ihr Ausschau. Der Mann imponierte ihr. Ein so furchterregender Krieger und dabei von so freundlichem Wesen!

Auf einmal fühlte sie sich unsicher auf den Beinen und mußte sich setzen. Diese verdammte Schwäche! Sie wollte und wollte nicht weichen. Kassia hatte zum Abschied ihre Hände ergriffen, sie auf die Wange geküßt und gesagt: »Ihr habt meinem Mann das Leben gerettet. Dafür stehe ich mein Leben lang in Eurer Schuld. Ich pflege meine Schulden immer zurückzuzahlen. Ihr dürft nicht aufgeben, Daria.«

Chantry Hall war voller Leben. Im großen Saal herrschte lebhaftes Treiben. Doch selbst hier fühlte Daria sich verlassen. Sie ertrug die verstohlenen Mitleidsblicke nicht. Daher hielt sie sich die meiste Zeit über im Schlafzimmer auf. Jetzt zog sie sich den neuen Überrock über ihr Kleid. Er war aus hellblauer Wolle und fühlte sich sehr weich an. Sie würde ihn ihrem Mann vorführen. Vielleicht entlockte ihm das ein Lächeln.

Er sprach gerade im Innenhof mit Salin. Es sah aus, als wollten die beiden ausreiten. Als sie auf der untersten Treppenstufe zum großen Saal stehenblieb, schaute Roland auf. Er sah sie unbeweglich an und sagte kein Wort. Nur die Hand hob er zu einem knappen Gruß. Dann machte er kehrt und schritt mit Salin an seiner Seite zu den Stallungen.

Immer, wenn er zufällig mit ihr zusammentraf, gab er sich freundlich. Aber das war auch alles.

Viel mehr erwartete sie ja auch nicht von ihm. Sie hatte ihn in den letzten Tagen kaum zu Gesicht bekommen, denn er arbeitete mit seinen Männern an der Ausbesserung der östlichen Burgmauer, unter der Graelam verschüttet worden war. Das Werk war fast vollendet.

Im Laufe der Zeit verschwand ihre körperliche Schwäche. Daria kümmerte sich nun intensiv um das Innere der Burg. Sie ließ alles säubern, die Tische abschrubben und die Sessel des Lords und der Lady polieren, bis sie glänzten. So wurde Rolands Burg allmählich ein angenehmer Aufenthaltsort. Die Binsen auf den Fußböden dufteten, die Aborte waren gekalkt worden, und nur wenn ein starker Ostwind blies, stiegen einem unangenehme Gerüche in die Nase.

Jetzt mußte sie noch dafür sorgen, daß die Nebengebäude neu angestrichen und einige neue Möbel und Ausstattungsgegenstände für den großen Saal und verschiedene Zimmer gekauft wurden. Manches aus ihrer Mitgift hatte die Burg schon wohnlicher gemacht: die beiden glänzend polierten Waschbecken, die dicken, weichen Sessellehnen und die beiden von ihrer Großmutter gewebten Gobelins, die jetzt an der hinteren Wand hingen. Sie gaben dem großen Saal Farbe und boten Schutz vor Feuchtigkeit. Doch für weitere Anschaffungen mußte sie auf Rolands Genehmigung warten.

Den Nachmittag verbrachte Daria mit ihren Kräutern, nähte dann gemeinsam mit ihrer Mutter und gab den Bedienerinnen durch Gwyn Anweisungen, dem Mädchen, mit dem Roland geschlafen hatte und das so nett und freundlich war, daß Daria jede Eifersucht vergaß.

Sie trug wieder ihren neuen Überrock mit den weiten Ärmeln, den sie über ein altes, von ihrer Mutter geändertes Kleid gezogen hatte. Sie war zu dünn, aber der Anblick von Speisen verursachte ihr immer noch leichte Übelkeit. Ihre vom Waschen schimmernden Haare hatte sie gebürstet und trug sie offen. Sie reichten ihr fast bis zur Taille.

Roland kam ins Schlafzimmer und blieb abrupt stehen. Unter seinem forschenden Blick verhielt sie sich ganz still.

»Wie schön du aussiehst!«

»Danke.«

»Ich muß dir Schmuck besorgen, Daria. Irgend etwas Schönes. Vielleicht Smaragde, passend zu deiner Augenfarbe.«

»Ich würde lieber noch einige Dinge für deine Burg kaufen, Roland.«

»Ach ja?«

»Vielleicht einige Teppiche, Kissen für deinen Sessel im Zimmer und einen Gobelin.«

Roland versank minutenlang in Nachdenken. Dann sagte er unerwartet: »Weißt du, daß Philippa Verwalterin auf St. Erth ist?«

»Ja, du hast es mir schon einmal gesagt.«

»Könntest du eine Aufstellung der Haushaltsgüter machen, die uns noch fehlen, und dann feststellen, wieviel Geld uns aus deiner Mitgift und aus meiner Schatztruhe geblieben ist? Ich denke, daß wir im nächsten Jahr genügend Wolle haben werden, um sie verkaufen zu können. Das macht uns unabhängiger.«

»Sprichst du im Ernst? Ich dachte, Männer schätzen es nicht, wenn Frauen solche Dinge in die Hand nehmen. Ich würde mich allerdings sehr gern darum kümmern!«

»Wenn du damit fertig bist, legst du mir die Aufstellung vor, und dann beschließen wir gemeinsam, was wir uns als erstes leisten können.«

Sie schaute ihn erstaunt an und platzte dann heraus: »Warum bist du auf einmal so ganz anders zu mir?«

»Wie denn?«

»Na, so nett... als läge dir wirklich etwas an...«

Er schnitt ihr das Wort ab. Er ahnte, was sie im Begriff war zu sagen, und wollte es nicht hören. »Diese Arbeit muß gemacht werden, und du bist dafür geeignet. Oder hast du Zweifel an deiner Fähigkeit?«

Sie reckte das Kinn. »Nicht im geringsten.«

Da lächelte er sie an, und seine dunklen Augen leuchteten warm und anerkennend.

Es war der 2. September. Die Luft war frisch und kühl. Ein Tag im Frühherbst mit wolkenlosem Himmel und strahlender Sonne, die das Land ringsum in aller Farbenpracht erstrahlen ließ. Daria atmete tief durch. Laute Schreie hatten sie aus dem großen Saal ins Freie gelockt. Um zu sehen, was da im Gange war, mußte sie sich auf die Zehenspitzen stellen. Ihr Mann trug einen Ringkampf aus. Mit nacktem Oberkörper umkreiste er schweratmend und schweißbedeckt seinen Gegner, einen riesenhaften Kerl, der so aussah, als könnte er Roland in Stücke reißen. Die Krieger hatten einen Halbkreis um die beiden gebildet und feuerten sie lautstark an.

Als der andere plötzlich Roland ansprang, erstarrte Daria. Warum standen seine Männer müßig herum? Warum halfen sie Roland nicht? Entsetzt sah Daria, wie der andere Roland um den Leib packte und ihn anhob. An seinen mächtigen Oberarmen traten die Muskeln hervor. Er war bestimmt so stark, daß er Roland zerdrückten konnte.

Sie hatte solche Angst um ihn, daß sie ohne Besinnen handelte. Die langen Röcke raffend, stürmte sie die steile Steintreppe hinunter in den Innenhof, erreichte den Kreis der Zuschauer, schob und stieß sie beiseite, bis sie mitten auf dem Kampfplatz stand. Wütend beschimpfte sie die Männer. »Warum greift ihr nicht ein, ihr elenden Feiglinge? Wollt ihr etwa mitansehen, wie der Kerl Euren Herrn umbringt, ihr dreckigen Hurensöhne?« Sie hörte das schwere Atmen Rolands und seines Gegners und die derben Flüche, die sie ausstießen. Irgendwie hatte Roland sich aus dem Griff befreien können. Der Riese schrie eine gräßliche Verwünschung, griff erneut an und packte Roland. Im selben Augenblick saß ihm Daria im Nacken.

Schreiend klammerte sie sich an seinem dicken Hals fest und hämmerte mit der Faust auf seinen Schädel ein. »Nein, wage es ja nicht, ihn anzurühren! Sonst schlage ich dich tot!« In der Absicht, ihm die Luft abzuschnüren, nahm sie ihn in die Beinschere, riß ihm den Kopf zurück und setzte zum Würgegriff an. Dabei stieß sie gellende Schreie aus und schlug minutenlang, vor Angst um Roland mit ungeahnten Kräften ausgestattet, ohne Besinnen auf ihn ein. Erst dann merkte sie, daß der Mann einfach stehengeblieben war und nicht einmal den Versuch unternahm, sie abzuschütteln.

»Daria!«

Wie durch dicken Nebel hörte sie ihren Namen, schüttelte aber nur den Kopf und bearbeitete den Schädel des Riesen weiter, so hart sie konnte, mit den Fäusten.

»Daria! Bei allen Heiligen, laß das sein!«

Auf einmal stand Roland neben ihr. Der Mann, auf den sie wie eine Verrückte einhämmerte, rührte keinen Finger und ließ sich alles gefallen.

Roland streckte die Arme nach ihr aus. »Jetzt ist es aber genug. Komm!«

»Aber ich will nicht, daß er dich verletzt und...« Noch einmal landete sie einen Faustschlag, der den Mann seitlich am Kopf traf.

»Bei allen Heiligen, hör endlich auf! Du kannst doch Rollo nicht das bißchen Verstand, das er noch hat, aus dem Schädel trommeln! Aufhören! Laß ihn los! Komm her!«

Sie löste Beinschere und Würgegriff und ließ sich von Roland in die Arme nehmen und auf dem Pflaster absetzen. Dann tastete sie seinen Kopf bis zu den Schultern ab, um sich zu vergewissern, daß er nicht verletzt war. »Ich hatte solche Angst... ich dachte, er bringt dich um. Er ist doch so groß und stark und...«

Die Männer ringsum waren still geworden. Langsam drehte sie sich um und betrachtete den riesenhaften Kerl. Er stand noch immer völlig ruhig da und erwiderte ihren musternden Blick. Sein häßliches Gesicht zeigte äußerste Verwirrung und tiefe Verwunderung.

Sie hob den Kopf. »Roland, hat er dir auch wirklich nichts getan? Bist du ganz heil geblieben? Ich begreife es nicht.«

Sie mußte irgend etwas falsch gemacht haben. Sein Gesicht drückte die unterschiedlichsten Empfindungen aus. Er war zornig... ja, das war deutlich zu spüren... aber dann schien sein Zorn zu vergehen und wurde von einer anderen Gemütsbewegung abgelöst... Und dann fing er an zu lachen. Er warf den Kopf zurück und lachte dröhnend. Es dauerte nicht lange, und alle Männer im Innenhof folgten seinem Beispiel, lachten wie wahnsinnig und hielten sich dann vor Lachen die Seiten. Schließlich stimmte auch der Hüne mit tiefen, rauhen Tönen in die allgemeine Fröhlichkeit ein.

Man lachte über sie!

In diesem Augenblick merkte sie, daß sie sich das Kleid unter dem linken Arm aufgerissen und einen ihrer Lederschuhe verloren hatte. Er lag neben ihr auf den Pflaster. Ihr Haarband hatte sich gelöst, und die Haare hingen ihr wild über die Schultern. Das Gelächter schwoll noch an. Sie kam sich albern vor.

Mit einem Schrei rannte sie los, auf den schmalen Durchgang zu, der den inneren mit dem äußeren Burghof verband. Das Fallgitter war hochgezogen, und niemand stellte sich ihr in den Weg.

»Daria! Warte doch!«

Roland wandte sich an seinen Gegner, den hünenhaften Rollo. »Nett von dir, daß du ihr kein Härchen gekrümmt hast. Vielen Dank.« Dann fuhr er die übrigen Männer an: »Alle wieder an die Arbeit, aber schnell!«

»Das war wohl der beste Ringkampf, den ich je gesehen habe«, sagte Salin zu Rollo. »Ich kann nur hoffen, daß er etwas Gutes bewirkt hat.«

Rollo schüttelte immer noch verblüfft den Kopf. »Sie ist mir auf den Rücken gesprungen und hat mir immerzu auf den Schädel gehauen. Ja, sie wollte mir sogar mit ihren dünnen Ärmchen das Genick umdrehen.«

»Ja, du wirst auch ein blaues Auge zurückbehalten. Aber

dein Genick ist ja dicker als der Stamm einer Eiche. Da war für sie nichts zu machen.«

Rollo sah staunend Daria nach. »Die hat mich angegriffen, und dabei hätte ich sie mit einem Schlag alle machen können.«

»Ja«, sagte Salin, »sie ist eben seine Frau.«

»Na, so was«, sagte Rollo, »eine Frau greift mich an! Na, jetzt geh' ich aber zu meinem Bauernhof zurück. Du kannst deinem Herrn sagen, ich komme jederzeit wieder her, wenn er den Kampf wieder aufnehmen will.«

Roland gab es bald auf, seiner Frau nachzurufen. Dafür holte er sie außerhalb der Burgmauern auf der Kuppe eines mit dichtem grünen Gras bedeckten kleinen Hügels ein. Er packte sie am Arm, und sie riß sich wieder los. Da er dabei stolperte und das Gleichgewicht verlor, rollten beide den Grashang hinunter. Am Fuß des Hügels blieben sie liegen, Roland auf dem Rücken und Daria auf der Seite.

Sie lag, wenigstens körperlich unverletzt, da und schnappte nach Luft. Dann sprang sie auf die Beine. Roland sah ihr grinsend zu. Mit einem erneuten Aufschrei machte sie sich daran, den Hügel wieder zu erklimmen. Aber da erwischte er sie noch am Fußgelenk, zog sie sachte herunter, und sie landete rücklings an seiner Brust. Er hörte nicht auf zu lachen. Er lachte über sie! Da sah sie rot und stürzte sich jetzt mit fliegenden Fäusten auf ihn.

»Hör auf, du ekelhafter Kerl! Du sollst nicht über mich lachen!«

Roland zog sie an sich und hielt ihr die Arme fest, um sich vor ihren Schlägen zu schützen. »Still!« sagte er. »Ganz ruhig!«

»Ich habe schließlich nicht gelacht! Ich hasse dich!«

»Das stimmt doch gar nicht. Lüge nicht! Es paßt nicht zu dir.« Dann knabberte er an ihrem Hals. Der Riß im Kleid ging jetzt beinahe bis zur Taille, und als er den Mund auf die glatte Haut an ihrer Schulter drückte, erfaßte ihn ein ungeheuer starkes Verlangen.

Er konnte an nichts mehr denken. Er griff nach den Trägern ihres Hemds und riß sie entzwei. Dann zog er ihr den abgetragenen Baumwollstoff bis zur Hüfte herunter, so daß ihre Brüste frei lagen. Jetzt hielt sie still.

»Verdammt schön bist du.«

Sie schluckte und wollte sich befreien, aber er hielt sie eisern fest.

»Bist du wieder ganz hergestellt?« erkundigte er sich mit erregter Stimme. »Nicht mehr von innen wund?«

Doch die Antwort wartete er gar nicht ab. Er nahm ihren Kopf in beide Hände und überschüttete sie mit gierigen Küssen. Unvermittelt empfand Daria Freude darüber. Gleich darauf wurde daraus drängende Sehnsucht und wilde Leidenschaft.

»Mach den Mund auf! Ja, so ist's gut. Deine Zunge – bitte, Daria! Ach... du bist süß, so süß bist du. Hast du es gern, wenn ich deine Brüste anfasse?«

Mit den Fingerspitzen strich er leicht darüber hin, hob sie mit den Händen an, ohne aber zunächst die Spitzen zu berühren. Dann glitten die Hände tiefer, an ihren Rippen entlang und zerrten an ihrem Kleid, zerrten es herunter, bis es um ihre Füße fiel. Auch das Hemd zog er ihr mit bebenden Fingern aus, und nun stand sie nackt vor ihm. Wieder streichelte er ihre Brüste und spielte mit Mund und Zunge an den Brustwarzen.

Jetzt war sie nicht mehr zu halten. Sie drängte sich an ihn, sie wollte mehr, sie wollte alles. Er umfaßte ihr Gesäß, hob sie hoch und drückte sie an sich, heiß und unbändig. Jetzt wollte er sie haben, und wie ein Blitzstrahl fuhr ihr die Wollust in den Leib.

Sie zog an den Verschnürungen seiner Kleidungsstücke, und er half ihr dabei. Aber in der Aufregung benahmen sich beide so ungeschickt, daß es viel länger dauerte, als sie es wünschten.

Doch dann sah sie endlich Roland nackt vor sich und warf sich auf ihn. Sie legte ihm die Arme um den Hals, hob ihm das Gesicht zum Küssen entgegen, und er küßte sie wieder voller Gier. Dann hob er sie noch ein Stück höher. »Leg die

Beine um meine Hüften! Schnell! Ich stoße von unten in dich rein, Daria, ganz tief hinein...« Er umfaßte ihre Beine, und dann fühlte sie seine Fingerspitzen zwischen ihren Oberschenkeln, bis sie den Schoß fanden, ihn öffneten und hineinfuhren. Keuchend unterstützte sie ihn. Beider Atem ging so laut, daß sie die Rufe überhörten. Dann schob er sich in sie hinein, langsam, mit jedem Stoß nur ein kleines Stück, er zitterte vor Anstrengung, die Beherrschung nicht zu verlieren, und sie fühlte ihn in sich und japste, weil es so schön war, aber noch nicht genug, sie wollte ihn ganz aufnehmen.

»Roland! Daria!«

Jetzt stieß er voll hinein, nach oben, und küßte dabei ihre Brüste, und sie bog den Rücken, um ihn noch intensiver in sich zu fühlen. »Bei allen Heiligen«, sagte er keuchend und legte sie behutsam in das duftende Gras. Dann stieß er wild in sie hinein. Nun hatte sie ihn ganz.

»Roland! Daria!«

Er erstarrte in ihr. Seine Miene verzog sich kummervoll. »O nein«, sagte er dumpf. »Bei allen Heiligen, das darf doch nicht wahr sein!« Dann begann er zu fluchen.

Sie sah ihn verständnislos an. Und erst jetzt beim drittenmal hörte sie, wie ihr Name gerufen wurde.

Er atmete schwer, als er das lange, steife, nasse Glied herauszog.

»Schnell, Liebling, schnell! Das ist Sir Thomas, und er ist schon ganz in der Nähe.« Er half ihr in die zerrissenen Kleider. »Du mußt sie zusammenhalten. Ja, so. Bist du fertig?«

Sie hielt das Mieder über den Brüsten mit den Händen fest und sah ihn fragend an.

Er lächelte unglücklich und tippte ihr mit den Fingerspitzen an den Mund. »Heute nacht wird uns keiner stören. Bei allen Heiligen, du bist schön.«

Als Sir Thomas und Lady Katherine auf der Hügelkuppe auftauchten, sahen sie noch, wie Roland sich ungeschickt anzog und Daria mit dummem Gesicht dabei zusah.

»Ich fürchte«, sagte Sir Thomas zu Lady Katherine, »wir kommen höchst ungelegen.«

»Ihr glaubt doch nicht etwa, er hat sie geschlagen?«

Sir Thomas mußte lächeln. »Sie geschlagen? Ich bin sicher, er hat sie gerade leidenschaftlich erregt, und da mußten wir kommen und stören.«

»Das halte ich für unmöglich«, sagte Katherine erschrokken.

»Dann hast du so etwas wohl nie erlebt, ist es so? Wie schade! Doch wenn du gestattest, werde ich dir bei Gelegenheit zeigen, daß ein Mann auch dir Wonnen schaffen kann. Komm! Wir wollen lieber gehen. Ich glaube nicht, daß Roland jetzt Lust hat, sich mit uns zu unterhalten.« Damit traten sie den Rückzug an und ließen die beiden alleine.

22

Roland konnte nicht mehr klar denken. Er nahm auch nichts mehr wahr – außer sich und sie. Alle seine Sinne waren von ihr gefangengenommen. Er roch ihren wildsüßen Duft, fühlte die Haare, die sich ungekämmt in übermütigen Locken über ihre Schultern ergossen, und sah ihre glatte, weiße Haut durch die Risse des Kleides hervorschimmern. Er nahm sie an die Hand und wirbelte sie herum. Daß sie von der Burg aus deutlich zu sehen waren, störte sie nicht im mindesten.

»Daria...« Beim Küssen zog er sie eng an sich. Sie mußte sich auf die Zehenspitzen stellen. Er spürte ihre heftige Reaktion, und sein Drang wurde so stark, daß er sie auf die Arme nahm und schnurstracks mit ihr auf ein kleines Eichengehölz zusteuerte.

Sie schmolz nicht in seinen Armen, sondern war so wild und leidenschaftlich wie er. Sie küßte ihn auf Kinn, Mund und Nase. Diese weichen, feuchten Küsse brachten ihn fast zur Raserei. Ihre warme Zunge kroch in sein Ohr, ihr frischer Atem blies an seine Wange.

Die zerrissenen Kleidungsstücke waren bald nur noch Fetzen. Er breitete das, was von ihrem Kleid übrig geblieben war, auf dem Boden aus, legte sie sanft darauf und stürzte sich sofort auf sie. Er konnte nicht mehr warten. Er spreizte ihr die Beine, hob die Knie an, knabberte an ihrem weißen Leib, küßte sie dort, schnelle kleine Küsse, strich an ihren Oberschenkeln auf und ab, machte ihr die Beine ganz breit, kam ihr näher und näher, und sie hob die Hüften an, wollte, daß er zu ihr kam...

Als sein Mund ihren Schoß berührte, schrie sie auf und fuhr hoch. »Still, Liebling«, sagte er. Ihr Verlangen nach ihm war weit stärker, als sie sich je vorgestellt hätte. Er erregte Gefühle in ihr, die sie wild zucken ließen. Es übertraf jede Erwartung. Der Sonnenschein drang wie Silberspeere durch die Krone des Eichenlaubs über ihnen. Es ist schön, dachte sie, überaus schön. Aber es war nicht die Sonne, die ihre Sinne kitzelte, es war sein Mund an ihrem Schoß, und sie wollte immer mehr... Ihre Hände massierten seine Schultern, und plötzlich geriet sie außer sich und stieß viele kurze Lustschreie aus. Roland hielt sie an den Oberschenkeln, Krämpfe durchzuckten sie, die Muskeln spannten sich. Bei jedem ihrer Schreie schlug sein Herz vor Entzücken schneller, und sein Glied schwoll immer mehr an, denn er genoß die Wonnen, die er ihr verschaffte. Er trieb sie zum Höhepunkt, es war ihm wichtiger als alles, diese höchste Lust, die andauerte, bis ihre Beine, ihr ganzer Körper erschlafften.

Zwischen ihren Beinen kniend, sagte er: »Daria, mach die Augen auf! Sieh mich an! Ich will, daß du zusiehst, wie ich in dich eindringe.«

Und dann stieß er, vor Erregung am ganzen Körper bebend, kraftvoll hinein und hob ihre Beine auf seine Schultern, um noch tiefer eindringen zu können. Er stieß und stieß hart in schneller Folge, und er geriet dabei in solche Hitze und war so außer sich, daß er innehalten und noch einmal herausschlüpfen mußte. Dann ließ er sie vor sich hinknien und zog sie auf sein Glied herunter. »Ich will dich dabei küssen«, sagte er. Seine Zunge tauchte tief in ihren Mund, genau wie sein Glied in ihren Schoß. Oh, er ist ganz tief in mir, dachte sie, jetzt ist er mein, in diesem herrlichen Augenblick ist er ganz mein, ein Teil von mir, und es gibt nichts als ihn, er füllt mich völlig aus, es ist wunderbar... Und sie schrie wieder vor Lust.

Als er sich in sie ergoß, sank er mit dem Kopf an ihren Hals, zitternd den unglaublichen Höhepunkt auskostend. Und sie fühlte seinen Samen tief in sich und hielt ihn so fest, wie sie nur konnte.

Nach einer Weile stützte er sich, sein Glied noch in ihr, auf die Ellbogen und betrachtete sie. Noch nie waren ihre Augen so grün gewesen wie jetzt. Er sah sich selbst in ihren Augen und hätte gern gewußt, ob er ihre Seele auch so ausfüllte wie ihren Körper. Er wünschte das sehr, denn seine Seele war voll von ihr. Ihre Wangen waren gerötet, ihre Lippen warm und voll. Allein sie zu küssen... als er ihre Reaktion spürte, schwoll sein Glied sofort wieder an, und er wollte sie noch einmal haben.

Langsam schlüpfte sein Glied hinein. Dann zog er es fast ganz wieder heraus, hob lächelnd ihre Hüften an, um wieder hineinzustoßen.

»Kann ich dich noch einmal beglücken?«

»Ich weiß nicht«, sagte sie flüsternd und zog seinen Kopf herab, um ihn zu küssen. Sie liebte seinen Mund, das weiche rote Fleisch der Lippen, seinen Duft genauso wie er ihren. Ihr Körper bewegte sich von allein im selben Rhythmus wie seiner, und als seine Stöße schneller wurden, bohrte sie ihm stöhnend die Finger in den Rücken.

»Ich höre dich so gerne stöhnen«, sagte er und spielte mit den Fingerspitzen an ihr. Trunken vor Glück erlebte er, wie sie vor Lust toll wurde, schrie, sich unter ihm wand, sich aufbäumte und ihn in der Ekstase fast herunterwarf. Er sah sie dabei an und meinte, Schöneres auf der Welt nie erblickt zu haben.

Als sie den Höhepunkt erreichte, rief sie laut seinen Namen, und im selben Augenblick spritzte er seinen Samen tief in sie hinein. Er konnte nicht mehr warten, er konnte nur das eine: zugleich mit ihr in dieser unglaublich schönen Vereinigung zu kommen – mit ihr, seiner Frau.

Lange Minuten vergingen, bis er fähig war, sich auf die Ellbogen aufzustemmen. Seine Muskeln waren wie Brei. »Du bringst mich um, Weib«, sagte er.

Zu seinem Entzücken wurde sie rot, und er mußte lachen. »Daria, weißt du, daß eine Frau verpflichtet ist, den Kopf zu verlieren, wenn sie mit ihrem Mann zusammen ist? Das gehört unbedingt zur Ehe: diese hemmungslose leidenschaftliche Hingabe. Ich hatte den Eindruck, daß du heute zweimal den Kopf verloren hast, und das, mein Weib... gibt mir das Gefühl, ein siegreicher Krieger zu sein.«

»Aber du hast auch den Kopf verloren.«

»Den Kopf nicht, Liebling, aber dafür meinen ganzen Samen.«

Sie legte den Kopf an seine Brust und atmete tief ein.

»Was ist denn das? Schämt sich etwa die lüsternste meiner Frauen?«

»Deiner Frauen! Ich bin nicht die einzige Frau, die du hast, Roland?«

»Na schön, da die meisten Frauen hierzulande nicht besonders hübsch sind, verlasse ich mich ganz auf dich, wenn ich meine Leidenschaft befriedigen will.« Wie hatte er das nur in den vergangenen Monaten vergessen können! Wie hatte er es fertiggebracht, sich fern von ihr zu halten, jeden Gedanken an sie zu verscheuchen, jede Berührung mit ihr zu vermeiden?

Sie stupste ihm in die Rippen. »Nein, bleib bei mir, Roland!«

Er seufzte. »Es tut mir leid, meine Süße, aber du hast mich fix und fertig gemacht und mir den letzten Tropfen Samen genommen. Ich muß mich unbedingt eine Weile ausruhen. Wenn ich mich erholt habe, kannst du über mich verfügen.«

»Na gut«, sagte sie und schmiegte sich an ihn. Doch gleich darauf hob sie den Kopf und sah ihn verlockend an, und ihre grünen Augen glitzerten so schalkhaft, daß er ganz bezaubert war von ihr, von seiner Frau. »Wird es lange dauern?«

Er stöhnte laut auf. Dann sagte er, nunmehr das Thema wechselnd, ganz sachlich: »Rollo ist ein Riesenkerl, ein Felsblock von einem Mann und stärker als ein Ochse. Aber dafür ist er nicht gut auf den Beinen und reagiert zu langsam. Dadurch sind wir uns im Ringkampf ebenbürtig.«

»Ich möchte nicht mehr darüber sprechen. Ich sehe ein, daß ich mich lächerlich gemacht habe.«

Er lächelte. »Das stimmt. Aber es hätte ja sein können, daß er ein gefährlicher Bösewicht gewesen wäre. Dann hättest du mich vor ihm gerettet. Dann hättest du dich nicht lächerlich gemacht, sondern wärst eine Heldin gewesen.«

»Ja, und nun bin ich eine alberne Person und kann mich nicht mehr blicken lassen. Sieh mich doch nur an – ich habe ja nur noch Fetzen auf dem Leib! Alle werden sich denken können, was du mit mir angestellt hast!«

»Das ist tatsächlich ein Problem – der Zustand unserer Kleidung. Ich muß mir unbedingt etwas einfallen lassen.«

Im nächsten Augenblick hörte sie ihn schnarchen.

»Roland! Das hört sich ja gräßlich an! Hör auf damit, du verstellst dich doch nur!«

Er lachte.

»Weißt du, es ist komisch, ich habe immer gedacht, eine Frau zu küssen, macht ja Spaß, aber damit hat sich's auch schon. Bei dir ist das anders, Daria. Deine Lippen machen mich toll vor Lust.«

Während sie sich küßten, legte sie ihm die Hand auf die Hüfte. Er zuckte zusammen und küßte sie noch leidenschaftlicher. »Und was ist, wenn ich dich hier anfasse, Roland?« Ihre Hand glitt auf seinen flachen Bauch. Sie fühlte, wie sich seine Muskeln spannten. »Und hier?« flüsterte sie an seinem Mund. Ihre Hand schloß sich leicht um sein Glied.

Roland hätte es nicht für möglich gehalten, aber unter dieser Berührung schwoll sein Glied noch stärker an. Er drängte, schob und rieb es an ihren Fingern.

Nach einer Weile sagte er: »Ich habe eine wunderbare Idee.« Er ließ sich auf den Rücken fallen und zog sie über sich. »Reite auf mir, Daria!«

Und wieder ihr verlockendes Lächeln, die lachenden, von neuer Leidenschaft erfaßten glitzernden Augen... Sie setzte sich auf ihn, er hob das Becken an, sie nahm ihn in sich auf und ließ ihn hochgleiten. Er schloß die Augen und überließ sich völlig seinen Gefühlen. Dies würde er nie vergessen.

Als sie dem Höhepunkt näherkam, stieß er nach. Sie geriet in höchste Ekstase und riß ihn leidenschaftlich mit sich.

Wieder zu Atem gekommen, murmelte er müde: »Bin völlig erledigt. Ein lüsternes Weib hat mich ausgepumpt. Gleich wird sie mich als nutzlos wegwerfen.«

Daria ließ sich über ihn fallen. »Von wegen wegwerfen. Ich kann mich ja selber nicht mehr rühren. Woher sollte ich die Kraft nehmen, um dich wegzuwerfen?«

»Es ist schon sonderbar«, sagte er nach einer Weile. »In meinem ganzen Leben habe ich es in so kurzer Zeit nie so oft hintereinander mit einer Frau getrieben.«

Sie hob den Kopf und zog die Brauen zusammen. »Aber ich habe gedacht, wir könnten vielleicht...«

Er gab ihr einen Klaps aufs Gesäß. »Du schwindelst und nicht einmal gut.«

»Nein, ich necke dich nur, Roland. Du machst mir so viel Freude. Es ist sehr schön.«

Sie schien so zufrieden mit sich zu sein, daß er lachen mußte. »Du machst mir auch Freude. Aber jetzt müssen wir an die Heimkehr denken. Sonst schickt Salin noch Männer aus, um uns zu suchen.«

»Muß ich wirklich aufstehen?«

»Ja. Ich ja auch.«

»Meine Beine sind so wacklig, als wären sie aus Brei.«

Ihm ging es kaum besser. Lachend half er ihr hoch. Sie waren schmutzig wie Kinder, die in der Gosse spielen, und rochen nach Schweiß, Sex und Gras. Er umspannte mit den Händen ihre Brüste, und sie nahm mit einem verzückten Lächeln sein Glied in die Hände, und seine Wärme ging in sie über und machte sie selig.

Als Herr und Herrin den Innenhof betraten, sahen sie aus, als hätten sie sich stundenlang im tiefsten Dreck gewälzt. Aber niemand machte eine Bemerkung darüber.

Doch es entging Daria nicht, daß viele Augen sie anstarrten und daß jeder wußte, was sie getrieben hatten. Und Roland grinste dazu auch noch wie ein Blöder.

Sie ging schneller. Ihr Blick fiel auf ihre Füße. Sie hatte nur einen Schuh an. Der andere war irgendwie verloren gegangen. Roland flüsterte ihr lachend ins Ohr: »Unglaublich, was du noch für Kraftreserven hast. Ich bildete mir ein, ich hätte dich ausgepumpt. Aber weit gefehlt, jetzt schleppst du mich auch noch im Laufschritt ins Schlafzimmer.«

»Wir Frauen haben eben die größere Ausdauer, Roland.«

»Und wir Männer strotzen vor Kraft.«

Er legte ihr die Hand um den Hals, zog sie an sich und

küßte sie vor allen Leuten, vor den Kindern, vor allen Hunden, Katzen und Ziegen, und es war wunderbar, sie so zu küssen.

Sie hörte undeutlich rauhe Jubelschreie und errötete von den Haarspitzen bis zu den schmutzigen Zehen.

Leise sagte er dicht an ihrem glühenden Gesicht: »Jetzt bist du mein, ganz mein. Vergiß das nie! Laß Wasser bringen! Ich komme gleich zu dir ins Schlafzimmer.«

»Ich meine, die Beziehung zwischen deiner Tochter und Roland hat sich deutlich verbessert.«

Katherine schaute Sir Thomas aus lachenden Augen an. »Ja, es sieht so aus. Sie wirkt jetzt... ausgeglichener.«

»Sie machte den Eindruck einer rundum zufriedenen Frau, Katherine. Mir kommt es so vor, als habe sich das Grün ihrer Augen noch vertieft. Hatte ihr Vater auch so auffallende Augen?«

»Nein, die hat sie von der Großmutter. Deren Augen waren so grün wie das Gras im Frühling. Mit ihrem Vater hat sie überhaupt nichts gemeinsam.«

»Du kannst stolz auf sie sein. Sie ist ein schönes Mädchen. Wenn sie weiter mit ihrem Mann so zufrieden ist, wird sie bald wieder guter Hoffnung sein.«

Zur selben Zeit hatte Roland den gleichen Gedanken.

Er war verblüfft, welche Wirkung sie neuerdings auf ihn ausübte. Für ihn ein Rätsel, warum es vorher nicht so gewesen war. Nun, er hatte sich seit der Hochzeit geistig und körperlich von ihr ferngehalten. Bis heute. Bis sie aus Leibeskräften schreiend aus dem großen Saal gerannt kam und ohne Rücksicht auf sich Rollo auf den Nacken gesprungen war, nur um ihren Mann vor Schaden zu bewahren. So etwas tut nur eine Frau, die ihren Mann liebt.

Und jetzt hatte sich alles verändert. Er war nie ein Sklave des Phallus gewesen wie so viele Männer, die er kannte. Selbst als er im Heiligen Lande gewesen war, als umhegter Pascha von sechs Frauen, wovon jede einzelne nur allzu bereit gewesen war, ihm Freuden zu schenken, hatte er sich nicht von Wollust beherrschen lassen. Aber nun saß er hier seiner Frau gegenüber, die eigentlich zu mager war, aber deren Haut sich weicher als Sommerregen anfühlte, deren Wangen vom Süßwein gerötet waren – und er hätte ihr am liebsten den Bratenknochen aus der Hand gerissen, ihr unter den Rock gegriffen und sie auf der Stelle genommen. Er war erregt und konnte nur froh sein, daß der weitgeschnittene Waffenrock die Schwellung zwischen den Beinen verbarg. Wenn sein Drang nach ihr weiterhin so anhielt, würde sie bald wieder schwanger sein. Diesmal würde sie sein Kind unter dem Herzen tragen.

Roland ließ den Blick zu Lady Katherine und Sir Thomas schweifen. Thomas war verliebt, das stand außer Zweifel, rettungslos bis unter die angegrauten Haarspitzen verliebt. Er fragte sich, wie es um Katherine stand. Vielleicht würden die beiden heiraten. In diesem Fall hoffte er, sie würden auf Chantry Hall bleiben. Die Vorstellung, hier im Kreise einer großen Familie zu leben, gefiel ihm sehr. Sie gab ihm das Gefühl, daß man ihn brauchte. Dann hätte er endlich seinen Platz im Leben gefunden, und er würde ihn voll ausfüllen, unter Menschen, die er liebte und die ihn liebten.

Bedächtig trank Roland einen Schluck Wein und beantwortete die Frage, die ihm einer seiner Männer gestellt hatte. Er hörte Darias helles Lachen, das sein Herz mehr erwärmte als der Wein. Und plötzlich kamen ihm Erinnerungen. Wie er mit ihr in der Kathredrale von Wrexham Zuflucht vor dem nie endenden walisischen Regen gesucht hatte. Er wußte noch genau, wie sterbensübel und schwach er sich da gefühlt hatte. Seine Kehle war wund, er hatte Kopfschmerzen und das Gefühl, sich erbrechen zu müssen. Deutlich erinnerte er sich, wie ihm schwarz vor Augen geworden und er zu Boden geglitten war. Von dem, was danach kam, wußte er nichts mehr.

Warum konnte er sich an nichts anderes mehr erinnern? Zwei Tage seines Lebens fehlten ihm. Die zwei Tage, bevor er wieder zu sich gekommen war und Daria über sich gebeugt gesehen hatte. Wie beschämt er sich gefühlt hatte, als er so schwach gewesen war, daß sie ihm beim Verrichten der Notdurft helfen mußte! Später hatte ihn eine ältere Frau gepflegt. Lächelnd verabreichte sie ihm einen übelschmeckenden Heiltrunk. Sie hieß Romila, und sie hatte ihm verschwiegen, daß Daria verschwunden war. Er mußte ihr erst drohen, selber auf die Suche nach ihr zu gehen, ehe sie es zugab.

Was hatte er in diesen beiden Tagen getan? Hatte er möglicherweise doch in einer der beiden Nächte Daria entjungfert?

Graelam de Moreton war in Hochstimmung. Denn er hatte den Grafen von Reymerstone gefangen, der sich jetzt an der Ostseite des Lagers in strenger Bewachung befand.

Plötzlich vernahm Graelam eine Frauenstimme. Kassias Stimme! Er sprang auf. Und da kam sie auch schon auf ihn zu. Im Waffenrock und der Hose eines Knappen, eine Mütze mit Feder über die Haare gezogen, schritt sie lachend und so stolz auf ihn zu, als hätte sie gerade die ganze Welt erobert. Als sie dicht vor ihm war, stieß sie einen hellen Jubelschrei aus und warf sich an seine Brust.

Er fing sie auf und schloß sie fest in die Arme. Sie lachte und redete aufgeregt durcheinander. Sie habe jetzt ihre Schuld an Daria beglichen, und er habe das gleiche getan, und damit hätten sie ihre Verpflichtungen mehr als erfüllt, und sei das nicht alles wunderbar?

Dann betrachtete Kassia ihn vom Kopf bis zu den Füßen und sagte: »Oh«, lächelte ihn strahlend an und sagte noch einmal: »Oh!« Und stellte fest: »Du bist ja halbnackt, Graelam.«

Er packte sie um die Taille, hob sie in die Höhe, bis ihre Nasenspitzen sich beinahe berührten, und sagte: »Wie kommst du hier in mein Lager, in diese einsame, wilde Gegend zwanzig Meilen von Wolffeton entfernt? Warum trägst du Knabenkleidung? Und wieso feixt du so wie eine halbblöde Dirne? Von deinem wirren Geplapper habe ich nichts verstanden. Du wirst mir jetzt sagen, Madam, was zum Teufel du hier treibst und warum...«

Sie lachte wieder und küßte ihn. »Ich werde dir alles erzählen, mein lieber Lord, aber vorher mußt du mich absetzen. Außerdem hätte ich gern ein Bier. Ich war auf dem Kriegspfad, und das hat mich verdammt durstig gemacht.«

»Kassia!«

Mit tänzelnden Schritten entfernte sie sich aus seiner Reichweite. Graelam zuckte die Achseln und nahm das vorbereitete Bad.

Danach ließ er sich lachend den nassen Waschlappen aus der Hand nehmen und brummte zufrieden, als sie ihm den Rücken schrubbte.

»Ich war besorgt um dich, Graelam.«

»Pah, dafür gab es nicht die geringste Veranlassung. Es ging alles so einfach, daß nicht einmal Klein-Harry sich erschrocken hätte. Erschrocken waren nur der Graf von Reymerstone und seine Männer, die wir so überrumpelten, daß es sogar ohne Blutvergießen abging. Er liegt jetzt in einem Zelt, und Rolfe und drei Männer bewachen ihn. Im Augenblick ist er todunglücklich und wundert sich, warum ich ihn gefangen halte. Ich bin nämlich für ihn ein völlig Fremder.«

Sie beugte sich herab und gab ihm einen Kuß. »Der Kerl soll ruhig noch eine Zeitlang unglücklich sein.«

»Sagst du mir jetzt endlich, was du angestellt hast, Kassia?« fragte er in ruhigem Ton. »Aber klar und verständlich!«

»Ja, ich sage es dir, Mylord. Ich habe den Grafen von Clare und vier seiner Männer mitgebracht.«

»Was hast du?« fragte er ungläubig.

Durch seine Reaktion vorgewarnt, griente sie fröhlich. »Ich stand doch noch in Darias Schuld, weil sie dir das Leben gerettet hat. Du warst hinter dem Grafen von Reymerstone her. Und was blieb für mich übrig? Wir haben ja so bedauerlich wenige Feinde. Doch als du weg warst, erreichte mich eine wunderbare Botschaft. Der Graf von Clare – dieser Markgraf, der Daria monatelang gefangen gehalten hat – war nach Cornwall gekommen! Er wollte sie zurückerobern. Nein, Graelam, schrei mich nicht an!«

Graelam glaubte seinen Ohren nicht zu trauen. Was erzählte ihm da seine Frau – diese freche kleine Göre? »Sprich weiter!« forderte er sie auf.

Kassia merkte zu ihrem Glück gar nicht, welchen Sturm sie in Graelams Brust entfacht hatte, und fuhr fort: »Ich sah es als einen Fingerzeig Gottes an. Das wirst du sicherlich verstehen, Graelam. Als du fort warst, gab mir Gott einen Wink, selber zu handeln. Das war die beste Gelegenheit, um meine Schuld an Daria zu begleichen. Und weißt du was? Jetzt liegt der Graf von Clare recht unbequem gefesselt in dem Wäldchen außerhalb deines Lagers. Bei seiner Gefangennahme wurde nicht ein einziger meiner... deiner Männer verwundet. Der Dummkopf hatte den Plan, sich auf Chantry Hall einzuschleichen, sich Daria zu schnappen und wie ein Dieb in der Nacht wieder zu verschwinden. Ich habe ihm gesagt, ich ließe so etwas nicht zu. Jetzt ist er bestimmt genauso unglücklich wie der Graf von Reymerstone.«

Graelam sah sie finster an. »Dafür müßte ich dich eigentlich verprügeln.«

»Bitte, tu das lieber nicht, Mylord, denn ich bin von dem Unternehmen sehr müde!«

Er stand auf und zog sich den Bademantel an. Als er den Gürtel zuband, hörte er sie hinter sich sagen: »Ich hätte es lieber, wenn du nackt bleibst, Mann. Du hast mich ganz hungrig gemacht, aber nicht auf ein langweiliges Mahl.«

Er drehte sich um und brüllte los: »Du hast dumm und leichtsinnig gehandelt! Denke ja nicht, daß du mich ablenken kannst! Versuche jetzt nicht deine Weibertricks an mir! Vom Abendessen müssen noch Fleisch und Brot übriggeblieben sein. Ich lasse es dir bringen. Bleib jetzt im Zelt, oder es wird unangenehme Folgen für dich haben!«

Damit ging Graelam aus dem Zelt. Draußen sprach er mit seinem Waffenmeister Rolfe.

»Nein, Mylord, Ihr braucht mir nicht gleich den Kopf abzureißen«, sagte Rolfe grinsend. »Eure Lady hat ihn ohne Verluste gefangengenommen, und Eure Männer haben darauf geachtet, daß ihr dabei nichts zustößt. Ich habe ihn an der Westseite des Lagers abgelegt. Unsere beiden Halunken stehen unter guter Bewachung.«

Graelam brachte nur ein zorniges Brummen heraus. Rolfe lachte in sich hinein. »Eure Männer haben sie wirklich gut vor jedem Schaden behütet, Mylord. Es hat ihnen großen Spaß gemacht, den Grafen von Clare gefangen zu nehmen und das Triumphgeschrei Eurer Lady zu hören. Wollt Ihr nicht Platz nehmen und ein Glas Wein trinken? Er schmeckt köstlich. Er stammt von Kassias Vater.«

Da an dem Geschehenen nichts mehr zu ändern war, folgte Graelam dem Vorschlag. Rolfe fragte: »Was gedenkt Ihr mit den beiden üblen Schurken zu tun, Mylord?«

»Tja«, sagte Graelam und lehnte sich an den Stamm einer Eiche. »An Grafen haben wir im Augenblick keinen Mangel. Und einer hat eine so schwarze Seele wie der andere. Wir könnten ein stattliches Lösegeld für sie fordern, vorausgesetzt, es gibt Leute, denen es nicht gleichgültig ist, ob sie am Leben bleiben oder verrotten.«

»Sie waren beide auf Rache aus«, bemerkte Rolfe.

»Am besten bringe ich sie beide zu Roland. Damit habe ich dann meine Schuld gegenüber Daria beglichen.«

Rolfe grinste ihn über den Kelchrand an. »Vergeßt nur nicht Eure Lady, Mylord! Sie wird stolz wie ein Pfau neben Euch reiten wollen. Schließlich hat sie ja den Grafen von Clare gefangen. Übrigens weiß keiner von der Anwesenheit des anderen. Ob die beiden sich überhaupt kennen?«

»Ja, sie kennen sich. Nach dem, was Roland mir sagte, müssen sie sogar Todfeinde sein.«

»Nun, das ist ja interessant. Was wird Roland de Tournay mit den beiden Grafen machen?«

»Wenn er klug ist, schlägt er beide tot. Aber wie ich Roland kenne, wird er sich eine Strafe für sie ausdenken, über die sie ihr Leben lang jammern werden. Er kommt auf die ausgefallensten Ideen.«

Graelam stand auf und reckte sich. Vom Meer her strich ein

scharfer Wind. Dunkle Wolken zogen am Himmel entlang. Graelam holte tief Luft, wünschte Rolfe und den anderen Männern eine gute Nacht und schritt zu seinem Zelt zurück.

Seiner Anordnung getreu, erwartete ihn seine Frau. Und zwar splitternackt auf dem Bett.

Als er sich den Schlafrock auszog, hörte er sie kichern.

23

»Was würde wohl passieren, wenn wir die beiden einfach sich selbst überließen?« überlegte Kassia de Moreton.

»Sie würden sich wahrscheinlich gegenseitig umbringen«, antwortete Graelam. »Roland hat mir gesagt, daß sie sich bis aufs Blut hassen. Offenbar hat Damon Le Mark vor einigen Jahren Edmond von Clares Bruder totgeschlagen. Mehr weiß ich darüber nicht.«

Die beiden Grafen standen sich, durch die ganze Breite des Innenhofs auf Chantry Hall getrennt, gegenüber. Jeder war von einigen Männern Graelams und Rolands umringt. Roland und Daria sahen verwirrt mal zu Graelam, mal zu dessen zierlicher Frau, die kerzengerade in ihrer Knappenkleidung und mit zerzauster Frisur stolz neben ihm stand.

Roland schüttelte den Kopf. »Mehr weiß ich auch nicht, Graelam.«

Neben ihm wunderte sich Daria: »Ihr wollt damit sagen, daß jeder von euch einen der Männer gefangengenommen hat, um Eure Schuld an *mich* zu begleichen?« Als Kassia befriedigt nickte, fuhr Daria fort: »Aber es gibt doch gar keine Schuld zu begleichen. Wenn ich bei euch diesen Eindruck erweckt haben sollte...«

»Schweig still, Daria!« sagte Graelam. »Es ist nun mal geschehen. Diese beiden Männer waren hier in Cornwall, und beide führten Böses im Schilde. Sie sind Verbrecher und haben jede Strafe verdient, die ihnen Roland auferlegen wird. Meine Frau und ich... nun, wir haben Eurem Mann die Aufgabe nur etwas erleichtert.«

Lady Katherine stand hinter ihrer Tochter und ließ kein Auge von Damon Le Mark. Allein sein Anblick flößte ihr Furcht ein, machte ihr die Kehle trocken und die Handflächen feucht. Daria ahnte, was ihre Mutter empfand. Sie flüsterte ihr zu: »Nein, Mutter, du brauchst keine Angst mehr vor ihm zu haben. Damon kann uns nie wieder ein Leid zufügen. Er ist in Fesseln, Mutter!«

Katherine hörte die Stimme ihrer Tochter wie aus weiter Ferne. »Er kam her, um dich und deinen Gatten zu töten. Daran gibt es nichts zu zweifeln.«

»Selbstverständlich wollte er das«, sagte Roland fröhlich. »Aber er ist gescheitert, Katherine. Sieh ihn dir an! Man könnte geradezu Mitleid mit ihm haben. Wenn man einen Mann wie ihn seiner Macht entkleidet, bleibt so gut wie nichts von ihm übrig. Nur die Macht hat ihm die Illusion gegeben, etwas darzustellen. Jetzt ist er völlig bedeutungslos. Glaub mir, Katherine, du hast nichts mehr von ihm zu befürchten.«

Katherine holte tief Luft. Farbe kehrte in ihre grauen Wangen zurück. Sanft nahm Sir Thomas ihre Hand und drückte sie leicht. Zu Darias Freude lächelte ihre Mutter ihn glücklich an.

»So, kommt jetzt alle ins Haus!« sagte Roland. »Ja, Graelam, du kannst auch den zerlumpten Jungen mit den langen Haaren mitbringen. Ich möchte gern von dir hören, warum du von dem mageren Kerlchen so bezaubert bist, das noch nicht mal einen Bart hat.«

»Der kleine Junge sieht nur in dieser Kleidung so mager aus«, entgegnete Graelam. »Sonst ist er ganz anders. Und wenn man nett zu ihm ist, verwandelt er sich flugs in eine vielversprechende junge Dame.«

»Jetzt reicht es mir aber«, sagte Kassia. »He, Daria, erlöse mich von den albernen Späßen dieser Männer!«

Doch Roland hielt Daria fest an der Hand. »Kommt in den großen Saal und erzählt uns die ganze Geschichte!«

»Ich brauche Rat«, sagte Graelam und blickte ratlos in die Runde. »Soll ich den Kleinen hier verprügeln?«

»Es gibt Besseres, was du mit einer Ehefrau anstellen kannst«, sagte Roland, und sein Händedruck wurde stärker. »Allerdings kann es zur Erschöpfung, wenn nicht gar zum Zusammenbruch führen.«

Graelam betrachtete die beiden nachdenklich lächelnd. Hatten sie nach seiner Abreise zueinander gefunden?

Als sie dann alle am Tisch beisammen saßen, sagte Kassia: »Wie gesagt, Daria, wir wollten nur unsere Schulden begleichen. Mein Mann hat den Grafen von Reymerstone gejagt, und ich habe durch Zufall erfahren, daß auch der Graf von Clare im Lande ist. Beide in der gleichen Absicht: dich zu entführen. Und an Roland wollten sie zweifellos blutige Rache nehmen.«

»Wir danken Euch beiden«, sagte Roland. »Ihr hättet euch aber unseretwegen nicht in Gefahr begeben sollen.«

»Die einzige Gefahr droht meiner Frau jetzt«, sagte Graelam. »Wenn ich ihr nämlich den Po verdresche. Daria, Ihr habt mir das Leben gerettet. Und Kassia ist mein Leben eben einiges wert.«

Roland lachte. »Während ich sicher innerhalb meiner Burgmauern saß, habt Ihr Euch also aufgemacht und die beiden verräterischen Schurken eingefangen und zu mir gebracht. Ich soll sie aburteilen? Nun, das verlangt Überlegung.«

Graelam nickte zustimmend. Doch Kassia sagte: »Nein, Roland, das Urteil über sie steht Daria zu. Denn dies haben wir für sie getan. Wir können nur hoffen, daß nicht noch mehr Feinde hinter den Hügeln auf Euch lauern. Ich möchte gern, daß mein Mann auch in Zukunft heil und gesund bleibt.« Dann fragte sie Roland: »Könnt Ihr uns mehr über diese beiden Männer sagen?«

»Ich weiß nur, daß Damon Le Mark vor einigen Jahren den Bruder des Grafen von Clare ermordet hat. Clare hat ihm das nie vergessen, und sein Haß auf Le Mark wuchs mit jedem Jahr. Das war der Grund, warum er Daria entführte. Es war seine Rache. Auf einmal aber setzte er es sich in den Kopf, sie auch zur Frau zu nehmen und ihre Mitgift in die Hand zu bekommen.«

Daria fiel ein: »Damon wußte genau, warum ich entführt worden war, hat es Roland aber verschwiegen. Statt dessen erfand er irgendeine Geschichte, die Roland ihm aber nie geglaubt hat.«

Leise sagte Katherine: »Nein, er konnte Roland nicht die

Wahrheit sagen, selbst wenn er es gewollt hätte. Selbst mir hat er sie nicht gesagt, und das ist mir eigentlich unverständlich, denn er genoß es, andere Menschen zu quälen.«

»Was meinst du, Mutter? Du wußtest doch, daß der Graf von Clare mich entführt hatte und dann heiraten wollte.«

»Nein, daß er dich heiraten wollte, wußte ich nicht. Damon hat es mir nicht gesagt.« Katherines blasses Gesicht sah todtraurig aus. Mit einem bittersüßen, resignierten Lächeln fuhr sie fort: »Die Wahrheit ist manchmal schwer zu erkennen, Daria. Aber du hast jetzt ein Recht darauf, sie zu erfahren. Es trifft zu, daß Damon Le Mark Edmund von Clares Bruder ermordet hat. Er hieß David und war genauso jung und unschuldig wie ich. Wir liebten uns. Das ist schon viele Jahre her. Meine Eltern hatten mich Reymerstones Halbbruder versprochen, Daria, aber den wollte ich nicht. Ich wollte keinen anderen als David. Natürlich haben die Wünsche eines Mädchens keine Geltung. Jedenfalls zwang man mich zur Heirat mit James de Fortescue. Doch bevor ich seine Frau wurde, ging ich zu David. Daher ist er aller Wahrscheinlichkeit nach dein richtiger Vater, Daria, und der Herzog von Clare ist demnach dein Onkel.«

Katherine warf einen langen Blick auf Daria und erzählte dann weiter: »Damon hat das vor einiger Zeit herausgefunden, wahrscheinlich von seinem Halbbruder, meinem Ehemann. Denn James hat nie geglaubt, daß du die Frucht seines Samens wärst. Vor fünf Jahren gelang es Damon, meinen geliebten David zu überfallen und zu ermorden. Er teilte es seinem Halbbruder durch Boten mit. Mein Mann frohlockte und erzählte es mir unter Gelächter. Die beiden standen sich, obwohl sie nur Halbbrüder waren, sehr nahe. Sie waren sich auch in vielen Dingen gleich, nur daß James im Waffenhandwerk geübter war. Alle Welt hielt ihn für einen tapferen Ehrenmann. Aber in Wirklichkeit war es nur sein Dünkel, der ihn ehrenhaft erscheinen ließ. Die meisten Menschen konnte er damit täuschen. Auch dich, meine Tochter.«

Ringsum herrschte tiefe Stille, als Katherine fortfuhr: »Eigentlich hätte der Graf von Clare auf den ersten Blick erkennen müssen, daß Daria die gleichen Augen hat wie sein Bruder David. Aber offenbar ist ihm das nicht aufgefallen. Sein Bruder hatte ihm auch nie etwas von mir und seiner Tochter erzählt. David wollte uns beide vor Schaden bewahren, Daria. Aber leider hat Damon alles erfahren.«

»Deshalb also hat mein Vater mich nie beachtet, mich nie geküßt oder gestreichelt oder mir gesagt, er liebte mich.«

Katherine nickte. »Es tut mir leid, Daria, aber es war wirklich so – jedesmal wenn er dich erblickte, drehte er sich zu mir um und sah mich so haßerfüllt an, daß ich ganz klein wurde. Er hat dich aber nie geschlagen oder irgendwie verletzt. Ich hatte ihn allerdings gewarnt, wenn er es täte, würde ich ihn töten. Nicht mit dem Messer, sondern mit Gift. Er hat mir das auch geglaubt, denn er wußte, daß ich viele Rezepte von meiner Großmutter geerbt hatte. Aber dann kam sein tödlicher Unfall, und wir waren Damon Le Mark auf Gnade und Ungnade ausgeliefert.«

So hatte sich Damon also an seinem Halbbruder gerächt, indem er mit dessen Witwe schlief und ihren Liebhaber ermordete. Unerträgliche Strafen! Auch Roland fragte sich, warum Damon Le Mark darauf verzichtet hatte, Katherine von der möglichen Hochzeit ihrer Tochter mit deren Onkel, dem Grafen von Clare, zu unterrichten. Das hätte ihm doch eigentlich gefallen müssen, weil der Gedanke für Katherine furchtbar gewesen wäre. Dann fiel Roland jedoch ein, daß Le Mark es wahrscheinlich deshalb nicht getan hat, weil es sonst Colchester hätte zu Ohren kommen können.

»Was meinst du, Daria? Willst du ihnen die Ohren abschneiden lassen? Sollen wir sie zu Eunuchen machen? Oder willst du, daß ich ihnen ein Schwert durch den Leib jage?«

»Nein«, sagte sie. Sie war sehr bleich geworden. »Ich hätte also beinahe meinen Onkel geheiratet.«

»Ja, aber es ist nicht dazu gekommen.« *Doch dein Onkel hat dich vergewaltigt, nicht wahr, und du hättest das Kind einer inzestuösen Verbindung zur Welt gebracht.*

»Es ist mir nie in den Sinn gekommen, daß der Graf von Clare Daria heiraten könnte«, sagte Katherine. »Der Gedanke hätte mich in den Wahnsinn getrieben. Du mußt mir verzeihen, mein Kind, aber ich wollte nicht, daß du die Wahrheit erfährst. Vielleicht wirst du mich deswegen verachten und...«

Plötzlich begann Daria laut zu lachen. Es war ein Lachen so voller Schmerz, daß es allen in den Ohren gellte. Stockend brachte sie heraus: »Das ist zu viel, Roland. Begreift ihr denn nicht?« Ihre Stimme wurde schärfer, fast schrill. »Begreift es denn keiner? Wenn ich das Kind nicht verloren, sondern zur Welt gebracht hätte, dann hätte es sogar vielleicht dem Grafen von Clare ähnlich sehen können, weil er immerhin sein Großonkel gewesen wäre!«

In einem merkwürdig klingenden Singsang fuhr sie fort: »Ja, und dann hättest du mir nie geglaubt, Roland. Du hättest das Kind betrachtet und gesagt: ›Ah, sieh dir seine roten Haare an! Der Graf von Clare ist der Vater, und ich hatte recht, daß Daria eine Lügnerin ist!‹«

Sie warf einen langen Blick auf Roland und sagte: »So ist es zwar nicht gekommen, und dennoch habe ich nichts gewonnen. Für mich ist es aus, ich habe verloren. Du brauchst dir keine Vorwürfe mehr zu machen, Mutter. Nun, wenn ich wirklich ein Urteil über die beiden Grafen fällen soll, so lautet es: sie sollen gegeneinander kämpfen. Ich will, daß sie zum Zweikampf antreten. Sie haben es beide verdient. Wäre der Graf von Clare nicht so feige gewesen, dann hätte er mich nicht entführt, sondern wäre zu Damon gegangen und hätte ihn zum Zweikampf gefordert, wie es ein Ehrenmann mit seinem Feind tut. Auch Damon Le Mark verdient nur Verachtung, weil er Roland das Geheimnis meiner Geburt verschwiegen hat. Es war ihm gleichgültig, was aus mir wurde. Er nahm es sogar in Kauf, daß mein Onkel mit mir schlafen würde. Vielleicht empfand er es als besonders witzigen Schlag gegen meine Mutter und den Grafen von Clare.«

Wiederum lachte Daria laut auf. »Noch einmal, Roland, will ich meine Lüge wiederholen, und dann sollst du sie nie mehr aus meinem Munde hören. Der Graf von Clare hat nie mit mir geschlafen und auch kein anderer Mann außer dir. Er hat mich erniedrigt, aber nicht in sein Bett geholt. Wirst du es nun so machen, wie ich es wünsche?«

Roland fühlte sich in einen Wirbel widerstreitender Empfindungen verstrickt. Doch war er jetzt geneigt, ihr zu glauben. Der Graf von Clare hatte sie also nicht vergewaltigt. Bei allen Heiligen, angesichts der Tatsache, daß der Graf von Clare von ihrem Blut, ihr eigener Onkel war, wäre es Daria unmöglich gewesen, ihre Behauptung aufrechtzuerhalten, falls sie eine Lüge war.

Nachdenklich sagte er: »Es sei, wie du es wünschst.«

Graelam warf ein: »Und wenn einer den anderen tötet? Was werden wir mit dem Überlebenden tun?«

Ohne sichtbare Gefühlsbewegung antwortete Daria: »Er geht frei aus.«

Roland nickte zustimmend. Doch gleich darauf wechselte er einen Blick mit Graelam, der einen stillschweigenden Pakt zwischen ihnen besiegelte.

Es war ein warmer Nachmittag im Frühherbst, aber es wehte ein scharfer, schneidender Wind.

Nie würde Daria je die Mienen, die Wut und den blanken Haß der beiden Männer vergessen. Jeder trug nur einen Lendenschurz und war mit Schwert, Streitkolben und Axt bewaffnet.

Die Menge um den Kampfplatz verhielt sich stumm. Daria war sich klar, daß inzwischen alle wußten, was sie im großen Saal gesagt hatte, und daß es ihre beiden Onkel waren, die hier einen Kampf auf Tod und Leben austrugen.

Plötzlich vernahm sie das Klirren gekreuzter Schwerter. Unter Verwünschungen sprangen die beiden Männer aufeinander los und zogen sich dann wieder lauernd zurück.

Obwohl der Kampf nicht lange dauerte, schien er ihr eine Ewigkeit zu währen. Damon Le Mark kämpfte tapfer, von Haß beseelt, aber er war kein Gegner für den Grafen von Clare, der in täglichen Kämpfen mit walisischen Räuberbanden gestählt war. Daria sah, wie der Graf von Clare das Schwert mit beiden Händen schwang. Sie sah es niedersausen und wußte, daß Damon Le Mark sterben würde. Im letzten Augenblick gelang es ihm zwar, dem Schlag durch einen Seitschritt auszuweichen. Doch dann benutzte der Graf von Clare sein Schwert als Lanze und stach es ihm mit solcher Wucht durch die Brust, daß es zum Rücken wieder herauskam. Damon Le Mark fiel seitlich zu Boden und war schon tot, als er anschließend auf den Rücken rollte.

Lächelnd stand der Graf von Clare über dem toten Feind. Plötzlich sah Daria, wie ihr Mann, ebenfalls nur im Lendenschurz, in den Kreis trat. Er hob sein Schwert und rief dann dem Grafen zu: »Du dreckiger Hurensohn, weißt du, daß Daria deine Nichte ist? Verdammter Dummkopf, sie ist von deinem Blut! Dein Bruder David war ihr Vater! Hätte ich sie nicht aus deiner Burg geholt, dann hättest du die schwerste Sünde in Gottes Augen begangen! Was sagst du dazu, du Dreckskerl?«

Der Graf von Clare kannte den jungen Mann vor ihm als gefährlichen Krieger. Die Demütigung, die er durch Roland auf Tyberton erlitten hatte, schmerzte ihn noch immer wie eine offene Wunde. Im Angesicht des Königs und seiner eigenen Männer und Bedienten hatte ihn Roland wie einen kleinen Köter niedergeschlagen. Jetzt aber hatte Clare ein Schwert in der Hand. Er hatte den Grafen von Reymerstone getötet, und jetzt würde er auch diesen unverschämten Schweinehund töten. »Du lügst!« schrie er zurück. »Wenn sie eine Blutsverwandte von mir wäre, hätte ich es sofort gemerkt.«

Die beiden Männer maßen einander. Der Graf, dessen rote Haare in der warmen Nachmittagssonne loderten, war der größere von beiden. Jede Bewegung, die er mit dem Schwert vollführte, verriet seine Kraft. Der Kampf gegen den Grafen von Reymerstone hatte ihn wenig Mühe gekostet. Er blickte auf den jungen Mann, der so dunkel wie ein Moslem war, und lächelte verächtlich. Er wußte, wenn er Roland tötete, würde auch er nicht lebend davonkommen, aber das kümmerte ihn jetzt wenig. Dann hätte er sich wenigstens gerächt. Mit einem Kampfschrei stürmte er vor.

Roland wich aus, und der Graf schlug keuchend – nur ein Loch in die Luft.

Darias Mann war schlanker, hatte jedoch einen straffen Körper, stark, beweglich und war sehr schnell auf den Beinen. Er ließ das Schwert fallen und schwang jetzt eine Streitaxt in der rechten Hand. Dann warf er die Axt in die Linke und nun weiter hin und her, bis der gefoppte Graf von Clare wie ein Stier aufbrüllte und wieder angriff. Leichtfüßig glitt Roland zur Seite und schlug dann plötzlich kraftvoll mit der Axt zu, die laut gegen des Grafen Schwert klirrte. Roland machte ein erstauntes Gesicht, bedachte den Gegner mit einem anerkennenden Blick und drehte sich nach links aus der Reichweite des wiederum zuschlagenden Schwertes.

»Seht euch das an!« rief Graelam, der gern selbst an der Stelle seines Freundes gestanden hätte. »Roland kämpft mit Köpfchen.«

»Er hat auch verschiedene Tricks von den Räubern im Heiligen Lande gelernt.«

Wuchtig drang der Graf von Clare auf Roland ein, versuchte ihn in die Enge zu treiben, führte einen Schlag nach dem anderen, ohne nachzulassen, und trieb seinen Gegner mit der puren Kraft vor sich her.

Plötzlich ließ Roland die Axt fallen und ließ sich von Salin ein Messer mit schmaler Klinge reichen. Graelam stieß aus tiefstem Herzen einen Seufzer aus. »Jetzt ist es gleich vorbei.«

»Woher wißt Ihr das?«

»Schaut nur hin!«

Roland glitt vor dem angreifenden Grafen davon, duckte sich nach rechts ab, drehte sich dann auf den nackten Fußballen, stieß blitzschnell mit dem Messer zu und ritzte dem Grafen die Brust auf. Verständnislos sah der auf den blutigen, schräg verlaufenden Strich unter den dichten roten Brusthaaren und heulte wutentbrannt auf. »Jetzt bringe ich dich um, du Hurensohn!«

Roland lachte. »Nimm noch das, du Schweinehund!« Mit ausgestrecktem Arm wirbelte er herum und stach so rasend zu, daß man es kaum sah. Doch gleich darauf trug der Graf ein blutendes X auf der Brust. Da wurde er so wütend, daß er mit dem mächtigen Schwert wie ein Wilder nach rechts und links um sich schlug.

Graelam sagte leise: »Er hat die Übersicht verloren und reagiert nur noch. Er merkt nicht, daß ihm seine ganze Kraft nichts nützt. Nie wird er Roland treffen.«

Mit spielerischer Leichtigkeit löste sich Roland von dem Grafen und entfernte sich gute fünf Meter von ihm. Wutschnaubend hob der Graf das Schwert, um ihn mit Gebrüll anzugreifen.

Roland zielte sorgfältig und ließ das Messer dann mit einer kurzen Bewegung aus dem Handgelenk durch die Luft schwirren. Mit leisem Aufprall grub sich die Spitze dem Grafen mitten im X in die Brust.

Edmond von Clare schaute auf den Elfenbeingriff, der von der Wucht und der Schnelligkeit von Rolands Wurf noch ein wenig zitterte. Er sah erst Roland, dann Daria an. »Mir ging es nur um deine Mitgift«, sagte er. Dann brach er tot zusammen.

Roland war schweißbedeckt und mit Staub überzogen, als er mit zufriedenem Lächeln zu seiner Frau sagte: »Bereite alles vor, damit wir morgen früh beim ersten Licht von Chantry Hall aufbrechen können! Packe Kleidung für einen Monat ein! Sag Alice Bescheid, sie soll dir Lebensmittel für uns und sieben Männer mitgeben!« Dann sagte er zu Sir Thomas: »Ihr werdet in meiner Abwesenheit für die Sicherheit von Chantry Hall sorgen. Und du, Katherine, brauchst dir in Zukunft keine Gedanken mehr um deine Tochter zu machen.«

»Nein«, sagte Katherine langsam, »ich glaube auch, das wird nicht nötig sein.«

»Wohin soll es gehen, Roland?«

Er trat auf seine Frau zu und sah sie lange an. »Wir reisen nach Wales.«

»Wozu?«

Er beugte sich zu ihr und sagte so leise, daß kein anderer es hören konnte: »Ich habe dich entjungfert, kann mich aber nicht mehr daran erinnern. Ich will mich aber daran erinnern, wie du ausgesehen hast, als ich zum erstenmal in dich eindrang. Ich will mich daran erinnern, wie es war, als ich zum erstenmal tief in dich hineinstieß.«

Zwölf Tage später kamen sie in Wrexham an. Unglaublicherweise hatte es unterwegs nur zweimal geregnet. Unglaublicherweise waren ihnen keine Räuber in die Quere gekommen. Unglaublicherweise pfiff Roland vergnügt vor sich hin, als sie die Kathedrale von Wrexham betraten.

Daria betete inbrünstig. Sie hatte keine Ahnung, was sie erwartete, aber Beten war sicherlich das Beste, was sie tun konnte.

Auf Rolands Klopfen machte Romila die Tür auf, lächelte breit, als sie ihn erkannte, und musterte beide vom Kopf bis zu den Füßen. »Ah, das ist ja der hübsche Bursche, der allen Mädchen in Wrexham für lange Zeit Gesprächsstoff geliefert hat. Ich habe ihnen erzählt, wie reich Euer Körper ausgestattet ist und wie Eure Haut sich unter der Hand einer Frau anfühlt. Und als ich ihnen die Länge Eurer Rute beschrieb... Seid Ihr das, Daria? Was wollt Ihr hier? Was...«

Roland bat sie, ihn in das Zimmer zu führen, in dem er fast zwei Wochen lang krank im Bett gelegen hatte.

»Nein, Daria, du bleibst hier«, sagte er zu seiner Frau, als sie ihm folgen wollte. Sie nickte und sah den beiden nach, die die verschmutzte Treppe erklommen. Würde Romila versuchen, ihn zu verführen, sobald sie im Schlafzimmer waren?

Oben im stickigen Zimmer schaute Roland sich das Bett an, auf dem er viele Stunden verbracht hatte, an die er sich nicht mehr erinnerte. Bevor Romila ihm unzüchtige Anträge machen konnte, fragte er sie: »War ich bewußtlos, als man mich herbrachte?«

»Ja, mein Goldjunge.«

Sein Blick wanderte zum Fenster, und er sah im Geist dort Daria schweigend stehen und in den Hof hinunterschauen. Er blickte zum Stuhl und erinnerte sich deutlich, daß Daria darauf gesessen und einen seiner Waffenröcke ausgebessert hatte.

»Eure kleine Frau hat sich rührend um Euch gekümmert. Natürlich hat sie mich öfter um Rat gefragt. Ich sagte ihr, daß Ihr bald wieder gesund werden würdet.«

Er erinnerte sich an den Löffel, mit dem Daria ihn gefüttert hatte, und daran, wie sie ihn aufgefordert hatte, zu essen, damit er wieder zu Kräften komme.

»Ja, o ja«, sagte Romila und lachte derb. »Und ich weiß noch verschiedenes andere, was Ihr nicht mehr wißt, Ihr geiler Bock!«

»Was meinst du?«

Romila betrachtete lüstern seinen Körper. »Ja, selbst im Fieberwahn, als Ihr in fremden Zungen rumgebrüllt habt, wart Ihr noch ein geiler Bock! Ich wußte ja, daß Ihr noch nicht lange verheiratet wart, aber daß Ihr einen so schrecklichen Drang haben würdet…«

Pochenden Herzens fragte Roland wieder: »Was meinst du?«

Sie sah ihn an, als wolle sie ihn aufs Bett werfen und ihm die Kleider herunterreißen. »Eines Abends, mein hübscher Junge, kam ich rauf, weil ich mir um Eure Frau Sorgen machte. Sie war ja todmüde und hat soviel Angst um Euch ausgestanden. Und draußen vor der Tür hörte ich dieses Gestöhne und machte die Tür auf, weil ich dachte, Ihr lägt im Sterben, und da hat sie auf Euch draufgesessen, und Ihr habt ihr die Rute reingeschoben, und sie schrie auf, und Ihr habt gestöhnt und sie ordentlich vorgenommen. O ja, Ihr habt Euch prachtvoll von ihr reiten lassen. Das finde ich gut, wenn einem die Rute noch juckt, obwohl man schwerkrank ist.«

»Ich danke dir«, sagte Roland, umarmte die Frau und gab ihr einen dicken, schmatzenden Kuß. »Vielen, vielen Dank.« Bei allen Heiligen, dachte er auf der Treppe beim Runtersteigen, wenn ich mich bloß daran erinnern könnte! Nur an einen einzigen Augenblick…

Plötzlich kam Roland auf die Idee, hier in diesem Bett mit

Daria die Nacht zu verbringen. Er wollte sie auf die gleiche Weise nehmen, wie er sie damals genommen hatte.

Gegen Mitternacht kam ein heulender Sturm auf, und das Fell vor dem Fenster flatterte und klatschte laut. Auf dem engen Bett lag Roland rücklings und sah seine schöne nackte Frau an, die sich mit aufgelösten Haaren auf ihm niederließ und sich dann so bewegte, wie er es gern haben wollte. Sie ließ ihn so tief in sich hineingleiten, daß er vor Wonne fast verging.

Er sah nichts als seine Frau Daria. Als er merkte, daß sie dem Höhepunkt nah war, sagte er: »Ich liebe dich, Daria, du sollst nie daran zweifeln.«

Als sie zum Höhepunkt kam, schrie sie laut auf, und er mußte grinsen, weil er an Romila dachte. Stand sie jetzt lauschend vor der Tür? Dann begann er zu stöhnen und vergaß alles über der Lust, die seine Frau ihm bereitete.

EPILOG

London, England

Der gewaltsame Tod der beiden Grafen im Innenhof einer wenig bekannten Burg in Cornwall kam dem König erst im Oktober zu Ohren. Zu seinem Mißvergnügen wußte ihm sein Schwiegersohn Dienwald de Fortenberry wenig Einzelheiten zu berichten, da er, wie seine bedauernde Miene verriet, leider nicht dabei gewesen war.

Doch der König wollte unbedingt Näheres erfahren. Er merkte rasch, daß Dienwald ihm einiges verschwieg, und ahnte, daß Roland und Graelam de Moreton in die Angelegenheit verwickelt waren. Halb ärgerlich, halb befriedigt nahm er zur Kenntnis, daß die drei Männer treu zusammenhielten. Aber warum trauten diese lahmen Kerle denn ihrem König nicht?

Sein Ärger hielt nur bis zum zweiten Kelch Wein an. Denn schließlich waren ihm damit zwei sehr reiche Besitzungen in die stets bedürftigen königlichen Hände gefallen, da die beiden Grafen keine Erben hinterlassen hatten. Der König vergab die Treuhänderschaft über Tyberton einem seiner vertrauten Ritter, allerdings mit der Ermahnung, falls er sich je wie ein hochmütiger Markgraf aufspiele, werde er, der König, dafür sorgen, daß sein Bier vergiftet würde.

Kurz nach Neujahr entsann sich der König der Geschichte wieder und beschloß, sich die Wahrheit über den Vorfall aus berufenem Munde schildern zu lassen. Deshalb schickte er einen Boten nach Chantry Hall mit der Aufforderung, Roland de Tournay und Gattin hätten ihn in London zu besuchen und ihm einen ausführlichen Bericht zu erstatten.

Roland gab dem Boten des Königs folgendes Antwortschreiben mit auf den Weg:

Sire,

ich bitte um Nachsicht und Verzeihung, doch Daria und ich können in den nächsten Monaten nicht nach London kommen, um uns in der Sonne Eurer Gegenwart zu erfreuen, da sie ein Kind erwartet. Wir bitten, uns im Spätsommer zu empfangen.

Als Robert ihm den kurzen Brief vorgelesen hatte, räusperte sich der König. »Aber sie ist doch schon seit langem schwanger. Müßte das Kind nicht bereits zur Welt gekommen sein?«

»Sie hat im letzten Sommer eine Fehlgeburt gehabt, Sire.«

»Ja, richtig«, sagte der König. »Ich muß der Königin erzählen, daß schon wieder ein Kind unterwegs ist. Ihr wißt ja, sie kann Daria und Roland sehr gut leiden. So, das wär's. Ich habe durch diesen Vorfall Ländereien in die Hand bekommen, die ich gut gebrauchen kann, und eine Menge Geld für meine Schatztruhen. Meine Untertanen scheinen die Angelegenheit unter sich bereinigt zu haben. Ihr seht müde aus, Robbie. Ihr müßt Euch heute nachmittag ein bißchen ausruhen.«

Das hörte Robert Brunell mit Freuden.

Der König wandte sich zum Gehen. Plötzlich schlug er sich mit der flachen Hand an die Stirn. »Beinahe hätte ich es vergessen! Holt Euer Schreibzeug, Robbie! Irgendein schottischer Schwachkopf hat mir eine Abordnung geschickt, die mich um eine Gefälligkeit bitten will.«

Burnell seufzte. Es war immer dasselbe. Dann zwang er sich zu einem Lächeln. »Ja, Sire, sofort.«

Chantry Hall, Cornwall

Roland und Daria standen an den Nordwällen von Chantry Hall und schauten über die welligen Hügel hin, auf denen mindestens hundert Schafe am spärlichen Wintergras knabberten. Es war Anfang Januar, und die Luft war frisch, aber nicht kalt, und der Himmel war blau und wolkenlos. Es war ein Tag, der jedem Einwohner von Cornwall das Herz erwärmte.

Roland zog seine Frau an sich, küßte sie auf die Schläfe und zeigte nach Osten, wo Florin, der königliche Bote, gerade aufbrach. Er hatte am vorhergegangenen Abend zuviel Bier geschluckt und die Nacht auf der Burg verbracht. »Ich möchte zu gern wissen, was Edward sagt, wenn er meine Botschaft erhält.«

Daria lachte. »Falls Florin heil in London ankommt! Lieber Mann, das Antwortschreiben an deinen König grenzt an Frechheit. Es ist Dienwalds unverschämtem Stil sehr ähnlich.«

»Ha! Dienwald hat ganz schön versagt, als der König ihn im Oktober über die toten Grafen ausholen wollte. Er soll mächtig rumgestottert haben. Meinst du, daß der König auch an Graelam und Kassia geschrieben hat?«

»Wir müssen sie fragen, wenn sie das nächste Mal hier sind«, sagte Daria lächelnd.

»Fühlst du dich wohl, Süße? Sitzt unser Kind zufrieden im Mutterleib?« Er drückte sie an sich und fuhr ihr mit der Hand sanft über den geschwollenen Leib.

»Ja, es geht uns beiden ausgezeichnet, und wir haben beide großen Hunger.«

Roland warf ihr einen bedauernden Blick zu. »Wenn du mir vor einigen Monaten so etwas gesagt hättest, dann würde ich angenommen haben, daß du Appetit auf mich hast. Ich hätte dich auf die Schulter genommen, dich zu unserer Wiese im Westen getragen und dich zwischen Geißblatt und Glockenblumen geliebt. Aber jetzt muß ich den verständnisvollen, geduldigen und enthaltsamen Hausvater spielen, während mein Kind dich völlig in Beschlag legt. Ich bin jung und temperamentvoll, Daria, und es fällt mir sehr schwer...«

Sie zog ihm den Kopf an den Ohren herunter, stupste ihn an die Nase und küßte ihn wieder und wieder auf den Mund. »Auf der Wiese gibt es jetzt kein Geißblatt, Roland, dafür Kienäpfel im Wald. Was hast du da eben gesagt? Sind das nur leere Worte, oder sollen ihnen Taten folgen?«

»Und ich dachte, ich wäre der einzige, der unter Liebesentzug leidet«, sagte er und hob sie in die Höhe, so daß ihre Beine über dem hölzernen Fußsteig baumelten. »Nein, ich habe dir kein hartes Lager im Walde zugedacht, sondern ein weiches Bett, wo du dich mir so süß und willig zeigen wirst, daß ich Freudentränen weinen könnte.«

»Du sprichst ja wie ein Dichter, Roland. Nun, als erstes lasse ich uns von Alice ihren wunderbaren Glühwein zubereiten. Der wird deine Geilheit ein wenig dämpfen. Du sollst zwar noch stark bleiben, aber dich nicht zu Ausschweifungen hinreißen lassen.«

Er sah sie mit so viel Liebe an, daß Daria alle witzigen Bemerkungen, die sie noch eben auf der Zunge hatte, gänzlich vergaß. Er stellte sie wieder auf die Beine. Sie lehnte sich an ihn und legte ihm die Arme um den Hals.

»Das Leben mit dir ist wunderbar, Roland. Mein Leben ist jetzt so, wie ich es mir immer gewünscht habe.«

»Auch wenn der Wind uns den Gestank der Schafe in die Nase treibt?«

»Ja, auch dann. Aber nun komm, mein Lord und Gemahl!«

»Wenn unser König wüßte, wer der Frechling auf Chantry Hall ist, würde er mich mit schönen Worten umgarnen, bis ich daran ersticke.«

»Das werde ich Philippa sagen.«

»Und ich werde es Dienwald sagen.« Roland stutzte einen Augenblick und grinste dann übers ganze Gesicht. »Ich habe nicht die leiseste Idee, was Dienwald tun würde.«

»Dann zeig mir mal, was du tun würdest!«

»Dann müssen wir schnell hier weg«, sagte Roland und führte sie von den Wällen in den großen Saal. Von dort hatten sie es nicht mehr weit ins Schlafzimmer.

Catherine Coulter

... Romane von tragischer Sehnsucht und der Magie der Liebe

04/104

Außerdem lieferbar:

Lord Deverills Erbe
04/15

Liebe ohne Schuld
04/45

Magie der Liebe
04/58

Sturmwind der Liebe
04/75

Die Stimme des Feuers
04/84

Die Stimme der Erde
04/86

Die Stimme des Blutes
04/88

Jadestern
04/96

Wilhelm Heyne Verlag
München